FENJA LÜDERS
Der Friesenhof

Weitere Titel der Autorin:

Die Speicherstadt-Saga:

Der Duft der weiten Welt
Der Glanz der neuen Zeit
Der Traum von Freiheit

Titel auch als Hörbuch erhältlich

FENJA LÜDERS

DER FRIESENHOF

Auf neuen Wegen

TEEHÄNDLER-SAGA

LÜBBE

Originalausgabe

Copyright © 2022 by Bastei Lübbe AG, Köln

Textredaktion: Anna Hahn, Trier
Umschlaggestaltung: Sandra Taufer, München
Einband-/Umschlagmotive: © shutterstock: flowersmile | Olga_C | Roman Sigaev | Conny Pokorny | PRILL; © Arcangel Images: Rekha Arcangel
Satz: hanseatenSatz-bremen, Bremen
Gesetzt aus der Adobe Garamond Pro
Druck und Einband: GGP Media GmbH, Pößneck

Printed in Germany
ISBN 978-3-7857-2763-8

5 4 3 2 1

Sie finden uns im Internet unter: luebbe.de
Bitte beachten Sie auch: lesejury.de

Meinen ganz gegensätzlichen
und dabei wunderbaren Töchtern
Hanna und Clara gewidmet

Eins

Krummhörn, Ostfriesland, 1949

Der böige Wind, der Hanna vom Deich her entgegenwehte, war eiskalt. Er führte feine Regentropfen mit sich, die sich auf ihrem Gesicht wie Nadeln anfühlten, wenn sie die Haut trafen, und ihre Wangen begannen allmählich taub zu werden. Trotzdem behielt sie ihr Ziel fest im Auge, erhob sich im Sattel ihres Fahrrades und trat ordentlich in die Pedale, um sich dem Sturm entgegenzustellen.

Wie immer, wenn etwas sie bedrückte oder ihr einfach alles zu viel zu werden drohte, hatte sie sich davongeschlichen, als sich nach dem Mittagessen die meisten der Bewohner des Friesenhofes für eine Stunde aufs Ohr gelegt hatten. Das war die einzige Gelegenheit des Tages, sich unbemerkt aus dem Staub zu machen. Auf neugierige oder gar mitleidige Blicke konnte Hanna weiß Gott verzichten.

Wie sollte man auch nur einen klaren Gedanken fassen, wenn man nicht einen Moment Ruhe hatte?

Besonders seit immer mehr Flüchtlinge auf dem Hof einquartiert worden waren, hatte Hanna das Gefühl, nie für sich allein sein zu können. Alle hatten zusammenrücken müssen, und so war Hannas Bett mit in die Kammer ihrer großen Schwester Gesa gestellt worden, wo es jetzt so eng war, dass man sich nicht einmal vernünftig umdrehen konnte. Früher, als sie noch Kinder gewesen waren, hatte Hanna es schön gefunden, wenn Gesa ihr erlaubt hatte, mit zu ihr ins Bett zu kriechen. Sie hatten sich eng aneinandergekuschelt, die Wärme genossen und sich flüsternd Geschichten erzählt, bis sie eingeschlafen waren.

Aber das war lange her. Jetzt waren sie beide erwachsen, auch wenn Gesa immer wieder betonte, so richtig reif werde man erst mit Mitte zwanzig, und Hanna sei bloß eine dumme Deern. Hanna schnaubte und wischte sich mit dem Ärmel die Tränen ab, die unablässig flossen. Gesa würde sie nie für voll nehmen, denn das Alter, in dem man in ihren Augen erwachsen wurde, war immer gerade Gesas eigenes Alter, höchstens vielleicht ein Jahr jünger. Für die große Schwester würde Hanna immer die Lütte bleiben, selbst wenn sie beide irgendwann mit über achtzig als alte Jungfern nebeneinander auf dem Sofa sitzen und Tee trinken würden.

Der Regen hatte aufgehört, und die gleißend helle Aprilsonne brach sich den Weg durch die hoch aufgetürmten Wolken, deren untere Ränder grau und schwer von Regen über Hanna hingen. Wenn die Erde nicht so nass wäre, hätte sie den Kleiweg nehmen können, der nördlich vom Dorf direkt zum Deich führte, aber jetzt war der Boden dort wahrscheinlich so aufgeweicht, dass sie das Fahrrad schieben müsste. Daher machte sie einen kleinen Umweg und fuhr die äußere Ringstraße am Dorf entlang, von der die Kiebitzstraße abging, die ebenfalls am Deich endete.

Um die Mittagszeit wie jetzt waren kaum Leute auf der Straße des kleinen Dorfes, dessen Häuser sich um die alte

Kirche oben auf der Wurt drängten wie Küken um eine Glucke. Ohne es zu wollen, richtete Hanna den Blick nach links auf das gedrungene Gotteshaus, in dem sie vor fünf Jahren konfirmiert worden war. »Morgen ...«, murmelte sie, und wieder liefen die Tränen.

Morgen würden sie sich alle dort versammeln; die Familie, die Nachbarn, die Bekannten ... Alle Männer würden dunkle Anzüge mit schwarzen Krawatten tragen, die Frauen ihre guten schwarzen Sonntagskleider oder doch wenigstens einen Trauerflor am Ärmel. Morgen würden sie Onno de Fries, den Bauern des Friesenhofes, ein Stückchen außerhalb des Dorfes zu Grabe tragen, Hannas Vater.

Hanna war schon auf vielen Beerdigungen gewesen. Zuletzt vor vier Jahren, gleich nachdem der Krieg vorbei gewesen war, als sie den alten Heinrich Kröger zu Grabe getragen hatten, den Altbauern drei Höfe weiter. Es gehörte sich so, dass alle Erwachsenen der Nachbarsfamilien am Trauergottesdienst teilnahmen, um ihr Beileid zu bekunden, ob sie nun etwas für den Verstorbenen empfunden hatten oder nicht. Der alte Kröger war ein mürrischer alter Mann gewesen, der immer auf der Bank neben der Dielentür in der Sonne gesessen und auf die Kinder geschimpft hatte, die er bezichtigte, Äpfel klauen zu wollen. Kurz vor seinem Tod war er nicht mehr ganz richtig im Kopf gewesen, hatte sich mit Leuten unterhalten, die nur er sehen konnte, weil sie schon längst gestorben waren.

»Er wird tüddelig«, hatte Papa damals gesagt und lachend hinzugefügt, das werde ihm selbst wohl auch so gehen, wenn er erst einmal über achtzig sei.

Bei der Beerdigung des alten Kröger hatte Hanna ganz

hinten in der Kirche neben Papa, Mama und Gesa gesessen, das Gesangsbuch in den Händen, und sich fürchterlich gelangweilt. Als sie irgendwann ein Gähnen nicht hatte unterdrücken können, hatte Mama sie mit dem Ellenbogen angestoßen und ihr kopfschüttelnd einen bösen Seitenblick zugeworfen.

Papa hatte zum Glück nichts davon mitbekommen, sonst wäre das sicher nicht so glimpflich ausgegangen. Er konnte richtig führnsch werden, wenn man sich den Nachbarn gegenüber nicht respektvoll benahm. Mit Gesa und Hanna schimpfte er normalerweise nur, sie waren ja seine lütten Deerns, aber die beiden ältesten Kinder Helga und Renke hatten sich auch öfter mal Backpfeifen von ihrem Vater eingefangen, als sie noch zu Hause gewohnt hatten.

Die drei hellen Glockentöne, die vom Kirchturm herüberklangen, rissen Hanna aus ihren Gedanken. Viertel vor eins schon. Wenn sie wieder zu Haus sein wollte, bevor die Mittagsstunde vorbei war, musste sie sich beeilen.

Sie bog in die Kiebitzstraße ein und beugte sich über den Lenker, um dem stürmischen Wind nicht so viel Angriffsfläche zu bieten. Nur kurz hinter dem Dorf gab es noch Bäume, je näher sie jedoch dem Deich kam, desto stärker pfiff der scharfe Aprilwind in ihren Ohren und zerrte an ihren lockigen blonden Haaren, die sich aus ihrem im Nacken verknoteten Kopftuch gelöst hatten.

Der Deich, der zuerst in weiter Ferne gelegen zu haben schien, kam rasch näher, und dann hatte Hanna auch schon die gepflasterte Straße erreicht, die am Fuß des Deiches entlanglief. Im Gegensatz zu den Kühen, die jetzt, Anfang April, noch im Stall standen, waren die Schafe schon zum Weiden auf den Deich getrieben worden. Wegen des kühlen

Windes hielten sich die Muttertiere mit ihren Lämmern auf dessen geschützter Landseite auf.

Hanna hielt an, stieg vom Fahrrad und lehnte es an den Zaun neben einem Holzgatter, das die Deichweide von der Straße trennte.

»Na, ihr?«, fragte sie ein Schaf, das den Kopf gehoben hatte und sie neugierig betrachtete. »Euch ist auch kalt, was?«

Das Schaf schien sie einen Moment skeptisch zu mustern und stieß dann ein langgezogenes »Bööööh« aus, ehe es sich wieder dem frischen Gras auf dem Deich zuwandte.

Hanna lachte leise. »Ganz deiner Meinung«, sagte sie. »Trotzdem muss ich mir mal den Kopf durchpusten lassen.«

Sie öffnete das Gatter einen Spaltbreit, schlüpfte hindurch und verschloss es wieder sorgfältig hinter sich. Der Schäfer wäre vermutlich schon nicht damit einverstanden, dass sie die Deichweide überhaupt betrat, aber wenn die Schafe ausbüxten, würde sie mächtig Ärger mit ihm bekommen.

Sie zog die dicke Wolljacke enger um sich, die sie, ohne groß darüber nachzudenken, zu Hause von der Garderobe genommen und übergeworfen hatte. Sie war ihr viel zu groß und roch noch immer nach Papas Tabak. Außerdem war sie so schwer, dass das Gewicht auf ihren Schultern sie herunterzudrücken schien.

Egal, sie wollte über das Wasser gucken, wie sie es früher manchmal mit Papa zusammen gemacht hatte. Als sie noch klein gewesen war, hatte er sie immer hochgehoben, und sie war mit dem Blick seinem ausgestreckten Arm gefolgt und hatte seiner tiefen Stimme gelauscht, wenn er ihr erklärte, was sie dort sehen konnte. Später, als sie dafür zu schwer wurde, hatte er seinen Arm um sie gelegt, wenn sie vorgegeben hatte zu frieren, und sie hatte sich warm und geborgen gefühlt.

Die Sehnsucht nach diesem sicheren Gefühl war auf einmal so groß, dass ihre Brust ganz eng wurde und zu schmerzen begann. Ein heiserer Schluchzer löste sich aus ihrer Kehle, während ihre Augen zu brennen anfingen und die Tränen wieder liefen.

Alles vorbei, dachte sie. Nichts wird je wieder so sein, wie es früher war. Papa ist tot.

Allein dieser Gedanke war unfassbar, und sie konnte es immer noch nicht glauben. Wie konnte jemand, der bis vor wenigen Tagen noch so lebendig gewesen war, plötzlich tot sein?

Er hatte sich bei der Arbeit auf dem Hof bestimmt schon hundert Mal verletzt, einige Male sogar deutlich schwerer, als sich mit der Forke selbst in den Fuß zu stechen. Ein Bulle hatte ihn einmal mit den Hörnern erwischt, da hatte er einen Monat lang kaum Luft bekommen. Damals hatte der Arzt gesagt, Papa hätte sich ein paar Rippen gebrochen und Glück gehabt, dass sich keine in die Lunge gebohrt hätte. So was würde oft schlimm enden.

»Unkraut vergeht nicht«, war stets Papas Antwort gewesen. Aber jetzt war es doch passiert. Er hatte die Verletzung am Fuß nicht ernst genommen und einfach weitergearbeitet. »Wird bestimmt bald besser werden«, hatte er im Laufe der nächsten Tage immer wieder zu Mama gesagt, auch wenn ihm vor Schmerzen schließlich der Schweiß von der Stirn gelaufen war. Dann hatte er hohes Fieber bekommen, und innerhalb von drei Tagen war er an einer Blutvergiftung gestorben, ohne dass der Arzt noch etwas für ihn hatte tun können.

Keiner hatte es glauben wollen, erzählte Helmut Frerichs, der Bauer vom Hof nebenan, der den Rest der Nachbarschaft über Onnos Tod informiert hatte, nachdem er am Abend noch einmal bei den de Fries vorbeigeschaut hatte. So ein Riesenkerl, der nie ernsthaft krank gewesen war und noch nicht einmal die fünfzig erreicht hatte, der starb doch nicht einfach so.

Aber nun lag ihr Vater in der kleinen Leichenhalle neben der Pastorei. Gestern Abend war die ganze Familie dort gewesen, um Abschied zu nehmen, ehe der Sarg geschlossen wurde. Papa hatte so fremd ausgesehen in seinem guten schwarzen Anzug, das Gesicht blass und wächsern, die Augen geschlossen und um die Lippen einen bitteren Zug. In seine Hände hatten sie ein paar Osterglocken gelegt, die schon die Köpfe hängen ließen. Dieser Mann hatte gar nicht mehr ausgesehen wie der Papa, den Hanna gekannt und über alles geliebt hatte.

Sie schüttelte den Kopf, um das Bild des offenen Sarges wieder loszuwerden, und stieg weiter den Deich hoch. Noch zehn Schritte, noch zwei, dann nur noch einer, und Hanna blieb oben auf der Deichkrone stehen. Der Wind zerrte an ihrem Kopftuch und nahm ihr für einen Moment den Atem, während sie in das Sonnenlicht blinzelte.

Vor ihr breiteten sich die Salzwiesen aus, hinter denen die Ems in den Dollart floss, die große Bucht, an der der Emder Hafen lag. Hier schien die Welt zu Ende zu sein. Am anderen Ufer war schon Holland, und wenn sie sich nach Norden wandte, konnte sie dort vage die Nordsee erkennen.

»Ach, hier bist du!«, hörte Hanna eine helle Stimme rufen. »Als ich gesehen habe, dass dein Rad nicht da ist, habe ich mir schon gedacht, dass ich dich hier finde.«

Hanna drehte sich um und schaute zur Straße hinunter,

wo Gesa gerade dabei war, ihr Fahrrad neben ihr eigenes an den Zaun zu stellen. Sie schirmte die Augen gegen das Licht ab, während sie zu Hanna hochblickte. Dann schlüpfte sie durch das Tor und lief leichtfüßig den Deich hinauf.

»Ich hab mir Sorgen gemacht«, sagte Gesa. »Darum bin ich dir nachgefahren. Ich wollte sehen, wie es dir geht.«

Hanna drehte sich wieder zum Wasser um.

»Wie soll es mir schon gehen?«, fragte sie, ohne den Kopf zu wenden. »Genauso wie dir vermutlich.«

»Na ja, *ich* bin nicht gestern Abend fast umgekippt.«

»Umgekippt?« Hanna blickte ihre Schwester an. »So schlimm war es nun wirklich nicht.«

»Du wurdest auf einmal kreidebleich um die Nase, als du am Sarg gestanden hast. Wenn ich dich nicht untergehakt hätte, dann …«

»Du übertreibst!« Hanna schnitt ihrer Schwester verärgert das Wort ab. »Wie immer.«

»Was du wieder hast! Ich mach mir eben Gedanken um dich.« Gesa zuckte mit den Schultern.

»Niemand muss sich gleich Sorgen um mich machen, nur weil ich mal für eine Stunde allein an den Deich fahren will. Ich fall schon nicht ins Wasser.«

»Darum geht es doch gar nicht, Hanna.« Gesa warf ihr einen schnellen Blick von der Seite zu. »Aber du hast nun mal von uns allen am meisten an Papa gehangen, und es ist das erste Mal, dass du jemanden beerdigen musst, der dir so nahestand. Und nach gestern …«

»Danke, ich komme schon zurecht.«

»Das weiß ich doch. Aber wenn man so jung ist wie du und so eine Trauer nie erlebt hat, ist das nicht so einfach. Glaub mir, ich weiß, wie das ist.«

Beinahe wäre Hanna ein Satz herausgerutscht, den sie sicher später bereut hätte. Sie biss sich auf die Lippen und verschränkte die Arme, während sie über das Wasser zum anderen Ufer hinüberstarrte, ohne erkennen zu können, was sich dort befand.

Fast hätte sie gesagt, Gesa solle sich nicht so aufplustern, Papas Tod sei nicht mit dem zu vergleichen, was Gerold zugestoßen sei. Sie sei ja nicht einmal richtig mit ihm verlobt gewesen.

Hanna war froh, es nicht ausgesprochen zu haben, es wäre gehässig gewesen und grausam dazu. Was konnte Gesa denn dafür, dass Gerold nicht von der Front in Russland zurückgekommen war? Vermisst hieß es, aber alle wussten, was das bedeutete. Von den Vermissten kehrte kaum je einer wieder nach Hause zurück.

Gerold Weers war der jüngere Sohn des Dorfschmieds, von dem er sein Handwerk gelernt hatte, ehe er sich in Emden Arbeit auf einer Werft gesucht hatte. Gesa und er waren gerade erst ein paarmal miteinander zum Tanzen ausgegangen, als er eingezogen worden war, und Gesa hatte Hanna das Versprechen abgenommen, den Eltern nichts davon zu erzählen, dass er sie bereits gefragt hätte, ob sie ihn heiraten würde, wenn er zurückkäme. Er wolle selbst um die Erlaubnis bitten, das gehöre sich so. Wenn der Krieg irgendwann vorüber sei, würden sie nach Emden ziehen, hatte Gesa erzählt, in eines der kleinen Siedlungshäuser am Stadtrand, da, wo alle Werftarbeiter und ihre Familien wohnten. Gerold würde gut für sie und die Kinder sorgen, die dann kommen würden. Und Gesa müsste nie wieder zum Melken halb unter eine dieser tückischen Kühe kriechen, die nichts anderes im Kopf hatten, als nach dem Melker zu treten, und vor allem würde sie sich nie wieder von einem der Pferde beißen lassen.

Hanna wusste, dass Gesa Angst vor den Kühen und ganz besonders vor den Pferden hatte und dass sie davon träumte, eines Tages nicht mehr auf dem Hof der Eltern helfen zu müssen.

Aber Gerold war nicht zurückgekommen, und so war alles beim Alten geblieben. Jeden Morgen standen Hanna und Gesa zusammen auf, frühstückten mit den Eltern und den Knechten, bevor sie ihre täglichen Aufgaben verrichteten: Tiere füttern, Kühe melken – im Winter im Stall, im Sommer draußen auf der Weide. Und jeden Tag aufs Neue bemerkte Hanna die kleinen Schweißperlen, die sich an Gesas Haaransatz bildeten, wenn sie den Melkschemel zwischen die Kühe schob und vorsichtig darauf Platz nahm. Hanna sorgte dafür, dass Gesa immer nur die lammfrommen Kühe zum Melken bekam, nie diejenigen, die den Kopf hoben, sobald man hinter ihnen am Melkstand vorbeiging, und die einen böse anfunkelten, um dann blitzschnell nach einem zu treten.

Hanna hatte keine Angst vor den großen Stalltieren, sie kannte dieses Gefühl einfach nicht. Schon als kleines Mädchen hatte sie die meiste Zeit im Kuhstall zugebracht, hatte sich eine der alten Pferdedecken geholt und sich damit auf den leeren Platz neben der Leitkuh gelegt. Von dort aus hatte sie ihr beim Wiederkäuen zugesehen und die Wärme genossen, die von dem riesigen Tier ausging, das sie aus seinen seelenvollen Augen anblickte, während es gemächlich kaute.

»Du hättest der Junge werden sollen«, hatte Papa manches Mal zu ihr gesagt. »Dann wäre so vieles einfacher.«

Aber so etwas konnte man sich nun einmal nicht aussuchen. Hannas einziger Bruder Renke hatte sich nach dem Wehrdienst freiwillig zur Marine gemeldet und war gleich zu Beginn des Krieges gefallen. Acht Jahre war das jetzt her, und die Erinnerung an ihn begann allmählich zu verblassen. Egal wie sehr sich Hanna auch bemühte, seine Stimme konnte sie sich nicht mehr ins Gedächtnis zurückrufen.

Renke war groß und schlank gewesen und dunkelhaarig, so wie Gesa. Alle Mädchen der Nachbarschaft hatten ihn angeschmachtet und sich darum gerissen, von ihm zum Tanzen ausgeführt zu werden. Hanna sah ihn noch in seiner Marineuniform vor sich, wie er ihr durch die Haare gewuschelt hatte, kurz bevor er seinen Dienst antreten musste, und sie erinnerte sich auch noch an den steifen Abschied von den Eltern. Gesa hatte ihr erzählt, dass Renke und Papa sich heftig gestritten hatten und böse Worte gefallen seien.

»Andere Eltern sind stolz darauf, wenn die Söhne ihre Pflicht für Führer und Vaterland tun«, hatte Renke gesagt. »Und ihr tut so, als wollte ich vor der Arbeit hier Reißaus nehmen.«

Papa hatte darauf offenbar entgegnet, da sei ja auch was Wahres dran. Und dann noch hinzugefügt, wenn Renke jetzt ginge, könne er auch gleich ganz wegbleiben.

Hanna war bei dieser Auseinandersetzung nicht dabei gewesen, und auch Gesa hatte den Streit nicht direkt mitbekommen, sondern die Einzelheiten von ihrer ältesten Schwester Helga gehört. Diese hatte wenig später geheiratet und war mit ihrem Mann Günther nach Moordorf gezogen, wo Günthers Eltern einen kleinen Hof bewirtschafteten.

Der Gedanke an Helga brachte Hanna schlagartig wieder in die Gegenwart zurück.

Auch Helga und Günther würden morgen zur Beerdigung kommen. Die beiden waren eine halbe Ewigkeit nicht mehr hier gewesen, weil Papa und Günther vor ein paar Jahren heftig aneinandergeraten waren und danach Funkstille geherrscht hatte.

Kurz nachdem das Schiff, auf dem Renke gedient hatte, versenkt worden war, hatten sie Onno de Fries den Vorschlag gemacht, Günther könne doch den Hof als Bauer übernehmen, wenn für Hannas Eltern die Zeit gekommen sei, sich auf das Altenteil zurückzuziehen. Das wäre schließlich für alle von Vorteil, hatte Günther behauptet. Die Nachfolge sei auf diese Weise gesichert, und bis dahin würden Helga, er und die Kinder einfach auf dem Friesenhof mitarbeiten.

»Vor allem wäre es eine Gelegenheit, endlich von dem sauren Stück Moorland runterzukommen, den du einen Hof nennst«, hatte Papa geschnaubt. »Der wirft wohl zu wenig zum Leben und zu viel zum Sterben ab. Meinst du, ich weiß nicht, dass Henrike euch immer wieder Geld zusteckt, wenn ihr mal da seid? Du willst ja nur den Fuß hier in die Tür kriegen. So weit kommt es noch!«

»Aber Papa …« Helga hatte die Augen aufgerissen und ihn bittend angesehen, aber er hatte sich nicht erweichen lassen.

»Du wolltest ihn unbedingt heiraten, nun sieh selbst, wie du damit fertigwirst, dass er dich und deine Kinder nicht ordentlich ernähren kann. Solange ich lebe, braucht dieser Taugenichts, den du deinen Mann nennst, sich jedenfalls nicht mehr hier blicken zu lassen, geschweige denn wird er der Bauer auf diesem Hof.«

»*Solange ich lebe* …« Hanna hatte die Worte nur geflüstert, während sie über das Wasser starrte, das träge in Richtung des Dollart strömte.

»Hm?«, machte Gesa.

Hanna wandte sich zu ihrer Schwester um. »Ich dachte nur gerade daran, dass Helga und Günther morgen ja auch kommen. Glaubst du, es wird Ärger geben? Ich meine, weil Papa doch gesagt hat, dass Günther auf keinen Fall ...« Sie brach ab.

Gesas hellgraue Augen wurden für einen Moment schmal, dann lächelte sie. »Das soll er sich mal trauen, auch nur ein Wort in diese Richtung zu sagen.«

»Aber du weißt doch, wie Mama ist. Wenn Helga nur lange genug auf sie einredet, dann wird sie weich werden. Was ist, wenn Günther jetzt doch den Hof übernehmen will?«

»Da habe ich auch noch ein Wörtchen mitzureden.« Gesa zwinkerte ihrer Schwester zu. »Und du genauso. Und selbst, wenn Mama weich werden sollte – wir werden das nicht zulassen, nicht wahr?« Sie warf einen Blick auf ihre Armbanduhr. »Jetzt sollten wir uns aber auf den Heimweg machen, gleich gibt es Tee, und wenn wir nicht pünktlich am Tisch sitzen, müssen wir uns bloß wieder dumme Fragen anhören, wo wir gewesen sind. Außerdem ist es mir zu kalt, um hier im Wind herumzustehen, ich bin schon ganz durchgefroren. Na los, Hanna, fahren wir nach Hause.«

Sie streckte die Hand aus und strich Hanna den Arm entlang, ehe sie sich umdrehte und vorsichtig den steilen Abhang des Deiches hinabstieg.

Hanna sah Gesa hinterher, bis sie unten beim Gatter angekommen war. Dann seufzte sie und folgte ihrer Schwester zu den Fahrrädern.

Zwei

Wie für die meisten Ostfriesen war auch für die Familie de Fries Tee ein wahres Lebenselixier. Das erste Koppje gab es gleich nach dem Aufstehen, bevor man mit dem Melken und den anderen Aufgaben begann, und die letzte Kanne wurde abends geleert, wenn sie alle in der Stube vor dem Radio zusammensaßen, müde von all der Arbeit.

Den ganzen Tag über blieb der gefüllte Kessel ganz hinten auf dem Herd stehen, sodass man ihn nur schnell aufs Feuer ziehen musste, um frischen Tee aufzubrühen. In der Speisekammer gleich neben der Küche, in der es kühl und dunkel war, befand sich auf dem ersten Regal vorn eine Sette mit frischer Milch. Aus dieser Steingutschüssel schöpfte Gesas Mutter mehrfach am Tag die Sahne in ein Porzellankännchen ab.

Als Gesa und Hanna die Küche betraten, kam sie gerade aus der Speisekammer heraus, das Kännchen mit dem blauen Blumenmuster in der Hand, aus dem der Sahnelöffel herausragte.

»Da seid ihr ja«, sagte Henrike de Fries. »Ich wollte gerade Tee kochen.«

Ihre Stimme hatte den gleichen Klang wie früher, aber doch war nichts mehr wie zuvor. Gesa hatte sich noch nicht an die schwarze Kleidung gewöhnt, die ihre Mutter jetzt wohl für lange Zeit tragen würde. Sie wirkte klein und schmal darin und so blass, als sei jegliche Farbe aus Gesicht und Haar verschwunden. Tiefe, dunkle Ringe lagen unter ihren Augen, aus denen alles Leben gewichen war.

Kein Wunder, dachte Gesa. Das, was Mama in den letzten Jahren erlebt hat, machen andere nicht in einem ganzen Leben durch: zuerst Renke und jetzt auch noch Papa tot. Andere Frauen würden daran zerbrechen, aber Mama beißt die Zähne zusammen und macht weiter.

Gesa ging zu ihrer Mutter hinüber und nahm ihr lächelnd das Sahnekännchen aus der Hand. »Hanna und ich machen das schon. Setz du dich mal neben Tanti aufs Küchensofa.«

Sie drehte sich zu ihrer Schwester um. »Setzt du das Wasser auf?«, fragte sie. »Dann decke ich für alle den Tisch.«

Am Nachmittag, bevor sie zum Füttern und Melken in den Stall gingen, gab es für alle im Haus Teestunde. So war es schon immer gewesen, und so würde es auch bleiben – ob der Friesenhof nun im Moment einen Bauern hatte oder nicht.

Gesa stellte das Milchkännchen auf den Tisch und hob den Deckel des Zuckertopfes an, um nachzusehen, ob noch genügend Kluntjes drin waren. Zum Glück schienen die Zeiten endgültig vorbei zu sein, in denen Zucker absolute Mangelware gewesen war. Während des letzten Kriegsjahres und der Monate danach hatte sie ihren Tee nur mit Sahne trinken müssen – eine bittere Erfahrung in mehr als einer Hinsicht.

»Wo wart ihr denn?«, hörte sie eine Frauenstimme fragen und schaute auf, direkt in die Augen von Tanti, die sie durch die Gläser ihrer Hornbrille neugierig betrachtete.

Die alte Frau hatte ihr Strickzeug in den Schoß sinken lassen und lächelte Gesa zu.

»Hanna wollte sich ein bisschen frische Luft um die Nase wehen lassen, also haben wir einen kleinen Ausflug zum Deich gemacht«, antwortete Gesa.

»Zum Deich … Soso …«, erwiderte Tanti und nickte wissend. Diese Antwort konnte von »Was für eine schöne Idee« bis hin zu »Ich glaube dir kein Wort von dem, was du sagst« alles heißen.

Tanti – eigentlich Tante Alma – war die jüngste Schwester von Gesas und Hannas Großmutter mütterlicherseits. Während alle vier Großeltern bereits seit vielen Jahren tot waren, erfreute sich Tanti trotz ihres Alters von inzwischen über siebzig Jahren einer robusten Gesundheit und vor allem eines messerscharfen Verstandes. Auch wenn sie nicht mehr so gut sehen konnte wie früher und sie sich jetzt die Zeitung vorlesen lassen musste, entging ihr nichts, besonders nichts, was sie eigentlich nicht erfahren sollte.

Bei den de Fries lebte Tanti nun schon seit ungefähr zwanzig Jahren, und Gesa konnte sich nicht mehr an eine Zeit erinnern, in der Tanti nicht im Haus gewesen war. Wenn sie nicht gerade mit ihrem Strickzeug auf dem Küchensofa saß, half sie beim Kochen und Einmachen, beaufsichtigte die Mägde und hütete die Kinder.

Vielleicht liebte sie Kinder deshalb so sehr, weil sie selbst keine hatte. Geheiratet hatte sie nie und betonte immer, diese Tatsache auch in keinster Weise zu bedauern. Gesa erinnerte sich vage daran, dass Mama einmal erzählt hatte, Tanti sei in ihrer Jugend verlobt gewesen, aber der junge Mann sei auf See geblieben, und einen anderen habe sie nie haben wollen. So war sie zur alten Jungfer geworden, die bei der Familie de Fries ein Zuhause gefunden hatte, der Bäuerin zur Hand ging und dafür Kost und Logis erhielt. Zuerst war das Henrikes Mutter gewesen, und nach deren Tod war sie bei ihrer Nichte untergekommen.

Jetzt nahm sie die angefangene Socke wieder zur Hand, und das vertraute Klappern der Nadeln ging weiter. Gleichzeitig schweifte Tantis Blick über den Tisch zu Gesa hinüber. Socken vermochte Tanti blind zu stricken.

»Gab es was Interessantes zu sehen?«, fragte sie.

»Nein, eigentlich nicht«, sagte Gesa. »Höchstens, dass Reins schon die Kühe auf die Weide getrieben haben.«

Tanti zog die rechte Augenbraue hoch. »Und die hast du erkannt?«

»Hanna hat gesagt, dass es die Kühe von Reins sind.«

»Dachte ich es mir doch«, murmelte die alte Frau, nickte und wandte den Blick wieder ihrem Strickzeug zu.

Gesa unterdrückte ein Lächeln, während sie Tassen und Teller auf dem Tisch verteilte. Dann holte sie Brot und den Rest des Rosinenstutens, den Mama gestern gebacken hatte, aus der Speisekammer. Während sie den Stuten aufschnitt und die Scheiben dünn mit Butter beschmierte, sah sie, dass Hanna die gefüllte Teekanne mitsamt Stövchen auf den Tisch stellte. Ihre Schwester steckte den Kopf zur Tür hinaus und rief: »Tee ist fertig.«

Auch wenn sie gar nicht laut gerufen hatte, war binnen Sekunden Getrappel auf der Treppe zu hören. Das waren die Kinder der Flüchtlinge, die im Hof untergebracht waren. Sie rissen sich immer um die Aufgabe, den Knechten draußen Bescheid geben zu dürfen, weil sie dafür ein Extrastück Zucker bekamen, das sie nach der Teezeit wie einen Bonbon lutschen konnten.

Die Küchentür wurde aufgerissen, die fünf Kinder drängelten herein, hüpften vor Hanna auf und ab und riefen aufgeregt durcheinander. »Ich, ich, ich …«

Hanna hielt sich die Ohren zu, aber Gesa bemerkte das amüsierte Blitzen in ihren Augen. »Da gellen einem ja die Ohren! Nicht so laut, Kinners«, sagte sie. »Wer war gestern dran?«

»Käthi!«, sagte Heiner, der größte der Jungs. »Heute bin ich an der Reihe.«

»Du hast dich aber an Manfred vorbeigedrängelt«, sagte Gerda vorwurfsvoll. Sie war elf Jahre alt, das älteste der Flüchtlingskinder auf dem Hof und so etwas wie die Anführerin der Kinder. »Ich hab es genau gesehen. Er wäre fast hingefallen.«

»Dann ist heute wohl Manfred dran.« Hanna griff in den Zuckertopf und drückte dem kleinen Manfred, Heiners sechsjährigem Bruder, einen haselnussgroßen Kristall in die Hand. »Siehst du, Manfred, da ist dein Kluntje, und jetzt lauf schnell nach draußen und sag den Knechten Bescheid.«

Einen Augenblick lang betrachtete der kleine Junge den schimmernden Kristall in seiner Hand, dann umklammerte er ihn fest mit den Fingern und nickte strahlend. Er machte kehrt und rannte zur Tür, wo er beinahe mit den Flüchtlingsfrauen zusammengestoßen wäre, die inzwischen auch heruntergekommen waren.

»Guck mal, Mama«, rief er und hielt seinen Schatz vor den drei Frauen hoch. »Heute bin ich dran!«

»Dann lauf mal schnell los und ruf die Männer rein.« Seine Mutter Paula, die die dreijährige Traudel auf dem Arm trug, streckte eine Hand aus und strich dem Jungen über die blonden Locken. Manfred nickte strahlend und schlüpfte zwischen ihr und den beiden anderen Frauen hindurch. Schon auf dem Flur begann er zu rufen: »Dierk! Tomek! Tee ist fertig!«

Die Tür zur Dreschdiele fiel ins Schloss, und das Rufen wurde gedämpfter.

»Da müssten die zwei schon auf der hintersten Weide sein, um dieses Geschrei zu überhören«, stellte Tanti trocken fest, ohne den Blick zu heben.

Gesa biss sich auf die Lippen, beinahe hätte sie laut losgelacht. Als sie sich auf den Stuhl gegenüber des Küchensofas an die lange Seite des Tischs setzte, traf ihr Blick Tantis Augen. Es war unverkennbar, dass die alte Frau ihr schelmisch zublinzelte. Gesas Blick wanderte weiter und blieb an ihrer Mutter hängen, die mit ernster Miene dasaß. Ihr Lächeln gefror sofort.

Auch wenn sich alle sehr bemühten, dass alles seinen gewohnten Gang lief, dies war ein Trauerhaus, und an der Stirnseite des Tisches, wo Papas Platz gewesen war, blieb der Stuhl nun leer, keine Tasse und kein Teller standen mehr dort. Das zu sehen, gab Gesa einen Stich ins Herz.

Vieles würde sich in Zukunft hier auf dem Hof verändern, das stand fest. Aber in Gesas Augen wäre es nichts als Zeitverschwendung, sich jetzt schon den Kopf darüber zu zerbrechen. Sorgen konnte sie sich machen, wenn abzusehen war, was auf die Familie zukam. Denn erst dann wäre Gesa in der Lage, Pläne zu schmieden, wie man der Veränderung begegnen und mit ihr fertigwerden konnte. Sich wie Hanna die Zukunft in düsteren Farben auszumalen und dann vor Angst wie gelähmt zu sein entsprach nicht Gesas Charakter.

Abwarten und Tee trinken, das war schon immer ihr

Motto gewesen. Alles andere überließ sie ihrer jüngeren Schwester, die zwischen ihr und den drei Flüchtlingsfrauen am Tisch saß. Die jungen Witwen wohnten mit ihren Kindern mit im Haupthaus. Sie halfen gegen Kost und Logis im Stall und im Haushalt und bekamen dazu auch noch ein paar Mark Lohn. Alle drei waren gleich nach dem Krieg bei ihnen einquartiert worden, nachdem sie die Flucht vor der anrückenden Roten Armee aus Ostpreußen überlebt hatten.

Es waren noch zwei weitere Flüchtlingsfamilien aus Schlesien auf dem Hof untergebracht, aber die blieben lieber für sich in ihrer Unterkunft in der Remise, wo sie sich auch selbst kochten. Nur bei besonderen Gelegenheiten, wie der Heuernte oder wenn das Vieh auf die Weide getrieben wurde, bat man sie um ihre Mithilfe.

Die Küchentür öffnete sich und die beiden Knechte des Hofes kamen herein. Der jüngere der beiden Männer, der hochgewachsene Tomek, trug den kleinen Manfred auf dem Arm, dem er seine Schiffermütze auf den Kopf gesetzt hatte. Weil sie Manfred viel zu groß war, hielt er sie mit einer Hand fest. Er nahm sie ab und schwenkte sie über seinem Kopf.

»Moin, tosomen!«, rief er, wie er es von Dierk gehört hatte, dem alten Knecht, der schon seit vierzig Jahren auf dem Friesenhof arbeitete.

Alle am Tisch lachten, und sogar Henrike lächelte, wie Gesa zufrieden feststellte.

»Ich habe Dierk und Tomek im Pferdestall gefunden«, sagte Manfred gewichtig, als Tomek ihn auf dem Boden absetzte. Seine Mutter winkte den Jungen zu sich, aber der Kleine schüttelte den Kopf. »Tomek hat gesagt, ich darf bei ihm sitzen. Außerdem zieht Traudel immer an meinen Haaren.«

Weil keine weiteren Stühle mehr an den Tisch passten, mussten die jüngsten Kinder bei ihren Müttern auf dem Schoß sitzen, eine Tatsache, die besonders Manfred widerstrebte, der jede Gelegenheit ergriff, bei jemand anderem zu sitzen.

Die Knechte hängten ihre Arbeitskittel und Mützen an die Haken an der Wand und setzten sich auf ihre Plätze am Tischende.

»Nun gib doch den Männern mal den Teller mit dem Stuten rüber«, sagte Tanti zu Hanna. »Und dann schenk endlich Tee ein. Ich hab schon einen ganz trockenen Hals von der langen Warterei.«

Damit griff sie nach dem Zuckertopf, holte einen Zuckerkristall heraus und bugsierte ihn vorsichtig in ihre Tasse, ehe sie den Zuckertopf an Henrike weitergab.

Als der angeschlagene Porzellantopf schließlich bei Gesa ankam, bediente auch sie sich und hielt Hanna, die mit der Kanne um den Tisch ging, ihre Tasse hin.

Tee mit Kluntje und Wulkje ...

Niemand, der nicht von Kindesbeinen an damit aufgewachsen war, konnte nachvollziehen, mit welcher Feierlichkeit und Andacht diese Zeremonie von den Ostfriesen vollzogen wurde. Ein Koppje Tee zu trinken war etwas Heiliges: Bedeutete es doch, für einen Augenblick seinen Gedanken nachzuhängen und vom Alltag befreit mit allen Sinnen bei sich selbst zu sein.

Der Zucker knisterte und schien Gesa etwas zuzuflüstern, als der heiße Tee ihn bedeckte und der Kristall sich auflöste. Sie hob den mit Sahne gefüllten Löffel, der einer Suppenkelle in Miniaturform ähnelte, aus dem Krug und freute sich am gelblichen Glanz der cremigen Flüssigkeit, die sie ganz vorsichtig in die Tasse rinnen ließ – stets gegen den Uhrzeigersinn, wie um die Zeit anzuhalten. Die Sahne bildete in dem goldbraunen Tee helle Wölkchen, die sich auftürmten wie die Regenwolken, die im April über den Deich zogen und in deren Betrachtung man sich gut für eine Weile verlieren konnte.

Ganz allmählich drangen die Stimmen der Menschen zu ihr durch, die um den langen Tisch in der Küche des Friesenhofes versammelt saßen, ihren Tee tranken und Stuten aßen.

Tanti stellte Paula, die ihr schräg gegenübersaß, eine Frage, und diese antwortete mit ihrem breiten ostpreußischen Akzent. Ihre Mutter schob den Teller mit dem Zuckerzwieback ein Stückchen in Richtung der Kinder am Tisch, ermahnte sie aber, jeder dürfe sich nur einen nehmen. Dierk unterhielt sich mit Herta und Anneliese, den beiden anderen Flüchtlingsfrauen, und zu Gesas Erleichterung schien Hanna wieder lachen zu können. Irgendetwas, das Tomek zu Manfred gesagt hatte, der auf seinem Schoß saß und mit vollen Backen kaute, hatte sie offenbar erheitert. Und wenn einer es schaffte, Hanna aufzuheitern, dann war es Tomek. Die beiden hatten sich vom ersten Tag an gut verstanden und waren inzwischen ein Herz und eine Seele.

Ein warmes Gefühl durchflutete Gesa. Das hier war ihr Zuhause – der Ort, an dem sie sich sicher und geborgen fühlte, an dem die Menschen lebten, die ihr am wichtigsten auf der Welt waren. Dieses Haus gab es bereits seit hundert Jahren, und immer hatte ein de Fries den Hof bewirtschaftet, seit es damals von Wilm de Fries gebaut worden war, wie man auf der steinernen Plakette lesen konnte, die zwischen den beiden Dielentoren in die Mauer eingelassen worden war.

Gott schütze dieses Haus und alle, die darinnen wohnen, stand in einer geschnörkelten Schmuckschrift unter dem Namen Wilm de Fries.

So sollte es auch in Zukunft bleiben – alles so, wie es schon immer gewesen war.

Gesa hatte das Versprechen gegeben, dafür zu sorgen. Und jetzt, da sie am Tisch in der Küche zwischen all den Bewohnern des Hauses saß und von einem zum anderen schaute, wuchs ihr Entschluss, dieses Versprechen um jeden Preis zu halten.

Der Tag der Beerdigung begann wie jeder andere auch.

Der Wecker klingelte um kurz vor fünf Uhr, Gesa schaltete ihn aus und tastete nach dem Schalter der Nachttischlampe, ehe sie sich aufrichtete und sich streckte. Sie rüttelte Hanna an der Schulter und stand dann auf. Nach einer kurzen Katzenwäsche an der Porzellanschüssel auf der Waschkommode in der Ecke des Zimmers warf sie einen kritischen Blick in den Spiegel vor sich und fuhr sich ein paarmal mit dem Kamm durch ihr kinnlanges dunkles Haar. Für mehr war jetzt keine Zeit, richtig waschen würde sie sich nach dem Melken.

Auch Hanna war aufgestanden und neben sie getreten. Sie rieb sich die Augen und gähnte herzhaft, dann trafen sich ihre Blicke im Spiegel.

»Das wird ein schwerer Tag für uns alle werden«, sagte Gesa und lächelte dem Spiegelbild ihrer Schwester zu, wie um ihr Mut zu machen. »Hast du Angst?«

»Angst nicht direkt«, antwortete Hanna nachdenklich.

»Aber die Beerdigung macht alles so endgültig. So als würde man ein Buch zuschlagen, das man zu Ende gelesen hat.« In ihren Augen schwammen auf einmal Tränen.

Gesa legte tröstend den Arm um Hanna und zog sie näher zu sich heran. »Ich denke, es ist eher so, als habe man ein Kapitel beendet und ein neues beginnt.«

Hanna wandte Gesa ihr Gesicht zu. Eine Träne löste sich und rollte über ihre blasse Wange. »Meinst du?«

»Ganz sicher. Das Leben geht weiter. Es ist furchtbar, dass Papa nicht mehr bei uns ist, aber es bedeutet nicht das Ende der Welt. Nicht einmal das Ende des Friesenhofes.«

»Aber …«

»Nichts, aber … Wir werden es schon schaffen«, unterbrach Gesa ihre Schwester. »Und jetzt zieh dich an, wir müssen zum Melken runtergehen. Die anderen warten bestimmt schon auf uns.«

Gesa hatte recht. Die beiden Flüchtlingsfrauen, die beim Füttern der Tiere und beim Melken halfen, sowie die Knechte saßen bereits mit ihrem Tee am Tisch, als Gesa und Hanna die Küche betraten. Paula hatte die Teekanne in der Hand und schenkte ein, während Henrike neues Wasser aufsetzte.

»Wenn ihr aus dem Stall zurückkommt, müssen wir gleich anfangen, Butterkuchen zu backen, sonst werden wir nicht rechtzeitig fertig«, sagte sie zu ihren Töchtern. »Paula und ich fangen schon damit an, aber ihr müsst noch helfen, sonst schaffen wir es nicht, bis die Leute nach der Beerdigung zum Tee hier sind.«

Henrike hielt sich sehr aufrecht und wirkte ganz gefasst. Gesa vermutete, ihre Mutter würde die Trauer erst dann zulassen, wenn die Beerdigung vorüber war und wieder Ruhe einkehrte. Gesa wusste, wie das war. Sie hatte es selbst erlebt, damals, als ihr klargeworden war, dass Gerold nicht aus Russland zurückkommen würde. Es hatte Wochen gedauert, bis sie sich aus dem Nebel der Trauer herausgekämpft hatte, der sie von ihrer Umwelt getrennt hatte.

Gesa nickte ihrer Mutter zu und setzte sich zu den anderen an den Tisch. Gesprochen wurde nicht viel, alle tranken schweigend ihren Tee. Als seine Tasse leer war, erhob sich der alte Dierk, was für alle das Zeichen zum Aufbruch war.

Gesa zog eine Arbeitsschürze über die Stallkleidung und folgte den anderen in den Stall. Die Aufgaben dort waren klar festgelegt und verteilt. Die Knechte fütterten die Kühe, während Hanna mit Herta und Anneliese das Melken übernahm. Gesa fütterte zuerst die Kälber, dann ging sie auf dem Gang hinter den Kühen auf und ab, nahm den Melkerinnen die gefüllten Eimer ab und trug sie nach draußen, wo sie die Milch vorsichtig durch ein Sieb in die Kannen goss. Sie konnte zwar recht gut melken, aber sie tat es nicht gern. Sobald sie sich zwischen den Kühen auf den Melkschemel setzte, begann die Furcht vor den Tieren in ihrem Magen zu flattern, sie konnte es nicht verhindern. Sosehr sie sich auch bemühte, sich ihre Angst nicht anmerken zu lassen, die Kühe spürten ihre Unsicherheit sofort. Selbst die lammfrommsten Tiere traten dann schon einmal nach dem Eimer oder der Melkerin.

Einen Moment lang sah Gesa ihrer Schwester zu, während sie darauf wartete, dass Hanna die alte Lotte ausgemolken hatte. Lotte, die Leitkuh der Herde, hatte ihren eigenen Kopf und ließ sich nur ungern anfassen, doch wenn Hanna sie molk, stand sie still wie eine Statue. Hannas Stirn lehnte gegen den Leib der alten Kuh, mit halb geschlossenen Augen konzentrierte sie sich ganz auf das Rauschen der Milch im Eimer. Vielleicht war sie in Gedanken auch weit weg, für den gleichmäßigen Rhythmus ihrer Hände war das jedoch nicht von Belang.

Hanna war die schnellste der Melkerinnen, sie kannte jede Kuh, jede Färse und jedes Kalb auf dem Hof und wusste genau, wie sie jedes einzelne Tier zu behandeln hatte. Papa hatte mal zu Gesa gesagt, an Hanna sei ein Bauer verloren gegangen. Anschließend hatte er seufzend den Kopf geschüttelt. Mehr hatte er zu dem Thema nicht gesagt, aber Gesa war auch so klar gewesen, was er ausdrücken wollte: sein tiefes Bedauern darüber, dass Hanna kein Junge war.

Wäre sie als Sohn geboren worden, hätte sie den Hof übernommen, daran bestand für Gesa kein Zweifel.

Sie hatte ihren Bruder Renke gut genug gekannt, um zu wissen, dass er sich nicht darum gerissen hätte, das Erbe des Friesenhofes anzutreten, wenn es jemand anderen gegeben hätte, der dafür infrage gekommen wäre. Ihm war die Welt der Marschbauern mit ihren ungeschriebenen Regeln und Gesetzen viel zu eng gewesen. Das Leben auf dem Hof schnüre ihm die Luft zum Atmen ab, hatte er oft gesagt. Er wolle etwas von der Welt sehen und etwas erleben, ehe Papa und Mama sich aufs Altenteil zurückziehen würden und er gezwungenermaßen den Hof übernehmen müsse.

Gesa mutmaßte, dass diese vage Sehnsucht nach einer vermeintlich besseren Welt jenseits des Horizonts der Grund dafür war, dass Renke sich sofort nach Kriegsbeginn freiwillig zur Marine gemeldet hatte.

Acht Jahre war das jetzt her, und der scharfe Schmerz des Verlustes war immer mehr einer wehmütigen Erinnerung gewichen. Gesa vermisste ihren großen Bruder sehr, aber die Lücke, die er hinterlassen hatte, war nicht mehr so groß wie damals, als die Nachricht seines Todes ein Loch in die Familie gerissen hatte.

Ob das mit der Trauer um Papa auch so geschehen würde?

Gesa zuckte zusammen, als sie ihren Namen hörte.

»Nimmst du mir die Milch bitte ab?« Hanna hielt ihr den halb vollen Eimer hin. »Was ist los? Träumst du?«

Gesa griff nach dem Henkel des verzinkten Eimers. »Nein, ich war nur in Gedanken.«

»Ja, das kenne ich.« Hanna lächelte dünn. »Mir graut schon vor der Beerdigung.« Sie richtete sich auf dem Melkschemel auf und drückte das Kreuz durch, dann klopfte sie der alten Lotte die Flanke. »Gutes Mädchen«, sagte sie und schob sie ein Stückchen von sich weg. »Mach mir mal ein bisschen Platz.«

Gehorsam trat die alte Kuh einen Schritt zur Seite, worauf Hanna den Schemel zurechtrückte und sich dem Euter ihrer Nachbarin zuwandte. Gesa reichte ihr den leeren Eimer, und Hanna bedankte sich mit einem kurzen Nicken, bevor sie wieder zu melken begann und damit in ihrer eigenen Welt versank.

Gesa sah ihr noch einen Augenblick lang zu, dann riss sie sich los und trug den Eimer nach draußen. Neben der Tür leerte sie die Milch durch ein Sieb in eine Milchkanne, die bereits auf dem Handkarren stand, mit dem Tomek die Kannen nach dem Melken zur Straße bringen würde, wo sie vom Pferdewagen der Molkerei des Nachbarortes abgeholt werden würden.

»Kommt noch viel?«, fragte Tomek, der vor der Tür zur Viehdiele stand und eine Zigarette rauchte. Er deutete in Richtung der Milchkanne.

»Nein. Hanna hat gerade mit der letzten Kuh angefangen, und Herta und Anneliese sind auch schon fast fertig.«

Tomek nickte. »Gut. Müssen heute schnell machen. Haus kommt voll Besuch zur Beerdigung. Alles saubermachen und fegen, sagt Dierk.«

»Stimmt«, erwiderte Gesa. »Das Haus wird heute wirklich voll werden. Alle Nachbarn kommen zum Teetrinken. Und die Männer werden sicher nachher durch den Stall gehen, um sich das Vieh anzusehen.«

Tomek legte den Kopf leicht schräg, wie er es immer tat, wenn er etwas nicht richtig verstanden hatte oder sich den Sinn des Gesagten erst ins Polnische übersetzen musste. Er bewegte die Lippen, dann lächelte er und nickte.

Er war schon seit sechs Jahren auf dem Friesenhof. Nachdem die zwei jungen Knechte eingezogen worden waren und Renke gefallen war, hatte Gesas Vater Kriegsgefangene als Hilfe bekommen. Tomek war einer der ersten gewesen, und er war hiergeblieben, auch als der Krieg längst vorbei war und die beiden Russen wieder in ihre Heimat zurückgekehrt waren. Papa hatte ihn gefragt, ob er nicht auch lieber wieder zurück nach Hause wolle, aber Tomek hatte gesagt, sein Zuhause sei nicht mehr da, und niemand würde in Polen auf ihn warten. Weil Tomek immer zuverlässig und fleißig gewesen war, hatte Papa ihn daraufhin als Knecht eingestellt.

Gesa mochte den großen jungen Mann mit den dunklen welligen Haaren, dem ruhigen Wesen und den warmen braunen Augen gern leiden. Er redete nicht viel, aber das hing vielleicht auch damit zusammen, dass er noch immer nicht perfekt Deutsch konnte und keine Fehler machen wollte. Trotzdem war Gesa sich sicher, dass er jedes Wort verstand. Er war ein kluger Kopf, und sie war froh, ihn auf dem Hof zu haben. Wo genau er herkam, was er vor dem Krieg gemacht hatte oder wo und warum er in Gefangenschaft geraten war, wusste sie nicht, und wenn sie ehrlich war, interessierte es sie auch nicht wirklich. Das wäre bei einem Knecht aus der Gegend aber kaum anders gewesen. Die Hauptsache war, der Knecht war umgänglich und arbeitete ordentlich, alles andere war nebensächlich.

»Sobald wir mit dem Melken fertig sind, solltet ihr mit dem Ausmisten anfangen«, sagte sie.

»Wenn Milchkannen abgeholt sind, mache ich sofort«, erwiderte Tomek, dann hob er den Kopf und sah über Gesas Schulter hinweg zur Auffahrt hinüber, die zur Straße führte. »Auto kommt«, sagte er.

Gesa dreht sich um und folgte seinem Blick.

Tomek hatte recht. Ein dunkler Opel Olympia war gerade von der Straße abgebogen und rumpelte gemächlich die Auffahrt entlang.

Drei

»Nanu? Wer kann das denn schon sein?«, fragte Gesa überrascht und schirmte die Augen gegen die Sonne ab, um besser sehen zu können, wer in dem Auto saß, aber sie musste warten, bis das Fahrzeug auf dem Hof zum Stehen kam.

»Was zum ...«, murmelte sie, als sie ihren Schwager Günther hinter dem Steuer erkannte. Ihre älteste Schwester Helga saß neben ihm. Gesa hielt inne, straffte die Schultern und ging den Besuchern entgegen.

»Ihr kommt früh«, rief sie. »Wir hatten erst gegen Mittag mit euch gerechnet.«

»Das ist ja eine schöne Begrüßung!«, sagte Günther, als er ausstieg, und zwinkerte ihr grinsend zu. »Sagt man nicht zuerst mal Moin?«

»Moin, Günther«, erwiderte Gesa steif. Sie blickte an ihrem Schwager vorbei und nickte ihrer Schwester zu, die inzwischen ebenfalls dem Olympia entstiegen war. »Moin, Helga.«

Helga kam um das Auto herum und reichte Gesa förmlich die Hand. »Mein Beileid«, sagte sie steif.

Gesa zog die Augenbrauen hoch, verblüfft, dass jemand der Schwester zum Verlust des eigenen Vaters kondolierte. Aber es passte zu Helga. Immer wichtiger und würdevoller als alle anderen sein, immer etwas mehr scheinen, als man tatsächlich war, und bloß keine Gefühle zeigen, so war sie früher schon gewesen. Helga hatte hochgesteckte Ziele gehabt, als sie in der Gastwirtschaft in Pewsum in Stellung gegangen war: Sie hatte eine gute Partie machen wollen, einen reichen Bauern heiraten und einen großen Hof führen, doch dann hatte sie sich von der schicken schwarzen Uniform und den glänzenden Abzeichen blenden lassen, die Günther Warns getragen hatte. Blind hatte sie seinen Versprechungen geglaubt, dass er bei der SS eine große Karriere vor sich habe. Besonders Papa war entschieden gegen die Verbindung gewesen, als sich aber ein Kind ankündigte, hatte er der Eheschließung wohl oder übel zustimmen müssen. Sogar auf dem Hochzeitsfoto, das auf der Anrichte in der guten Stube des Friesenhofes stand, war der verbissene Zug um Papas Mund, der neben der Braut grimmig in die Kamera schaute, nicht zu übersehen.

Das junge Pärchen war zu Günthers Eltern auf den Hof gezogen. Ein paar Hektar mageren Landes, das außer Torf so gut wie nichts abwarf, das war alles, was die Familie Warns besaß. Vor siebzig oder achtzig Jahren war Moordorf das Armenhaus Ostfrieslands gewesen, in dem die Menschen hungerten und so wenig hatten, dass sie zum Betteln oder Stehlen in die umliegenden Dörfer kamen. Das war natürlich lange her, und so schlimm war es nicht mehr, aber der Moorboden war so sauer, dass einfach nichts dort wachsen wollte und die wenigen Kühe kaum etwas zu fressen fanden – daran hatte sich nichts geändert. Gleich zu Beginn des Krieges war Günther eingerückt und nur selten auf Urlaub nach Hause gekommen. Ein Ritterkreuz wolle er verdienen, hatte Helga erzählt, wenn sie mit den Kindern ihre Eltern besuchte, denn Ritterkreuzträgern würde nach dem Endsieg ein Gut in den eroberten Ostgebieten geschenkt werden. Dann hätten sie endlich ausgesorgt und müssten sich keine Gedanken mehr um die Zukunft machen. Doch aus all den hochfliegenden Träumen war nichts geworden.

Sie verloren den Krieg, und Günther geriet in den letzten Kriegstagen im Rheinland in amerikanische Gefangenschaft. Doch im Gegensatz zu so vielen anderen Kriegsgefangenen, die erst nach Monaten oder Jahren wieder zurückkehrten, dauerte es nur ein paar Wochen, bis er wieder da war. Er sei als einer der ersten freigelassen worden, erzählte Günther, als Helga und er kurz darauf die Schwiegereltern besuchten. Was für ein Glück er gehabt habe, fügte er hinzu. Die Gefangenenlager am Rheinufer seien völlig überfüllt, und die Männer stürben dort wie die Fliegen.

Gesa hatte während des Besuchs nichts dazu gesagt, später aber ihren Vater gefragt, was er von der Sache hielte. Papa hatte mit den Schultern gezuckt.

»Ich glaube nicht, dass er freigelassen wurde«, hatte er gemeint. »Wahrscheinlich ist er aus dem Lager abgehauen, weil er Angst hatte, dass die Amis herauskriegen, was er im Krieg gemacht hat. Die SS-Leute haben sie überall auf dem Kieker.« Dann hatte er verächtlich geschnaubt. »Na ja, mir soll's egal sein. Hauptsache, er ist wieder da und kann die Arbeit auf seinem Hof erledigen. Helga muss mit ihm klarkommen, nicht ich.«

Mehr hatte er zu dem Thema nicht sagen wollen.

Ob Helga wohl gut mit ihrem Mann auskommt?, fragte Gesa sich, nachdem sie Helgas Hand wieder losgelassen hatte, und blickte ihrer großen Schwester forschend ins

Gesicht. Einen glücklichen Eindruck machte sie jedenfalls nicht gerade.

Sie war jetzt neunundzwanzig Jahre alt, wirkte aber wesentlich älter. Ihr früher honigblondes, glattes Haar, das sie wie eine alte Frau in einem Knoten im Nacken trug, war bereits von grauen Strähnen durchzogen. Tiefe dunkle Ringe lagen unter ihren grünlichen Augen, und um den Mund hatte sie einen bitteren Zug. In ihrem schwarzen Kleid, das um ihre hochgewachsene, hagere Gestalt herumschlotterte, sah sie mindestens wie vierzig aus.

»Habt ihr eure Kinder gar nicht mitgebracht?«, fragte Gesa und nickte in Richtung des Autos.

»Die Kinder? Wozu das denn?«, fragte Günther kopfschüttelnd.

Helga runzelte missbilligend die Stirn. »Kinder haben auf einer Beerdigung nichts verloren, da bin ich ganz Günthers Meinung, die sind zu Hause besser aufgehoben, wo sie nicht stören. Günthers Mutter passt auf die beiden auf. Sie lässt schön grüßen.«

Gesa nickte und bat die Schwester, die Grüße zu erwidern. »Wollt ihr vielleicht schon hineingehen? Sobald Hanna und ich fertig sind, kommen wir auch.« Dabei deutete sie mit der Hand in Richtung des gepflasterten Weges, der um den Hof herum zur Eingangstür des Wohnhauses führte.

Günther ignorierte Gesas Geste geflissentlich, steckte die Hände in die Hosentaschen und marschierte auf die Viehdiele zu. Er warf Tomek, der noch immer dort stand und seine Zigarette aufrauchte, einen abschätzigen Blick zu, ehe er im Inneren des Stalles verschwand.

»Wir sind extra so früh hergekommen, damit Günther sich noch ein bisschen auf dem Hof umsehen kann«, erklärte Helga eilig. »Er will sich davon überzeugen, dass Hanna und du wirklich allein mit der Arbeit fertigwerdet und die beiden Knechte euch nicht auf der Nase herumtanzen. Deswegen hat Günther sich extra für heute das Auto vom Pastor ausgeliehen. Mit dem Pferdewagen oder den Fahrrädern wären wir ja längst noch nicht hier.«

»Wir kommen ganz prima zurecht, danke!«, sagte Gesa scharf. »Dierk und Tomek sind schon seit Jahren auf dem Hof und würden uns nie Schwierigkeiten machen. Sie wissen genau, was sie zu tun und zu lassen haben. Du siehst, einen Aufpasser wie Günther haben wir wirklich nicht nötig.«

»Kein Grund, so schnippisch zu werden.« Helgas grüne Augen blitzten auf. »Aber das ist ja wieder typisch für dich, Gesa. Da will man euch nur einen Gefallen tun, und du meinst gleich, dass wir wunders was im Schilde führen.«

Gesa presste für einen Sekundenbruchteil die Lippen fest zusammen, um ja nichts Unbedachtes zu sagen, dann hatte sie sich wieder im Griff.

Heute war Papas Beisetzung, da hatte die Familie zusammenzustehen, egal wie zerstritten sie auch sonst miteinander war.

»Also gut«, sagte Gesa. »Dann geht meinetwegen über die Viehdiele ins Haus, aber bitte leise. Du weißt, unsere Kühe sind Fremde nicht gewohnt. Ich möchte nicht, dass sie sich erschrecken und womöglich noch jemand getreten wird.«

Helga warf ihr einen vernichtenden Blick zu, antwortete aber nicht darauf, sondern folgte ihrem Mann ohne ein weiteres Wort in die Viehdiele.

Gesa sah den beiden einen Augenblick hinterher, dann

griff sie nach dem leeren Milcheimer, der neben dem Kannenwagen stand, und öffnete die Tür zum Gropengang, der hinter den Kühen entlangführte. Von hier aus konnte sie über die angebundenen Tiere hinweg zum Futtergang schauen, auf dem Helga und Günther langsam in Richtung des Kälberstalles schlenderten und sich leise unterhielten.

Irgendwas führen die doch im Schilde, dachte sie. Dann ging sie zu Anneliese und Herta hinüber, um den Inhalt ihrer Melkeimer abzuholen. Als sie wieder zu Hanna zurückkam, war die gerade mit ihrer Kuh fertig. Sie reichte Gesa den Eimer, erhob sich von ihrem Schemel und tätschelte das Tier, ehe sie zu Gesa auf den Gropengang hinaustrat.

»So, das war die letzte«, sagte sie, dann warf sie ihrer Schwester einen fragenden Blick zu. »Ist was, Gesa? Du guckst so komisch. Bist du nervös wegen Papas Beerdigung?«

»Ja, das auch. Und ich frage mich gerade, was die beiden jetzt schon hier wollen.«

»Welche beiden?« Hanna schaute sie verständnislos an.

»Günther und Helga sind eben angekommen. Hast du das gar nicht mitgekriegt?«

Hanna schüttelte den Kopf und wischte sich die Hände an ihrer Schürze ab.

»Sie sind doch direkt an dir vorbei über die Futterdiele in Richtung Kälberstall gegangen.« Gesa schüttelte den Kopf. »Sobald du zwischen deinen Kühen sitzt, könnte über dir der Stall abbrennen, und du würdest nichts davon merken.«

»Die sind schon da?« Hanna runzelte die Stirn. »Mama rechnet erst um die Mittagszeit mit ihnen. Haben sie gesagt, warum sie schon so früh hier sind?«

»Kein Wort. Aber irgendetwas steckt dahinter. Und ich wette mit dir, es ist nichts Gutes.«

Eine halbe Stunde später hatten die Frauen sämtliche Stallarbeiten erledigt und betraten das Wohnhaus. Die Schwestern stiegen zu ihrer Kammer hinauf, wuschen sich und zogen sich um, bevor sie zum Frühstücken in die Küche gingen.

Kaum hatte sie die Tür geöffnet, blieb Hanna so abrupt stehen, dass Gesa, die direkt hinter ihr war, beinahe in sie hineingelaufen wäre. Sie hatte schon den Mund geöffnet, um Hanna zurechtzuweisen, doch dann erstarrte auch sie bei dem Anblick, der sich ihr bot.

In den letzten Tagen war immer ein Stuhl am Kopfende des Tisches frei geblieben – der, auf dem der Bauer des Hofes seinen Platz gehabt hatte. Und ausgerechnet dort saß jetzt breitbeinig und lässig zurückgelehnt ihr Schwager Günther, eine Zigarette in der Hand, deren Asche er gerade am Aschenbecher abklopfte, der vor ihm auf dem Frühstücksteller stand.

»Da seid ihr ja endlich«, rief er großspurig, als er Gesa und Hanna hereinkommen sah. »Setzt euch doch. Immerhin habt ihr ja schon fleißig gearbeitet.« Der unterschwellige Spott in seinen Worten war nicht zu überhören.

»Was zur …«, hörte Gesa Hanna sagen und griff hastig nach ihrem Arm, um sie daran zu hindern, etwas Unbedachtes zu tun. Hanna brach den Satz ab und verstummte.

Helga, die Henrike geholfen hatte, den Tisch zu decken, drehte sich zu ihren Schwestern um. »Nun steht doch nicht in der Tür wie bestellt und nicht abgeholt. Setzt euch und fangt an.«

Gesa spürte leichten Ärger in sich aufsteigen. Dass Helga diesen Befehlston nicht lassen kann, dachte sie. Sie behandelt uns noch immer wie dumme Deerns.

Gern hätte sie ihrer Schwester eine passende Antwort gegeben, doch sie fand es nicht angebracht, sich mit Helga anzulegen. Nicht gerade heute. Nicht am Tag von Papas Beerdigung.

Schweigend steuerte sie auf ihren Stuhl zu und nahm Platz. Tanti, die wie immer auf dem Küchensofa saß, schob den Brotkorb in ihre Richtung und warf ihr dabei einen prüfenden Blick zu.

»Ist dir warm, Kind?«, fragte sie. »Du bist ganz rot im Gesicht.«

Gesa schüttelte nur den Kopf.

»Dann liegt es wahrscheinlich daran, dass du schon fleißig gearbeitet hast.«

Tanti zwinkerte Gesa zu, während ein schmales Lächeln ihre Mundwinkel umspielte. Sie griff nach der Butterdose und reichte sie Gesa ebenfalls. Da in diesem Moment Anneliese, Herta und die beiden Knechte hereinkamen, erübrigte es sich in Gesas Augen, etwas auf Tantis Stichelei zu erwidern.

Stühle wurden geräuschvoll zurückgezogen, und alle setzten sich an den Tisch. Gesa nahm sich eine Scheibe Graubrot und legte sie auf ihren Teller. Als sie den Brotkorb weitergab, fiel ihr der missbilligende Blick auf, mit dem Günther Tomek bedachte. Der junge Pole saß direkt neben ihm am Kopfende des Tisches und unterhielt sich gerade mit Dierk. Er schien nichts davon zu bemerken, aber Gesa sah, dass auch Hanna Günthers Blicke nicht entgangen waren. Ihre Schwester beugte sich vor und begann, Tomek in ein Gespräch zu verwickeln, wohl um ihn abzulenken. Es war nicht ungewöhnlich, dass die beiden so vertraut miteinander redeten, und Gesa wusste, dass Hanna den jungen Polen nicht nur als guten und verlässlichen Arbeiter schätzte, sondern die zwei auch eine enge Freundschaft verband. Er war nicht viel älter als sie, und sie hatten sich von Anfang an selbst ohne Worte verstanden. Auch für Papa war es nie von Bedeutung gewesen, dass der junge Pole dem Hof nach Renkes Tod als Zwangsarbeiter zugeteilt worden war. Alles, was für den Bauern zählte, war, wie Tomek die Arbeit verrichtete, und da er damit sehr zufrieden war, behandelte er Tomek genau wie jeden anderen seiner Knechte. Vom ersten Tag an hatte Tomek bei Dierk in der Knechtekammer geschlafen, er aß mit allen zusammen am Tisch in der Küche, und seit dem Ende des Krieges erhielt er auch denselben Lohn wie Dierk.

Gesas Blick wanderte zu Günther hinüber, der Hannas und Tomeks Gespräch schweigend verfolgte. Der Ausdruck in seinem Gesicht hatte sich zu Abscheu, ja, blankem Hass gewandelt. Seine Lippen waren dünn, die blonden Augenbrauen zusammengezogen und die hellen Augen nur noch schmale Schlitze. Als habe er bemerkt, dass Gesa ihn beobachtete, drehte er auf einmal den Kopf in ihre Richtung, und sofort setzte er ein Lächeln auf, das wohl gewinnend wirken sollte, aber nicht bis zu seinen Augen emporreichte.

Ich weiß schon, warum Papa ihn nicht leiden konnte, schoss es Gesa durch den Kopf. Mit Mühe schluckte sie den Bissen Graubrot hinunter, der auf einmal nach nichts schmeckte, und hielt dabei seinem durchdringenden Blick stand.

»Wie kommt ihr denn zurecht, so ganz ohne Bauer im Haus?«, wollte Günther wissen. Seine Stimme troff nur so vor geheucheltem Mitgefühl. »Einer muss doch das Sagen haben, sonst tanzen ganz schnell die Mäuse auf dem Tisch.«

»Da mach dir mal keine Gedanken«, erwiderte Gesa fest. »Wir haben hier alles sehr gut im Griff.«

»Dann hast du jetzt wohl das Kommando übernommen, was?«, fragte Günther. »Helga hat schon angedeutet, dass du das wahrscheinlich versuchen würdest.« Er warf Helga einen kurzen Blick zu, und diese nickte gehorsam.

Gesa hatte plötzlich das Gefühl, der Bissen Brot habe sich auf dem Weg hinunter in den Magen in einen Feuerball verwandelt. Alles in ihr brannte vor Wut, und sie hatte Mühe, nicht die Beherrschung zu verlieren. Am liebsten wäre sie aufgestanden und hätte Günther in sein selbstgefälliges Gesicht geschlagen, aber das ging natürlich nicht. Gesa ballte die Fäuste so fest, dass sich die Nägel schmerzhaft in ihre Handflächen bohrten, was ihren Kopf wieder klar werden ließ.

»Was soll das denn heißen, ›das Kommando übernehmen?‹«, fragte sie kühl. »Wir arbeiten im Stall alle zusammen, und es klappt gut. Wir ziehen alle an einem Strang.«

»Vielleicht jetzt noch, aber das wird sicher nicht so bleiben.« Günther schob seinen Teller von sich, zog den Tabaksbeutel aus der Tasche und begann, sich eine Zigarette zu drehen. »Ohne einen Bauer geht ein Hof schnell den Bach runter, das war schon immer so.«

»Woher hast du denn diese Weisheit?«

Günther zuckte die Achseln und zündete seine Zigarette mit einem Streichholz an. »Es muss doch überall einen geben, der sagt, wo es langgeht.« Lässig warf er das qualmende Hölzchen in den Aschenbecher.

»Dafür ist Mama da. Sie ist die Bäuerin.«

Der mitleidige Blick, den Günther ihr zuwarf, sagte deutlich: Du hast doch keine Ahnung, wovon du sprichst, Mädchen.

Doch er schwieg, nahm stattdessen einen Zug von seiner Zigarette und blies den Rauch nach oben zur Decke.

Helga räusperte sich vernehmlich. »Mama hat sich doch immer nur um den Haushalt und die Küche gekümmert«, sagte sie mit einem schnellen Seitenblick zu ihrer Mutter. »Wie soll sie denn jetzt zum Beispiel mit den Viehhändlern gute Preise für das Schlachtvieh und die Schweine aushandeln? Das hat sie doch nie gelernt.«

»Das muss jemand tun, der darin geübt ist«, pflichtete Günther seiner Frau bei.

»Und das wärst dann wohl du«, entfuhr es Gesa. »Das wolltest du doch damit sagen, oder?«

Günther zuckte mit den Achseln und nickte dann. »Das wäre eine Möglichkeit.«

Gesa schnaubte verächtlich. »Als ob ich es nicht geahnt hätte!«

»Was soll das denn heißen?« Helga plusterte sich auf. »Günther hat nur angeboten, unserer Mutter mit Rat und Tat zur Seite zu stehen.«

»Und sich dabei als Bauer des Hofes aufzuspielen. Darauf läuft es doch hinaus, oder?« Gesa funkelte ihre Schwester wütend an.

»Schluss jetzt, alle beide!« Henrike schlug mit der flachen Hand auf den Tisch, wie sie es früher immer schon getan hatte, wenn Helga und Gesa aneinandergeraten waren. »Was fällt euch eigentlich ein, euch so aufzuführen? Papa ist noch nicht einmal unter der Erde, und ihr streitet euch wie die Kesselflicker. Stellt euch mal vor, was die Leute denken würden, wenn das im Dorf herumgeht!«

Einen Augenblick lang war Gesa wie vor den Kopf geschlagen. Dass ihre Mutter das letzte Mal so laut geworden war, war eine halbe Ewigkeit her. Doch sie hatte natürlich recht mit ihrem Tadel, und Gesa schämte sich dafür, so die Kontrolle verloren zu haben. »Ich wollte doch nur …«, begann sie, aber Henrike schnitt ihr das Wort ab.

»Ich will kein Wort mehr hören. Nicht heute!« Henrike stand von ihrem Platz auf und sah in die Runde. Ihre grünen Augen glänzten verdächtig, und sie presste kurz die Lippen zusammen, wohl, um sich wieder in den Griff zu bekommen. »Wir bringen die Beisetzung hinter uns und werden den Leuten auf keinen Fall einen Grund zum Tratschen geben.«

Der Schmerz, der in den Augen ihrer Mutter lag, gab Gesa einen Stich. Sie senkte den Kopf und nickte. Vorsichtig warf sie aus den Augenwinkeln einen Blick auf die anderen am Tisch und schaute in lauter betretene Gesichter. Auch Helga sah mit geröteten Wangen nach unten.

»Dann wäre das ja geklärt«, sagte Henrike. Sie straffte die Schultern, drehte sich um und verließ hocherhobenen Hauptes die Küche. Die Tür knallte, als sie hinter ihr ins Schloss fiel.

Einen Moment lang war es so still, dass man die Uhr an der Wand ticken hören konnte.

»Bums. Die war zu«, stellte Tanti trocken fest. Sie blickte Helga und Gesa vorwurfvoll an. »Das habt ihr ja prima hingekriegt. Musste das denn nun sein?«

Gesa verschränkte die Arme vor der Brust und antwortete ebenso wenig wie ihre große Schwester.

»Jetzt seid ihr also still, was? Warum konntet ihr denn eben nicht den Mund halten?« Tanti schüttelte den Kopf. »Tut ja nicht not, diese Streiterei. Da kommen wir schon noch früh genug hin, wenn es ums Erben geht, das könnt ihr mir glauben. Und nun räumt den Tisch ab, und macht euch an die Arbeit, wir haben noch einige Bleche Kuchen zu backen.«

Erst als sie sich nach dem Mittagessen für die Beerdigung ihre guten dunklen Kleider anzogen, ergab sich für Gesa und Hanna die Gelegenheit, in Ruhe und ohne unerwünschte Zuhörer miteinander zu reden.

Hanna setzte sich auf ihr Bett, rollte sich einen ihrer langen schwarzen Wollstrümpfe über den Fuß und zog ihn bis zum Oberschenkel hoch, wo sie den oberen Rand an ihrem Strumpfgürtel befestigte, ehe sie den Strumpf glatt strich.

»Meinst du nicht, dass es ganz gut wäre, wenn Günther Mama ein bisschen beim Führen des Hofes unter die Arme greift? Ich meine, eigentlich ist das doch nett von ihm«, sagte sie, griff nach dem zweiten Strumpf und krempelte ihn mit beiden Händen zusammen.

»Wenn es dabei bleiben würde, wäre das für Mama eine Hilfe, klar, aber ich glaube, Helga und Günther haben was anderes im Sinn.« Gesa schlüpfte in ihre Bluse und machte sich daran, die winzigen Knöpfe vorn der Reihe nach zu schließen.

»Und was?«

»Günther will den Hof übernehmen, darauf kannst du wetten.«

»Aber seine Familie hat doch schon einen Hof, und den wird er eines Tages von seinem Vater übernehmen.« Vorsichtig zog Hanna auch den zweiten Strumpf hoch und befestigte ihn sorgfältig. Dann stand sie auf und ging zum Schrank, an dem bereits ihr gutes Sonntagskleid bereithing.

»Zwölf Hektar Moorweide, auf der nicht viel mehr als Binsen wachsen. Jedenfalls hat Papa das immer gesagt.«

Gesa streckte ihrer Schwester den Arm hin, als diese ihr Kleid übergestreift und den Reißverschluss an der Taille geschlossen hatte. »Hilf mir mal bitte mit den Knöpfen an der Manschette«, sagte sie.

Gehorsam begann Hanna, die winzigen schwarzen Knöpfchen in die Knopflöcher zu fummeln.

»Natürlich möchte er gern den Hof übernehmen«, fuhr Gesa fort. »Als Bauer in der Marsch wäre er endlich wieder wer. Die Nachbarn hätten Respekt vor ihm und würden den Hut ziehen, wenn sie ihm begegnen, und vor allem könnte er seine Leute herumkommandieren, so wie früher.«

Hanna sah zu Gesa hoch. »Du meinst uns«, stellte sie fest. »Er hätte über uns zu bestimmen.«

»Ganz genau.« Gesa streckte den anderen Arm in Hannas Richtung und sah dabei zu, wie diese die Knöpfe schloss. »Lieber krieche ich auf allen vieren bis nach Aurich, als zuzulassen, dass Günther oder Helga mir irgendwelche Befehle geben.«

Hanna unterdrückte ein Lächeln. »Ich würde es vermutlich anders ausdrücken, aber mir geht es im Grunde genommen genauso.«

Sie schloss den letzten Knopf und ließ die Manschette von Gesas Bluse los. »So, fertig«, sagte sie und drehte ihre Schwester zum Spiegel der Waschkommode herum.

Gesa betrachtete die Gesichter der beiden jungen Frauen, die ihr aus dem Spiegel so ernst entgegenblickten, als seien es Fremde. Eine gewisse Ähnlichkeit zwischen ihnen war erkennbar, aber die Unterschiede überwogen. Gesa war ein Stückchen größer als ihre Schwester, dabei aber noch schmaler als die ebenfalls schlanke Hanna. Während die Jüngere einen welligen blonden Haarschopf hatte, war Gesas braunes Haar glatt und so fein, dass es zu dünn wurde, wenn sie es lang wachsen ließ. Es reichte ihr nur bis zum Kinn, und sie hielt es mit einem Haarreif und ein paar Klemmen aus dem Gesicht.

Eine Weile musterte Gesa ihr angespanntes Gesicht: die hohe Stirn, die graublauen Augen unter den geschwungenen Augenbrauen, die lange, gerade Nase, die vollen Lippen. Dann traf ihr Blick die Augen ihrer Schwester, die sie fragend ansah.

Hanna hat so schöne Augen, dachte Gesa. Man kann nie genau sagen, welche Farbe sie haben.

Manchmal schienen sie blaugrau zu sein wie das Meer an einem windigen Tag, manchmal, so wie jetzt, waren sie eher grün, mit kleinen goldenen Einsprengseln um die Pupille herum. Hannas Gesicht war nicht so schmal wie Gesas und die Nase nicht so dominant, dafür sprang ihr Kinn mit dem Grübchen darin weiter vor als bei ihrer Schwester.

»Was ist denn?«, fragte Hanna leise.

»Ich habe mich nur gerade gefragt, ob du eigentlich weißt, wie hübsch du bist.«

»Ich?« Hanna errötete sichtlich. »Blödsinn.«

»Doch, ganz ehrlich«, versicherte Gesa ihr. »Sehr sogar. Eines Tages wird jemand kommen, der das auch findet. Ein junger Mann, der dir den Hof macht. Und der hoffentlich ein guter Bauer ist«, fügte sie hinzu und legte den Arm um Hannas Schultern. »Dann wäre die Zukunft des Friesenhofes gesichert. Das ist das, was Papa sich gewünscht hat, und ich habe ihm versprochen, alles dafür zu tun, dass es so kommt.«

In Hannas Augen schwammen auf einmal Tränen.

Gesa strich mit der Hand aufmunternd über ihren Arm. »Und jetzt lass uns gehen und Papa die letzte Ehre erweisen.«

Vier

Hanna band ihr Kopftuch im Nacken zu und warf einen Blick in den Spiegel der Waschkommode. Ihre Augen waren immer noch etwas gerötet, doch das war auch alles, was noch an die Beerdigung vor ein paar Stunden erinnerte.

Sie hatte ihr gutes Kleid wieder gegen die gewohnte Arbeitskleidung getauscht und trug jetzt einen verwaschenen Rock, eine alte Bluse unter der Strickjacke, die früher einmal Helga gehört hatte, und eine Schürze aus derbem blauen Baumwollstoff.

Von wegen hübsch, dachte sie. Ich sehe genauso aus wie jede andere Melkerin in der Krummhörn.

Sie schüttelte den Kopf und schenkte ihrem Spiegelbild ein mitleidiges Lächeln, ehe sie ihre Kammer verließ. Unten an der Treppe blieb sie kurz stehen und lauschte.

Noch immer drangen die Stimmen der Besucher aus der guten Stube, wo die letzten Gäste des Trauergottesdienstes zusammensaßen. Inzwischen waren sie von Tee zu Schnaps übergegangen, was unschwer an dem lauten Gelächter zu erkennen war, das durch die geschlossene Tür schallte.

Das gehörte bei Beerdigungen immer dazu: Zuerst wurde schweigend Tee getrunken und Butterkuchen gegessen, danach kam allmählich ein Gespräch in Gang, und schließlich machten die Schnapsflaschen die Runde, wobei auch gern Döntjes über den Verstorbenen erzählt wurden. Dann löste sich die gedrückte Stimmung schnell auf, und man rief sich all die schönen Erinnerungen an den Verstorbenen ins Gedächtnis.

Nachdem Hanna zusammen mit Gesa und Helga das Teegeschirr abgeräumt hatte, hatte sie sich entschlossen, nun wieder zum Alltag zurückzukehren.

»Ich gehe mit zum Melken«, hatte sie zu ihren Schwestern gesagt.

»Aber heute doch nicht«, war Helgas entrüstete Antwort gewesen. »Das Melken können die Flüchtlingsfrauen auch mal allein erledigen.«

»Es gehört eben zu meinen Aufgaben«, hatte sie erwidert, sich umgedreht und war nach oben gegangen, um sich umzuziehen. Vermutlich hatte sich Helga wieder über sie mokiert. Sollte sie nur.

Keine Sekunde länger hätte Hanna es in der von Zigarettenrauch geschwängerten Stube voller Menschen ausgehalten! All das Gerede und Getratsche widerstrebte ihr zutiefst, und sie sehnte sich nach ihrer gewohnten Arbeit mit den Tieren und den Leuten, die sie mochte.

Hanna ging leise durch den Flur zur Glastür, die zum Vorflur führte, der das Wohnhaus vom dahinterliegenden Stall trennte. Dort zog sie ihre Halbschuhe aus und schlüpfte in gestrickte Socken und Gummistiefel.

Während sie noch gebückt dastand, um den zweiten Stiefel anzuziehen, knarrte hinter ihr die Tür zum Kälberstall. Als sie sich aufrichtete, blickte sie direkt in Günthers helle Augen, der sie neugierig anschaute und dann lächelte.

»Wenn die Stube voller Gäste sitzt, gehst du mit in den

Stall?«, fragte er, und Hanna glaubte, eine Spur von Ungläubigkeit in seiner Stimme zu erkennen.

»Natürlich«, antwortete sie. »Die Kühe fragen nicht danach, ob Besuch da ist. Die wollen um diese Zeit gemolken werden.«

»Aber du bist die Tochter des Bauern.«

Hanna zuckte die Achseln. »Ja, und? Das ist den Kühen doch egal. Die Arbeit muss erledigt werden, und ich tue sie gern.«

Günther legte den Kopf ein wenig schief und zog an der Zigarette, die er zwischen seinen gelblich verfärbten Fingerspitzen hielt.

»Die Bäuerin gehört nicht in den Stall, jedenfalls nicht auf einem so großen Hof wie eurem. Du solltest im Haus sitzen und an deiner Aussteuer nähen. Jeder hat seinen Platz, und deiner sollte nicht unter den Melkerinnen und den Knechten sein – schon gar nicht, wenn einer von ihnen ein Polacke ist. Wer weiß schon, was so einer im Schilde führt.«

Günther nahm noch einen letzten Zug von seinem Zigarettenstummel, dann ließ er ihn auf die Fliesen fallen und trat ihn aus.

Hanna spürte, wie die Abneigung gegen ihren Schwager sich zunehmend mit Wut mischte. Nicht nur seine abwertenden Worte über ihre Knechte brachten sie auf, sein ganzes Benehmen war anmaßend. Der Vorflur war erst am Vormittag frisch gefegt und gefeudelt worden. Was für eine Unverfrorenheit von ihm, seine Zigarette auf dem Boden auszutreten. Sie biss sich auf die Zunge, um nichts zu sagen.

Jetzt nur keinen Streit anfangen, dachte Hanna. Nicht heute. Reiß dich zusammen, auch wenn er noch so ein Stinkstiebel ist.

Sie blieb stocksteif stehen und schluckte trocken, während sie ihre geballten Fäuste in den Falten ihres Rockes verbarg.

»Na ja, du musst ja wissen, was du tust. Ich geh mal wieder zu den anderen in die Stube.« Günther nickte ihr mit einem gönnerhaften Lächeln zu, dann stieg er die beiden Stufen zur Flurtür hinauf und verschwand im Wohnhaus.

»Oospans!«, murmelte Hanna mit zusammengebissenen Zähnen und hob die Zigarettenkippe auf. Mit spitzen Fingern trug sie sie über die Dreschdiele nach draußen, wo sie sie in hohem Bogen auf den Misthaufen warf. Sie wischte sich die Hände an der Schürze ab und schüttelte den Kopf. Langsam verrauchte der Zorn auf ihren Schwager wieder.

»Alles gut, Hanna?«, hörte sie eine dunkle Stimme hinter sich sagen. Sie drehte sich um.

Tomeks braune Augen musterten sie, während ein warmes Lächeln auf seinem ebenmäßigen Gesicht erschien. »Du siehst so …« Einen Moment lang schien er nach dem richtigen Wort zu suchen. »Du siehst böse aus. Und traurig.«

Im ersten Impuls war Hanna versucht, abzuwinken und zu versichern, es sei alles in schönster Ordnung, aber das widerstrebte ihr. Sie wollte Tomek nicht anlügen, dafür mochte sie ihn zu sehr. Und außerdem kannte er sie ohnehin so gut, dass sie ihm nichts vormachen konnte. Er brauchte sie nur einmal kurz anzusehen und wusste, was sie fühlte.

»Mein Schwager Günther benimmt sich mal wieder daneben«, sagte sie. »Aber ist ja auch egal. Helga und er fahren gleich wieder nach Hause, und dann habe ich keinen Grund mehr, mich über ihn zu ärgern.«

»Was hat er denn gemacht?«

»Eine Zigarette im Vorflur ausgetreten, das war allerdings nur der Tropfen, der das Fass zum Überlaufen gebracht hat«, erwiderte Hanna und verzog das Gesicht. »Mir hat es schon gereicht, wie er sich heute Morgen auf Papas Stuhl breitgemacht hat. Als ob er der Bauer des Friesenhofs wäre.«

»Vorhin ist er im Stall gewesen«, sagte Tomek. »Wollte mit Dierk sprechen und ist mit ihm in die Knechtekammer gegangen.«

»Hat Dierk erzählt, was er wollte?«

»Dierk sagt, er hat nach Kühen gefragt. Wie viele wir melken. Wie viele Rinder schon auf Weide sind. So was.«

»Auf *der* Weide …«, korrigierte Hanna ihn automatisch.

»Auf *der* Weide …«, wiederholte Tomek.

Hanna nickte ihm zu, doch ihr Lächeln erstarb sofort wieder. »Ich frage mich, warum Günther das wissen will«, sagte sie nachdenklich.

»Er will wissen, wie viel Geld im Hof ist.« Tomeks Augen wurden schmal. »Was er bekommt.«

»Gar nichts wird er bekommen. Günther wird den Hof nicht erben.«

Tomek warf ihr einen zweifelnden Blick zu. »Sagt er aber.«

»Was hat er gesagt?«

»Dass er Bauer auf Friesenhof wird. Dierk hat das erzählt. Und ich soll weggehen.«

»Das ist doch … So weit kommt es noch!« Hanna schnaubte. »Mach dir deswegen bloß keine Gedanken, Tomek. Darüber hat er überhaupt nicht zu bestimmen.«

»Aber sagt er. Wenn er Bauer ist, kommt zuerst der Polack vom Hof.« Er spie das Wort förmlich aus. Dann fügte er ein Schimpfwort in seiner Muttersprache hinzu, das Hanna nicht kannte, dessen Bedeutung aber klar auf der Hand lag.

Sie hob die Hand und berührte den Knecht kurz am Arm. »Nein, Tomek, du musst nicht weg von hier. Mama, Gesa und ich haben da auch noch ein Wörtchen mitzureden, und wir werden es nicht zulassen, dass du vom Hof gejagt wirst. Du gehörst schließlich zu uns!«

Hanna sah Erleichterung in seinen Zügen und spürte neben der Genugtuung ein warmes Gefühl tief in ihrem Inneren aufsteigen. Das war ihr in letzter Zeit öfter passiert, und sie ahnte sehr wohl, was das bedeutete. Doch sie wollte ihre Freundschaft nicht durch eine Liebelei gefährden, die ohnehin keine Zukunft hätte. Schnell wich sie daher dem freundlichen Blick seiner braunen Augen aus und wandte sich zum Stall um.

»Weißt du, wo Dierk ist?«, fragte sie.

»Füttert Pferde«, erwiderte Tomek.

»Dann versuche ich mal herauszubekommen, was Günther genau mit ihm besprochen hat. Kannst du bitte Anneliese und Herta ausrichten, dass ich gleich zum Melken komme und sie schon mal ohne mich anfangen sollen?«

Ohne Tomeks Antwort abzuwarten, lief sie zur Dreschdiele zurück und öffnete die Tür zum Pferdestall. Niemand war zu sehen.

»Dierk?«, rief sie.

Der Kopf des Knechtes tauchte hinter der Stute in der hintersten Box auf, die zufrieden ihr Heu aus der Raufe an der Wand zupfte.

»Ich bin hier«, sagte er. Er tätschelte der Fuchsstute den Hals und fuhr mit der Hand über ihre Flanke, ehe er die Boxentür öffnete und auf den Gang trat. »Was gibt es denn?«

Er nahm seine kurze Pfeife aus dem Mund und klopfte sie an seinem Stiefel aus.

Hanna kannte es gar nicht anders, als dass Dierk Knecht auf dem Hof gewesen war. Sein genaues Alter wusste sie nicht, aber er war bestimmt schon über fünfzig. Papa hatte erzählt, auch Dierks Vater habe schon als Knecht auf ihrem Hof gearbeitet, bis er einen Köterhof pachten konnte. Dierk war gleich nach der Schule auf den Friesenhof gekommen, weil er als einer von vier Jungens keine Chance hatte, den Hof des Vaters übernehmen zu können. Seither hatte er immer auf dem Friesenhof gearbeitet. Er war klein, breitschultrig und schweigsam, trug sommers wie winters seine Prinz-Heinrich-Mütze und hatte stets seine kurze Pfeife zwischen den tabakgelben Zähnen.

Hanna ging zu ihm hinüber. »Ich habe gehört, mein Schwager Günther hat mit dir gesprochen?«

Der Knecht zog seinen Tabaksbeutel aus der Tasche und begann damit, seine Pfeife neu zu stopfen. Erst als er sie angezündet und die erste Rauchwolke wieder ausgestoßen hatte, bequemte er sich zu einer Antwort.

»Ganz schön neugierig, dein Schwager«, sagte er. »Wollte alles ganz genau wissen.«

»Was denn?«, fragte Hanna.

Die Stute hatte sich umgedreht, streckte den Kopf über das Holz der Boxentür und stupste Hanna mit der Schnauze an. Mechanisch strich sie dem Tier über die Blesse auf der Stirn.

»Wie viel Kühe und Färsen wir haben, ob wir schon Jungvieh auf den Weiden haben. All so ein Zeug. Und dann meinte er noch, dass er bald der Bauer auf dem Friesenhof werden würde.«

»Und dass er dann den Polacken davonjagen würde.«
Hanna nickte. »Das hat mir jedenfalls Tomek erzählt.«
Dierk nickte.

»Und was hast du dazu gesagt?«, fragte Hanna.

»Nichts. Das steht mir doch gar nicht zu, was dazu zu sagen.« Der alte Knecht zuckte mit den Schultern. »Ich hab mir nur meinen Teil gedacht.«

»Und was hast du gedacht?«

»Das werde ich dir gerade auf die Nase binden, Deern.« Er zog an seiner Pfeife und zwinkerte ihr grinsend zu. »Nachher verpetzt du mich noch!«

»Bestimmt nicht, du kennst mich doch.« Sie erwiderte sein Lächeln. »Nun erzähl schon, was denkst du?«

Dierk nahm die Pfeife aus dem Mund und sah sie einen Moment lang schweigend an, dann zog er die Nase hoch. »Ganz ehrlich, ich bin kein großer Freund von diesem Günther Warns. Der hat mir für meinen Geschmack eine viel zu hohe Meinung von sich selbst und meint wunders, was er für ein toller Kerl ist. Ich habe die Erfahrung gemacht, dass die Leute, die am meisten von dem verstehen, was sie tun, nicht damit rumprahlen. Die wissen, was sie können, und haben das Angeben gar nicht nötig.« Er holte tief Luft, ehe er weitersprach. »Aber lieber dieser Aufschneider als gar kein Bauer auf dem Hof, das lass dir von mir gesagt sein. Er hat nicht unrecht, wenn er sagt, dass es immer einen braucht, der das Sagen hat, sonst geht der Hof vor die Hunde.«

Hanna runzelte die Stirn.

»Es mag ja stimmen, dass es jemanden geben muss, der bestimmt, wo es langgehen soll, aber das könnte doch auch meine Mutter sein«, sagte sie. »Seit dem Krieg gibt es schließlich viele Witwen, die auf ihrem Bauernhof allein sind.«

»Weil sie nicht anders können«, wandte Dierk ein. »Weil sie niemanden haben, der ihnen die Arbeit abnimmt. Das haben sie sich bestimmt nicht so ausgesucht.«

»Und trotzdem kommen sie zurecht.«

»Meinst du!« Dierk zog die Augenbrauen in die Höhe. »Da hab ich aber was anderes gehört. Die meisten haben schlimm zu knapsen und müssen aufpassen, dass man sie nicht dauernd übervorteilt. Für deine Mutter wäre das nichts. Die ist viel zu weich und zu gutmütig, um sich durchzusetzen. Der würden sie doch alle auf der Nase herumtanzen – die Vieh- und Futterhändler genauso wie die Bauern aus der Nachbarschaft.«

»Aber …«

»Nichts aber«, schnitt der Knecht ihr das Wort ab. »Du kennst deine Mutter doch. Die hat sich immer darauf verlassen, dass dein Papa alles regelt und bestimmt. Wie soll sie das denn jetzt allein schaffen?«

»Mama ist aber nicht allein. Gesa und ich sind auch noch da.«

»Aber ihr seid doch nur Deerns. Wenn eine von euch einen Mann hätte, der aus der Landwirtschaft kommt, ja, dann sähe die Sache anders aus. Aber so? So wäre es wohl wirklich das Beste, wenn Helga und ihr Mann hier das Ruder übernehmen.« Dierk seufzte und schüttelte den Kopf. »Zum Glück hab ich darüber nicht zu entscheiden. Ich werde schön meinen Mund halten, ich will ja meine Arbeit noch ne Weile behalten.«

Hanna fühlte eine Welle heißen Zorns in sich aufsteigen. »Glaubst du, dass Günther dich hierbehalten wird, wenn er erst mal der Bauer auf dem Hof ist?«

»Er hat es mir fest zugesagt.«

»Ach, daher weht der Wind!« Hanna schnaubte. »Ich hätte es mir ja denken können.«

Verärgert runzelte der Knecht die Stirn. »Was soll das denn heißen?«

»Das soll heißen, wenn Günther dir verspricht, dass du deine Stelle behältst, bist du mit allem einverstanden, nicht wahr? Sogar damit, dass Tomek weggejagt werden soll. Ich dachte immer, du kommst gut mit ihm aus.«

»Das ist ja auch so. Tomek ist ein feiner Jung, aber dein Schwager hat nun mal was gegen ihn.«

»Weil er Pole ist.«

»Es gibt etliche, die die ehemaligen Fremdarbeiter nicht mögen«, gab Dierk zu.

»Vor allem unter denen, die früher in der Partei waren«, sagte Hanna finster. »Und da war Günther ja nun besonders eifrig.«

»Mag sein. Aber er ist bei Weitem nicht der Einzige, dem es gegen den Strich geht, dass Tomek noch immer als Knecht auf dem Friesenhof ist«, sagte Dierk. »Du solltest mal hören, was die Nachbarn hinter eurem Rücken alles reden.«

»Ach ja?« Hanna sah dem Knecht herausfordernd ins Gesicht. »Was reden sie denn so?«

»Besser, du weißt es nicht, Deern. Da kriegst du höchstens rote Ohren.« Ein schmales Lächeln umspielte seine Lippen. »Mach dir nicht immer so viele Gedanken um alles, Hanna. Davon kriegt man Falten, und wer wird dich dann denn noch heiraten? Dat treckt sich allens na'n Liev.« Er lachte leise über seinen eigenen Witz. »Und nun lass uns zusehen, dass wir mit der Stallarbeit fertig werden. Wir sind wegen der Beerdigung heute verdammt spät dran. Ich geh jetzt auf den Heuboden und fang mit dem Füttern an.«

Ohne auf eine Antwort zu warten, griff Dierk nach der Heugabel, die neben der Pferdebox an der Wand lehnte, und ging damit zur Tür, die zur Dreschdiele führte.

Hanna blickte ihm einen Augenblick hinterher, dann seufzte sie.

»Nicht so viele Gedanken machen. Der hat gut reden«, sagte sie zu der Fuchsstute und tätschelte ihr den Hals. »Wie soll man sich da denn keine Gedanken machen?«

Die Stute stupste sie mit der Schnauze an und schnaubte. Hanna lächelte, als sie dem Tier in die dunklen Augen sah.

»Recht hast du. Ich sollte endlich zum Melken gehen.«

Die Sonne stand schon tief, als Hanna mit den Melkerinnen und Knechten die Arbeit im Stall endlich beendet hatte und sie wieder ins Wohnhaus gingen. Doch vor dem Abendessen musste sie sich zuerst waschen und umziehen. Mit müden Beinen schlich sie die Treppe hinauf zu ihrer Kammer und war schon beinahe oben angekommen, als sie von unten Stimmen heraufschallen hörte. Ein Mann und eine Frau schienen zu streiten, aber sie konnte nicht verstehen, was gesagt wurde.

Hanna blieb stehen und beugte sich vor, um durch das Geländer zu spähen. Die Tür zur Stube wurde aufgerissen, und Günther trat auf den Flur hinaus. Helga folgte ihm auf dem Fuße, lief zur Garderobe und griff nach den letzten zwei Mänteln, die dort noch hingen.

»Ja, ganz genau, das werden wir noch sehen!«, rief ihnen eine ärgerliche Stimme aus der Stube hinterher, die Hanna als die ihrer Schwester Gesa erkannte.

Jetzt kam Gesa in ihr Blickfeld. Sie war hinter Helga und Günther auf den Flur getreten und stand mit hochrotem

Kopf und zorniger Miene da, die Arme vor der Brust verschränkt. »Solange ich hierbei noch etwas mitzureden habe, wird ganz bestimmt nichts daraus. Das könnte dir so passen.«

Helga hatte sich ihren Mantel übergeworfen und reichte den anderen an ihren Mann weiter. Dann machte sie einen Schritt auf Gesa zu. »Wenn wir in ein paar Tagen wiederkommen, sollten wir noch mal in aller Ruhe …«

»Gar nichts werden wir«, unterbrach Gesa ihre große Schwester scharf. »Glaub bloß nicht, dass ich meine Meinung ändern werde.«

»Aber Mama hat schon gesagt …«

»Sie hat gesagt, dass sie es sich überlegen will. Nicht mehr und nicht weniger. Noch ist keine Entscheidung gefallen.«

Hanna beobachtete, wie Gesa einen Schritt auf Helga zu machte. »Und ihr werdet sie nicht unter Druck setzen, indem ihr alle zwei Tage hier auftaucht und sie zu überreden versucht.«

»Ich kann meine Mutter so oft besuchen, wie ich will.«

»Sonst kommst du doch auch nur her, wenn du was brauchst, nicht, weil du dich für sie oder sonst wen interessierst.«

»Das ist ja wohl …«, rief Helga und hob die Hand, aber Günther griff nach ihrer Schulter und zog sie zurück.

»Lass sie«, knurrte er. »Es lohnt sich nicht. Das wird sich schon bald von allein erledigt haben, glaub mir.« Damit schob er Helga in Richtung Tür. »Wir fahren jetzt nach Hause«, sagte er an Gesa gewandt. »Und wenn wir wiederkommen, werden wir ja sehen, wie deine Mutter sich entschieden hat.«

Hanna zog sich ein wenig weiter in den Schatten zurück, als die beiden am Treppenaufgang vorbeigingen, aber weder

Helga noch Günther blickten zu ihr hoch. Erst als die Tür hinter ihnen ins Schloss gefallen war, stieß Hanna erleichtert die angehaltene Luft aus und lief die Treppe hinunter.

Gesa stand noch immer mit verschränkten Armen im Flur. Ihr Kopf war hochrot, sie atmete heftig ein und aus, während sie wütend auf die Tür starrte.

»Was war das denn?«, fragte Hanna.

Gesa drehte den Kopf und sah ihr in die Augen. »Mir ist der Kragen geplatzt. Das ist passiert. Dabei habe ich mir den ganzen Tag solche Mühe gegeben, es nicht so weit kommen zu lassen.« Sie ballte die Fäuste. »Aber auf der anderen Seite musste ihnen ja mal jemand die Meinung sagen.«

»Was haben sie denn gemacht?«

»Ist dir das denn gar nicht aufgefallen? Mensch, Hanna, du bist manchmal wie ein gutmütiges Kind.« Gesa seufzte. »Den ganzen Tag über ist Helga um Mama herumscharwenzelt. ›Mama hier, Mama da, Mama, willst du noch ein Stück Kuchen? Du musst aber doch was essen, sonst wirst du noch krank. Willst du dich nicht ein bisschen ausruhen, du bist ganz blass?‹ So überfürsorglich war sie früher nie. Genau genommen hat sie sich früher überhaupt nicht um irgendwen gekümmert.« Gesas Augen blitzten. »Und ihr sauberer Herr Ehemann schlug genau in dieselbe Kerbe. Er konnte es nicht lassen, immer wieder nachzufragen, ob denn schon klar wäre, wie es künftig mit dem Hof weitergehen sollte. Dann hat er sich bei allen Nachbarn angebiedert und versucht, sich lieb Kind zu machen. Erst hat er das große Wort unter ihnen geführt, dann hat er immer wieder allen Korn nachgeschenkt. Bernd Freese war so betrunken, dass er kaum noch geradeaus laufen konnte, als er nach Hause wollte. Beim Rausgehen hat er Günther auf die

Schulter geklopft und ihm gesagt, wie sehr er sich darauf freut, dass sie bald Nachbarn werden.«

Gesas Stimme überschlug sich fast, so zornig schien sie zu sein.

»Nicht so laut, Gesa«, sagte Hanna beschwichtigend. »Muss ja nicht gleich jeder alles mitbekommen.«

»Mir egal, sollen sie das doch alle hören!«

»Auch Mama?«, fragte Hanna vorsichtig und suchte den Blick ihrer Schwester.

Gesa stockte, dann schüttelte sie den Kopf. »Natürlich nicht«, sagte sie leise. »Gut möglich, dass sie nichts von dem Streit mitgekriegt hat. Sie ist vor einer Stunde nach oben gegangen, um sich hinzulegen, weil sie Kopfschmerzen hat. Vielleicht ist sie eingeschlafen.«

»Hoffen wir es«, sagte Hanna. »Du weißt, was sie von Streitigkeiten in der Familie hält.«

»Aber man kann nicht einfach immer alles runterschlucken, nur um des lieben Friedens willen«, sagte Gesa finster. »*Ich* kann das jedenfalls nicht.« Sie schaute hoch, und Hanna sah den Schmerz in ihren Augen. »Das war der Grund, warum ich Helga und Günther zur Rede gestellt habe. Ich habe sie gefragt, was ihr Benehmen heute sollte.«

»Und?«

»Günther hat zuerst gar nichts gesagt, und Helga hat nur ausweichend geantwortet. So was wie, sie wolle Mama doch nur in dieser schweren Zeit beistehen. Dann bin ich deutlicher geworden und habe ihnen auf den Kopf zugesagt, dass es ihnen doch nur darum gehen würde, den Hof zu übernehmen.«

»Oh, Gesa …« Hanna schaute ihre Schwester mit gerunzelter Stirn an. »Ob das so eine gute Idee war?«

»Ich halte nun mal nicht gern mit der Wahrheit hinterm Berg.« Gesa zuckte die Schultern. »Lieber geradeheraus mit der Wahrheit, das kostet am wenigsten Zeit.«

»Du zerbrichst nicht nur ein bisschen Porzellan, sondern immer gleich den ganzen Geschirrschrank«, ergänzte Hanna das Verhalten ihrer Schwester mit einem Satz, den Papa schon immer gern über Gesa gesagt hatte. Sie selbst war viel sanftmütiger und brauste lange nicht so schnell auf.

»Aber es hat geholfen«, erwiderte Gesa. »Günther ist aufgestanden und hat sich vor mir aufgebaut, ganz dicht. Sein Zeigefinger war nur so weit von meinem Gesicht entfernt.« Sie zeigte den Abstand zwischen Daumen und Zeigefinger an. »›Wer soll denn sonst der Bauer auf dem Hof werden?‹«, hat er mich gefragt. »›Hier sind doch nur noch Frauen, die von Tuten und Blasen keine Ahnung haben und von denen sich die Männer nichts sagen lassen. Sie werden euch alle auf der Nase herumtanzen. Ihr braucht mich hier, und das werdet ihr schon noch früh genug merken. Ihr werdet noch betteln, dass Helga und ich herkommen sollen.‹« Gesa blickte Hanna ernst an. »Einen Augenblick lang dachte ich, er würde mich schlagen, aber dann hatte er sich wieder im Griff. Er sah mich mit kalten Augen an und sagte, er habe schon mit Mama geredet und ihr den Vorschlag gemacht, den Hof zu übernehmen, und sie habe schon so gut wie zugesagt.«

»Aber wann soll er denn mit ihr geredet haben?« Hanna zog zweifelnd die Augenbrauen zusammen. Gesa steigerte sich immer schnell in Dinge hinein und sah manchmal wirklich Gespenster.

»Heute Morgen, als wir anderen in der Küche mit Backen beschäftigt waren. Erinnerst du dich? Mama war nicht die ganze Zeit dabei, und Günther war angeblich in den Stall gegangen. Da muss er sie abgefangen haben.«

»Oder Günther hat dich angelogen, weil er dich einschüchtern wollte.«

»Nein, er schien seiner Sache sehr sicher zu sein. Ich glaube, er hat die Wahrheit gesagt.« Gesa schaute zur Treppe hinüber. »Aber das werden wir nur erfahren, wenn wir Mama danach fragen.«

Sie machte Anstalten, in Richtung der Treppe zu gehen, aber Hanna hielt sie am Arm fest. »Jetzt gleich? Denkst du nicht, es wäre besser, sie heute damit in Ruhe zu lassen?«

Gesa sah Hanna herausfordernd in die Augen. »Haben Helga und Günther etwa gewartet? Na, also.«

»Trotzdem. Können wir nicht …«

In diesem Moment öffnete sich die Küchentür, und Tanti steckte den Kopf hindurch. »Was macht ihr denn hier für einen Radau?«, fragte sie.

»Wir … äh …«, stammelte Hanna und sah Hilfe suchend zu ihrer Schwester, doch die schwieg.

»Tut doch nicht nötig, sich an so einem Tag in die Haare zu kriegen«, schimpfte die alte Frau. »Und du hast immer noch dein Stallzeug an, Hanna. Seht zu, dass ihr endlich fertig werdet, das Abendbrot steht schon auf dem Tisch.« Sie musterte die Schwestern mit finsterem Blick, dann deutete sie auf Gesa. »Und du kannst mal oben bei deiner Mutter Bescheid geben, dass sie zum Essen runterkommen soll.« Mit diesen Worten verschwand sie wieder.

Hanna schaute auf die geschlossene Küchentür. »Glaubst du, Tanti hat gehört, worüber wir gesprochen haben?«

Gesa zuckte die Achseln. »Papa hat immer gesagt, Tanti hört die Flöhe husten. Wundern würde es mich nicht«, erwiderte sie. »Kann gut sein, dass das ihre Art ist, mir mitzu-teilen, dass ich jetzt gleich mit Mama reden sollte. Und ge-nau das werde ich auch tun.«

Damit ging sie mit energischen Schritten zur Treppe und rannte nach oben.

Hanna seufzte und beeilte sich dann, ihr zu folgen. Vor der Tür zum Schlafzimmer ihrer Eltern war Gesa stehen ge-blieben.

»Zieh du dich lieber erst mal um«, riet sie Hanna mit ge-dämpfter Stimme. »Und dann kommst du auch dazu. Wenn wir zu zweit mit ihr sprechen, merkt Mama, wie ernst es uns ist.«

Widerwillig nickte Hanna. Ihr war nicht ganz wohl bei der Sache. Papa war doch heute erst beerdigt worden, und Mama konnte noch nicht mal in Ruhe trauern. Doch es war vermutlich wirklich besser, wenn sie bei dem Gespräch dabei war, die Gefühle gingen häufig mit Gesa durch, und dann redete sie, ohne nachzudenken. Hanna lief in ihre Kammer, schlüpfte aus ihren Stallsachen, wusch sich flink und zog sich dann hastig wieder an. Ein Blick in den Spie-gel zeigte ihr ihr angespanntes und blasses Gesicht, das von blonden Locken umrahmt wurde, für die ihre Schwestern sie immer glühend beneidet hatten. Doch im Gegensatz zu Helga und Gesa hasste sie Streit und ging Auseinanderset-zungen am liebsten aus dem Weg.

»Aber jetzt muss es sein«, murmelte sie ihrem Spiegelbild zu. »Hier geht es um etwas Wichtiges.«

Tomeks schmales Gesicht erschien auf einmal vor ihr, wie er ihr zulächelte und seine Augen dabei aufleuchte-ten. Der Gedanke, dass er den Hof vielleicht bald verlassen musste, verursachte einen derart heftigen Schmerz in ihrer

Brust, dass es sie selbst überraschte. Wann hatten sich ihre Gefühle für Tomek eigentlich so verändert? Seit wann bekam sie Herzklopfen in seiner Gegenwart?

Eilig fuhr sie sich mit der Bürste durch die Haare, dann verließ sie das Zimmer und ging zum Schlafzimmer ihrer Mutter hinüber. Von drinnen war undeutlich Gesas leise Stimme zu hören. Hanna holte tief Luft und klopfte.

»Herein«, hörte sie ihre Mutter sagen und öffnete die Tür. Das Zimmer, in dem ihre Eltern immer geschlafen hatten und in dem ihr Vater gestorben war, lag im Halbdunkel. Die Jalousien vor den schmalen Fenstern waren bis auf einen Spalt heruntergezogen. In den Lichtstreifen, die von dort auf das altmodische Doppelbett fielen, tanzten Staubpartikel der untergehenden Sonne entgegen. Beide Betthälften schienen unbenutzt, und die Paradekissen lagen ordentlich auf den Decken. Offenbar hatte ihre Mutter sich nicht hingelegt, sondern nur eine Weile allein sein wollen.

Mama und Gesa saßen nebeneinander auf dem Bettrand und blickten Hanna ruhig entgegen. Wie merkwürdig, sie so einträchtig zusammen zu sehen, dachte Hanna. Obwohl sie sich äußerlich ähnelten, waren sie vom Charakter her sehr verschieden und deshalb nur selten einer Meinung. Gesa hatte ihr hitziges Temperament von Papa geerbt, der sich auch fürchterlich hatte aufregen können, wenn ihn etwas ärgerte. Hanna hingegen kam vom Charakter mehr nach der Mutter, sie war viel besonnener und sanftmütiger.

»Gesa hat mir schon erzählt, was passiert ist«, sagte Henrike. »Dass ihr das Streiten untereinander aber auch nicht lassen könnt!«

»Hanna war nicht am Streit beteiligt. Sie war noch im Stall, als ich mit Günther aneinandergeraten bin«, erwiderte Gesa.

»Aber sie ist genau wie ich dagegen, dass er als Bauer auf den Hof kommt. Darum wollten wir beide mit dir reden.«

Henrike holte tief Luft und ließ sie langsam wieder durch die Nase entweichen. »Günther hat aber ja recht mit dem, was er sagt. Wir sind jetzt nur noch Frauen im Haus. Wie sollen wir ohne Mann mit der ganzen Arbeit zurechtkommen?«

»So wie wir auch in den letzten Tagen zurechtgekommen sind«, sagte Gesa sofort. »Wenn wir alle zusammenhalten, wird das schon klappen.«

Doch ihre Mutter lächelte traurig. »Mach dir nichts vor, Gesa. Lange würde es nicht ohne einen Bauern auf dem Hof gehen. Ein paar Wochen oder Monate werden die Nachbarn sicher bereit sein, uns zu helfen. Aber dann? Dann wird ihnen das Hemd näher sein als die Jacke. Dann wird uns niemand mehr Hilfe anbieten, und betteln will ich auf gar keinen Fall.«

Einen Augenblick lang schwiegen alle drei. Hanna, die vor dem Bett stehen geblieben war, setzte sich ebenfalls auf die Bettkante und griff nach der Hand ihrer Mutter.

»Das kann ich gut verstehen, Mama«, sagte sie. »Aber ich glaube nicht, dass wir irgendjemanden um Hilfe bitten müssen. Wir kommen prima allein klar.«

»Und wer soll dann das Sagen haben?«, fragte Henrike müde.

»Du natürlich, Mama«, sagte Gesa sofort. »Und alles, was die Landwirtschaft angeht, regelt Hanna. Glaub mir, Mama, das schafft sie. Alle, die im Stall arbeiten, hören auf sie, weil sie sehen, dass sie ganz genau weiß, was sie tut.« Sie griff nach der anderen Hand ihrer Mutter und schaute sie angespannt an. »Sie macht das wirklich gut, weißt du? Papa hat auch gesagt, dass an ihr ein Bauer verloren gegangen ist.«

In Henrikes Augen schimmerten auf einmal Tränen. »Stimmt. Das hat er immer wieder gesagt«, sagte sie leise.

»Siehst du«, fuhr Gesa fort. »Und da soll sie nicht mal die Gelegenheit bekommen, zu beweisen, was sie kann? Meinst du nicht auch, dass das ungerecht wäre?«

»Aber Hanna ist nur ein Mädchen, Gesa. Eines Tages wird sie heiraten und dann …«

»In dem Fall würde sie einen Mann mit auf den Hof bringen. Und das ist es doch, was du möchtest, Mama.«

»Äh, ich …«, begann Hanna, doch bei Gesas durchdringendem Blick verstummte sie gleich wieder.

»Günther ist auch bloß angeheiratet, genau wie Hannas Bräutigam es wäre. Von daher wäre das nichts anderes«, fuhr Gesa an ihre Mutter gerichtet fort. »Es gibt also gar keinen Grund, irgendetwas zu überstürzen.«

»Noch hat Hanna aber keinen Bräutigam«, sagte Henrike mit einem Seufzen. »Und jetzt nach dem Krieg ist es umso schwieriger, einen passenden jungen Mann zu finden.«

»Sie ist hübsch, ist nicht auf den Kopf gefallen, und sie bringt sogar einen Hof mit. Da sollte sich doch wohl jemand für sie interessieren!«, rief Gesa sofort.

»Und was ist mit dir?«, fragte Henrike. »Solltest du nicht zuerst einmal heiraten? Du bist schließlich die Ältere, und du musst doch auch versorgt sein.«

»Ich?«, sagte Gesa verblüfft. »Nein, ganz sicher nicht. Um mich muss sich niemand kümmern, das mache ich schon allein. Und nach einem Ehemann für mich muss ich auch nicht suchen. Wenn Gerold wiederkommt, werden wir heiraten. Wir sind so gut wie verlobt, nur dass er bei Papa noch nicht um meine Hand angehalten hat, ehe er an die Front musste. Wenn er wieder da ist, wird er als Schmied in Emden auf der Werft arbeiten, darüber haben wir schon gesprochen. Er sagt, das Leben als Bauer ist nichts für ihn.«

Einen Moment schwiegen alle drei. Hanna warf ihrer Schwester einen vorsichtigen Seitenblick zu. Gesas Stimme hatte so zuversichtlich, ja, fast fröhlich geklungen. Ob sie wirklich noch daran glaubte, dass Gerold zurückkehrte? Er war schon so viele Monate verschollen, und die Wahrscheinlichkeit, dass er noch lebte, war verschwindend gering.

Gesa nahm das Leben, wie es kam. Sie machte sich nie falsche Hoffnungen, lebte nicht in der Vergangenheit oder träumte sich in eine Zukunft, in der alles besser werden würde. Das Hier und Jetzt war für sie das, was zählte, und dafür bewunderte Hanna sie. Dass Gesa den Gedanken, Gerold könnte gefallen sein, nicht zulassen wollte, passte so gar nicht zu ihr.

Hanna selbst war anders. Die Zukunft war für sie ein unbekanntes, bedrohliches Land, in das eine Unzahl Wege führten. Vor jeder Abzweigung zögerte sie und fragte sich, welchen Pfad sie einschlagen sollte und was dort auf sie warten mochte. Die Zeit, die hinter ihr lag, war hingegen ein Ort der Sehnsucht, an dem alles sicher und klar erschienen war, und sie erinnerte sich gern an die unbeschwerte Zeit ihrer Kindheit, als sie draußen mit den Geschwistern gespielt hatte und neben ihrem geliebten Papa über die Wiesen gestapft war, um nach den Kühen zu schauen oder die Jährlinge zu füttern.

Hanna fühlte ein tiefes Verlangen, das alles noch einmal erleben zu dürfen, und ihr Herz schmerzte bei der Vorstellung, dass dieses Gefühl der Geborgenheit, das sie empfunden hatte, wenn Papas Hand ihre umschloss, für immer verloren war.

»Ich möchte nur nicht, dass du dich von Günther zu etwas überreden lässt, was vermutlich gar nicht nötig ist«, hörte Hanna Gesa schließlich sagen. »Ich bin überzeugt, dass wir die Arbeit auch ohne ihn sehr gut schaffen. Und …« Gesa beugte sich vor, wie um ihren Worten mehr Nachdruck zu verleihen. »Bei einer Sache bin ich mir ganz sicher: Papa würde nicht wollen, dass er hier auf dem Friesenhof als der Bauer herumstolziert. Du weißt, wie er zu Günther stand.«

»Ja, das weiß ich«, sagte Henrike. »Trotzdem werde ich mir seinen Vorschlag anhören, wenn Helga und er nächste Woche wieder herkommen.«

»Hast du sie eingeladen?«, fragte Hanna überrascht.

»Günther hätte gern heute schon mit mir über die Nachfolge gesprochen, aber …«

»Dieser …«, presste Gesa zwischen den Zähnen hervor und verstummte dann.

»Ich habe ihm gesagt, dass das heute wirklich nicht sein muss, aber er ließ einfach nicht locker. Deshalb bin ich nach oben gegangen. Was sollten denn die Nachbarn denken?« Sie lauschte mit schräg gelegtem Kopf. »Ich glaube, sie rufen uns zum Essen. Hört ihr das nicht?«

Auch Hanna lauschte, und tatsächlich war undeutlich Tantis Stimme zu vernehmen. Sie nickte und stand auf, froh, dieses Gespräch beenden zu können.

»Aber eines musst du uns versprechen, Mama.« Gesa warf Hanna einen schnellen Blick zu. »Wenn du mit Günther und Helga sprichst, dann nicht ohne uns. Die Sache geht uns schließlich genauso an.«

Sie streckte ihrer Mutter die Hand hin, die Henrike mit der Linken ergriff. »Ich verspreche es«, sagte sie und griff mit der Rechten nach Hannas Hand. »Euch beiden.«

Fünf

In der nächsten Woche drehte der Wind auf Süd und trieb die Regenwolken aufs Meer hinaus. Die Sonne schien von einem stahlblauen Himmel, trocknete die letzten Pfützen in den Wagenrillen der Straßen und wärmte die Luft. Ein grüner Schleier lag über den Bäumen, und das Gras auf den Weiden wuchs und wuchs.

»Es wird höchste Zeit, dass wir endlich die Kühe auf die Weide treiben«, sagte Hanna beim Frühstück, als alle um den langen Tisch herum saßen. »Sämtliche Nachbarn haben das schon getan. Wir sind die Letzten, die noch im Stall melken.«

Gesa beobachtete ihre Schwester, während diese mit Dierk und Tomek das weitere Vorgehen besprach, und stellte zu ihrer Freude fest, dass die Knechte Hannas Worten nicht nur interessiert zuhörten und zwischendurch Fragen zum Ablauf stellten, sondern auch keinerlei Einwände erhoben und ihr in allem bereitwillig folgten.

Doch, dachte Gesa, es wird klappen. Hanna kann den Hof leiten. Solange die beiden Knechte mitspielen, wird alles weiter gut laufen.

»Mit den Kühen kommen wir allein klar, aber was ist mit den Jungbullen? Wenn wir die rauslassen wollen, werden wir die Nachbarn um Hilfe bitten müssen.« Dierk schob den leeren Teller ein Stück von sich weg und zog seine Pfeife aus der Jackentasche. »Die Biester sind tückisch, und mir ist nicht wohl dabei, wenn nur unsere paar Frauen aufpassen, dass die nicht ausbüxen.«

»Dann muss jemand bei den Nachbarn die Runde machen und fragen, ob sie helfen kommen.« Gesa sah Hanna nicken. »Das hat sonst immer Papa gemacht. Wer geht jetzt?«

»Du, Hanna«, antwortete Gesa sofort.

»Ich?« Hannas Gesicht war eine Mischung aus Unbehagen und Zweifel. »Ich glaube nicht, dass ich das ...«

»Klar kannst du!«, beeilte sich Gesa zu versichern. »Jedenfalls, wenn ich mitkomme und das Reden übernehme. Ich weiß ja, dass du das nicht so gern tust.« Sie zwinkerte der jüngeren Schwester grinsend zu. »Ich habe damit keine Probleme.«

»Sollte das nicht eher eure Mutter übernehmen?«, fragte Tanti stirnrunzelnd.

»So kurz nach der Beerdigung?«, erwiderte Gesa, noch ehe Henrike etwas dazu sagen konnte. »Nee, das gäbe nur Getratsche. Besser, Hanna und ich gehen allein los, am besten gleich heute.« Sie schenkte Hanna ein strahlendes Lächeln. »Abgemacht?«

Hanna lächelte erleichtert zurück. »Abgemacht.«

Nach dem Mittagessen machten sie sich auf den Weg. Zu den direkten Nachbarn gingen sie zu Fuß, zu den weiter entfernten fuhren sie mit dem Rad und fragten nach Hilfe beim Austreiben der Jungbullen.

Gesa hatte schon früher ihren Vater immer gern bei diesen Nachbarschaftsbesuchen begleitet. Der Ablauf war immer der gleiche: Zuerst wurden die Schwestern in die Küche gebeten, ihnen wurde eine Tasse Tee und manchmal auch ein Stück Butterstuten oder Blechkuchen angeboten, man hielt eine halbe Stunde lang Klönschnack, bei dem es um den Austausch von Neuigkeiten ging, dann fragte Gesa, ob der Bauer und die Knechte den de Fries behilflich sein könnten. Alle sagten zu, und nur Jens Kröger vom Krögerhof, der dem Friesenhof gegenüberlag, wollte von ihnen wissen, warum denn Gesa und Hanna gekommen waren, sie hätten doch auch jemand anderen schicken können.

»Wir dachten, es sollte jemand aus der Familie sein, der die Nachbarn um Hilfe bittet«, sagte Gesa sofort. »Und Mama … Es nimmt sie alles sehr mit. Darum sind Hanna und ich hier.« Sie zuckte die Achseln.

Jens Kröger nickte und nahm sich noch ein Stück gebutterten Stuten vom Teller. »Ja, das mit eurem Vater war für uns alle in der Nachbarschaft ein schwerer Schlag. Er war ja nur zwei Jahre älter als ich. Da wird man schon nachdenklich.« Er seufzte vernehmlich und biss von seinem Stuten ab. »Hat eure Mutter schon gesagt, wann Günther Warns den Hof übernimmt?«

Gesa, die gerade von ihrem Tee hatte trinken wollen, hätte sich beinahe verschluckt. Nur mit Mühe unterdrückte sie ein Husten und stellte ihre halb volle Tasse wieder auf die Untertasse zurück.

»Das ist noch gar nicht entschieden«, sagte sie mit Nachdruck. »Wird das etwa schon herumerzählt, dass Günther der neue Bauer wird?«

»Das nun nicht, aber ich habe beim Teetrinken nach der Beerdigung in Günthers Nähe gesessen. Er hat so was angedeutet.«

»Da war er wohl etwas voreilig. Da ist das letzte Wort noch nicht gesprochen.«

Wieder biss Jens von seinem Stuten ab und kaute gründlich.

»Gut«, sagte er dann. »So ein Moordorfer Hungerleider passt auch nicht nach Rysum. Der soll mal besser bleiben, wo er jetzt ist. Zumal bei dem, was man sich so über ihn erzählt.« Er zog ein kariertes Taschentuch aus der Hosentasche und putzte sich geräuschvoll die Nase.

»Was erzählt man sich denn?«, fragte Hanna neugierig.

Gesa sah den erstaunten Blick, den Jens ihrer Schwester zuwarf. »Sind vielleicht nur Gerüchte, und ich bin keiner, der Gerüchte weiterträgt.« Er erhob sich und steckte das Taschentuch wieder ein. »Und jetzt muss ich in den Stall. Es ist Zeit zum Melken. Wir kommen dann Donnerstagvormittag zum Helfen zu euch.« Damit nickte er den jungen Frauen zu und verließ, gefolgt von seinen beiden halbwüchsigen Söhnen, die Küche.

Gesa und Hanna tranken noch aus, dann verabschiedeten sie sich von Jens' Frau Ida und den Töchtern und machten sich auf den Heimweg.

»Weißt du, was er gemeint hat?«, fragte Hanna, als sie die lange baumgesäumte Auffahrt zur Straße hinuntergingen. »Was für Gerüchte gibt es denn über Günther?«

»Keine Ahnung. Vielleicht geht es um etwas, das Günther im Krieg gemacht hat? Er war doch bei der Waffen-SS im Osten.« Gesa zuckte mit den Schultern. »In jedem Fall sollten wir Mama davon erzählen, dass Jens Kröger auch nicht begeistert von der Idee ist, dass Günther den Hof übernehmen will.«

Henrike schien nicht sonderlich überrascht, als Gesa am Abend in der Stube von dem Besuch bei Krögers erzählte.

»So was hab ich mir schon gedacht«, sagte sie, ohne den

Blick von dem Strumpf zu wenden, den sie gerade stopfte. »Ein Moordorfer hat es nicht leicht unter diesen sturköpfigen Marschbauern.« Ungerührt führte sie die Nadel weiter. »Die müssen ihn ja nicht lieben, die sollen ihn nur in die Nachbarschaft aufnehmen.« Sie griff nach der Schere, die vor ihr auf dem Tisch lag, und schnitt den Faden ab. Dann sah sie zu Gesa hoch, und ein vorsichtiges Lächeln umspielte ihre Lippen. »Auch darüber müssen wir reden, wenn Helga und Günther am Sonntag herkommen.«

»Sonntag schon?«, fragte Hanna und ließ ihr Strickzeug in den Schoß sinken.

»Der Postbote hat heute eine Karte von Helga gebracht«, warf Tanti ein. »Sie kommen nachmittags zum Teetrinken und bringen die Kinder mit, schreibt sie. Angeblich wollen die Kleinen ihre Oma trösten.« Tanti schnaubte verächtlich. »Als ob!«

»Das kann doch sein.« Henrike nahm einen weiteren Strumpf aus dem Korb, der neben ihrem Sessel auf dem Fußboden stand.

Tanti warf ihr über den Rand ihrer Brille einen prüfenden Blick zu. »Du weißt ganz gut, warum die Moordorfer herkommen, Henrike. Das war doch schon gleich nach der Beerdigung klar, was Helga und Günther im Sinn haben.« Sie schüttelte missbilligend den Kopf. »Beim Teetrinken nach der Beerdigung schon rumzutönen, dass er der nächste Bauer wird. Unverschämtheit.«

»Nun lass doch, Tanti«, erwiderte Henrike beschwichtigend.

»Ich will ja nur nicht, dass du dich von diesem Kerl ins Bockshorn jagen und dich zu irgendwas überreden lässt. Du bist immer viel zu gutmütig.«

»Keine Sorge, Tanti«, beeilte sich Gesa zu versichern. »Ich pass schon auf, dass das nicht geschieht. Und Hanna ist auch dabei!« Sie nickte in Richtung ihrer jüngeren Schwester. »Mama hat versprochen, dass wir ...«

»Das sehen wir dann am Sonntag«, sagte Henrike. Sie legte die gerade angefangene Stopfarbeit in den Korb zurück und erhob sich. »Ich werde jetzt ins Bett gehen, ich habe schon den ganzen Tag Kopfschmerzen.« Sie nickte den Frauen zu, die um den Tisch herumsaßen, und ging aus dem Raum.

Eine Weile war es still in der Stube. Erst als Henrikes Schritte auf der Treppe nicht mehr zu hören waren, seufzte Tanti.

»Lasst euch das bloß nicht ausreden, dabei sein zu wollen, wenn Günther und Helga mit eurer Mutter sprechen«, sagte sie finster. »Wenn Günther hier das Sagen bekommt, ist es vorbei mit unserem guten Leben. Glaubt doch nicht, dass er uns alle hier wohnen lässt. Vielleicht kann eure Mutter das Altenteil beziehen und ihr dürft noch bleiben, bis ihr unter der Haube seid, aber die vielen Flüchtlinge will er bestimmt nicht behalten. Und von mir schweigen wir mal ganz.«

Gesa sah die Bitterkeit in Tantis Augen, als sie hinzufügte: »Und wo soll ich dann hin? Helga wartet doch nur auf eine Gelegenheit, mich vor die Tür zu setzen, darauf wette ich.«

Tanti hatte sich zeit ihres Lebens um die Kinder anderer gekümmert. Zuerst um die ihrer Schwester und dann um Gesa und ihre Geschwister. Mit allen war sie zurechtgekommen, außer mit Henrikes ältester Tochter. Helga sei schon als Kleinkind ein fürchterlicher Krittkopp gewesen, sagte Tanti immer. Nichts war ihr recht gewesen, und sie hatte stets versucht, mit allen Mitteln ihren Kopf durchzusetzen. Später hatte sie immer gejammert, keiner könne sie leiden und niemand wolle mit ihr spielen. Dabei war sie nicht einmal auf die Idee gekommen, die Schuld dafür bei sich selbst zu suchen. Nein, für Helga lag die Schuld immer nur bei den anderen. Während die Geschwister Helga lieber aus dem Weg gingen – vor allem, weil Helga eine furchtbare Petze war –, versuchte Tanti immer wieder, sie mit Strenge zu erziehen. Gesa erinnerte sich noch gut an die Streitereien der beiden, besonders, als Helga sich in den Kopf gesetzt hatte, Günther Warns aus Moordorf zu heiraten, der in Tantis Augen nichts als ein eingebildeter Blender war, der in seiner schwarzen Uniform im Dorf herumstolzierte und mit jedem Mädchen, das ihn ranließ, im Heu verschwand.

Gut möglich, dass Helga, nachtragend wie sie schon immer gewesen war, alles daransetzen würde, Tanti vom Hof zu jagen, wenn sie erst mal die Bäuerin hier wäre.

»Mach dir keine Sorgen, Tanti«, sagte Gesa warm. »So weit lassen wir es nicht kommen.« Sie sah auffordernd zu Hanna hinüber.

Ihre Schwester nickte. »Alles soll bleiben, wie es war und wie es jetzt ist.«

Auch wenn in den folgenden Tagen nicht mehr über das Thema gesprochen wurde, so wusste Gesa doch, dass alle im Haus genauso oft über die Zukunft des Friesenhofes nachdachten wie sie selbst. Zum Glück gab es reichlich Ablenkung und so viel Arbeit, dass Gesa und Hanna abends wie erschlagen in ihre Betten fielen.

Das Wetter war warm und sonnig, das hohe Gras leuchtete in sattem Grün, durchzogen vom kräftigen Gelb des blühenden Löwenzahns. Die Kühe hatten sich ohne Schwierigkeiten auf die große Weide hinter dem Haus bringen lassen, wo sie eine Weile herumgesprungen waren wie Kälber, ehe sie gierig zu fressen anfingen. Dann hatten Tomek und Dierk den Melkwagen auf die Weide geschoben, ein Gestell aus Metallrohren auf Gummirädern, an dem die Kühe zum Melken angebunden wurden. An einer Seite gab es einen kleinen Holzverschlag, in dem die Milchkannen vor Wind und Wetter geschützt untergebracht werden konnten, während die Frauen die Kühe molken.

Auch beim Hinaustreiben der Jungbullen am Donnerstag gab es keine Probleme. Die Nachbarn, die Gesa und Hanna um Hilfe gebeten hatten, waren pünktlich gleich nach dem Frühstück gekommen. Zusammen mit Dierk und Tomek lösten sie die Taue und Ketten, mit denen die Bullen an den Balken der Viehdiele festgemacht waren. Dann trieben sie sie hinaus auf den Hof, wo die Frauen aus dem Haus und die Flüchtlinge aus der Remise mit Stöcken oder Pferdepeitschen aufpassten, dass die Tiere nicht ausbrachen, sondern dem Weg zu ihrer Weide folgten.

Gesa hielt sich lieber im Hintergrund, als sie die schnaufenden Bullen sah, die sie aus blutunterlaufenen, wütenden Augen anstarrten und deren kehliges Brüllen in ihren Ohren schmerzte.

Hanna hingegen schien die bedrohliche Kraft, die von den Bullen ausging, nichts auszumachen. Lachend und über das ganze Gesicht strahlend lief sie mit dem Stock in der Hand neben Tomek und Dierk her. Dann hielt sie Daumen und Zeigefinger in einem Bogen zusammengeführt an ihre Lippen und stieß einen gellenden Pfiff aus, den Tomek mit einem anerkennenden Nicken kommentierte.

So wie Papa immer, dachte Gesa. Er muss ihr das beigebracht haben. Und anschließend hatte er wahrscheinlich gelacht und gesagt, sie solle niemanden hören lassen, dass sie das könne. »Du weißt doch, *Mädchen, die pfeifen und Hühner, die krähen ...*« Seine Stimme klang Gesa noch in den Ohren. »*Den soll man beizeiten die Kehle umdrehen*«, murmelte sie und musste lächeln. Papa und sein Muschen – so hatte er Hanna oft genannt: Muschen – Mäuschen auf Plattdeutsch.

Gesa blieb auf dem Hof und blickte den Männern und Hanna nach, die hinter den Bullen hergingen. Obwohl sie eine Frau war, gab es keinerlei Zweifel daran, dass sie ihren Platz unter den Bauern und Knechten gefunden hatte, ja, dass sie eine von ihnen war.

Wie hatte Hanna gesagt? Alles soll bleiben, wie es war und wie es jetzt ist.

Eine wilde Entschlossenheit stieg in Gesa hoch. Egal, was sie dafür tun müsste, egal, was es sie kosten würde, sie würde dafür sorgen, dass auf dem Friesenhof alles beim Alten blieb.

In den Tagen bis zum Sonntag wanderten ihre Gedanken immer wieder zu dem bevorstehenden Besuch, wie er wohl ablaufen würde und welche Argumente sie vorbringen könnte, um ihr Ziel zu erreichen. Ein paarmal versuchte sie, sich mit Hanna darüber zu beraten, doch ihre Schwester antwortete nur ausweichend. Sie sagte, sie wolle lieber gar nicht über die Sache nachdenken. Typisch Hanna, sie verdrängte Probleme lieber, statt sie anzupacken.

Es wurde Sonntag, und Günther und Helga kamen am frühen Nachmittag wieder mit dem Opel Olympia, den Günther sich erneut beim Pastor geliehen hatte, wie er berichtete. Diesmal hatten sie die Kinder dabei. Karin, die jetzt sieben war, wie Gesa nachrechnete, trug ihr bestes Kleid und eine Schleife im Haar, die Papa Günther extra für sie gekauft hatte, wie sie stolz erzählte. Beifall heischend schaute sie in die Runde und schmiegte sich dann an Henrike. »Meine liebste Oma«, rief sie überschwänglich.

Gesa runzelte die Stirn, als sie bemerkte, wie Henrike dem Mädchen über die weißblonden Haare strich. Das Ganze wirkte auf sie einstudiert, und sie wurde in ihrer Meinung bestärkt, als Karin ihren Vater fragend ansah und der zufrieden nickte.

Heini, der fünfjährige Sohn, blieb hingegen steif wie ein Stock neben seiner Mutter stehen und sagte kein Wort. Als Günther ihm einen scharfen Blick zuwarf, wurde er rot und senkte den Kopf.

Wahrscheinlich hat er Angst, eine Ohrfeige zu kassieren, wenn er sich nicht bei Oma Henrike lieb Kind macht, dachte Gesa grimmig.

Sie straffte die Schultern und sah Günther offen ins Gesicht. »Wollen wir uns jetzt gleich in der Stube zusammensetzen, um zu reden?«, fragte sie. »Die Kinder können ja zu den Flüchtlingskindern auf den Hof gehen, die wollten Ball spielen.«

»Ich kann nicht rausgehen«, wandte die kleine Karin ein. »Mein gutes Kleid soll nicht schmutzig werden. Außerdem spiele ich nicht mit den dreckigen Flüchtlingsgören. Das hat Papa verboten.« Heini schwieg weiter beharrlich.

»Dann wird Tanti bestimmt auf euch aufpassen und euch einen Zuckerzwieback geben. Damit macht man sich nicht schmutzig«, erwiderte Gesa trocken. »Wir Erwachsenen müssen was bereden, und das ist für Kinder langweilig.«

Tanti legte ihr Strickzeug neben sich, erhob sich ein

Stück von ihrem Sofaplatz und angelte die Dose mit dem Zwieback von der Fensterbank hinter ihrem Platz. »Dann kommt mal her, ihr zwei.«

Während Karin sich sofort von Henrike losmachte und zu Tanti hinüberhüpfte, warf Heini zunächst seiner Mutter einen flehenden Blick zu. Erst als Helga nickte, ging er vorsichtig und ohne seinen Vater anzublicken zum Tisch und nahm den Zwieback, den die alte Frau ihm entgegenhielt.

»Dann wäre das ja geklärt«, stellte Gesa fest. Sie machte einen Schritt zur Tür und hielt sie für ihre Mutter und die anderen auf. Als Helga und Günther an ihr vorbeigingen, um Henrike in die Stube zu folgen, würdigte sie sie keines Blickes. Hanna sah Gesa zweifelnd an.

»Ich weiß nicht ...«, begann sie und brach dann ab.

»Nun komm schon, Hanna«, sagte Tanti. »Du gehörst auch dazu. Denk dran, was ihr mir versprochen habt.«

Hanna seufzte und nickte. »Also gut«, sagte sie und folgte ihrer Schwester widerwillig.

In der Stube setzten sich Gesa und Hanna auf die Stühle, die dem schweren Sofa mit dem ausgeblichenen roten Mohairbezug gegenüberstanden, auf dem Henrike und Helga Platz genommen hatten. Günther thronte im Sessel am Kopfende des Tisches, so als habe er bereits Papas Platz eingenommen, dachte Gesa kopfschüttelnd.

»Sollen wir nicht lieber erst mal Tee kochen?«, fragte Henrike und machte Anstalten, gleich wieder aufstehen zu wollen.

»Tee können wir später noch trinken«, sagte Gesa schnell. »Deswegen haben wir uns nicht hier zusammengesetzt.« Sie wandte den Blick Günther zu, der seine Zigaretten aus der

Jackentasche gezogen hatte und im Begriff war, sich eine anzuzünden. »Also, Günther, sag doch mal, wie kommst du dazu, überall zu erzählen, du würdest den Friesenhof als Bauer übernehmen?«

Herausfordernd sah sie ihm direkt in die Augen, doch er wich ihrem Blick nicht aus. Ein spöttisches Lächeln spielte um seine Lippen.

»Wieso? Ich sag doch nur die Wahrheit.« Er lehnte sich selbstgefällig in dem Armsessel zurück. Tief sog er den Rauch seiner Zigarette ein und blies ihn nach oben. »Ich bin der Schwiegersohn des Bauern und damit der Einzige, der infrage kommt.«

»Und wieso der Einzige? Hanna und ich sind auch noch da.«

»Weil keine von euch verheiratet ist.« Günthers mitleidiger Blick ließ den Ärger in Gesa erst recht hochkochen.

»Was nicht ist, kann ja noch werden«, gab sie zurück. »Immerhin bin ich so gut wie verlobt. Wenn Gerold zurückkommt ...«

»Mach dir doch nichts vor, Gesa«, mischte Helga sich ein. »Wie lange ist er jetzt schon vermisst? Vier oder fünf Jahre? Der kommt doch nicht wieder.«

»Helga!«, sagte Henrike vorwurfsvoll. »So was redet man nicht herbei.«

»Wieso? Es stimmt doch.« Helga schnaubte. »Sie macht sich doch nur etwas vor, wenn sie glaubt, dass ihr Gerold eines Tages wieder vor der Tür steht.«

»Trotzdem.« Henrike seufzte. »So was sagt man nicht.«

Hanna räusperte sich. »Der Sohn von Frerichs aus Campen ist vor ein paar Wochen zurückgekommen. Der war seit dreiundvierzig in Gefangenschaft.«

»Ja, natürlich gibt es das manchmal, aber man kann sich doch nicht auf ein Wunder verlassen, dumme Deern.« Günther blies den Zigarettenrauch durch die Nase.

Gesa deutete mit dem Zeigefinger auf das überhebliche Gesicht ihres Schwagers. »Du nennst meine Schwester keine dumme Deern! Du nicht.«

»Gesa«, rief Helga entrüstet und schlug mit der flachen Hand auf die Tischplatte. »Was fällt dir ein?«

»Was fällt *ihm* ein!« Gesa presste die Lippen fest zusammen und verschränkte die Arme vor der Brust. »Spielt sich hier auf wie ein …«

»Hört auf, sofort!« Henrikes Stimme überschlug sich fast. »Ich wusste doch, dass es so ausgehen würde, wenn wir uns gemeinsam an einen Tisch setzen. Mir war klar, dass ihr euch sofort in die Haare kriegen würdet, und jetzt zerstreitet ihr euch so, dass am Ende keiner mehr mit keinem spricht. Genau aus dem Grund hatte ich Angst davor.«

Einen Augenblick schwiegen alle wie vom Donner gerührt.

»Das ist alles nur Gesas Schuld«, sagte Helga dann finster. »Immer zieht sie über Günther her, kein Wunder, wenn es Streit gibt. Wenn er der Bauer hier ist, muss sie den Hof verlassen, sonst gibt sie nie Ruhe.«

»Wie bitte?« Gesa hob erneut die Stimme. »Ich hör wohl nicht richtig. Das ist mein Elternhaus, und ich habe jedes Recht, hier wohnen zu bleiben.«

»Schluss jetzt«, rief Henrike. »Keiner wird aus dem Haus geworfen. Noch habe ich das nämlich zu bestimmen und sonst niemand.« Sie warf Helga einen strengen Blick zu. »Haben wir uns verstanden?«

»Ich meine doch nur, um des lieben Friedens willen …«

»Ob wir uns verstanden haben, Helga?«, unterbrach Henrike ihre Älteste.

»Ja, Mama.« Helga zog die Mundwinkel nach unten wie schon als Kind, wenn sie zurechtgewiesen worden war.

»Gut.« Henrike rieb sich mit der Hand die Stirn. »Ich kann Streit nicht leiden, das wisst ihr genau. Davon werden meine Kopfschmerzen nur wieder schlimmer.« Sie holte tief Luft und ließ sie langsam durch die Nase wieder entweichen. »Fürs Erste lassen wir einfach alles, wie es jetzt ist.«

Günther richtete sich in seinem Sessel auf. »Aber du hast mir doch schon gesagt, dass ich … Ich meine, dass Helga und ich den Hof führen sollen.«

»Da musst du mich falsch verstanden haben, Günther«, erwiderte Henrike, und Gesa wunderte sich, wie bestimmt ihre Mutter auf einmal war. »Ich habe nur gesagt, ich werde es mir durch den Kopf gehen lassen. Das Gezanke eben war das, was bei mir den Ausschlag gegeben hat. Wir lassen alles beim Alten.«

Günthers Augen wurden schmal. »Aber es ist nicht alles beim Alten. Schwiegervater ist tot und beerdigt. Der Hof braucht einen Bauern, und in der Familie bin ich der Einzige, der das kann.«

»Bist du nicht«, sagte Gesa. »Was ist mit Hanna?«

»Die ist doch noch nicht mal mit einem Bauern verheiratet.« Er winkte ab, ehe er seine Zigarette in dem Aschenbecher auf dem Tisch ausdrückte. »Wie soll das gehen?«

Gesa zuckte mit den Schultern. »Geht doch jetzt auch.« Sie sah zu Hanna hinüber. »Stimmt's?«

Ihre Schwester zögerte, doch dann nickte sie. »Bisher, ja.«

»Siehst du? Sie sagt es selbst: bisher.« Günther grinste spöttisch. »Und wie sieht das in einem Jahr aus?«

»Vielleicht ist Hanna bis dahin schon mit einem Bauern verheiratet«, sagte Henrike. »Wer weiß denn schon, was in einem Jahr ist.«

»Ihr wollt unsere Hilfe also nicht«, stellte Günther fest. »Also gut! Ganz wie ihr möchtet. Dann bestehe ich allerdings darauf, dass Helga ihr Erbteil ausgezahlt bekommt, und zwar sofort.«

»Was?« Gesa erschrak. »Aber das geht doch nicht.«

»Natürlich geht das«, sagte Günther. »Und wenn wir schon dabei sind, wie ist das mit Helgas Mitgift?«

»Die hat sie doch längst bekommen«, sagte Gesa.

Günther lachte schnaubend. »Zweihundert Reichsmark, zwei Kühe und drei Färsen und dazu ihre Mitgifttruhe. Das ist ein schlechter Scherz, was euer feiner Herr Vater ihr mitgegeben hat.«

Gesa entging nicht, dass Helga ein hochrotes Gesicht bekam. »Günther, nun lass doch«, sagte sie leise.

»Nein, deine Schwestern müssen endlich erfahren, wie du behandelt worden bist! Was du gekriegt hast, war nicht mal die Hälfte von dem, was du bekommen hättest, wenn du jemand anderen geheiratet hättest. Das hat dein Vater mir offen ins Gesicht gesagt, damals bei der Hochzeit. Und all das nur, weil er der Meinung war, ich sei nicht gut genug für seine Tochter.«

»Nicht gut genug?«, fragte Henrike verwundert. »Wir wollen doch mal bei der Wahrheit bleiben, Günther. Onno war unglücklich darüber, dass Helga heiraten musste, weil sie in anderen Umständen war. Das hat er dir übel genommen.«

»Daran war nicht nur ich schuld.« Feixend lehnte sich Günther wieder zurück und zog eine weitere Zigarette aus der Schachtel. »Dazu gehören immer zwei.«

»Günther!«, zischte Helga flehend. »Bitte!«

»Ist ja auch egal«, fuhr er unbeirrt fort und zündete die Zigarette an, von der er einen tiefen Zug nahm. »Helga hat nur die Hälfte ihrer Mitgift bekommen, das ist eine Tatsache. Dazu kommt, dass sie Anspruch auf ein Sechstel des Hofes hat. Wir verlangen nicht mehr, als uns zusteht. Wenn wir den Hof übernehmen, wären wir natürlich bereit, darauf zu verzichten.«

»Darauf läuft es also hinaus? Du willst uns und Mama dazu zwingen, dich zum Bauern auf dem Hof zu machen?« Gesa konnte es kaum fassen. »Das ist doch Erpressung!«

Günther zuckte mit den Schultern und zog erneut an seiner Zigarette.

»Wie Günther schon sagte, das Erbteil steht uns zu«, sagte Helga in ruhigem Tonfall, während sie Henrike einen vorsichtigen Seitenblick zuwarf. »Und …«, fügte sie leiser hinzu. »Wir können das Geld gerade sehr gut brauchen.«

»Natürlich steht dir dein Erbe zu. Das sollst du ja auch bekommen«, sagte Henrike mit fester Stimme. Sie wandte den Kopf und sah Helga direkt in die Augen. »Aber das geht mir alles viel zu schnell. Ihr könnt nicht erwarten, dass ich heute schon eine Entscheidung treffe, wer den Hof bekommt. Darüber muss ich in Ruhe nachdenken und das mit klarem Kopf.« Sie holte tief Luft und seufzte. »Und bis dahin bleibt erst mal alles wie gehabt.«

Helga öffnete den Mund, aber Henrike hob die Hand, um sie zum Schweigen zu bringen.

»Und jetzt will ich nichts mehr hören.« Als sie sich erhob, wirkte sie auf einmal klein und zerbrechlich in ihrem hochgeschlossenen schwarzen Kleid, das ihr Gesicht wachsbleich erscheinen ließ. Langsam ließ sie den Blick über ihre Töchter und ihren Schwiegersohn schweifen. »Ich habe Kopfschmerzen und werde mich eine Weile hinlegen. Ihr kommt sicher auch ohne mich zurecht, nicht wahr?«

An der Tür blieb sie stehen und drehte sich noch einmal zu ihnen um. »Sagt den Kindern Auf Wiedersehen von mir.«

Damit ging sie hinaus.

Kurz war es still in der Stube. Nur das langsame Ticken der Standuhr in der Ecke war zu hören.

»Das ist mal wieder typisch Mama«, sagte Helga dann kopfschüttelnd. »Wenn es schwierig wird, dann kriegt sie ihre Kopfschmerzen und verschwindet. Das war schon früher so, wenn wir gestritten haben, Papa und ich. Mama war nie auf meiner Seite.«

Gesa zog die Augenbrauen in die Höhe. »Ach ja, warum wohl?«

»Jetzt hört endlich auf, alle beide!« Erstaunt sah Gesa zu Hanna hinüber, die sich während des ganzen Gespräches kaum gerührt hatte und die meiste Zeit betreten auf ihre im Schoß gefalteten Hände geschaut hatte. Jetzt saß sie hoch aufgerichtet da, die Fäuste geballt. »Mama kann Streit genauso wenig ausstehen wie ich, und es macht sie krank, dabei zuhören zu müssen, wie ihr euch an die Kehle geht. Furchtbar ist das. Könnt ihr euch denn nicht ein einziges Mal zusammenreißen? Wenigstens ihr zuliebe?«

»Aber noch ist doch nicht geklärt, wie es ...«, begann Helga.

»Mama hat doch deutlich gesagt, was sie möchte. Alles soll bleiben, wie es jetzt ist«, unterbrach Hanna sie. »Und du bekommst dein Erbteil ausgezahlt. Was willst du denn sonst noch hören?«

Helga blieb stumm.

»Zänkische Weibsbilder«, sagte Günther. Sein Blick glitt über die drei Schwestern am Tisch hinweg.

»Wenn du dich nicht schon gleich nach der Beerdigung wie der neue Bauer aufgeführt hättest, würden wir jetzt nicht hier sitzen und streiten«, rief Gesa aufgebracht. »Aber dir konnte es ja gar nicht schnell genug gehen, das Erbe zu verteilen.«

»Mir geht es einzig und allein um die Zukunft des Hofes. Ihr braucht einen Mann auf dem Hof, einen, der die Führung hat.« Er tippte lehrerhaft mit dem Zeigefinger auf die Tischplatte. »Sonst geht alles den Bach runter.«

»Das werden wir ja noch sehen!«, erwiderte Gesa. »Du hast unsere Mutter gehört. Sie möchte nichts überstürzen, und wir alle haben uns nach ihren Wünschen zu richten.«

Günther stieß ein kurzes Lachen aus. »Ihr werdet hier so lange weiterwurschteln, bis der Hof pleite ist. Meinetwegen macht das ruhig, aber dann kommt nicht hinterher bei mir angekrochen, damit ich den Karren wieder aus dem Dreck ziehe.«

»Keine Sorge, das werden wir ganz sicher nicht«, sagte Hanna mit einem bekräftigenden Nicken. »Das glaub mal.« Sie verschränkte die Arme und schob trotzig die Unterlippe ein Stück vor.

Günther sah sie mit gerunzelter Stirn an, dabei blitzten seine Augen für eine Sekunde amüsiert auf. Gesa dachte schon, er würde ihre Schwester wieder eine dumme Deern schimpfen, aber wider Erwarten tat er es nicht.

»Also schön«, sagte er. »Dann seht mal zu, wie ihr allein zurechtkommt. Aber glaubt bloß nicht, dass Helga aus Rücksicht auf eure Dummheit auf ihr Erbe verzichten wird.

Wir wollen das, was uns zusteht, und zwar so schnell wie möglich.«

Er warf seiner Frau einen kurzen Blick zu, und Helga nickte. Ihre Lippen waren nur noch ein schmaler Strich, so angespannt schien sie zu sein.

»Der Hof muss so schnell wie möglich geschätzt werden, solange er noch seinen Wert hat. Und dann verlangen wir ein Sechstel von allem.«

»Ein Sechstel?«, fragte Hanna verständnislos.

Helga verdrehte die Augen. »Eine Hälfte erbt Mama, die andere Hälfte geht an uns Kinder. Also ein Sechstel«, sagte sie. »Nun stell dich doch nicht dümmer an, als du bist, Hanna.«

Hanna schwieg, bekam aber deutlich sichtbar einen roten Kopf.

»Keine Sorge, ihr werdet euren Anteil auf Heller und Pfennig bekommen«, sagte Gesa finster. »Selbst wenn ich mir dafür in der Stadt eine Arbeit suchen muss!«

»Arbeit?« Helga lachte überheblich. »Wer soll dir denn Arbeit geben? Du hast doch nichts gelernt.«

Gesa biss sich auf die Wange, um ihre Wut in den Griff zu bekommen. »Ich werd schon was finden. Mach dir darum mal keine Sorgen.«

Helga setzte zu einer Erwiderung an, aber ein scharfer Blick ihres Mannes brachte sie zum Schweigen.

»Wo ihr das Geld herholt, ist uns ganz egal«, sagte er. »Hauptsache, wir bekommen, was uns zusteht, und zwar alles. Auch die Mitgift, die noch fehlt. Sonst ...«

»Sonst was?«, fragte Gesa.

»Wäre doch schade, wenn sich die Familie vor Gericht wiedersehen muss. Was würde die Nachbarschaft dazu sagen?« Damit stand Günther auf. »Jetzt wird es wohl Zeit, wieder nach Hause zu fahren.«

»Aber wir sind doch gerade erst gekommen«, sagte Helga. »Wir können doch nicht …«

Wieder verstummte sie bei dem Blick ihres Mannes. Auch sie erhob sich, dann wandte sie sich ihren Schwestern zu. »Grüßt Mama schön, und sagt ihr, wir besuchen sie bald wieder mit den Kindern. Tschüss, Gesa.« Sie streckte ihrer Schwester die Hand entgegen, die diese nach kurzem Zögern ergriff. Dann gab sie auch Hanna die Hand. »Tschüss, Hanna.«

Hanna murmelte etwas Unverständliches.

»Sagst du den Kindern Bescheid, dass wir loswollen?«, fragte Helga an Günther gewandt. »Sie sind noch in der Küche.«

Günther nickte und verließ wortlos die Stube.

Erst als sich die Tür hinter ihm geschlossen hatte, seufzte Helga. Für Gesa klang es nach purer Erleichterung.

»Ihr dürft ihm das nicht übel nehmen«, sagte sie. »Wenn ihr wüsstet, wie es um unseren Hof steht, dann würdet ihr verstehen, warum …« Ihre Stimme wurde heiser, und sie brach ab. »Jedenfalls nichts für ungut.« Sie nickte Gesa und Hanna noch einmal zu, dann folgte sie Günther hastig hinaus in den Flur.

»Was glaubst du, was sie damit gemeint hat?«, fragte Hanna so leise, dass man es sicher nicht auf dem Flur hören konnte.

Gesa starrte auf die Stubentür, die sich hinter den beiden geschlossen hatte. »Dass ihnen in Moordorf das Wasser bis zum Hals steht, das glaube ich.« Sie wandte sich Hanna zu und sah ihr in die Augen. »Aber ganz ehrlich, das ist mir völlig egal. Alles, was zählt, ist, dass wir Günther und Helga vom Friesenhof fernhalten können, wenn wir sie auszahlen. Und dafür werde ich sorgen.«

Sechs

»Es ist doch zum Haare Raufen!« Gesa trat fester in die Pedale.

Seit vier Tagen war sie nun schon jeden Morgen nach Emden gefahren, und bislang hatte sie noch nicht einmal ein einziges Angebot bekommen, auch nur zur Probe zu arbeiten. Alles, was sie zu hören bekommen hatte, war: »Derzeit haben wir keinen Bedarf«, oder »Versuchen Sie es doch in ein paar Monaten noch einmal.«

Bei den Emdener Werften hatte sie erst gar nicht nachgefragt, ob es für sie vielleicht eine Beschäftigung in einem der Büros gäbe. Früher, das wusste sie, hatte es dort viele Bürofräulein gegeben, aber gerade der Hafen war Ziel der Luftangriffe der Alliierten gewesen und dort, wie auch im alten Stadtkern, war kaum ein Stein auf dem anderen geblieben. Zwar war der Krieg schon vier Jahre vorbei, aber noch immer war nicht viel mehr passiert, als dass die Trümmer der zerstörten Gebäude weggeräumt worden waren und man auf etlichen der frei gewordenen Flächen Baracken für die Ausgebombten und Flüchtlinge gebaut hatte.

Und doch, die Hoffnungslosigkeit der Jahre unter britischer Besatzung nach dem verlorenen Krieg schien allmählich zu schwinden, und mit der Einführung des neuen

Geldes im letzten Sommer war auch der Handel in die alte Hansestadt an der Ems zurückgekommen. In den wenigen Läden, die von den Bomben verschont geblieben waren, herrschte reger Betrieb, und Gesa schob ihr altes Damenrad an gut gefüllten Schaufenstern vorbei. Sogar ein paar Cafés hatten schon wieder geöffnet, und die Menschen auf der Straße machten bei dem schönen Frühlingswetter einen gut gelaunten und zufriedenen Eindruck. Doch egal, ob sie in den Läden oder den Cafés nach Arbeit fragte, sie erntete nur Kopfschütteln.

Zu schade, dass es mehr Menschen gab, die arbeiten wollten, als offene Stellen.

Dabei hatte Gesa sich alles so schön ausgemalt. Sie würde sich eine Arbeit in Emden suchen, hatte sie zu ihrer Mutter gesagt. Auf diese Weise könne auch sie dazu beitragen, Helgas Erbteil aufzubringen, ohne Vieh oder, Gott verhüte, gar Land verkaufen zu müssen. Henrike war zwar nicht begeistert von Gesas Plan gewesen, aber sie hatte zugeben müssen, dass sie auf dem Hof auch ohne ihre Hilfe gut zurechtkommen würden, und hatte schließlich zugestimmt.

So leicht, wie Gesa sich die Arbeitssuche vorgestellt hatte, war sie allerdings bei Weitem nicht. Leider beherrschte sie weder Stenografie noch Maschinenschreiben, sonst hätte sie vielleicht in einem der Kontore unterkommen können, die allmählich wieder ihre Arbeit aufnahmen. Außer dass sie manchmal im Kaufmannsladen in Rysum ausgeholfen hatte, hatte sie keine Erfahrung im Verkauf, daher wollten die Einzelhändler sie nicht, und sie hatte auch nie einem Gast einen Kaffee oder Tee serviert, was sie für die Arbeit in der Gastwirtschaft ausschloss.

Was kann ich eigentlich, dachte sie, während sie radelte.

Mama kann kochen, Tanti strickt und näht, Hanna hat ein Händchen für die Landwirtschaft, und was kann ich? Günther hätte besser mich eine dumme Deern genannt.

Niemand wollte sie einstellen, und sie würde auch heute wieder mit leeren Händen nach Hause zurückkehren.

Ihr stiegen die Tränen in die Augen und behinderten ihre Sicht. Wütend auf sich selbst, nahm sie eine Hand vom Lenker und wischte sich das Nass von den Wangen. Die Straße, auf der sie entlangfuhr, war schmal und noch mit dem groben Kopfsteinpflaster versehen, das früher überall in der Stadt zu finden gewesen war. Ein winziger Moment der Unaufmerksamkeit reichte. Ihr Vorderreifen glitt von einem Stein ab, der Lenker schlug herum, und sie segelte in hohem Bogen über ihn hinweg auf die Straße.

Der Schmerz, der durch ihr Knie fuhr, raubte ihr für einen Augenblick den Atem, dann biss sie die Zähne zusammen und holte zitternd Luft. Wie ein Wildfeuer breitete sich der Schmerz aus, vom Knie über die Hüfte in die Schultern, und brannte schließlich in den Händen. Keuchend richtete sich Gesa langsam auf.

»Alles in Ordnung?«, fragte eine dunkle Stimme. Zwei warme Hände griffen nach ihren Schultern und halfen ihr hoch.

Gesa stöhnte und verzog das Gesicht, als sie auf die Füße kam. Vor ihr stand ein Mann von vielleicht fünfunddreißig Jahren, der besorgt auf sie heruntersah. Er war sehr groß, fast zwei Meter, dabei schlaksig und schmal. Das honigblonde Haar war von weißen Haaren durchzogen und begann über der Stirn bereits licht zu werden.

Besorgt musterte er Gesa aus blaugrauen Augen, unter denen dunkle Schatten lagen.

»Ja, alles in Ordnung«, stieß Gesa mit Mühe hervor. »Mir ist nichts passiert.«

»Na ja, nichts passiert, würde ich das nicht gerade nennen.« Der Fremde deutete auf Gesas Knie. »Sie bluten stark.«

»Ich blute?« Gesa sah an sich herunter und bemerkte das rote Rinnsal, das von ihrem Knie, in dem es noch immer stach, das Schienbein hinunter bis in ihren Halbschuh lief. Vorsichtig hob sie das Bein und zog den Rock ein Stückchen hoch und besah sich die Schürfwunde.

»Mist«, stieß sie hervor. »Die Strümpfe sind hin. Ich hatte sie von meiner Mutter ausgeliehen, es ist das einzige Paar, das sie noch hat.« Ein dicker Kloß bildete sich in ihrer Kehle, und sie konnte ein Aufschluchzen nicht verhindern. »So ein Riesenmist!«

»Na, na, na«, sagte der fremde Mann. »Das ist doch kein Weltuntergang. Strümpfe kann man ersetzen, ein gebrochenes Bein wäre viel schlimmer gewesen.« Ein schmales Lächeln erschien auf seinem Gesicht. »Wollen Sie kurz mit hereinkommen, dann können Sie sich saubermachen.« Er deutete auf ein Haus ein Stückchen weiter die Straße hinunter. »Das Kontor ist dahinten.«

»Danke.« Gesa bückte sich nach ihrem Fahrrad, richtete sich aber schnell wieder auf. Obwohl sie nicht mit dem Kopf aufgeschlagen war, hatte sie das Gefühl, doppelt zu sehen. Ihre Knie waren auf einmal so weich wie Pudding, und die Stimme des Fremden schien aus immer größerer Entfernung zu kommen. »Ich ... ich glaube, mir wird schlecht ...«

»Der Kreislauf sackt Ihnen weg«, erwiderte er und griff nach ihrem Arm, um sie zu stützen. »Das muss der Schock von dem Sturz sein. Kommen Sie mit, Sie müssen sich einen Moment hinsetzen, dann wird es vermutlich wieder besser.«

Er führte Gesa, die sich auf seinen Arm stützte, langsam zu dem Lastwagen, der mit geöffneter Fahrertür direkt hinter den beiden auf der Straße stand, wo er sie auf den Beifahrersitz bugsierte. Nachdem er die Tür hinter ihr geschlossen hatte, lief er zum Fahrrad zurück, hob es hoch und schob es mit angehobenem Vorderrad bis zum Lastwagen, wo er es auf die Ladefläche hievte. Dann nahm er hinter dem Steuer des Lastwagens Platz.

»Geht's etwas besser?«, fragte er.

Gesa nickte nur. Nein, besser war noch gar nichts, vor allem, seitdem sie gesehen hatte, dass das Vorderrad des Fahrrades völlig verbogen war.

Auch das noch, dachte sie und fragte sich, wie sie denn jetzt nach Hause kommen sollte. Mit dem Knie, in dem es bei jeder Bewegung stach, als würde jemand ein Messer in das Gelenk stoßen, würde sie kaum laufen können, und das Fahrrad war kaputt. Aber mehr noch als das Knie schmerzte der Ärger über sich selbst. Hätte sie nur besser aufgepasst, dann wäre dieser blöde Unfall nicht passiert!

»Ich habe mich noch gar nicht vorgestellt«, sagte der Mann, nachdem er den Motor gestartet hatte. »Mein Name ist Keno Kruse. Am besten wir fahren zum Kontor, da haben wir Pflaster und können Ihr Knie verarzten.« Er warf ihr einen schnellen Blick von der Seite zu. »Verraten Sie mir auch Ihren Namen?«

»De Fries, Gesa de Fries«, erwiderte sie und stutzte dann. »Kruse? Gehören Sie zu Kruse-Tee?«

Ohne den Blick von der Straße zu nehmen, nickte er. »Die Firma gehört meinem Vater.«

»Oh«, machte Gesa. »Wir trinken immer Kruse-Tee zu Hause, jedenfalls jetzt, wo man ihn wieder bekommt.

Meine Mutter sagt …« Sie brach ab. Was interessierte den jungen Herrn Kruse die Meinung ihrer Mutter über den Tee aus seiner Firma?

»Mein Vater wird sich freuen, das zu hören. Treue Kunden sind die besten Kunden, meint er immer.« Keno lächelte. »Die muss man sich warmhalten.«

Gesa erwiderte verlegen sein Lächeln und nickte nur.

Sie waren vielleicht fünfhundert Meter die Straße entlanggefahren, als der Giebel eines ehemals dreistöckigen Gebäudes in Sicht kam, der vor dem Krieg wohl zu einem Lagerhaus gehört hatte. Gesa erkannte die Metallhalterung eines Krans an der Spitze über zwei Ladungsluken, deren Türen schief in den Angeln hingen oder ganz fehlten. Unten war ein Ladengeschäft gewesen, das war noch zu erkennen, doch jetzt waren die zwei Schaufenster mit Brettern vernagelt. Nur die Tür, die früher in den Verkaufsraum geführt hatte, war noch da, wenn auch die fehlenden Glasscheiben in einem der beiden Türflügel notdürftig mit Holz repariert worden waren. Über der Doppeltür hing ein großes Schild mit der Aufschrift *Kolonialwaren en gros – Kruse & Sohn* in schnörkeligen Lettern. Der Giebel des Hauses wurde von Holzstreben abgestützt, dem langgezogenen Gebäude dahinter fehlte der größte Teil des Dachstuhls. Nur ein paar vereinzelte Balken ragten in den Himmel wie mahnende Finger.

»Nicht mehr sehr imposant, nicht wahr?«, hörte Gesa Herrn Kruse neben sich sagen. »Bei dem großen Angriff im September vierundvierzig ist eine Sprengbombe durch das Dach gefallen. Zum Glück haben die Brandbomben nicht getroffen, sonst wäre von dem Firmengebäude gar nichts mehr übrig geblieben.«

Er bog von der Straße in die Auffahrt hinter der Ruine des Firmengebäudes ein.

»Es muss fürchterlich gewesen sein, als die Bomben fielen«, sagte Gesa. »Man konnte von uns aus den Himmel über Emden glühen sehen, und ich erinnere mich noch, dass es klang wie Gewitter.«

»Woher kommen Sie denn?«

»Aus Rysum. Meine … Ich meine, wir haben … haben einen Bauernhof kurz hinter dem Dorf.«

»Ah, Rysum. Ja, das kenne ich, vom Ausliefern.« Herr Kruse nickte. »Das ist ein hübsches Stück weg. Und von dort aus konnte man den Angriff sehen?«

»Vor allem den Brand danach. Mein Vater ist mit uns auf den Heuboden geklettert, um ihn uns zu zeigen. Es war …« Sie brach ab, weil ihr kein passender Ausdruck einfiel, der den Anblick hätte beschreiben können. Hanna neben ihr hatte geschluchzt, das wusste sie noch, und sie erinnerte sich deutlich an die Mischung aus Faszination und Grauen, die sie empfunden hatte, während sie wie gebannt die flackernde Glut über der Stadt betrachtet hatte und wie die Lichtkegel der Flakscheinwerfer über den Himmel huschten, auf der Suche nach Flugzeugen, die den Brand über Emden gebracht hatten.

Gesa schauderte.

»So, da wären wir«, sagte Keno Kruse, nachdem er vor einem Schuppen angehalten und den Motor abgestellt hatte. »Das Geschäftshaus ist baufällig, daher haben wir uns vorläufig in der Garage ein provisorisches Kontor eingerichtet. Alles behelfsmäßig und sehr eng, aber für den Moment reicht es. Sobald es geht, will mein Vater das alte Gebäude abreißen und neu bauen.«

Er öffnete die Tür des Lasters. »Dann kommen Sie mal rein, damit wir Ihr Knie verarzten können.«

Bei dem Versuch, aus dem Führerhaus zu steigen, durchfuhr Gesa ein stechender Schmerz, als sie das Bein belastete. Sie schrie leise auf.

»So schlimm?«, fragte Keno Kruse. »Soll ich Sie vielleicht besser zu einem Arzt fahren?«

Gesa biss die Zähne zusammen und verzog das Gesicht. »Ach was, Unfug. Ich muss nicht zum Arzt. Das ist nichts als ein dicker blauer Fleck.« Sie hob den Rock ein wenig zur Seite. »Sehen Sie? Es blutet schon nicht mehr.«

Herr Kruse brummte skeptisch. »Ist aber ganz schön geschwollen. Und auftreten können Sie auch nicht, oder?«

»Das wird bestimmt gleich wieder gehen.«

Vorsichtig tat sie einen Schritt und sog dabei scharf die Luft ein. Das Knie brannte immer noch wie Feuer.

»Na, kommen Sie erst mal mit rein, dann sehen wir weiter.« Keno Kruse bot ihr seinen Arm an. Gesa hakte sich dankbar unter und humpelte langsam auf das unscheinbare Seitengebäude mit einem Anbau aus Wellblechplatten zu, in dem eine Tür weit offen stand.

»Frau Becker?«, rief er, als sie eingetreten waren.

Gesas Augen brauchten einen Moment, bis sie sich an das trübe Licht gewöhnt hatten, das im Inneren des Flurs herrschte. Weiter hinten im Gang öffnete sich eine Tür, und eine Frau um die vierzig steckte den Kopf heraus. Sie trug ihr blondes Haar in einer modischen Wellenfrisur. Bei Keno Kruses Anblick zeigte sich Erleichterung auf ihrem Gesicht.

»Da sind Sie ja endlich, Herr Kruse. Ihr Vater hat schon vor einer halben Stunde nach Ihnen gefragt«, sagte sie mit gedämpfter Stimme. »Das kann doch nicht so lange dauern, ein paar Kisten vom Hafen zu holen‹, hat er gesagt. Sie wissen doch, wie ungeduldig er ist.«

Der Sohn des Firmenchefs seufzte. »Ich gehe gleich zu ihm.« Er deutete auf Gesa. »Kümmern Sie sich bitte einen Augenblick um Fräulein Friese?«

»De Fries«, korrigierte Gesa.

»De Fries. Natürlich, Entschuldigung«, wiederholte Keno sofort. »Sie ist ein Stück die Straße runter böse mit dem Fahrrad hingefallen, und ich hab sie mitgebracht, damit Sie sie verarzten können«, fuhr er fort und fügte an Gesa gewandt hinzu: »Frau Becker war im Krieg Krankenschwester. Sie kennt sich aus.«

Mit wenigen energischen Schritten war Frau Becker bei Gesa und musterte sie mit fachmännischem Blick von oben bis unten. Sie war nicht groß, bestimmt einen ganzen Kopf kleiner als Gesa, dabei von gedrungenem, kräftigem Körperwuchs, was von ihrem knapp sitzenden Kostüm noch unterstrichen wurde.

»Ach herrje. Dieses verflixte Kopfsteinpflaster mal wieder. Es wird Zeit, dass das endlich repariert wird. Das ist ja so kein Zustand.« Frau Becker schüttelte empört den Kopf. »Statt sich den Kopf darüber zu zerbrechen, wie das neue Rathaus aussehen soll, sollte man sich lieber endlich um den Zustand der Straßen in der Stadt kümmern.« Sie bückte sich, um Gesas Knie inspizieren zu können. »Da haben Sie sich aber eine ordentliche Prellung zugezogen, Kindchen. Können Sie denn damit laufen?«

»Ja, ich denke schon.« Gesa zwang sich zu einem Lächeln.

»Dann kommen Sie mal mit mir ins Büro. Und Sie gehen am besten in der Zwischenzeit Ihren Vater beruhigen, Herr Kruse.«

Frau Becker hatte eine so energische Art an sich, dass es schwerfiel, ihr zu widersprechen, das war Gesa sofort klar. Sie löste sich von Keno Kruses Arm, der ihr freundlich zunickte, ehe er nach kurzem Anklopfen in einem Büro verschwand. Humpelnd bemühte sich Gesa, mit der korpulenten Gestalt von Frau Becker Schritt zu halten. Ihr Büro war winzig und wirkte mit Schreibtisch, einem Aktenschrank und dem hölzernen Stuhl, auf dem sie Gesa Platz nehmen ließ, völlig überfüllt.

»Dann wollen wir mal sehen.« Frau Becker öffnete die Türen eines Aktenschranks und holte einen Kasten hervor, den sie auf dem schmalen Bürotisch abstellte. Als sie den Deckel aufklappte, sah Gesa, dass sich darin verschiedene Päckchen mit Watte und Verbandsmull und eine kleine braune Flasche befanden.

»Sie müssen wissen, ich bin hier so etwas wie der Sanitäter für das Kontor. Die jungen Männer kommen alle zu mir, wenn sie sich mal etwas getan haben. Ob das jetzt ein Schnitt oder ein verstauchter Arm ist.« Sie zwinkerte Gesa lächelnd zu. »Gelernt ist eben gelernt.«

»Und wieso arbeiten Sie jetzt nicht mehr als Krankenschwester?«, wollte Gesa wissen, während Frau Kruse in dem Kästchen herumkramte.

»Das hat sich nach dem Krieg einfach so ergeben. Der Senior suchte eine Kraft, die ihm den Schreibkram abnimmt, und ich hatte nur meine kleine Witwenrente.« Frau Becker zuckte die Achseln und träufelte aus dem braunen Fläschchen ein paar Tropfen auf einen Tupfer. »Manchmal braucht man einfach etwas Glück.«

»Also sind Sie gern hier.« Es hatte eine Frage werden sollen, aber auch in Gesas Ohren klang es wie eine Feststellung.

»Sehr gern sogar.« Frau Becker nickte. »Nette Kollegen, leichte Arbeit und ordentliche Bezahlung. Und vor allem kein Schichtdienst mehr wie im Krankenhaus«, fügte sie augenzwinkernd hinzu und beugte sich dann zu Gesa hinunter. »Aber jetzt kümmern wir uns erst mal hierum.«

Vorsichtig tupfte Frau Becker die Schürfwunden an Gesas Händen mit Jodtinktur ab, half Gesa dabei, den Strumpf auszuziehen, und versorgte dann die Wunde an ihrem Knie.

»Da haben Sie noch mal Glück gehabt, Fräulein de Fries«, sagte Frau Becker mit Nachdruck. »Die Kniescheibe hätte auch brechen können. Aber an der Prellung werden Sie noch ein paar Wochen ihre Freude haben.« Vorsichtig strich sie eine Salbe auf die Verletzung und verband das Knie mit einer Mullbinde, die sie mit einem Pflaster befestigte.

Zufrieden betrachtete sie anschließend ihr Werk. »So, das hätten wir.« Sie sah Gesa an. »Ich hatte gerade eine Kanne Tee für den Senior gemacht. Mögen Sie auch ein Koppje?«

»Ich möchte wirklich niemandem zur Last fallen«, sagte Gesa verlegen. »Sie waren sowie schon so freundlich zu mir. Ich weiß gar nicht, wie ich mich bedanken soll.«

»Ach was, keine Ursache. Ich freue mich doch, wenn ich helfen kann.« Frau Becker winkte ab. »Und ich freue mich noch mehr, wenn ich bei meinem Tee etwas Gesellschaft habe, Kindchen.«

Die Sekretärin holte aus einem Schränkchen zwei Tassen mit Untertassen heraus und stellte eine davon vor Gesa auf den Schreibtisch. Es waren die üblichen winzigen Tässchen, bemalt mit der in Ostfriesland gebräuchlichen dicken Rosenknospe in Rot und Grün. Dann ging sie hinaus und kam kurz darauf mit einem Tablett wieder, auf dem ein Stövchen mit dazu passender Kanne stand, daneben ein Zuckertopf und ein Sahnekännchen, an dessen Rand man den gebogenen Stiel des Schöpflöffels erkennen konnte.

»Jetzt trinken Sie erst einmal eine schöne Tasse Tee, dann sieht die Welt gleich wieder anders aus.« Nachdem sich Gesa bei den Kluntjes bedient hatte, füllte Frau Becker die Tassen und sorgte für das Sahnewölkchen.

»Ich bring nur eben den Tee zum Senior, bin sofort wieder da«, sagte sie entschuldigend und trug das Tablett hinaus. Keine Minute später war sie zurück. »So, jetzt haben wir eine Weile Ruhe und können uns ein bisschen unterhalten.«

Gesa nickte zögernd. Sie war nicht gerade erpicht darauf, sich ausfragen zu lassen, aber Frau Becker war wirklich nett zu ihr gewesen und hatte sich damit wohl das Anrecht auf ein paar Auskünfte erworben. Und vielleicht, so schoss es ihr durch den Kopf, vielleicht gibt es ja hier eine Arbeit für mich. Da ist es natürlich das Beste, sich mit der Sekretärin des Chefs möglichst gut zu stellen.

»Sind Sie hier aus Emden, Fräulein de Fries?« Frau Becker hatte ihre Tasse angehoben und blies vorsichtig über die dampfende Oberfläche. »Es gibt eine Familie de Fries in der Kranstraße, gehören Sie zu denen? Ich meine, da könnten wir ja schnell Bescheid sagen, dass sie ein Malheur hatten, dann kann sie jemand abholen.«

Gesa schüttelte den Kopf. »Nein, die kenne ich nicht. Wir haben keine Verwandten in der Stadt, soweit ich weiß. Meine Familie hat einen Bauernhof ganz in der Nähe von Rysum.«

»Oh, das ist aber ein gutes Stück zu fahren. Da sind Sie doch bestimmt eine Stunde unterwegs, was?«

»Nicht ganz«, erwiderte Gesa und trank einen kleinen Schluck von dem Tee. »Eine Dreiviertelstunde etwa.«

»Aber nicht mit dem dicken Verband.« Frau Becker deutete auf Gesas Knie.

»Ich werde wohl oder übel laufen müssen«, sagte Gesa. »Mein Rad hat eine Acht im Vorderrad.«

»Ach, herrje, wie ärgerlich. Aber zu Fuß gehen können Sie auf keinen Fall. Ich werde gleich mal herumfragen, ob einer der Lieferwagen in die Richtung fährt und Sie mitnehmen kann.«

»Aber machen Sie sich doch nicht so viele Umstände, ich ...«

»Keine Widerrede, Kindchen«, unterbrach Frau Becker sie energisch. »So weit kommt es noch, dass wir Sie einfach so Ihrem Schicksal überlassen.«

Gesa öffnete den Mund, um erneut zu widersprechen, schloss ihn jedoch bei Frau Beckers strengem Blick sofort wieder.

»Was hat Sie denn in die Stadt geführt, Fräulein de Fries? Wollten Sie sich etwas Schönes kaufen? Ein neues Kleid vielleicht?«

Gesa sah an sich herunter. Sie trug ihr gutes dunkelblaues Kleid mit dem Spitzenbesatz am Kragen unter ihrem grauen Mantel. Gut, das war alles Vorkriegsware, aber das Kleid war in ihren Augen noch immer sehr ansehnlich.

»Nein, das nun nicht gerade«, erwiderte Gesa. »Ich wollte mich nach einer Arbeit umschauen.«

»Nanu?« Frau Becker zog erstaunt die Augenbrauen hoch. Sie war gerade im Begriff gewesen, einen Schluck Tee zu nehmen, und stellte die Tasse jetzt unverrichteter Dinge wieder auf die Untertasse zurück. »In der Stadt? Gibt es denn auf Ihrem Hof nicht genug Arbeit?«

»Doch, natürlich, das schon, aber ...« Gesa überlegte,

wie sie die Sachlage schildern könnte, ohne zu viel preiszugeben. »Meine Schwester kümmert sich um alles, was den Hof betrifft, und meine Mutter um den Haushalt. Mein Vater ist vor Kurzem verstorben.«

»Das tut mir leid. Mein Beileid zu Ihrem Verlust.« Frau Becker schenkte ihr einen mitfühlenden Blick. »Nur Frauen auf dem Hof? Das ist bestimmt nicht einfach. Vielleicht ist es ein Trost, dass es im Moment vielen so ergeht.« Sie seufzte. »Viel zu vielen.«

»Das ist wahr. Bei uns kommt noch dazu, dass es finanziell nicht gut um unseren Hof steht. Mit einer Arbeit könnte ich ein wenig dazu beitragen, aus der schlimmen Lage herauszukommen. Wenigstens so lange, bis mein Verlobter zurückkommt. Er ist in Russland vermisst.«

Frau Becker tätschelte Gesas Hand. »Ach Kindchen, da sind Sie aber wirklich vom Schicksal gebeutelt.«

Gesa blickte auf ihre Hand, die nun von Frau Becker umfasst wurde, und nickte. »Ich kenne leider in Emden niemanden, das macht es für mich natürlich schwer, irgendwo etwas zu finden. Haben Sie vielleicht noch eine Idee, wo ich es versuchen könnte?«

»Leider haben wir im Moment mehr als genug Packerinnen im Kontor.« Frau Becker ließ Gesas Hand los und rieb sich dann nachdenklich über das Kinn, an dem, wie Gesa erst jetzt bemerkte, einige lange helle Borsten wuchsen. »Ich müsste mal mit den Herren Kruse reden, denn eigentlich brauchen wir …« Sie brach ab und lächelte dann strahlend. »Ich kann natürlich nichts versprechen, aber mir kommt da gerade ein guter Einfall. Lassen Sie mir ein paar Tage Zeit, dann melde ich mich bei Ihnen. Haben Sie zu Hause einen Telefonanschluss?«

»Nein, leider nicht.«

»Dann schicke ich Ihnen eine Karte.« Frau Becker schob einen Block und einen Stift zu Gesa hinüber. »Schreiben Sie mir doch schnell Ihre Adresse auf, Kindchen.«

Noch während Gesa schrieb, klopfte es an der Tür, und Keno Kruse trat ein.

»Na, geht es wieder?«, fragte er.

Gesa nickte. »Ja, Frau Becker hat mich sehr gut verarztet.«

Herrn Kruses Lächeln wurde breiter. »Ich hatte nichts anderes erwartet«, sagte er. »Frau Becker ist so was wie die Mutter der Kompanie.«

»Sie machen mich noch ganz verlegen, Herr Kruse«, sagte Frau Becker sichtlich geschmeichelt. »Aber wenn Sie in mir die Mutter der Kompanie sehen, dann darf ich Ihnen auch sagen, dass Sie unmöglich zulassen können, dass das Fräulein de Fries bis nach Rysum humpeln muss.«

»Nein, natürlich nicht«, sagte Keno Kruse sofort. »Ich werde sie nach der Arbeit schnell nach Hause fahren.«

»Ich habe schon Frau Becker gesagt, dass ich auf keinen Fall Umstände machen möchte.« Gesa war die ganze Situation unangenehm.

»Das macht überhaupt keine Umstände, glauben Sie mir. Ihr Fahrrad liegt sowieso noch auf dem Laster. Und der kleine Umweg macht mir nichts aus.«

Noch bevor sich Gesa erneut wehren konnte, öffnete sich die Bürotür wieder und ein etwa sechzigjähriger untersetzter Mann kam herein, in der Hand eine Teekanne.

»Nanu, was ist denn hier für eine Versammlung?«, fragte er. Er war sehr groß, wohl an die zwei Meter, hatte welliges schlohweißes Haar, das an der Stirn ein wenig zurückging, und trug einen altmodischen Schnauzbart.

Aufgrund der unverkennbaren Ähnlichkeit nahm Gesa an, dass es sich um Kenos Vater, den Chef der Firma *Kruse & Sohn* handelte, und sie versuchte hastig, auf die Füße zu kommen. Das war aber wegen des dicken Verbandes nicht so einfach, und das Knie schmerzte, sobald sie es bewegte.

»Bleiben Sie ruhig sitzen, junge Frau«, sagte er mit einer beschwichtigenden Handbewegung, ging auf Gesa zu und reichte ihr die Hand. »Ich bin Gustav Kruse. Mein Sohn hat mir eben erzählt, warum er sie hergebracht hat. Ganz Kavalier der alten Schule, wie es sich für einen ehemaligen Offizier gehört. Geht es denn wieder?«

»Ja, Herr Kruse, danke. Ich …«, sagte Gesa, doch ehe sie ihren Satz vollenden konnte, hatte er sich schon wieder von ihr abgewandt.

»Frau Becker, würden Sie mir noch eine Kanne Tee machen? Die hier war wohl nicht ganz voll.« Herr Kruse senior zwinkerte seiner Sekretärin zu und warf einen schnellen Seitenblick auf die Tassen auf ihrem Schreibtisch.

»Natürlich, Herr Kruse. Sofort.« Frau Becker sprang eilig auf, nahm ihrem Chef die Kanne ab und verschwand damit nach draußen.

Der ältere Herr blieb neben dem Schreibtisch stehen, verschränkte die Arme vor der Brust und sah von Gesa zu Keno hinüber. »Was meintest du denn eben damit, dass du einen kleinen Umweg machen willst?«, fragte er seinen Sohn.

»Ich werde Fräulein de Fries zurück nach Rysum fahren. Ihr Fahrrad ist kaputt.«

»Und deine Arbeit hier?« Der alte Herr zog die Augenbraue hoch.

»Ich bin so gut wie fertig für heute. Die Lieferscheine kann ich ebenso gut morgen früh erledigen.«

Der Senior schürzte die Lippen, dass sein Bart sich sträubte wie eine Bürste. »Wenn du das schaffst, meinetwegen. Aber denk daran, dass Lisa es nicht ausstehen kann, wenn man zu spät bei Tisch ist.«

Gesa bemerkte den kurzen scharfen Blick, den der Senior seinem Sohn zuwarf. Sie glaubte zu erkennen, dass in Kenos Wange ein Muskel zuckte.

»Ich werde pünktlich sein«, war alles, was er nach einem Moment mit rauer Stimme antwortete.

»Also dann, Herr Kavalier, geleiten Sie die junge Dame mal ganz ritterlich nach Hause«, sagte Gustav Kruse und reichte Gesa die Hand. »Es war mir ein Vergnügen, Fräulein …«

»De Fries ist mein Name, Gesa de Fries.«

»Fräulein de Fries.« Herr Kruse nickte ihr zu. »Und jetzt entschuldigen Sie mich, ich muss mal schauen, wo Frau Becker mit meinem Tee bleibt.«

Eine halbe Stunde später rumpelte der Lastwagen über dasselbe Kopfsteinpflaster, auf dem Gesa vorhin gestürzt war. Keno blickte unverwandt vor sich auf die Straße, er schien mit den Gedanken weit weg zu sein. Gesa beobachtete ihn verstohlen von der Seite und fragte sich, was ihn wohl so beschäftigte, aber sie wusste nicht, wie sie ihn danach fragen sollte, ohne zu neugierig oder gar aufdringlich zu wirken.

Er war ein wirklich gut aussehender Mann, mit seinem honigblonden gewellten Haar, dem schmalen Gesicht mit der geraden Nase und dem kräftigen Kinn mit einem Grübchen darin. Seine Augen waren von so dunklem Blau, wie Gesa es noch nie zuvor bei einem Menschen gesehen hatte, das war ihr gleich bei ihrer ersten Begegnung aufgefallen. Tiefblaue Augen, unter denen dunkle Schatten lagen. Müde sah er aus. Niedergedrückt.

Sie räusperte sich, straffte die Schultern und setzte ein freundliches, unverfängliches Lächeln auf.

»Es ist wirklich sehr nett von Ihnen, mich nach Hause zu fahren, Herr Kruse«, sagte sie. »Ich hoffe, ich mache Ihnen nicht allzu viele Umstände. Vor allem, weil Sie doch heute noch eine Verabredung haben«, setzte sie hinzu.

»Verabredung?«, fragte Keno stirnrunzelnd.

»Ihr Vater erwähnte so etwas. Er sagte, Sie sollen nicht zu spät kommen.«

»Weil Lisa es nicht leiden kann, wenn man nicht pünktlich am Tisch sitzt«, ergänzte er. »Nein, das ist keine Verabredung. Lisa ist meine Frau.«

»Oh«, entfuhr es Gesa. Sofort ärgerte sie sich über sich selbst. Warum hatte sie sich nicht besser unter Kontrolle?

»Oh?«, wiederholte Keno und warf ihr einen schnellen Blick zu. »Wieso sind Sie so erstaunt?«

»Ich hätte nicht gedacht, dass Sie schon verheiratet sind«, sagte sie zögernd. »Ich meine, Sie sehen noch so jung aus …«

»Ich habe geheiratet, kurz bevor ich eingerückt bin. Mein Vater hielt es für besser, für geregelte Verhältnisse zu sorgen. Da waren wir beide gerade achtzehn geworden.«

Irgendetwas an seiner Antwort ließ Gesa aufhorchen. War es die unverhohlene Bitterkeit in seiner Stimme oder die Erwähnung seines Vaters? In jedem Fall klang es nicht gerade nach einer Liebesheirat. Gesa beschloss, das Thema lieber nicht weiter zu verfolgen.

»Ihr Vater war bestimmt sehr froh, dass sie unbeschadet aus dem Krieg zurückgekommen sind«, sagte sie, um das Thema zu wechseln. »Sonst hätte er die Firma wohl nicht *Kruse & Sohn* genannt und Sie zum Juniorchef gemacht.«

Keno Kruse lachte auf. »Sie glauben, ich bin besagter

Sohn?«, fragte er. »Da muss ich Sie enttäuschen. Der Sohn ist mein Vater. Der Name des Kontors stammt noch von meinem Großvater, nach dem ich übrigens benannt bin. Und was den Juniorchef angeht ...« Keno holte tief Luft. »Ich bin eher so etwas wie ein besserer Laufjunge. Mein Vater meint, ich soll das Geschäft von der Pike auf lernen, und da ich erst seit einem Jahr aus der Gefangenschaft zurück bin, hab ich noch längst nicht alle Abteilungen durchlaufen.«

»Oh«, sagte Gesa wieder. »Da bin ich anscheinend gleich in das nächste Fettnäpfchen getreten.«

»Woher sollten Sie das denn wissen?« Wieder warf er ihr einen Seitenblick zu, und jetzt strahlten die blauen Augen bei seinem Lächeln auf. »Da machen Sie sich mal keine Sorgen, Fräulein de Fries.«

Sie hatten die weitgehend zerstörte Altstadt Emdens hinter sich gelassen, und der Lkw rollte über die geklinkerte Straße auf den Stadtrand zu. Gesa sah ein Verkehrsschild, das die Entfernung nach Rysum anzeigte. Es waren noch acht Kilometer bis dorthin.

»Gut, dass Sie mir nicht böse sind. Ich wollte nicht neugierig erscheinen, aber ...« Sie brach ab.

»Aber?«

»Ich würde mich gern bei Ihrem Vater um eine Stelle bemühen, und da will man sich doch vorab im Klaren darüber sein ...«

»... mit wem man es so zu tun bekommt. Ich verstehe.« Wieder lachte er, und wieder blitzte es in seinen Augen. »Als was möchten Sie sich denn bewerben, Fräulein de Fries?«

»Das ist mir eigentlich ganz einerlei, ich mache alles, was gebraucht wird.« Gesa räusperte sich. »Frau Becker sagte, sie hätte eine Idee, für welche Stelle ich infrage käme, aber mehr wollte sie nicht verraten, bevor sie nicht mit dem Chef gesprochen hätte.«

»Frau Becker … Soso.« Keno grinste. »Die Gute zieht im Hintergrund mal wieder die Fäden. Das kann sie meisterhaft.« Er schüttelte immer noch leise lachend den Kopf. »Sie müssen wissen, Frau Becker möchte gern eine zweite Kraft im Büro haben, die sie bei der Arbeit unterstützt. Damit liegt sie meinem Vater schon seit einem Jahr in den Ohren. Immer jammert sie, dass ihr allmählich alles über den Kopf wächst, besonders wenn die Teeproben aus Fernost kommen und wir den ganzen Tag nichts anderes tun, als Tee zu probieren und auszuwählen, welche Sorten in die nächsten Ostfriesenmischungen kommen sollen. Haben Sie denn Erfahrung in der Büroarbeit?«

Für einen Moment war Gesa versucht, Keno dreist anzulügen, doch dann entschied sie sich, lieber bei der Wahrheit zu bleiben.

»Nicht wirklich. Ich habe nur die Volksschule besucht. Mein Lehrer meinte immer, ich sollte unbedingt zur Handelsschule gehen, damit ich eine Lehre in der Bank oder der Verwaltung machen kann, aber daraus ist wegen des Krieges nichts geworden. Außerdem sagte mein Vater, was soll die Deern denn eine Lehre machen, die heiratet ja sowieso.«

»Aber geheiratet haben Sie dann doch nicht?«

Gesa war nicht sicher, ob seine Worte eher eine Frage oder eine Feststellung waren.

»Nein. Mein Verlobter ist in Russland verschollen.«

»Oh …«, machte er. »Das tut mir leid. Es muss schwer für Sie sein.«

Gesa holte tief Luft. »Ich tue allen gegenüber so, als wäre

ich mir ganz sicher, dass er zurückkommt, aber je länger es dauert, desto schwerer fällt mir die Schauspielerei.«

Wieder warf Keno Kruse ihr einen kurzen Seitenblick zu. »Wieso tun Sie es dann? Ich meine …«

»Wieso lasse ich die anderen in dem Glauben, dass ich noch Hoffnung habe, obwohl das gar nicht stimmt?« Gesa schaute nachdenklich durch die Windschutzscheibe, ohne die Straße wirklich wahrzunehmen. »Keine Ahnung. Das hat sich einfach so ergeben. Zuerst konnte ich es einfach nicht wahrhaben, dass Gerold wahrscheinlich nicht mehr am Leben ist. Ich wollte nichts davon hören, wenn jemand in meiner Nähe auch nur von der Möglichkeit sprach, dass er nicht zurückkommt. Und dann …« Sie hob hilflos die Arme. »Dann kam es mir so vor, als würde ich ihn verraten, wenn ich anderen und auch mir selbst gegenüber zugebe, dass er vermutlich tot ist.« Sie wandte Herrn Kruse ihr Gesicht zu. »Verrückt, nicht?«

»Nein«, erwiderte er. »Das ist nicht verrückt, nur menschlich.«

Wieder warf er ihr einen kurzen Blick zu und lächelte. In seinen Augen lag so viel Wärme, dass sie schnell den Kopf abwandte und aus der Seitenscheibe hinaus auf die üppig grünen Wiesen sah, auf denen Kühe grasten. Keno Kruse musste nicht sehen, dass ihr das Blut in die Wangen geschossen war.

»Vielen Dank«, hörte sie ihn leise sagen.

»Wofür?«

»Für Ihr Vertrauen. Es ist nicht leicht, jemandem so etwas zu erzählen.«

Der raue Ton in seiner Stimme brachte Gesa dazu, zu ihm hinüberzusehen. Sein Gesicht war unverwandt auf die

Straße vor ihm gerichtet und wirkte völlig ausdruckslos. Doch seine Hände hielten das Steuer des Lastwagens umklammert wie einen Rettungsring, und die Knöchel traten weiß hervor.

»Im Gegenteil«, sagte sie ebenso leise. »Ich glaube, es ist leichter, jemandem sein Herz auszuschütten, den man nicht kennt. Ich habe noch nie mit jemandem über Gerold gesprochen, aber bei Ihnen hatte ich irgendwie das Gefühl, Sie würden es verstehen. Vielleicht, weil Sie selbst im Krieg waren.«

»Ja. Vielleicht. Weil auch ich im Krieg war.«

Für einen Augenblick dachte Gesa, Herr Kruse sei im Begriff, ihr im Gegenzug etwas von sich zu erzählen, ihr zu beichten, warum er so bedrückt war, aber er blieb stumm.

Erst als sie am Ortsschild von Rysum vorbeifuhren, räusperte er sich.

»Gleich haben wir's geschafft«, sagte er. »Jetzt müssen Sie mich zum Hof Ihrer Familie weiterlotsen.«

»Dort drüben an der Ringstraße müssen Sie abbiegen«, sagte Gesa erleichtert und deutete nach vorn. »Dann ist es der dritte Hof auf der rechten Seite.«

Kurz darauf bog er auf die Auffahrt ab, die zum Hof führte. Aufmerksam umfuhr er langsam die zahlreichen Schlaglöcher in der Schotterpiste, trotzdem schaukelte der Lastwagen heftig hin und her, bis er auf dem gepflasterten Hof zum Stehen kam. Herr Kruse drehte den Zündschlüssel, und der Motor ging aus.

»So, da wären wir, Fräulein de Fries.« Er zwinkerte ihr zu. »Bitte aussteigen, Vorsicht an der Bahnsteigkante.«

Gerade als Gesa mit Mühe und Not aus dem Auto geklettert war, öffnete sich die Viehdielentür, und Hanna trat heraus.

»Ach du meine Güte, was ist denn mit dir passiert?«, rief sie erschrocken und kam auf Gesa zugelaufen. »Bist du angefahren worden?«

»Nein, das habe ich ganz allein hinbekommen. Ich bin auf dem Kopfsteinpflaster mit dem Rad hingefallen und in hohem Bogen über den Lenker geflogen.« Sie machte ein paar unsichere Schritte. »Zum Glück habe ich mir nichts gebrochen, sondern nur die Hände aufgeschürft und ein Loch im Knie.«

Gesa deutete auf den Lastwagen, aus dem gerade Keno Kruse ausgestiegen war, der nun das verbeulte Fahrrad von der Ladefläche herunterhob. »Herr Kruse fuhr zufällig direkt hinter mir und war so nett, mir zu helfen.«

Hannas Blick blieb an der geschwungenen Schrift des Logos hängen, das an der Fahrertür und den Seitenschotten des Lasters angebracht war. »Ist das *der* Herr Kruse von Kruse-Tee?«, fragte sie leise.

Ihr ungläubiger Gesichtsausdruck brachte ihre Schwester zum Lachen. »Der Junior«, gab Gesa ebenso leise zurück. Sie hob den Zeigefinger an die Lippen, denn Keno, wie sie ihn nun schon im Stillen nannte, kam mit dem Fahrrad, das er vorn angehoben hatte, auf sie zu. Gesa nahm ihm das Rad ab, und er ergriff sogleich Hannas ausgestreckte Hand und nickte ihr freundlich zu. »Sie müssen die Schwester sein. Moin, Fräulein de Fries.«

»Moin, Herr Kruse.« Hanna sah ihn freundlich an. »Wollen Sie nicht mit ins Haus kommen und eine Tasse Tee mit uns trinken? Meine Mutter würde sich bestimmt auch gern bei Ihnen für Ihre Hilfe bedanken.«

»Ein anderes Mal sehr gern, Fräulein de Fries, aber jetzt muss ich zusehen, dass ich nach Hause komme.« Er warf

Gesa einen Blick zu. »Ich will nicht zu spät zum Essen kommen.«

»Dann wollen wir Sie auch nicht länger als nötig aufhalten«, sagte Gesa. »Aber wenn Sie das nächste Mal hier in der Gegend sind, müssen Sie ein bisschen mehr Zeit mitbringen.«

»Das mache ich gern. Aufgeschoben ist ja nicht aufgehoben«, erwiderte Keno. »Doch ich möchte fast wetten, dass wir uns schon bald in Emden wiedersehen werden.«

Gesa legte den Kopf ein wenig schräg und schaute ihn fragend an. »Meinen Sie wirklich?«

»Ich bin überzeugt davon.« Keno streckte ihr die Hand entgegen. »Bis bald, Fräulein de Fries.«

Noch einmal lächelte der junge Herr Kruse den Schwestern zu, ehe er zum Lastwagen zurückging, einstieg und den Motor startete. Er hupte einmal, und die Schwestern winkten, bis der Wagen um die Kurve der Auffahrt verschwunden war.

»Er scheint sehr nett zu sein.« Hanna stieß Gesa mit dem Ellenbogen an.

»Nett und verheiratet«, antwortete Gesa, die genau wusste, worauf Hanna hinauswollte. Sie beschattete ihre Augen und beobachtete, wie der grüne Laster die Straße in Richtung Rysum entlangfuhr.

»Und warum spricht er davon, dass ihr euch bald wiedersehen werdet?«

»Weil …« Gesa drehte sich zu Hanna um und strahlte über das ganze Gesicht. »Es sein kann, dass ich bald bei Kruse-Tee arbeiten werde.«

Sieben

Hanna und Tomek schlenderten nebeneinanderher über den Ackerpfad zur Weide, auf der die zwanzig Kühe der de Fries grasten. Es war kurz nach fünf Uhr morgens, die Sonne war im Begriff aufzugehen und färbte bereits die Wolken über dem östlichen Horizont in zartem Rosa und Gold. Dichte Nebelschleier hingen über den Gräben und waberten über das hohe Gras der Weiden, die bald gemäht werden sollten. Neben ihnen stieg eine Lerche in den zartblauen Himmel auf und begann, ihr endloses Lied zu singen.

Hanna blieb stehen und sah sich um. Ihre Brust wurde vor Freude über diesen Anblick ganz eng, und sie musste tief Luft holen, um all die Schönheit fassen zu können.

»Alles gut?«, fragte Tomek in seinem schweren Akzent.

»Alles wunderbar«, erwiderte Hanna. »Manchmal denke ich nur, dass ich so ein Glück habe, hier leben zu können. Stell dir nur mal vor, wir wären jetzt in einer großen Stadt wie Hamburg oder Bremen. All die kaputten Häuser, keine Bäume mehr, weil die in den kalten Hungerwintern alle gefällt worden sind.« Hanna schüttelte sich. »Ich habe nur gerade gedacht, dass ich dort eingehen würde wie eine Primel. Im Gegensatz zu Gesa bin ich nicht für die Stadt gemacht.

Sie hingegen hat immer davon geträumt, weit weg zu gehen. Und jetzt will sie nach Emden.«

»Ich verstehe das nicht.« Tomek sah Hanna von der Seite fragend an.

»Nein, das verstehe ich auch nicht.« Hanna zog eine Grimasse. »Wie kann man es da schöner finden als hier?«

»Das meinte ich nicht.« Tomek machte eine kurze Pause, wie er es immer tat, wenn er nach den richtigen Worten suchte. »Ich meine, was will sie machen in Emden?«

»Sie hofft, dass sie in der Stadt eine Arbeit findet. Sie will Geld verdienen, damit Günther und Helga ihr Erbe ausgezahlt kriegen. Jetzt hat Gesa den Juniorchef von Tee Kruse kennengelernt und hofft, dort arbeiten zu können.«

»Also wird sie nicht mehr hier wohnen?«

»Nein, das glaube ich nicht. Da wird sich nichts ändern. Dann müsste sie sich ja ein Zimmer in Emden nehmen. Erstens wird sie keines finden und zweitens will sie bestimmt nicht das verdiente Geld dafür ausgeben. Ich kenne sie doch.« Hanna grinste und zwinkerte Tomek zu. »Papa hat immer gesagt, Gesa hat die Taschen zugenäht, so grannig ist sie.«

»Grannig?« Tomek runzelte die Stirn.

»Sie ist geizig. Sparsam. Gibt nie mehr Geld aus als unbedingt nötig«, erklärte Hanna.

Schon von dem Tag an, als Tomek auf den Hof gekommen war, hatte sie sich bemüht, ihm Deutsch beizubringen, und auch jetzt noch erklärte sie ihm bereitwillig jedes Wort, das er nicht kannte. Hanna war sicher, dass Tomek inzwischen sehr gut verstand, was gesprochen wurde, aber beim Sprechen machte er noch Fehler. Vor allem seine kehlige Aussprache ließ keinen Zweifel daran, wo er herkam.

Aus der Ferne hörte sie lautes Muhen und lachte. »Die Deerns haben uns schon gesehen und wollen jetzt gemolken werden«, sagte sie. »Lass uns mal zusehen, dass wir auf die Weide kommen.«

An diesem Morgen waren nur sie beide unterwegs, um die Kühe zu melken. Dierk hatte beschlossen, heute den Viehstall zu schrubben und neu zu kalken, und wollte gemeinsam mit den Flüchtlingsfrauen zeitig anfangen, damit sie bis zum Abend fertig sein würden, denn am nächsten Tag wollten sie mit dem Mähen des ersten Heus anfangen.

Es machte Hanna nichts aus, allein mit Tomek zu melken, im Gegenteil. Sie hatte Dierk vorgeschlagen, dass Anneliese und Gerda auf dem Hof bleiben sollten, um ihm beim Schrubben zu helfen. In der letzten Zeit machte dem Knecht das Rheuma zu schaffen, und er war nicht mehr so fix bei der Arbeit wie früher. Auch wenn er es nicht gern wahrhaben wollte, so war doch klar, dass Dierk allmählich alt wurde.

Hanna genoss es, allein mit Tomek zu sein. Es machte einfach Spaß, mit ihm zusammenzuarbeiten. Sie brauchte ihm kaum Anweisungen zu geben, er wusste meist schon, was sie von ihm wollte, bevor sie es ausgesprochen hatte. Es war beinahe, als gäbe es eine unsichtbare Verbindung zwischen ihnen, die Worte unnötig machte. Und so war es immer schon gewesen, vom ersten Tag an, als Tomek auf den Hof gekommen war.

Tomek ging zum Heck, dem Gattertor, das die Zuwegung zur Weide verschloss, er hielt sich am Seitenpfosten fest und schwang sich über die wassergefüllte Graft hinweg, die die Grenze zur Weide bildete. Hanna tat es ihm gleich.

Ein paar Kühe standen in dem tiefen Matsch, der sich

unmittelbar hinter dem Heck gebildet hatte, und warteten auf ihre Melker. Sie umringten die beiden und warteten darauf, am Hals geklopft und unter dem Kinn gekratzt zu werden.

Lieschen, eine zierliche dunkle Kuh mit seelenvollem Blick, die Hannas besonderer Liebling war, stupste sie mit der Schnauze an und schleckte mit ihrer rauen Zunge über ihren Arm.

»He, lass das, du Gierschlund«, rief Hanna lachend.

»Du schmeckst lecker«, sagte Tomek. Er nahm seine Schiebermütze von seinen dunklen Locken und fuhr sich grinsend mit der Hand durch die Haare. »Nach Salz.«

»Wahrscheinlich ist es das. Dabei haben die Kühe doch einen Leckstein auf der Weide.«

»Nicht dasselbe. Du schmeckst besser.« Tomek zwinkerte ihr zu. Er ging zum Melkwagen hinüber, dann steckte er Daumen und Zeigefinger seiner rechten Hand in den Mund und stieß einen gellenden, langgezogenen Pfiff aus. Alle Kühe, die noch weiter hinten auf der Weide grasten, hoben den Kopf, und eine nach der anderen kam herangetrottet.

Hanna kraulte Lieschen noch einen Augenblick den Fellschopf auf dem Kopf, dann griff sie nach der Kette um ihre Hörner und führte die junge Kuh zum Melkstand hinüber, wo sie sie festband. Innerhalb weniger Minuten hatten Tomek und sie alle Kühe angebunden. Tomek holte aus dem Holzverschlag zwei Eimer und die Melkhocker, von denen er einen an Hanna weiterreichte. Sie dankte ihm mit einem Lächeln, dann ließ sie sich neben der ersten Kuh nieder und begann mit der Arbeit.

Seit Hanna denken konnte, half sie, sooft sie konnte, beim Melken, und sie liebte diese Arbeit. Es hatte etwas Beruhigendes, zwischen den Kühen zu sitzen, ihre Wärme zu spüren, ihr langsames Atmen und das rhythmische Rauschen im Eimer zu hören und den Duft der warmen Milch zu riechen. Sie ließ ihre Gedanken schweifen, wohin sie wollten, bis sie sich schließlich auflösten und sich ihre Augen wie von selbst schlossen, während ihre Hände mechanisch die immer gleichen Bewegungen wiederholten.

Wenn eine Kuh ausgemolken war, erhob sich Hanna, machte sie vom Melkwagen los und gab dem Tier einen Klaps, damit es sich entfernte. Dann trug sie den Milcheimer zum Verschlag, wo sie den Inhalt in das Sieb schüttete, das in einer der beiden bereitstehenden Milchkannen steckte. Sie sah zu, wie der Spiegel der Flüssigkeit im Sieb versickerte, erst dann nahm sie ihren Eimer, und das Ritual ging von vorn los. Kuh um Kuh molken Tomek und Hanna auf diese Weise und sprachen dabei nicht ein einziges Wort miteinander.

Längst war die erste Milchkanne voll, und auch die zweite war schon beinahe bis zum Rand gefüllt, als sie die letzten zwei Kühe vom Melkwagen forttrieben. Tomek holte das Tragejoch aus dem Verschlag und befestigte die beiden Milchkannen in den Haken, bevor er sich das Joch auf die Schultern legte.

»Geht es, oder sind die Kannen zu schwer?«, fragte Hanna.

»Schwer. Nicht zu schwer«, erwiderte Tomek.

Hanna nahm das Sieb und die Eimer mit, die auf dem Hof geschrubbt werden mussten, damit sie für das abendliche Melken wieder sauber waren. Sie öffnete das Heck einen Spaltbreit, damit sie hintereinander hindurchschlüpfen konnten, ohne dass eine der Kühe ihnen folgte.

Die Sonne hatte die letzten Nebelschwaden aufgelöst, die noch über den Gräben gehangen hatten. Wenn Hanna mit geschlossenen Augen ihr Gesicht in ihre Richtung drehte, sah sie ein hellrotes Leuchten hinter ihren Lidern und konnte die Wärme auf ihren Wangen fühlen.

Langsam gingen sie über den Feldweg auf den Hof zu.

»Tomek, kann ich dich mal was fragen?« Hanna warf ihm einen vorsichtigen Seitenblick zu.

»Du kannst alles fragen«, sagte er.

»Hast du eigentlich manchmal Heimweh?«

»Heimweh?«

»Ja, Sehnsucht nach deinem Zuhause. Dem Ort, wo du geboren wurdest. Nach deiner Familie. Ich meine, warum bist du nicht wieder zurück nach Polen gegangen?«

Er schwieg einen Augenblick, senkte den Kopf und schien nachzudenken. »Manchmal hab ich Sehnsucht. Aber wonach ich Sehnsucht habe, gibt es nicht mehr. Unser Haus ist kaputt, meine Eltern tot. Mein Bruder wollte zu den Partisanen. Als er ging, er sagte …« Er stockte und schluckte schwer, ehe er weitersprach. »Wenn du nicht mit uns kämpfen willst, dann verschwinde, komm nicht wieder her.«

»Aber du hast doch gekämpft, oder? Du bist doch als Kriegsgefangener zu uns auf den Hof gekommen.«

»Kriegsgefangener, ja, so sagt man. Deutsche haben mich abgeholt, als ich siebzehn war.« Er wandte den Blick von Hanna ab und starrte zum Hof hinüber, während er in Erinnerungen zu versinken schien. »Mama und ich haben bei Verwandten auf dem Land gewohnt. Versteckt, weil die Deutschen Papa erschossen hatten. Sie wurde krank, starb, und mich haben sie abgeholt und nach Deutschland gebracht, um zu arbeiten. Zuerst sollte in Munitionsfab-

rik. Davon ich hatte schon gehört. Sie sagten, Fabrik ist ...«
Wieder stockte er, um nach dem richtigen Wort zu suchen.
»Fürchterlich.«

»Was war denn in der Fabrik?«, fragte Hanna.

»Polen dort wurden behandelt wie Dreck. Lange Arbeit,
wenig Essen, viele Tote.« Tomek schaute Hanna an, und sie
konnte den Schmerz in seinen Augen beinahe selbst spüren.
»Da hab ich gelogen, ich bin Bauer, hab viel auf dem Hof
gearbeitet. Deutsche haben es geglaubt, und ich kam hier-
her auf euren Hof. Hab ich viel Glück gehabt, weil dein Vater war immer gut zu mir. Ganze Familie war immer gut.
Und jetzt, der Friesenhof ist mein Zuhause. Hab ich kein
anderes mehr.«

»Und dein Bruder? Lebt er noch?«

»Weiß nicht, glaub nicht. Viele Partisanen sind erschossen. Hier ist jetzt mein Heimat. Hier bei euch.« Wieder
ruhte sein Blick auf Hanna. »Bei dir, Hanna.«

Er war stehen geblieben und sah sie zärtlich an. Auf seinen Schultern lag das Joch, an dem die gefüllten Kannen
hingen, trotzdem stand er ganz gerade, den Kopf erhoben,
das schmale Gesicht ihr zugewandt. Alles, was er fühlte, lag
in seinen Augen – Schmerz, Hoffnung, Vertrauen und noch
so viel mehr.

Hanna kam es auf einmal vor, als müsse ihr Herz zer-
springen. Am liebsten hätte sie einfach den Eimer und das
Metallsieb fallen gelassen und Tomek in den Arm genommen. Sie wollte ihn festhalten, ihn trösten und ihm sagen,
es würde alles gut werden. Aber da war noch mehr. Lange
hatte sie es geahnt, lange immer wieder verdrängt, den Gedanken beiseitegeschoben. Warum sollte sie sich ihre Gefühle für jemanden eingestehen, mit dem es ohnehin keine

gemeinsame Zukunft geben konnte? Und doch stand sie jetzt vor Tomek und spürte es mit all ihren Sinnen und einer unverrückbaren Gewissheit: Sie liebte ihn.

Sie wollte ihm ihre Liebe gestehen, ihm sagen, dass sie sich nicht vorstellen konnte, auch nur einen einzigen Tag von ihm getrennt zu sein. Sie wollte von ihm geküsst werden und ihn für immer festhalten.

Aber all das tat sie nicht. Sie konnte es nicht tun.

Stattdessen hielt Hanna weiter die Eimer in der einen Hand und umklammerte mit der anderen den Griff des Metallsiebes so fest, dass sich die Fingernägel schmerzhaft in ihre Handfläche bohrten.

Das, was sie sich wünschte, war so weit davon entfernt, Wirklichkeit werden zu können, dass sie ebenso gut davon hätte träumen können, ein Prinz käme auf einem Pferd geritten und würde sie bitten, seine Frau zu werden. Keines von beidem wäre je möglich, und das wusste Hanna nur zu gut.

Nicht nur, dass Tomek nur ein einfacher Knecht auf ihrem Hof war, viel schlimmer war seine Herkunft. Eine Bauerstochter aus Rysum konnte unmöglich einen Flüchtling heiraten, schon gar nicht einen Fremdarbeiter – *einen dreckigen Polacken*, wie nicht nur ihr Schwager Günther Tomek und seinesgleichen zu nennen pflegte. Hanna wusste, dass einige der Nachbarn ihrem Vater geraten hatten, Tomek auf der Stelle vom Hof zu jagen, nachdem der Krieg vorbei gewesen war, aber Onno de Fries hatte achselzuckend abgelehnt.

Der Junge arbeite ordentlich und sei willig, hatte Papa gesagt und das Gerede über den *Polackenjungen* ignoriert.

Allerdings war ihr Vater ein respektiertes Mitglied der Nachbarschaft gewesen, jemand, dem die anderen Nachbarn schon einmal eine Verrücktheit durchgehen ließen. Für Hanna und den Rest der Familie galt diese Toleranz aber nicht, und auch das wusste sie nur zu gut. Sie würden genau nach den ungeschriebenen Regeln des Dorfes spielen müssen, um von den anderen Bauern die Unterstützung bei der Arbeit zu erhalten, auf die sie so dringend angewiesen waren. Ohne den Zusammenhalt der Nachbarschaft würde der Friesenhof nicht überleben können, schon gar nicht, wenn kein Bauer auf dem Hof war.

Reiß dich zusammen, es hilft doch alles nichts, sagte Hanna zu sich selbst. Hör auf zu träumen, und sieh die Dinge, wie sie sind. Aus dir und Tomek kann einfach nichts werden, also schlag dir das am besten gleich aus dem Kopf.

»Schön, dass du dich hier zu Hause fühlst, Tomek. Wir sind auch sehr zufrieden mit deiner Arbeit«, sagte sie und zwang sich ein Lächeln für den jungen Knecht ab. »Aber jetzt sollten wir zusehen, dass wir heimkommen, oder? Gleich kommt der Wagen der Molkerei, und die Kannen müssen noch an die Straße gebracht werden. Na los, nach der Arbeit gibt es Frühstück.«

Ohne ihm die Gelegenheit zu geben, etwas darauf zu erwidern, wandte sie sich um und lief, die Eimer und das Sieb fest umklammert, mit großen Schritten auf den Hof zu, so als könne sie vor der Sehnsucht und dem Schmerz, den sie in ihrem Inneren verspürte, davonlaufen.

In den kommenden Tagen ging Hanna erst einmal auf Abstand und versuchte, Tomek so gut wie möglich aus dem Weg zu gehen, ohne dass es jemandem auffiel. Als sie die Wände des Viehstalls mit Wurzelbürsten und heißem Wasser schrubbten, blieb sie bei Anneliese und Herta, während Dierk und Tomek die letzten Reste des Strohs und den Lehm, auf dem die Kühe gelegen hatten, nach draußen auf den Misthaufen karrten.

Beim Essen war sie wortkarg und redete nur, wenn sie angesprochen wurde, und nach dem Abendbrot ging sie nicht mit den anderen in die Stube, um noch Radio zu hören, sondern sagte, sie wolle lieber früh zu Bett gehen, weil sie Kopfschmerzen habe.

»Nanu?« Tanti warf ihr über den Brillenrand einen neugierigen Blick zu. »Kopfschmerzen? Das kennt man ja gar nicht von dir. Du wirst doch nicht anfangen wie deine Mutter.«

Hanna zuckte mit den Schultern. »Ist nicht so schlimm. Aber morgen wird ein anstrengender Tag, da will ich ausgeschlafen sein.«

Henrike stand von ihrem Platz am Küchentisch auf und tätschelte ihrer Jüngsten die Wange. »Dann ruh dich aus und schlaf schön, Deern. Leg deine graue Strickjacke auf dein Kopfkissen, die ist aus Wolle. Das hilft gegen die Kopfschmerzen.«

Hanna nickte bloß, wünschte allen eine gute Nacht und ging hinauf in das Zimmer, in dem sie und Gesa schliefen. Doch auch wenn sie von der Arbeit im Stall müde war, sie kam einfach nicht zur Ruhe, sondern wälzte sich die ganze Nacht herum. Immer wieder sah sie Tomeks schmales Gesicht und seine dunklen Augen vor sich, wie er sie heute Morgen angeschaut hatte, und ihr Herz brannte bei der Erinnerung daran. Hanna glaubte, dass er ebenso empfand wie sie selbst. Ihr waren die sehnsüchtigen Blicke nicht entgangen, mit denen er sie häufig bedachte, und auch nicht seine zufälligen, flüchtigen Berührungen.

Aber sich zu lieben war eben nicht genug.

Für eine gemeinsame Zukunft würde Liebe nicht reichen. Vielleicht, wenn sie Tomek die Wahrheit gestand und dann mit ihm wegliefe? Aber im gleichen Moment, da ihr dieser Gedanke kam, wusste sie, dass das nur ein Hirngespinst war. Sie würde alles verlieren, was ihr wichtig war: ihre Familie, ihr Zuhause, ihre Arbeit auf dem Hof, ihre Heimat. War eine Liebe, von der sie nicht einmal mit Bestimmtheit wusste, dass sie erwidert wurde, es wert, alles dafür aufzugeben? Sie würde alle enttäuschen, die sich auf sie verließen – Mama, Gesa, Tanti, die Knechte und die Flüchtlinge. Wenn Hanna den Hof verließ, würden Günther und Helga ganz sicher hier einziehen. Damit würde auf jeden Fall Tanti ihr Heim verlieren, womöglich auch Gesa und Mama.

Hannas Gedanken begannen sich im Kreis zu drehen.

Irgendwann hörte sie, wie ihre Schwester in die Kammer schlich, und stellte sich schlafend, als Gesa ihren Namen flüsterte. Sie hatte keine Lust, mit ihr zu sprechen, ihr gar zu erklären, was mit ihr los war.

Vielleicht morgen …

Nein, besser nächste Woche oder irgendwann, wenn der Entschluss, den sie getroffen hatte, nicht mehr so weh tat. Sie musste sich nur Zeit geben, dann würde der Schmerz schon vergehen, und je weniger sie darüber redete, desto schneller würde das passieren.

Hanna lauschte eine Weile den gleichmäßiger werdenden Atemzügen ihrer Schwester, dann drehte sie sich mit dem Gesicht zur Wand und verbarg ihr Gesicht in ihrem Kissen.

Mit dem Beginn der Heuernte gab es auf dem Friesenhof so viel Arbeit, dass Hanna jeden Abend wie erschlagen ins Bett fiel und anschließend schlief wie ein Stein. Da sie mit der Sense sehr geschickt war, lief sie in einigem Abstand versetzt neben Dierk, Tomek und ihrem Nachbarn Jens Kröger her, der sich bereiterklärt hatte, beim Mähen zu helfen, wenn die de Fries ihm im Gegenzug ebenfalls ihre Unterstützung bei der Heuernte zusicherten. Bei jedem Schritt schwang Hanna die Sense in weitem Bogen durch das kniehohe Gras, immer darauf bedacht, die scharfe Klinge in der richtigen Höhe und waagerecht zum Boden zu führen, um sie nicht in die Erde zu rammen. Das würde Hanna aus dem Rhythmus bringen, und die Sense würde schneller stumpf werden. Außerdem war die Gefahr groß, dabei zu stolpern und vielleicht sogar in die Klinge zu fallen. Mit einer Sense zu mähen sei eine Kunst, hatte Papa immer gesagt.

Eine anstrengende Kunst war es in jedem Fall. Die Sense wurde von Schwung zu Schwung schwerer, und nach zwei Bahnen spürte Hanna jeden Muskel in den Armen und im Rücken. Hinzu kam, dass es sehr warm geworden war und der schwache Wind es nicht vermochte, den Schweiß, der Hanna über das Gesicht lief, zu trocknen. Alle fünfzehn bis zwanzig Schritte blieb sie stehen, zog den Schärfstein aus der Schürzentasche und zog ihn über die Klinge der Sense. Dann prüfte sie mit dem Daumen, ob die Sense wieder scharf genug war, um leicht durch das Gras zu schneiden, ohne es abzureißen oder gar nur umzuknicken.

Trotz der Anstrengung empfand Hanna eine tiefe Genugtuung, als sie bemerkte, dass sie in der Lage war, mit Dierk und Jens Kröger Schritt zu halten, während Tomek ein paar

Schritte zurückgefallen war. Hinter den Schnittern gingen die anderen Frauen des Hofes her, die mit den hölzernen Harken das frische Gras auseinanderzogen und auf der Erde verteilten, damit es schneller trocknete. Bis auf Tanti, Henrike und Gesa, die das Kochen übernommen hatten, waren alle auf der Weide, um bei der Arbeit zu helfen. Die kleineren Flüchtlingskinder spielten ein bisschen abseits, und die großen Kinder kamen ebenfalls zum Helfen zu ihnen gelaufen, sobald sie aus der Schule zurück waren.

Nachmittags brachten Henrike und Gesa den Schnittern und ihren Helfern den Tee und mit Butter bestrichenen Rosinenstuten und forderten sie auf, eine Pause einzulegen.

Dankend nahm Hanna die Tasse mit dem dampfenden Getränk entgegen, die Gesa ihr hinhielt.

»Und? Wie sieht es aus?«, fragte Gesa.

»Ganz gut, bis zum Melken sind wir mit dieser Weide fertig. Morgen können wir dann dort hinten weitermähen und werden hier noch mal das Heu wenden.« Sie deutete vage auf die benachbarte Weide mit dem sattgrünen Gras hinüber, über der wie ein gelber Schleier die Blüten des Hahnentritts lagen. »Da ist ordentlich was drauf.«

»Das Wetter bleibt die ganze Woche noch so schön, sagt Tanti. Sie spürt jeden Wetterwechsel in den Knochen.« Gesa grinste. »Behauptet sie jedenfalls.«

»Ein Hoch auf Tantis Knochen.« Hanna hob ihre Tasse, als wolle sie Gesa zuprosten. Sie trank aus und reichte ihr die Tasse zurück.

»Willst du noch eine Tasse?«

»Nein, lass nur. Die anderen sollen auch noch was abhaben.«

Hanna griff in Gesas Korb und nahm sich ein Stück von

dem Rosinenstuten heraus. Dabei fiel ihr Blick auf einen Briefumschlag, dessen Ecke aus dem Korb herausragte, und sie deutete darauf, während sie herzhaft in den Stuten biss. »Was ist das denn?«, fragte sie mit vollem Mund.

»Das wollte ich dir zeigen«, sagte Gesa, deren Augen aufleuchteten, als sie das Kuvert hervorzog und Hanna reichte. »Die haben mir wirklich geschrieben vom Kontor *Kruse & Sohn*. Ich soll mich nächste Woche für eine Arbeitsstelle vorstellen.«

Hanna steckte sich den Rest des Stutens in den Mund und wischte sich sorgfältig die Finger an ihrer Schürze ab, ehe sie den Brief aus dem Umschlag zog.

»Von einer Stelle steht da aber nichts«, sagte sie, als sie den Brief, der auf Geschäftspapier mit Maschine geschrieben war, überflogen hatte. »Nur, dass du zu einem Gespräch mit Herrn Kruse senior kommen möchtest.«

»Er will mich natürlich zuerst einmal kennenlernen. Aber der Juniorchef hat angedeutet, dass sie auf der Suche nach einer weiteren Sekretärin sind.«

»Aber wieso sollten sie ausgerechnet dich nehmen? Du hast noch nie in einem Büro gearbeitet und kannst nicht einmal Schreibmaschine schreiben.«

»Das kann ich doch lernen. Viel wichtiger ist, dass ich mit dem Chef und seiner Sekretärin gut zurechtkomme. Und ich schätze, um das festzustellen, hat der Senior mich eingeladen.« Sie nahm den Brief wieder an sich und steckte ihn in ihre Schürzentasche. »Leihst du mir dein Fahrrad, damit ich nach Emden fahren kann?«

»Geht das denn schon wieder?«, fragte Hanna. »Du humpelst doch immer noch.«

»Das wird schon klappen. Bis nächsten Mittwoch sind

es ja noch ein paar Tage.« Gesa beugte sich ein bisschen zu ihrer Schwester vor. »Mama hat heute auch Post bekommen. Ich glaube, das war irgendetwas vom Gericht. Jedenfalls musste sie für die Briefannahme beim Postboten unterschreiben, und sie ist ziemlich blass geworden, als sie ihn aufgemacht hat.«

»Was war es denn?«

»Wollte sie nicht sagen, sondern hat nur den Kopf geschüttelt. Du kennst sie doch.« Gesa zuckte mit den Schultern. »Wir werden schon noch erfahren, was da drinstand. Da müssen wir nur etwas Geduld haben.«

»Meinst du, es hat mit Günther und Helga zu tun?«

»Möglich wäre es natürlich. Aber ich kann mir nicht vorstellen, dass die beiden vor Gericht ziehen, um an ihr Erbe zu kommen.« Gesas Versuch, aufmunternd zu lächeln, misslang. »Jedenfalls jetzt noch nicht. Papa ist ja gerade mal ein paar Wochen unter der Erde.«

Hanna warf ihrer Schwester einen zweifelnden Blick zu. »Meinst du, ich sollte Mama auf den Brief ansprechen?«

Gesa schüttelte den Kopf. »Ich glaube nicht, dass sie dir mehr erzählen würde als mir. Aber vielleicht könntest du versuchen, Tanti ein bisschen auszuhorchen. Du warst doch schon immer ihr erklärter Liebling.« Sie zwinkerte Hanna zu, dann wandte sie sich zu den Männern um, die sich ein Stückchen entfernt auf den Boden gesetzt hatten und eine Zigarette rauchten, und bot ihnen einen Tee an.

Erst am nächsten Vormittag hatte Hanna Gelegenheit, einige Worte allein mit Tanti zu sprechen, während diese die Kartoffeln für das Mittagessen schälte. Hanna holte sich ein Schälmesser aus der Schublade des Küchenbüfetts und setzte sich der alten Frau gegenüber an den Tisch, nahm sich eine Kartoffel aus dem Erntekorb, der vor ihnen stand, und begann zu schälen.

Erst als sie bei der dritten Kartoffel angekommen war, warf ihr Tanti über den Rand der Brille hinweg einen fragenden Blick zu.

»Du reißt dich doch sonst nicht darum, mir beim Kartoffelschälen zu helfen. Ist im Stall nichts mehr zu tun?«

»Nicht wirklich. Wir wollen erst nach dem Mittag mit dem Mähen der kleinen Weide anfangen. Da dachte ich ...« Hanna zuckte mit den Schultern, warf die geschälte Kartoffel in den Topf mit Wasser, der auf dem Tisch stand, und angelte eine weitere aus dem Erntekorb.

»Was dachtest du, Deern?« Der Blick der alten Frau wurde durchdringend. »Raus mit der Sprache, du hast doch was.«

Hanna räusperte sich. »Sag mal, Tanti, da ist doch gestern so ein Brief für Mama gekommen.«

Tanti nickte nur, aber ihre Augen wurden schmal.

»Hast du eine Ahnung, von wem der war?«, fragte Hanna.

»Warum fragst du das nicht deine Mutter?«

»Du kennst sie doch. Sie will nicht, dass Gesa und ich uns Sorgen machen, darum sagt sie nichts. Dabei sind wir beide erwachsen.«

»Ach, seid ihr das?« Tanti zerschnitt die Kartoffel in ihrer Hand und warf sie mit so viel Schwung in den Wassertopf, dass es spritzte. »Kommt mir nicht so vor.«

»Ich bin fast einundzwanzig.«

Tanti zog die Nase hoch. Es klang wie ein Lachen. »Eben! Noch ganz grün hinter den Ohren. Wenn du erwachsen wärst, wüsstest du, dass es Dinge gibt, die dich nichts angehen.« Wieder warf sie Hanna einen scharfen Blick über den

Rand ihrer Brille zu und deutete mit dem ausgestreckten Zeigefinger auf sie. »Und du würdest dich vor allem nicht immer von Gesa vorschicken lassen, wenn die was wissen will, aber sich nicht traut, selbst zu fragen.«

Hanna seufzte. Sie fühlte sich ertappt. »Wir sind nicht neugierig, wir machen uns nur Gedanken. Gesa meinte, der Brief sah aus, als käme er vom Gericht. Wenn es damit zusammenhängt, dass Helga und Günther Geld haben wollen, geht das Gesa und mich auch was an.«

»Geld?« Tanti runzelte die Stirn.

»Sie bestehen darauf, ihr Erbteil ausgezahlt zu bekommen. Wusstest du das nicht?«

»Nein, ich hatte keine Ahnung, wundert mich allerdings auch nicht. Dass Helga und Günther in Geldnot sind, sieht doch ein Blinder.«

»Wieso?«

Tanti warf die nächste Kartoffel in den Topf und legte dann mit einem klackenden Geräusch das Messer auf den Tisch. »Deern, wie oft hab ich dir schon gesagt, mach die Augen auf. Hast du nicht das Kleid gesehen, das Helga getragen hat, als Günther und sie mit den Kindern hier waren? Das war schon bei ihrer Heirat nicht mehr neu, und jetzt ist es richtig fadenscheinig. Helga war immer ein bisschen eitel. Das Kleid würde sie im Leben nicht mehr anziehen, wenn sie ein anderes hätte.«

»Mama hat auch immer zuerst für uns etwas Neues besorgt, ehe sie sich selbst was gegönnt hat.«

Tanti zog die rechte Augenbraue in die Höhe. »Hast du den Stoff von Karins Kleid etwa nicht erkannt?«, fragte sie. »Das war mal Helgas Verlobungskleid. Ich hab es damals genäht, darum ist mir der Stoff gleich aufgefallen. Und Heinis

Schuhe sind ihm mindestens zwei Nummern zu klein. Nein, nein, bei denen geht es Spitz auf Knopf, und die drehen jeden Groschen dreimal um, bevor sie ihn ausgeben.«

»Glaubst du?«

»Ich bin ganz sicher.« Wieder musterte Tanti Hanna über den Brillenrand hinweg. »Glaubst du, Helga würde von deiner Mutter Geld verlangen, wenn sie nicht dazu gezwungen wäre? Normalerweise würde sie ihr Erbteil doch erst bekommen, wenn der Hof an einen neuen Bauern übertragen wird, aber nicht jetzt schon. Das weiß sie genau.« Die alte Frau griff nach ihrem Messer und einer weiteren Kartoffel und begann wieder zu schälen. »Was den Brief angeht, nach dem du dich erkundigt hast, da war wohl der Erbschein vom Nachlassgericht drin. Jetzt ist mir auch klar, warum deine Mutter morgen einen Termin bei der Bank hat. Bestimmt will sie besprechen, wie viel Geld Helga bekommen soll. Oder besser gesagt, wie viel sie bekommen *kann*. Schließlich will Henrike kein Land verkaufen und wenn möglich auch keine Hypothek aufnehmen. Aber ob das geht?« Tanti verzog das Gesicht. »Das kommt davon, wenn man alles seinem Mann überlässt. Henrike hat sich nie um finanzielle Dinge gekümmert und überhaupt keine Ahnung, was der Hof eigentlich wert ist. Mach bloß nicht den gleichen Fehler, wenn du mal heiratest, Deern.«

»Vom Heiraten ist bei mir noch gar nicht die Rede, Tanti.«

»Kann schneller kommen, als man denkt. Manchmal hab ich das Gefühl, es war erst gestern, dass du hier in Windeln durch die Küche gepütschert bist, und jetzt bist du alt genug, um dir einen Bräutigam zu suchen.« Tanti warf einen prüfenden Blick in den Topf und griff nach einer weiteren Kartoffel. »Dabei fällt mir ein, hast du dich mit Tomek gestritten?«

Hanna fühlte, wie ihr das Blut in die Wangen schoss. »Gestritten? Nein! Wie kommst du denn darauf?«, fragte sie hastig.

Wieder ruhte der scharfe Blick der alten Frau auf ihr. »Früher hast du immer alles mit ihm besprochen. Die ganze Zeit ging das Tomek hier und Tomek da, und jetzt scheinst du ihm regelrecht aus dem Weg zu gehen.«

»Nein, das stimmt nicht«, log Hanna. »Alles in bester Ordnung zwischen uns.«

»Das will ich mal hoffen«, sagte Tanti, ohne Hanna anzusehen. Mit geübten Bewegungen zerschnitt sie die Kartoffel in der Hand. »Dieser Tomek ist ein feiner Jung – fleißig, immer freundlich, pünktlich, und er scheint dich wirklich gern zu haben. Solche Jungs wachsen nicht auf Bäumen, das glaub mal. Den musst du dir unbedingt warmhalten, ganz egal, was die anderen auch davon halten mögen.« Damit warf sie die letzte Kartoffel in den Topf und nickte zufrieden. »Das sollte wohl für die Suppe reichen. Danke für deine Hilfe, Hanna.«

Hanna erhob sich und trug das Messer zum Spülstein hinüber. Ehe sie die Küche verließ, drehte sie sich an der Tür noch einmal um und schaute zu der alten Frau am Tisch zurück, die damit beschäftigt war, die Kartoffelschalen in eine Schüssel zu schieben, die sie unter den Tischrand hielt.

Danke für *deine* Hilfe, Tanti, dachte sie.

Acht

Diesmal ging Gesa auf Nummer sicher und schob das von Hanna geliehene Fahrrad die Straße mit dem Kopfsteinpflaster entlang, die zum Kontor der Firma *Kruse & Sohn* führte. Weil sie auf keinen Fall zu spät zu ihrem Gespräch mit dem Seniorchef kommen wollte, war sie schon gleich nach dem Mittagessen in Rysum aufgebrochen, obwohl der Termin erst um drei Uhr stattfinden sollte. Lieber eine Stunde lang vor der Tür stehen, als nur eine einzige Minute zu spät kommen, sagte sie sich. Das würde einen denkbar schlechten Eindruck machen.

Auch wenn sie sich immer wieder beschwor, sich nicht zu viel von diesem unverbindlichen Gespräch zu versprechen, so konnte sie doch nicht verhindern, dass ihr Herzschlag in den Ohren pochte. Sie stellte ihr Fahrrad ab und zwang sich dazu, ganz ruhig und langsam zu atmen, während sie bewusst an etwa anderes dachte als an den gleich stattfindenden Termin.

Zu Hause würden sich Hanna und die anderen auf dem Hof jeden Moment daranmachen, das Heu aufzuladen, das sie in den letzten Tagen immer wieder gewendet und schließlich zu Hocken aufgeschichtet hatten, um es zum Hof zu bringen. Gesa versuchte, sich das Bild vorzustellen, wie der hölzerne Ackerwagen mit den zwei schweren Gäulen davor langsam über das Feld rollte und eines der größeren Kinder dabei stolz auf dem Bock saß und die Zügel in den Händen hielt: Heiner wahrscheinlich, und neben ihm würde Käthi sitzen. Die beiden hingen immer zusammen wie Pech und Schwefel. Die Erwachsenen würden neben dem Wagen hergehen, von einem Hocken zum nächsten, um mit der Forke in das aufgeschichtete Heu zu stechen und es auf die Ladefläche zu legen, wo einer der Erwachsenen es verteilte und mit den Füßen festtrat. Das war sonst immer Gesas Aufgabe gewesen, aber heute würde das vermutlich Herta übernehmen, die sich bei dieser Arbeit auch sehr geschickt anstellte.

So klar erschien dieses Bild vor ihrem inneren Auge, dass sie beinahe die Sonne spüren konnte, die in ihrem Nacken brannte, und den Duft des frischen Heus in der Nase hatte.

»Oh, Sie sind ja schon da«, sagte eine tiefe Stimme, die sie wieder in die Wirklichkeit zurückbrachte. Keno Kruse stand vor ihr und lächelte sie freundlich an. Über seinem dunklen Anzug mit der gestreiften schmalen Krawatte trug er einen blauen Arbeitskittel, den er nicht zugeknöpft hatte. Vielleicht hätte es bei jemand anderem unordentlich ausgesehen, aber zu ihm passte es, dachte Gesa. Keno war offenbar jemand, der in beide Welten passte, in die der Arbeiter genauso wie in die der Vorgesetzten.

»Ich wollte nicht zu spät kommen«, sagte Gesa und erwiderte sein Lächeln ein wenig verlegen. »Darum bin ich extra früh losgefahren. Und wie immer, wenn man mehr Zeit einplant, hat man Rückenwind und ist schneller da als gedacht.«

»Ja, so ist das wohl.« Keno lachte. »Aber das heißt natürlich nicht, dass Sie hier vor der Tür warten müssen, bis mein Vater Sie empfängt. Kommen Sie doch rein, Fräulein de Fries. Frau Becker hat bestimmt eine Tasse Tee für Sie.«

Tatsächlich stand im Raum der Sekretärin schon eine Tasse für Gesa auf dem Tisch, die Frau Becker sofort aus der bereitstehenden Kanne füllte.

Sie schien sich sehr zu freuen, Gesa zu sehen, und bat sie, noch einen Moment Platz zu nehmen, Herr Kruse werde sicher in ein paar Minuten kommen, um sie in sein Büro zu bitten. Dann wandte sie sich an Keno und fragte ihn, ob er nicht ein Koppje mittrinken wolle, und zu Gesas Erstaunen nickte er und setzte sich auf den Stuhl neben Gesa.

Frau Becker schien ganz in ihrem Element zu sein, holte noch eine weitere Tasse und kramte sogar eine runde Blechdose aus ihrem Aktenschrank hervor, die sie geöffnet vor den beiden auf den Tisch stellte.

»Bedienen Sie sich«, sagte sie und schob sie ein Stück in Gesas Richtung. »Selbst gebackene Heidetaler. Die isst unser Chef am allerliebsten. Und bei Ihrer Figur können Sie es sich doch wahrlich leisten. Ich hingegen ...« Sie seufzte und strich sich mit der Hand über ihr knappsitzendes Kostüm. Trotzdem nahm sie sich einen Keks aus der Dose und zwinkerte Gesa zu, während sie mit sichtlichem Appetit hineinbiss.

Innerhalb weniger Minuten war zwischen den dreien ein ordentlicher Klönschnack im Gange, wobei Gesa nicht entging, dass gerade Frau Becker immer wieder versuchte, sie ein wenig auszuhorchen. Wie viele Geschwister sie habe, wollte sie wissen, wie groß der Hof ihrer Eltern sei und wie sie jetzt nach dem Tod ihres Vaters zurechtkämen.

Gesa antwortete wahrheitsgemäß, aber zurückhaltend. Schließlich schienen auch Frau Becker ihre knappen, manchmal einsilbigen Antworten aufzufallen, und sie lächelte Gesa beruhigend zu. »Sie haben keinen Grund, aufgeregt zu sein, Kindchen. Niemand hier wird Ihnen den Kopf abreißen, schon gar nicht der Senior.«

Gesa bemerkte den schnellen Blick, den Keno mit Frau Becker wechselte. »Vielleicht sollte ich dabei sein, wenn mein Vater mit Fräulein de Fries spricht. Was meinen Sie, Frau Becker?«

Ein strahlendes Lächeln erhellte das rundliche Gesicht der Sekretärin. »Das ist eine hervorragende Idee, Herr Kruse. Das wird ihr die Angst nehmen, und Sie können Ihren Vater davon überzeugen, dass unsere Idee gut ist.«

»Ihre Idee?«

Gesa runzelte die Stirn und schaute von einem zum anderen. Doch ehe Keno oder Frau Becker antworten konnten, öffnete sich die Tür, und der Seniorchef kam herein.

»Frau Becker, haben Sie schon die Aufstellung der Bestellungen für den nächsten Monat fertig?« Als er Gesa bemerkte, stutzte er. »Ach, das Fräulein aus Rysum. Stimmt ja, das war heute, nicht wahr?«

Frau Becker nickte eifrig. »Und stellen Sie sich vor, Herr Kruse, der Junior will beim Einstellungsgespräch dabei sein.«

»Wirklich?« Gesa vermochte weder in seiner Stimme noch in seinem Gesicht Ironie oder gar Spott zu erkennen. In seinen hellen Augen leuchtete vielmehr etwas wie Erleichterung auf. »Das ist gut. Dann wollen wir mal rübergehen«, fuhr er fort, öffnete die Bürotür erneut und hielt sie für Gesa und seinen Sohn auf. »Frau Becker, machen Sie uns doch noch eine schöne Kanne Tee, mit trockenem Hals kann man nicht gut Entscheidungen treffen«, fügte er hinzu.

Gesa sah noch, dass Frau Becker mit für ihre Korpulenz erstaunlicher Behändigkeit aufsprang und nach der Teekanne griff, die auf dem Aktenschrank auf einem Stövchen stand, und damit den Raum verließ.

Das Chefbüro befand sich hinter der nächsten Tür. Es war nur unwesentlich größer als Frau Beckers Büro und mit einer Ansammlung von alten Möbeln so zugestellt, dass man sich kaum darin umdrehen konnte.

Der Seniorchef umrundete den wuchtigen Schreibtisch aus geschnitztem Eichenholz und deutete auf die beiden gepolsterten Stühle, die dem Tisch gegenüberstanden. Keno rückte einen Stuhl für Gesa zurecht und nahm dann neben ihr Platz.

Sein Vater lehnte sich in seinem Sessel zurück und betrachtete Gesa, die sich bemühte, seinem Blick nicht auszuweichen, sondern ihm mit einem freundlichen Lächeln standzuhalten. Um das Zittern ihrer Hände in den Griff zu bekommen, strich sie sich den Rock über ihren Knien glatt und faltete sie dann in ihrem Schoß.

Jetzt gilt es, sagte sie sich. Du musst vor allem ruhig bleiben und darfst ihm nicht zeigen, wie nervös du bist.

»So, Fräulein de Fries, Sie würden also gern bei uns im Kontor arbeiten.« Die Worte des alten Kruse klangen wie eine Feststellung, nicht wie eine Frage.

Gesa nickte nur.

Der Firmenchef lächelte. »Unsere Frau Becker liegt mir schon seit einiger Zeit mit der Bitte in den Ohren, wir sollten endlich jemanden einstellen, der ihr ein bisschen bei der Arbeit unter die Arme greifen kann, und sie ist sehr angetan von Ihnen. Darum habe ich Sie eingeladen, um Sie etwas besser kennenzulernen.« Er richtete sich in seinem Sessel auf und legte die Unterarme auf den Schreibtisch. »Erzählen Sie mir doch ein bisschen von sich.«

Gesa räusperte sich, weil sie auf einmal das Gefühl hatte, ihr Hals sei so rau wie Schmirgelpapier.

»Da gibt es nicht so viel zu erzählen«, erwiderte sie. »Ich bin jetzt vierundzwanzig Jahre alt, geboren und aufgewachsen auf dem Hof meiner Eltern in Rysum. Da bin ich auch zur Volksschule gegangen und danach dann zur Haushaltsschule, wie es damals eben üblich war. Ich hätte gern die Handelsschule besucht, aber das war im Krieg nicht möglich.«

»Also haben Sie auf dem Hof Ihrer Eltern mitgearbeitet?«, fragte Herr Kruse.

»Ja, genau. Und daneben habe ich manchmal bei uns im Dorf im Laden geholfen.«

»Aber Büroarbeit haben Sie dort nicht gemacht, oder?«

»Nein, leider nicht«, sagte Gesa. »Ich habe nur hinter dem Tresen gestanden und bedient.« Gesas Herz schlug auf einmal bis zum Hals, als sie das skeptische Gesicht des alten Herrn sah. Wie hatte sie sich nur einbilden können, für die Arbeit im Kontor einer Teefirma geeignet zu sein? Sie war doch nicht mehr als eine gewöhnliche Stallmagd vom Land.

»Aber das kann Fräulein de Fries doch alles noch lernen, Vater«, sagte da plötzlich Keno neben ihr. »Es gibt Kurse für Maschinenschrift, Steno und Buchhaltung, und die Abläufe im Kontor wird Frau Becker ihr zeigen. Die Hauptsache ist doch, dass sie gut mit ihr und den anderen Mitarbeitern auskommt. Es ist noch kein Meister vom Himmel gefallen, sagst du sonst immer.«

»Nanu?« Herr Kruse zog die Augenbrauen in die Höhe. »Erst versucht mich Frau Becker zu überreden, die junge

Dame einzustellen, und jetzt auch du? Dass du dich für jemanden so leidenschaftlich einsetzt, kenne ich ja gar nicht von dir.« Sein Lächeln wurde wärmer. »Aber es gefällt mir.«

Er wandte sich wieder an Gesa. »Sie müssen wissen, Fräulein de Fries, unsere Firma ist ein Familienbetrieb und das seit über fünfzig Jahren. Diese Familie umfasst alle unsere Angestellten, von den Fahrern über die Packerinnen und Lagerarbeiter bis zu Frau Becker, meinen Sohn und schließlich auch mich. Um jemand Neuen in diese Familie aufzunehmen, müssen wir uns sicher sein, dass er oder sie sich auch gut einfügt. Das verstehen Sie doch, nicht wahr?«

Gesa nickte, dann nahm sie all ihren Mut zusammen. »Sehr gut sogar, Herr Kruse«, sagte sie so ruhig wie möglich. »Das kenne ich von der Arbeit bei uns auf dem Hof. Alle müssen an einem Strang ziehen, sonst kann man keine Ernte einfahren. Das gilt vom Bauern bis zum Stallknecht. Nur der Hof hat Bestand, der funktioniert wie eine gut geölte Maschine, in der alle Zahnräder ineinandergreifen, vom größten bis zum kleinsten.«

Herr Kruse machte ein verblüfftes Gesicht, und aus den Augenwinkeln sah sie, dass sein Sohn versuchte, ein Grinsen zu unterdrücken.

»Habe ich etwas Falsches gesagt?«, fragte Gesa.

»Nein«, antwortete Herr Kruse. »Ganz im Gegenteil, etwas sehr Richtiges. Hat mein Sohn Ihnen etwa verraten, dass ich die Firma gern mit einer Uhr vergleiche, in der die Zahnräder ineinandergreifen müssen?«

Gesa schüttelte den Kopf.

»Umso besser«, sagte Herr Kruse. »Ich glaube, Sie haben das Prinzip verstanden, nach dem wir hier im Kontor zusammenarbeiten. Jetzt müssen Sie noch die Arbeit selbst und den Rest der Kruse-Familie kennenlernen. Das geht am besten, wenn Sie in jeden Bereich hineinschnuppern und mit allen Mitarbeitern in Kontakt kommen, dann können wir in ein paar Wochen entscheiden, ob Sie wirklich zu uns passen. Würdest du Fräulein de Fries ein bisschen unter deine Fittiche nehmen, Keno? Vielleicht wäre es am besten, wenn sie in der Packerei anfängt, solange du sie leitest.«

»Sehr gern, Vater«, antwortete der junge Herr Kruse.

»Ich verstehe nicht ganz …«, begann Gesa verwirrt. »Heißt das …?«

Sie sah den Sohn des Firmenchefs an. Der nickte nur, aber Gesa fiel auf, dass seine Augen amüsiert aufleuchteten.

Herr Kruse senior erhob sich und streckte Gesa seine Rechte entgegen. »Also dann, willkommen bei *Kruse & Sohn*, Fräulein de Fries«, sagte er.

Als Gesa später am Abend in der Stube die gute Nachricht verkündete, ab der nächsten Woche zur Probe bei *Kruse & Sohn* in der Packerei zu arbeiten, waren die Reaktionen nicht bei allen Familienmitgliedern so, wie sie erwartet hatte. Während Hanna ihr begeistert gratulierte und Tanti zustimmend nickte, presste ihre Mutter nur kurz die Lippen zusammen, sagte aber nichts.

»Was ist denn los, Mama? Freust du dich gar nicht, dass ich jetzt Arbeit habe?«

Henrike holte tief Luft. »Freuen?«, fragte sie. »Wieso sollte ich mich darüber freuen?«

»Weil ich jetzt was zum Verdienst des Hofes beitragen kann.« Selbst in Gesas eigenen Ohren klangen ihre Worte scharf. »Ich meine, weil wir doch bald jede Mark brauchen können«, fügte sie sanfter hinzu.

»Was wirst du als Packerin wohl verdienen?«, sagte Henrike. »Das sind doch nur ein paar Mark. Damit hilfst du niemandem. Aber der Schaden, den du damit anrichtest, daran hast du natürlich nicht gedacht!«

»Was denn für einen Schaden?«, fragte Gesa verwundert. »Ich gehe doch nur arbeiten.«

»Ganz genau. Du gehst arbeiten und verdienst ein paar Mark dazu. Aber was glaubst du, wie das ganze Dorf sich darüber das Maul zerreißen wird. Ich höre das Getuschel schon! ›Bei de Fries geht jetzt alles den Bach runter, die lassen eine ihrer Töchter sogar arbeiten gehen. Sollst mal sehen, bald kommt der ganze Hof unter den Hammer.‹« Sie rieb sich mit den Fingern der rechten Hand die Stirn, als habe sie Kopfschmerzen. »So eine Schande. Gut, dass euer Vater das nicht mehr erleben muss. Schon schlimm genug, dass ich zwei Weiden verkaufen muss, um Helga ihr Erbe auszahlen zu können.«

»Du musst Weiden verkaufen?« Hannas Augen waren vor Schreck weit aufgerissen. »Welche denn?«

»Die beiden auf der anderen Seite des Siels.«

»Aber das kannst du nicht machen, Mama«, rief Hanna entsetzt. »Wo sollen wir denn mit den Jungbullen hin, wenn die Weiden verkauft sind?«

Henrike seufzte. »Es bleibt mir nichts anderes übrig, wir brauchen das Geld. Außerdem gibt es für die Weiden schon einen Käufer. Jens Kröger würde sie mit Kusshand nehmen, sagt die Bank. Und es ist allemal besser, als eine weitere Hypothek auf den Hof aufzunehmen.«

Gesa runzelte die Stirn. »Was heißt das, ›eine weitere Hypothek‹? Ist der Hof etwa verschuldet?«

Ihrer Mutter war die Frage sichtlich unangenehm. Hektische rote Flecken bildeten sich auf ihren Wangen, und sie musste schlucken, ehe sie antwortete.

»Euer Vater hat wohl mehrfach …« Sie brach ab. »Es war immerhin sein gutes Recht als Bauer.«

»Was hat Papa gemacht?«, fragte Hanna verständnislos.

»Er hat Hypotheken auf das Haus und das Land aufgenommen. Ich wusste nichts davon«, erwiderte Henrike heiser. »So, nun ist es raus.«

Aus Tantis Richtung war ein Schnauben zu hören. »Ich denke eher, du wolltest nicht wahrhaben, dass der Hof in Schwierigkeiten ist, Henrike. Wenn Onno sagte, es ist alles in Ordnung, mach dir keine Sorgen, dann hast du es nur zu gern geglaubt.«

Henrike warf ihr einen ärgerlichen Blick zu, doch in ihrer Stimme schwang Hilflosigkeit mit. »Er war eben mein Mann. Das verstehst du nicht, Tanti.«

»Nee, das verstehe ich wirklich nicht«, gab diese trocken zurück. »Du hast doch auch einen Kopf auf den Schultern, warum hast du dich so sehr darauf verlassen, dass dein Mann das Denken auch für dich übernimmt.«

»Weil das nun einmal so ist. Der Mann trifft die Entscheidungen.«

»Und die Frau darf dann die Folgen ausbaden«, ergänzte Tanti. Ihre Augen waren noch immer auf das Strickzeug in ihren Händen gerichtet, dessen Nadeln lauter klapperten als üblich. »Ist doch immer dasselbe.« Sie lachte bitter auf. »Da bin ich lieber allein.«

Henrike antwortete nicht, während Gesa und Hanna sich betreten ansahen. Eine Weile war nichts zu hören außer dem langsamen Ticken der Standuhr in der Stubenecke und dem Klappern von Tantis Stricknadeln.

»Ist das mit dem Verkauf der Weiden schon beschlossene Sache?«, hörte Gesa ihre Schwester schließlich zaghaft fragen. »Das Land würde uns wirklich sehr fehlen, um die Bullen zu mästen, und die bringen im Herbst gutes Geld. Vielleicht sollten wir doch lieber noch eine weitere Hypothek aufnehmen.«

»Wenn die Bank das überhaupt noch mitmacht«, sagte Tanti düster. Henrike schwieg.

»Oder wir bitten Helga zu warten, bis die Bullen verkauft sind, und zahlen sie mit dem Erlös aus«, schlug Gesa vor.

»Das wird nicht reichen«, sagten Hanna und Henrike wie aus einem Mund.

»Also ist es in jedem Fall richtig, dass ich arbeiten gehe und was dazuverdiene.« Gesa bekräftigte ihre Worte mit einem Nicken. »Ich fange ja nur in der Packerei an und soll später dann im Büro mithelfen. Da werde ich bestimmt mehr Geld verdienen. Und was die Leute im Dorf dazu sagen, ist mir völlig einerlei.«

»Aber mir nicht«, sagte Henrike mit fester Stimme. »Und dir sollte es auch nicht egal sein. Wenn die Trauerzeit vorbei ist, wirst du wieder tanzen gehen, um dir einen Mann zu suchen. Aber wer wird dich denn nehmen, wenn du arbeiten gehst? Männer mögen das nicht, wenn ihre Frauen unabhängig sind und ihren eigenen Kopf haben. Dein Vater würde es dir verbieten, wenn er noch am Leben wäre.«

Tanti ließ ihr Strickzeug sinken und warf Henrike einen strengen Blick zu. »Aber Onno ist nicht mehr am Leben, er liegt tot und begraben auf dem Friedhof«, sagte sie nicht ohne Schärfe in der Stimme. »Es tut mir leid, Henrike, aber es hat keinen Zweck, irgendwelchen guten alten Zeiten nachzuweinen, die nicht wiederkommen. Wir leben jetzt und hier, und damit müssen wir zurechtkommen. Wer vorwärts läuft und dabei nach hinten guckt, der fällt unweigerlich auf die Nase.«

Gesa musste ein Lachen unterdrücken. Tanti hatte ein Talent, das Offensichtliche in klare Worte zu fassen, das sie immer wieder zum Staunen brachte. Auch Hanna schien amüsiert und zwinkerte Gesa zu.

Nur Henrike wirkte auf einmal müde und erschöpft, und ihr Gesicht wurde so blass, dass es beinahe grau wirkte. Wieder rieb sie sich die Stirn.

»Alles in Ordnung, Mama?«, fragte Gesa besorgt.

»Ja, sicher.« Henrike winkte sofort ab. »Nur wieder diese stechenden Kopfschmerzen. Ich sollte jetzt wohl besser zu Bett gehen.« Sie legte den Strumpf, den sie gerade gestopft hatte, wieder in den Handarbeitskorb zurück und stand vom Sofa auf. »Wir reden morgen noch mal in Ruhe über alles. Gute Nacht.«

»Gute Nacht, Mama«, erwiderten Gesa und Hanna, und auch Tanti murmelte einen Gruß, während sie unbeeindruckt weiter ihre Stricknadeln klappern ließ. Erst als sich die Tür geschlossen hatte, schaute sie hinter Henrike her auf die weiß lackierte Tür und schüttelte den Kopf.

»Wegzulaufen wird ihr auch nichts nützen«, sagte sie. »Aber das war schon immer Henrikes Art, mit Schwierigkeiten umzugehen.« Tanti seufzte vernehmlich, strickte die letzte Masche von der Nadel und nahm die nächste in Angriff, ohne auf ihr Strickzeug zu achten. »Ihr zwei müsst euch an den Gedanken gewöhnen, dass eure Mutter bei euren Entscheidungen keine Hilfe sein wird.« Ihr Blick wanderte zwischen den Schwestern hin und her. »Da seid ihr aufeinander angewiesen.«

»Und auf dich, Tanti«, sagte Hanna warm. »Du weißt, was es mir bedeutet, deinen Rat zu hören.«

Tanti lächelte geschmeichelt, doch dann wurde sie sofort wieder ernst. »Lieb, dass du das sagst, Deern, aber verlassen dürft ihr euch nicht auf mich. Ich bin eine alte Schachtel, und wer weiß schon, wie viel Zeit mir noch bleibt. Wie schnell so was manchmal gehen kann, habt ihr ja bei eurem Vater gesehen. Am besten, ihr verlasst euch aufeinander und vor allem auf euch selbst. Ihr macht das schon ganz richtig, so wie ihr jetzt angefangen habt.« Damit wandte die alte Frau sich Gesa zu. »Ich für meinen Teil finde es eine gute Idee, dass du dir Arbeit suchst, um Geld zu verdienen. Wenn das damals, als ich jung war, gegangen wäre, hätte ich es genauso gemacht. Zum Glück ändern sich ja die Zeiten. Jetzt ist es nicht mehr unmöglich, dass eine Frau selbst für ihren Unterhalt sorgt, egal, was deine Mutter auch sagen mag. Denk nur mal an all die Frauen, deren Männer im Krieg geblieben sind.«

Gesa warf ihr einen dankbaren Blick zu. »Ich frage mich nur, warum Mama nicht früher was erzählt hat«, sagte sie nachdenklich. »Sie wusste doch, dass ich mir in Emden eine Arbeit suchen wollte, und ich hatte nicht den Eindruck, dass sie was dagegen einzuwenden hat.«

»Vergiss nicht, wie knapp die Stellen im Moment sind. Vielleicht dachte deine Mutter, dass es sowieso nicht klappen würde. So wäre sie jedem Streit mit dir aus dem Weg gegangen«, sagte Tanti achselzuckend.

»Und was soll ich jetzt machen? Wie soll ich mich entscheiden?«, wollte Gesa wissen. Der Gedanke, dem alten und vor allem dem jungen Herrn Kruse mitzuteilen, sie könne die angebotene Arbeitsstelle nicht antreten, weil ihre Mutter dagegen war, wäre in ihren Augen eine Riesendummheit. Aber andererseits widerstrebte es ihr zutiefst, ihre Mutter vor den Kopf zu stoßen, indem sie sich einfach gegen ihren Willen stellte.

Tanti ließ ihr Strickzeug in den Schoß sinken und sah sie an. »Das fragst du noch? Natürlich fängst du bei *Kruse & Sohn* an. Deine Mutter lass mal meine Sorge sein, der erkläre ich das schon. Ist doch ganz egal, ob die Leute im Dorf nun über uns reden oder nicht. Irgendwen finden sie immer, über den sie schnacken können. Die hören auch wieder damit auf, spätestens wenn der Nächste was macht, das ihnen nicht in den Kram passt.« Sie streckte die Hand aus und legte sie auf Gesas. »Solange du mit deiner Entscheidung glücklich bist, können dir alle anderen gestohlen bleiben. Stimmt's?« Sie zwinkerte Gesa zu.

»Stimmt genau«, meldete Hanna sich mit einem bekräftigenden Nicken zu Wort. »Ich wäre jedenfalls sehr froh, wenn wir es gemeinsam schaffen, die beiden Weiden zu halten. Und dabei kommt jede Mark gelegen, die du verdienen kannst.«

Gesa sah dankbar in die beiden lächelnden Gesichter. »Also gut, abgemacht«, sagte sie. »Dann fange ich am Montag an, im Teekontor *Kruse & Sohn* zu arbeiten.«

Tanti hielt Wort. Auch wenn Henrike ganz offensichtlich noch immer nicht begeistert über Gesas Entschluss war, arbeiten zu gehen, bis auf ein paar skeptische Bemerkungen, die sie hie und da fallen ließ, sagte sie nichts mehr dazu.

So schwang sich Gesa nun jeden Morgen auf ihr Fahrrad, um die Strecke von Rysum bis nach Emden zurückzulegen, für die sie je nach Wind und Wetter etwa eine Dreiviertelstunde brauchte. Sie liebte diese Radfahrten über das flache Land, wenn die Sommerluft so mild und zart war, noch ein dünner Dunst über den Wiesen schwebte und der Himmel sich unendlich weit über die Landschaft zu spannen schien.

In den ersten zwei Wochen arbeitete Gesa in der Packerei des Teekontors. Zusammen mit zwei anderen Frauen wog sie den Tee, der in großen Metallwannen vor ihnen auf dem Tisch stand, zu Portionen von einem halben oder einem Viertelpfund ab, die in silberne oder goldene Papiertüten mit der Aufschrift *Kruse & Sohn Ostfriesenmischung* gefüllt wurden. Diese packten sie dann wiederum zu je zehn Stück in Kartons, die in den Versand gingen oder direkt an die Kaufmannsläden auf dem Land ausgeliefert wurden. Eigentlich war das Packen eine eintönige und daher anstrengende Arbeit, trotzdem machte es Gesa großen Spaß, denn immer wurde am Tisch geschnackt und gelacht – jedenfalls, solange der alte Herr Kruse nicht in der Nähe war. Schnell hatte Gesa herausgefunden, dass er es nicht leiden konnte, wenn am Packtisch oder an der Waage mehr als das Nötigste gesprochen wurde.

»Ihr seid zum Arbeiten hier, Klönschnack könnt ihr nach Feierabend halten«, sagte er streng, wenn er durch die Halle ging, und drohte den Packerinnen mit erhobenem Zeigefinger. Auch wenn er ihnen dabei zuzwinkerte, wusste Gesa doch gleich, dass es ihm ernst war. Sie nickte dann ebenso gehorsam wie Rita und Gisela, die beiden Flüchtlingsfrauen, die mit ihr zusammenarbeiteten, und sie machten schweigend weiter.

Keno, der die Aufsicht über die Packerei hatte und in dem kleinen Glasverschlag am Ende des Packraums saß, nahm es mit dem von seinem Vater ausgesprochenen Redeverbot nicht so genau. Solange »seine Deerns«, wie er die drei jungen Frauen nannte, ordentlich und zügig arbeiteten, war seiner Meinung nach nichts gegen ein bisschen Sabbelei einzuwenden. Jedes Mal, wenn er die leeren Teewannen gegen volle tauschte, blieb er einen Moment bei ihnen stehen, beteiligte sich an dem Klönschnack oder hörte einfach nur zu.

Jeden Morgen um zehn Uhr und nachmittags um drei Uhr erklang ein großer Gong, der, wie Keno Kruse ihr erzählt hatte, noch aus dem alten Kontorgebäude stammte und die Mitarbeiter zum Teetrinken zusammenrief. In der Kantine standen dann Kannen mit frisch aufgebrühtem Kruse-Tee, Zucker und Kännchen mit frischer Sahne auf den langen Tischen, an denen alle Angestellten und die Chefs in bunter Reihe Platz nahmen. Auch diese Teestunde war eine alte Tradition, die noch aus Zeiten des Firmengründers stammte und für guten Zusammenhalt sorgen sollte.

Es stimmte, was Herr Kruse bei Gesas Einstellung gesagt hatte: Die Kruse-Belegschaft war wirklich wie eine große Familie – dazu gehörte auch, dass die meisten sich gut verstanden und gemeinsam an einem Strang zogen. Aber ebenso, dass sich nicht immer alle grün waren und dass es ein Familienoberhaupt gab, das mit strenger, aber gerechter Hand über die Seinen herrschte.

Ganz wie früher zu Hause, dachte Gesa, als sie sich zum ersten Mal an den Kantinentisch setzte und einer der Auslieferfahrer ihr, ohne zu fragen, Tee in die Tasse einschenkte und den Sahnepott in ihre Richtung schob. Sie dankte ihm lächelnd, er zwinkerte ihr zu, und sofort fühlte sie sich unter diesen Menschen heimisch und wohl.

Nach zwei Wochen verließ Keno die Packerei, um die Arbeit in der Auslieferung aufzunehmen. Zu Gesas Überraschung ließ der Seniorchef sie noch am selben Tag zu sich rufen und bat um eine Unterredung.

»Sie scheinen aus irgendeinem Grund einen ausgleichenden Einfluss auf meinen Jungen zu haben«, eröffnete er das Gespräch augenzwinkernd. »Er war hier im Kontor noch nie so sehr bei der Sache wie zurzeit.«

Gesa runzelte die Stirn. Sie war sich nicht sicher, ob er es ernst meinte oder bloß scherzte. Ihre Vermutung war gewesen, dass Herr Kruse sie zu sich gebeten hatte, um über ihre bisherige Arbeitsleistung zu sprechen, doch es schien um etwas anderes zu gehen.

Der alte Herr stand auf, ging um den Schreibtisch herum und setzte sich Gesa gegenüber auf den Rand der Tischplatte.

»Sie müssen verstehen, Fräulein de Fries, ich spreche normalerweise nicht mit Angestellten über solch private Dinge.« Er hielt inne und seufzte. »Aber ich mache mir große Sorgen um meinen Sohn. Der Krieg hat aus Keno einen anderen Menschen gemacht. Er kann sich nur schwer wieder in sein altes Leben einfinden. Ich weiß, er gibt sich große Mühe, aber oft wirkt er so abwesend, als sei er mit seinen Gedanken ganz woanders.« Sein Blick löste sich von Gesa und wanderte zum Fenster. »Aber wo er dann ist, an welche Hölle er sich erinnert und was ihm dort zugestoßen ist, darüber spricht er nicht.«

Unbehaglich rutschte Gesa auf ihrem Stuhl hin und her. Herr Kruse wollte mit ihr über seinen Sohn reden? Das kam ihr sehr merkwürdig vor. »Haben Sie ihn mal gefragt?«

»Ja, ganz zu Beginn, nachdem er gerade aus der Gefangenschaft zurückgekommen war, aber damals sagte er, er brauche noch Zeit, bis er über alles reden könne. Noch sei alles viel zu frisch. Das habe ich natürlich akzeptiert, schließlich kann ich es gut verstehen. Ich habe auch kaum darüber gesprochen, was ich im Weltkrieg erlebt habe. Dabei bin ich gesund wieder nach Hause gekommen.«

»Wurde Keno denn verletzt?«

»Ja, zweimal. Und kaum hatten sie ihn im Lazarett zusammengeflickt, musste er wieder an die Front zurück. Und ganz zum Schluss ist er in russische Gefangenschaft geraten und kam erst zwei Jahre nach Kriegsende nach Hause.« Wieder schwieg der alte Herr einen Augenblick. »Er hat Glück, dass er noch lebt«, sagte er. »Aber manchmal habe ich nicht den Eindruck, dass er das auch so sieht. Dann wird ihm alles zu viel und er ... Wie soll ich es ausdrücken? ... Er versinkt in seiner eigenen Welt, in die ihm niemand folgen kann, isst tagelang nichts und schließt sich in seinem Zimmer ein. Und man weiß nie, wann diese Phasen auftreten, sie kommen ganz plötzlich angeflogen. Da kann er an einem Tag noch bester Laune sein und am nächsten ...«

Der Blick des alten Kruse war bei den letzten Sätzen wieder zum Fenster gerichtet gewesen, und er hatte mehr zu sich selbst als zu Gesa gesprochen. Jetzt wandte er sich wieder ihr zu und lächelte ein wenig verlegen. »Es tut mir leid, Sie mit meinen Sorgen belastet zu haben, Fräulein de Fries, und es ist sonst auch nicht meine Art, jemandem, den ich kaum kenne, derart vertrauliche Dinge zu erzählen. Aber ich sagte Ihnen ja bereits beim Einstellungsgespräch, dass wir hier alle eine große Familie sind.«

Gesa lächelte.

Gustav Kruse schaute sie auf einmal scharf an. »Ich kann

mich doch darauf verlassen, dass nichts von alledem, was ich Ihnen erzählt habe, diesen Raum verlässt?«

»Selbstverständlich, Herr Kruse«, antwortete Gesa sofort, erschrocken über den plötzlich so strengen Tonfall. »Ich würde nie …« Sie brach ab und schluckte.

»Das hoffe ich, denn sonst …« Er ließ den Satz unvollendet, aber Gesa wusste auch so, was er andeuten wollte. Wenn sie ihren Mund nicht hielt, könnte sie das ihre Stelle kosten. Den Teufel würde sie tun!

»Was ich aber eigentlich sagen wollte …«, fuhr Herr Kruse fort. »Warum ich Sie habe rufen lassen … Ich möchte Sie bitten, meinen Sohn künftig bei seinen Auslieferungsfahrten zu begleiten und mit ihm zusammenzuarbeiten.«

Gesa sah ihn überrascht an. »Aber eigentlich sollte ich doch ins Sekretariat, um Frau Becker zur Hand zu gehen«, wandte sie ein.

Der Senior winkte ab. »Bis die Proben von der neuen Ernte aus Indien eintreffen, kommt die sicher gut allein zurecht. Bis dahin sind es noch etwa vier Wochen, und dann sollte Keno bei der Verprobung der neuen Sorten sowieso dabei sein.«

Gesa schwieg. Das kam alles sehr unerwartet.

»Mir wäre einfach wohler zumute, wenn Keno auf den Fahrten nicht allein ist«, erklärte Herr Kruse. »Und vielleicht schüttet mein Sohn Ihnen ja eines Tages sein Herz aus und redet endlich darüber, was ihn so quält. Er muss das loswerden, sonst frisst es ihn auf. Ich weiß, wovon ich rede, ich habe es nach dem Krieg bei einem guten Freund und Kameraden erlebt, und es hat kein gutes Ende genommen. Ich möchte nie wieder jemanden von einem Strick abschneiden müssen.«

So viel Bitterkeit und Schmerz lagen in seinem Blick, dass es Gesa vor Mitgefühl den Hals zuschnürte. Herr Kruse musste wirklich in großer Sorge um seinen Sohn sein. Hatte sie das richtig verstanden, dass er Angst hatte, Keno könne sich etwas antun? Sie atmete tief durch. »Aber was ist mit seiner Frau?«, fragte sie vorsichtig. »Kann er denn nicht mit ihr darüber sprechen?«

Gustav Kruse sah sie einen Moment lang nachdenklich an. »Nein, offenbar nicht«, antwortete er schlicht. Es war deutlich zu merken, dass er nicht mehr dazu sagen wollte.

Gesa befürchtete schon, mit ihrer letzten Frage zu weit gegangen zu sein, doch auf einmal umspielte ein Lächeln seine Lippen. »Kann ich auf Sie zählen, Fräulein de Fries?«, fragte er.

»Natürlich können Sie das, Herr Kruse«, erwiderte sie. »In einer Familie ist man füreinander da, so hat man es mir jedenfalls beigebracht.«

Von der folgenden Woche an beluden Gesa und Keno jeden Morgen den Laster mit Kartons voller abgepacktem Tee in den unterschiedlichen Qualitäten, die das Kontor *Kruse & Sohn* anbot, und machten sich dann auf den Weg zu den vielen kleinen Geschäften, die ihren Tee im Sortiment führten.

Nur sehr wenige bestellten den Tee vor, die meisten kauften direkt am Wagen, unterschrieben dann den Lieferschein und erhielten ein paar Tage später die Rechnung mit der Post.

Keno Kruse führte die Verkaufsgespräche sehr souverän, und fast alle Kunden bestellten etwas bei ihm, doch Gesa hatte nicht das Gefühl, dass es ihm Spaß machte, im Gegenteil. Ihr kam es vor, als erfüllte er bloß eine Pflicht, er schien nicht mit dem Herzen dabei zu sein. So redete er oft nur das Nötigste, kam gleich zur Sache und kommentierte den gern gesagten Satz »Und grüßen Sie Ihren Herrn Vater von mir« stets nur mit einem Nicken.

Gesa beobachtete die Verhandlungen mit großem Interesse, hielt sich ansonsten aber zurück, abgesehen davon, dass sie hin und wieder mit den Kunden ein bisschen schnackte, wie sie es nannte.

Während der Fahrten über Land unterhielten sich Keno und Gesa meist über Belanglosigkeiten wie das Wetter oder über die Inhaber der Lebensmittelläden, die sie anfuhren. Manchmal erzählte Gesa auch vom Hof und ihrer Familie. Erst als die zweite Woche im Außendienst herum war, wagte sich Gesa auf unsicheres Gelände.

»Wie alt waren Sie, als der Krieg ausbrach?«

»Gerade achtzehn geworden«, antwortete er knapp. »Ich war in der Hitlerjugend und habe ›Sieg Heil‹ geschrien, wie es von mir erwartet wurde. Genau das richtige Alter für Kanonenfutter.«

Gesa sah zu ihm hinüber, betrachtete sein Profil, das sich scharf gegen die verschwommene Landschaft abzeichnete, die hinter dem Fenster vorbeizog. Seine Hände hielten das Lenkrad fest umfasst.

»Sind Sie gleich zu Beginn zur Wehrmacht gegangen?«

»Erst habe ich noch mein Abitur gemacht, mein Vater hat darauf bestanden, genau wie auf die Hochzeit mit Lisa. Aber dann gab es kein Halten mehr, und ich habe mich freiwillig gemeldet.« Er warf Gesa einen schnellen Blick zu. »Warum fragen Sie mich das?«

In seiner Stimme lag eine Schärfe, die sie von ihm nicht kannte.

»Entschuldigen Sie, Herr Kruse, ich wollte Ihnen nicht zu nahe treten«, sagte sie betreten.

Gesa schaute aus dem Seitenfenster und war wütend auf sich selbst. Was fällst du auch so mit der Tür ins Haus, dachte sie. Kein Wunder, wenn er dann zugeknöpft ist.

Eine Weile schwiegen beide, während Keno den Wagen vorsichtig um die Schlaglöcher der schmalen Straße lenkte.

»Wer steht denn als Nächster auf der Liste?«, fragte er schließlich.

Gesa drehte das Klemmbrett um, das auf ihrem Schoß lag, und fuhr mit dem Zeigefinger die getippte Liste entlang.

»*Feinkost Grete Janssen* in Pilsum«, sagte sie. »Hat beim letzten Mal nur drei kleine Päckchen der einfachen Mischung genommen.«

»Dann wollen wir doch mal sehen, ob Sie sie überreden können, heute mal ordentlich zuzuschlagen.« Keno warf ihr einen verschmitzten Blick zu.

»Ich?«, fragte Gesa erschrocken.

»Na klar, Sie, wer denn sonst?« Seine Stimme klang jetzt wieder so warm wie zuvor. Er setzte den Blinker und bog in die Straße nach Pilsum ab.

Sie deutete nach vorn die Straße entlang. »Da hinten ist es.« An einem der Häuser war ein Schild mit der Aufschrift »*Feinkost Grete Janssen*« zu erkennen.

Der Wagen hielt direkt vor dem kleinen Geschäft, Keno schaltete den Motor aus und grinste sie frech an.

»Worauf warten Sie, Fräulein de Fries?«

»Aber ich kann doch nicht ...«

»Natürlich können Sie!«, unterbrach er sie, griff an ihr vorbei und öffnete die Beifahrertür für sie. »Nur keine Angst. Ich bin ja bei Ihnen.«

Gesa warf ihm einen komisch verzweifelten Blick zu, ehe sie ausstieg und mit einem tiefen Atemzug die Schultern straffte. »Also dann, auf in den Kampf!«, murmelte sie und schritt auf die Tür des kleinen Ladens zu.

Eine Glocke, die an einer Spirale oben an der Tür angebracht war, gab ein melodisches »Ding-ding« von sich, als sie die Tür öffnete und eintrat. Keno folgte ihr.

Nach dem hellen Sonnenschein dauerte es ein paar Sekunden, bis sich Gesas Augen an das schummrige Licht drinnen gewöhnt hatten. Neugierig und ein wenig nervös sah sie sich um.

Der Verkaufsraum war nur klein und wurde von einem massiven Tresen durchteilt, hinter dem sich dunkelgebeizte Regale bis zur Decke hochzogen, die mit Waren aller Art vollgestopft waren. Vor dem Tresen standen ein paar Körbe mit Kartoffeln, Zwiebeln und Kohlköpfen aufgereiht, jeder mit einem säuberlich handgeschriebenen Preisschild in Sütterlin versehen.

Keno stieß Gesa mit dem Ellenbogen an und deutete auf ein Regal weit oben, wo ein einzelnes Paket *Kruse & Sohn – Silber* neben den Tees von *Bünting* und *Thiele-Tee* ein einsames Dasein fristete. Gesa begriff sofort, worauf er hinauswollte, doch sie nickte ihm nur zu, denn in diesem Moment öffnete sich die Tür zu den hinteren Räumen, und eine sehr alte Frau, die sich wegen ihres krummen Rückens auf einen Krückstock stützte, kam hereingeschlurft. Sie trug ein schwarzes Kleid und darüber eine grau und schwarz gestreifte Schürze und musterte die beiden mit gerunzelter Stirn.

»Ja, bitte?«, krächzte sie unfreundlich, so als hätten Gesa und ihr Begleiter sie gerade bei etwas Wichtigem unterbrochen.

»Moin, Frau Janssen«, sagte Gesa mit einem herzlichen Lächeln. »Wir kommen von *Kruse & Sohn* und wollten uns erkundigen, ob Sie Tee brauchen.«

»Tee?« Die alte Frau Janssen zog die Augenbrauen in die Höhe. »Düwel ook! De Teebüddels sünd ganz bowen int Shap! Da hat mein Sohn ihn hingeräumt, aber der ist heute nicht hier. Ohne seine Hilfe komm ich an die Borte nicht ran.«

»Ach herrje, wie ärgerlich.« Gesa sah zu dem Teeregal hoch, das sich weit oberhalb der Griffweite der alten Frau Janssen befand. »Dann können Sie ja gar nichts verkaufen, und das kann ja nun nicht in Ihrem Sinne sein.«

Frau Janssen nickte eifrig. Sie wirkte schon viel freundlicher als vorhin.

»Haben Sie denn keine Leiter?«, fragte Gesa weiter.

»Doch, aber mein Sohn hat mir verboten, sie zu benutzen. Sagt, das sei zu gefährlich mit meinem Stock.«

»Da hat er sicher nicht ganz unrecht«, sagte Keno. »Stellen Sie sich nur mal vor, sie stürzen herunter. Was da alles passieren kann …«

»Unfug, junger Mann. Ich bin früher immer die Leiter rauf und runter, und noch nie bin ich heruntergefallen. Nur seit ich den Schlaganfall hatte, glaubt mein Junge, er kann über mich und den ganzen Laden bestimmen.« Frau Janssen schnaubte abfällig.

»Aber die Chefin sind doch Sie, oder?«, fragte Gesa.

»Natürlich, das will ich wohl meinen. Wäre ja noch schöner, dass ich mir den Laden von ihm wegnehmen ließe, bloß weil ich nicht mehr so gut zu Fuß bin.«

Gesa nickte ihr lächelnd zu. »Dann müssen Sie die Regale so einräumen, dass es für Sie passt«, sagte sie. »In dem

Laden in Rysum, in dem ich manchmal ausgeholfen habe, haben wir es auch so gemacht. Der Besitzer ist schon über achtzig und steht trotzdem noch immer jeden Tag im Laden. Wir haben alles so eingerichtet, dass er an sämtliche wichtigen Waren ohne Schwierigkeiten herankommt.«

»Ach, Sie haben mal im Laden von Gerhard Behrens gearbeitet?« Die Augen der alten Frau Janssen leuchteten auf.

Gesa bejahte. »Das ist schon ein paar Jahre her, damals, gleich nach dem Krieg.«

»Der alte Gerhard Behrens. Ja, den kenne ich gut.« Die Frau schmunzelte, und Gesa dachte erleichtert, dass jetzt das Eis zwischen ihnen gebrochen war.

»Das war ein hübscher Kerl zu seiner Zeit«, fuhr Frau Janssen fort. »Alle Deerns sind ihm nachgelaufen, doch er hatte immer nur Augen für seine Berta. Wie geht es den beiden denn so?«

Gesa berichtete, dass Frau Behrens vor zwei Jahren verstorben sei und ihr Mann den Laden jetzt zusammen mit seiner Schwiegertochter führte, aber noch immer das Steuer fest in Händen hatte. Als Gesa nachfragte, woher Frau Janssen denn die Ladenbesitzer aus Rysum kannte, erzählte diese, sie habe Verwandte in dem Dorf, und schon entspann sich ein Klönschnack, der darin gipfelte, dass Gesa anbot, zusammen mit Herrn Kruse das Teeregal weiter unten einzurichten, sodass Frau Janssen ohne Schwierigkeiten herankommen könne. Nein, das sei gar kein Problem, fügte Keno hinzu, es gehöre zu den Aufgaben eines guten Vertreters, dafür zu sorgen, dass die Ware bestmöglich präsentiert werde.

Während die beiden räumten, setzte Frau Janssen Teewasser auf und brühte eine der Proben aus *Kruse & Sohns*

Sortiment auf, die Keno auf den Tresen gelegt hatte, damit Frau Janssen ihre Kunden von der Qualität überzeugen konnte.

Erst nach über zwei Stunden verließen sie das Geschäft, das Klemmbrett mit dem Lieferschein hatte Gesa unter den Arm gesteckt und winkte der alten Frau Janssen zu, die noch in der Tür ihres Ladens stand. Dann stieg sie gut gelaunt in den Wagen.

»Ich habe Ihnen doch gesagt, dass Sie es können.« Keno startete den Motor.

»Donnerlittchen«, sagte Frau Becker. »Feinkost Janssen hat wirklich zehn Packungen verschiedener Mischungen bestellt? Wie haben Sie das denn geschafft, Herr Kruse?«

Nachdem Gesa und Keno von ihrer Tour ins Kontor zurückgekommen waren, hatte Herr Kruse der Sekretärin die Lieferscheine des heutigen Tages auf den Schreibtisch gelegt, und wie üblich hatte sie sie flüchtig durchgeblättert.

»Das war nicht ich, das ist das Werk von Fräulein de Fries. Sie ist ein geborenes Verkaufstalent, würde ich behaupten.« Keno lachte zufrieden. »Aber mein Vater hätte vermutlich anzumerken, sie sollte etwas schneller mit den Verkaufsabschlüssen werden. Wir sind über zwei Stunden dort gewesen und haben den halben Laden umgeräumt.«

»*Was* haben Sie?« Frau Becker machte große Augen.

»Herr Kruse übertreibt!« Gesa lachte. »Wir haben nur ein Regal umgeräumt und so dafür gesorgt, dass Frau Janssen den Tee, den sie von uns gekauft hat, auch gut wieder verkaufen kann. Wenn man auf diese Weise einen guten Kunden gewinnt, lohnt es sich wohl, ein bisschen Zeit zu vertrödeln.«

»Sehen Sie?« Keno blinzelte Gesa zu. »Sie ist wirklich ein geborenes Verkaufstalent. Immer das Wohl von *Kruse & Sohn* im Blick.«

Dass ihr das Wohl der Firma am Herzen lag, damit hatte Keno natürlich recht. Ansonsten fand Gesa, dass er mit seinen Komplimenten ein wenig übertrieb. Ob sie wirklich eine besondere Begabung für den Verkauf mitbrachte, konnte er ja nicht anhand einer einzigen praktischen Erfahrung beurteilen, womöglich war das reines Anfängerglück gewesen. Eines wusste Gesa aber mit Sicherheit – in diesen zwei Stunden bei Frau Janssen war sie vollkommen in ihrem Element gewesen, und dieses berauschende Erlebnis wollte sie unbedingt wiederholen.

Neun

»Doch, ich glaube, das wird über den Winter reichen.«

Hanna stand mit den beiden Knechten auf der Dreschdiele und betrachtete zufrieden den gut gefüllten Gulf, wie der hohe Raum genannt wurde, der sich zwischen Vieh- und Dreschdiele bis zum Dachfirst hoch erstreckte. Auch die Heuböden über dem Kälberstall und dem Pferdestall waren voller frischem Heu.

»Es war ein gutes Jahr. Viel gutes Wetter«, sagte Tomek zustimmend. »Erst warmer Regen und dann Sonne und Wind, wenn wir gemäht haben.«

Hanna schenkte ihm einen warmen Blick. Sie ging ihm nicht mehr aus dem Weg, aber sie achtete immer noch darauf, dass sie möglichst nicht allein miteinander waren.

»Können wir jetzt damit aufhören, uns selbst auf die Schultern zu klopfen?«, fragte Dierk. »Das ist zwar eine ganz schöne Menge Heu, aber nur mit Heu über den ganzen Winter kommen?« Er wiegte skeptisch den Kopf hin und her und zog die Mundwinkel nach unten. »Wenn die Kühe ordentlich Milch geben sollen, brauchen wir noch Futterrüben und Getreide. Und natürlich ein paar Ladungen Stroh und Torfballen zum Einstreuen. Darum musst du dich bald mal kümmern. Der Herbst kommt schneller, als man denkt.« Er zog an seiner kurzen Pfeife, stieß eine Rauchwolke aus und hustete dann. »Na komm, Tomek, wir müssen vor dem Melken noch die Pferde und die Schweine füttern.«

Hanna nickte. »Und ich geh die Kälber füttern.«

Sie schaute den beiden Männern hinterher, bis sie im Schweinestall verschwunden waren, wo die zwei Sauen mit ihren Ferkeln schon lautstark darauf aufmerksam machten, dass sie hungrig waren. Dann drehte sie sich um und lief zum Kälberstall.

Da die meisten Kühe erst im Spätherbst und Winter kalbten, waren hier im Moment nur zwei neugeborene Kälber untergebracht, die ihr neugierig über die Holzwände ihrer Boxen entgegenblickten. Eines hob den Kopf und bölkte wehleidig.

»Oje, so großen Hunger hast du?«, fragte Hanna lachend.

Sie ging in die angrenzende Milchkammer, wo sie die bereitstehende Milch mit etwas warmem Wasser streckte und auf zwei Eimer verteilte.

»Na komm, du Schreihals, dann kriegst du auch zuerst was.«

Hanna öffnete den Schieberiegel an der Tür des Kofens, schob das Kalb, das sich sofort zu ihr drängelte, mit einer Hand ein Stückchen zurück und betrat den Stall. Sie stellte den Eimer auf dem Boden ab und hielt ihn mit der linken Hand fest, während sie dem Kalb die Finger der rechten vor die Schnauze hielt. Begeistert begann das Kalb zu nuckeln, und langsam dirigierte Hanna den Kopf des Kalbes in die Milch im Eimer. Das leise Schlürfen zeigte, dass das Tier trank.

»Na also, du hast es ja doch noch gelernt, du kleiner Döskopp«, murmelte Hanna liebevoll und kraulte das Kalb zwischen den Ohren, bis es den Eimer geleert hatte.

Während das zweite Kalb trank, hörte Hanna eine Fahrradklingel durch die angelehnte Kälberstalltür und eine helle Stimme, die ihren Namen rief.

»Ich bin hier!«, rief sie über die Schulter.

Einen Moment später trat Gesa ein und blieb vor dem Kälberkofen stehen. »So. Feierabend für heute«, sagte sie mit einem Seufzen. »Das war der letzte Tag, an dem ich mit dem Junior über Land gefahren bin. Ab morgen soll ich zu Frau Becker ins Büro.«

»Aber das war es doch, was du wolltest«, sagte Hanna. Sie nahm dem Kalb den leeren Eimer ab und richtete sich auf.

»Schon, aber das Ausliefern hat mir so viel Spaß gemacht. Und im Verkaufen bin ich richtig gut. Ich werde es sicher vermissen.«

Hanna öffnete die Tür und trat auf den Gang hinaus, darauf bedacht, dass das Kalb ihr nicht folgte.

»Das hast du auch gesagt, als du Tee abgepackt hast«, sagte sie und zwinkerte Gesa zu.

»Stimmt«, gab Gesa zu. »Und ich hoffe, ich werde es auch sagen, wenn ich ab morgen helfe, die Teeproben zu verkosten.«

»Teeproben?«, fragte Hanna. Sie nahm den zweiten leeren Eimer, der noch auf dem Gang stand, und trug beide in die Melkkammer, um sie abzuspülen. Gesa folgte ihr.

»Die Teeplantagen schicken Proben von der neuen Ernte an die Händler. Die verkosten sie dann, und wenn ihnen der Tee zusagt und sie ihn kaufen wollen, geben sie ein Angebot dafür ab.« Gesa nahm ihrer Schwester den Eimer ab, den diese gespült hatte, und stellte ihn mit der Öffnung nach unten auf ein Holzgestell, damit er abtropfen konnte. »Der Junior sagt, das ist die wichtigste Aufgabe des Jahres, weil sie entscheiden müssen, welche der Tees in die neue Mischung kommen sollen.«

»Mischung?« Hanna runzelte die Stirn und reichte Gesa den zweiten Eimer. »Wieso Mischung?«

»Hast du nie gelesen, was auf der Packung von *Kruse & Sohn* steht? Ostfriesen-*Mischung*, nicht Ostfriesentee. Damit der Tee immer gleich gut ist, wird er aus ungefähr dreißig verschiedenen Teesorten zusammengemischt. Um zu entscheiden, welcher Tee in die Mischung kommt, werden die Proben wie gesagt verkostet, und der Senior entscheidet dann, was eingekauft wird und welchen Preis er dafür bietet. So hat er es mir jedenfalls erklärt.«

»Aha. Und dabei sollst du helfen?«

»Ich werde das Wasser kochen und aufgießen.«

»Das klingt nach einer ziemlichen Herausforderung.« Hanna lachte.

»Lach nicht, das ist wirklich nicht so einfach, wie es klingt. Das Wasser muss genau eine Minute gekocht haben, und dann muss ich damit dreißig oder vierzig Proben so schnell es geht aufgießen, denn wenn das Wasser zu sehr abkühlt, würde das den Geschmack verändern. Und es hängt extra eine große Uhr dort, um zu kontrollieren, dass alle Proben gleich lang ziehen, danach werden sie alle abgegossen. Ich habe heute Nachmittag schon einmal kurz zugesehen, wie das gemacht wird. Da musst du aufpassen wie ein Schießhund, damit alles klappt.«

Hanna lehnte sich gegen das Waschbecken und verschränkte die Arme. »Teekochen gegen die Uhr. Na, ob das was für dich ist?«

»In jedem Fall ist es wichtig. Der Chef hat es so erklärt: Der Kruse-Tee ist wie ein gutes Orchester. Das Zusammenspiel macht den Klang. Du brauchst Geigen und Flöten, Trompeten und eine Pauke. Und nur wenn sie alle gut harmonieren, gibt es eine Sinfonie.« Gesa zuckte mit den Schultern. »Und jedes Jahr wieder musst du aus den ganzen Musikern, die sich bewerben, diejenigen aussuchen, die sich am besten ergänzen.«

»Das ist ein schönes Bild. Sehr einleuchtend«, erwiderte Hanna ein wenig amüsiert.

»Ja, das fand ich auch. Der Junior wird auch mit verkosten. Er hat mir versprochen, dass ich es auch mal versuchen darf.«

Hanna grinste. »Der hat wirklich einen Narren an dir gefressen, oder?«

»Ach was!« Gesa winkte ab, aber ihrer Schwester entging nicht, dass sich auf ihren Wangen rote Flecken bildeten. »Er ist doch verheiratet.«

»Das eine schließt das andere nicht aus, das weißt du doch.«

»Er ist nur einfach nett zu mir. Mehr nicht«, versicherte Gesa. »Außerdem bin ich doch auch nicht frei. Wenn Gerold erst wieder da ist, werden wir heiraten, das habe ich ihm versprochen, als er an die Front gegangen ist.«

Hanna sah ihrer Schwester forschend ins Gesicht, doch die wich ihrem Blick sofort aus.

»Ach, Gesa, glaubst du denn wirklich ...« Weiter kam Hanna nicht mit ihrem Satz, Gesa schlug sofort ein anderes Thema an, so wie immer, wenn man sie auf ihren verschollenen Verlobten ansprach.

»Übrigens, wir waren heute in Pewsum, der Junior und

ich. Da habe ich gehört, dass am Sonnabend ein Tanztee bei Freeses Gastwirtschaft auf dem Saal ist. Es kommt eine Kapelle aus Aurich, die soll richtig gute Musik machen, hat der alte Freese gesagt. Er war gerade im Laden, als wir den Tee abgeliefert haben, und hat gefragt, ob das nicht auch was für uns hier in Rysum wäre. Ich soll mal ein bisschen Reklame dafür machen. Was meinst du, wollen wir hingehen?«

»Tanzen gehen?« Hanna machte große Augen. »Wir?«

»Ja, sicher. Du bist doch jetzt auch alt genug dafür.«

»Ich glaube nicht, dass Mama damit einverstanden wäre, wenn wir jetzt schon zu einem Tanztee gehen. Immerhin ist Papa ...«

»Jaja, ich weiß. Papa ist erst ein paar Wochen tot, und was sollen denn die Leute dazu sagen.« Gesa verdrehte die Augen. »Aber wenn du nur hier in der Stube hockst, lernst du nie jemanden kennen, der dich heiraten würde und als Bauer für den Hof geeignet wäre.«

»Hm, also ich weiß nicht.«

»Sicher weißt du das. Ich habe recht damit. Du musst unter Leute. Du musst junge Männer kennenlernen, und das ist nur möglich, wenn du ausgehst und mit ihnen tanzt. Irgendwann musst du ja mal einen Anfang machen, warum also nicht gleich. Du musst dich ja nicht gleich dem Erstbesten an den Hals werfen. Ich bin außerdem dabei, und wenn wir uns ein bisschen umhören, kommen bestimmt noch ein paar andere junge Leute aus Rysum mit.«

»Ich würde schon gern mal zum Tanzen gehen ...« Hanna holte tief Luft. »Na gut. Aber nur unter der Bedingung, dass du Mama um Erlaubnis fragst.«

Gesa griff nach ihren Schultern und zog ihre Schwester kurz an sich. »Das mache ich. Und zwar sofort. Dann hat sie noch etwas Zeit, um sich an den Gedanken zu gewöhnen und sich bei Tanti auszuweinen, was für schlimme Töchter sie doch hat.«

»Und die wird ihr dann den Kopf zurechtsetzen.« Hanna zwinkerte ihrer Schwester zu. »Dann auf in die Schlacht. Ich drücke dir die Daumen.« Sie hob die Fäuste in die Höhe. Gesa lachte nur, drehte sich um und lief hinaus.

Hanna sah ihr einen Moment hinterher, dann holte sie die Melkeimer und Milchkannen vom Trockengestell und begann damit, den kleinen Handkarren zu beladen, auf dem sie sie zur Kuhweide bringen wollte.

Zwei Stunden später, als Hanna, die Knechte und die Melkerinnen mit der Arbeit fertig waren und das Wohnhaus betraten, kam ihnen Gesa schon auf dem Flur entgegen und hielt ihre Schwester auf. Sie strahlte über das ganze Gesicht.

»Alles in Ordnung«, sagte sie. »Mama hat Ja gesagt. Wir können zum Tanzen gehen.«

»Einfach so?«, fragte Hanna verblüfft.

»Na ja, nicht wirklich ›einfach so‹«, gab Gesa zu. »Zuerst war sie strikt dagegen, genau wie wir es uns gedacht haben, aber dann hat auch Tanti ihr gut zugeredet, und schließlich hat sie zähneknirschend nachgegeben. Aber wir sollen zusammenbleiben und uns unauffällig benehmen.«

»Was meint sie denn damit?«, fragte Hanna stirnrunzelnd.

»Keine Ahnung. Vermutlich sollen wir nicht zu viel trinken. Vielleicht befürchtet sie, wir könnten auf den Tischen tanzen und uns danebenbenehmen.« Gesa zuckte mit den Achseln. »Mama wird uns bis zum Wochenende bestimmt noch in allen Einzelheiten erklären, was sie damit meint.«

Gesa behielt recht. Noch am selben Abend erläuterte Henrike ihren Töchtern haarklein, was sie unter unauffälligem Benehmen verstand. Sie sollten die guten dunklen Kleider anziehen, mit niemandem tanzen, den sie nicht kannten, und vor allem keinen Schnaps trinken.

»Und um zehn Uhr seid ihr wieder zu Hause«, schloss sie.

»Dann können sie ja genauso gut gleich ganz zu Hause bleiben«, brummte Tanti und ließ ihr Strickzeug eine Sekunde sinken, um Henrike einen vorwurfsvollen Blick zuzuwerfen.

»Das wäre mir am liebsten«, sagte Henrike. »Es gehört sich nicht, dass man auf eine Tanzveranstaltung geht, wenn man in Trauer ist.«

»Und es gehört sich auch nicht, die eigenen Töchter ohne Not zu alten Jungfern werden zu lassen«, gab Tanti zurück. »Dieses Dasein ist kein Zuckerschlecken, das glaub mal.«

»Aber ...«

»Nichts aber, Henrike.« In den klugen blauen Augen der alten Frau blitzte es auf. »Ich verstehe, dass du die Vorstellung nicht erträgst, fröhlich tanzende Menschen zu sehen. Und das ist auch in Ordnung so. Aber jeder trauert anders, Henrike, und dass deine Töchter tanzen gehen möchten, heißt nicht, dass sie ihren Vater vergessen haben, ganz im Gegenteil. Siehst du nicht, was sie täglich leisten, um Onnos Erbe zu bewahren? Um den Hof vor dem Ruin zu retten? Gesa geht von morgens bis abends in Emden arbeiten, und jeden Pfennig, den sie verdient, legt sie beiseite. All das macht sie nur, damit Helga ausbezahlt werden kann, ohne dass Land verkauft werden muss. Und Hanna rackert sich den ganzen Tag auf dem Hof ab. Sie schuftet mehr, als Renke das vermutlich je getan hätte, dabei stand von vornherein fest, dass er als einziger Sohn den Hof mal erben würde. Und du willst den Mädchen dieses kleine Vergnügen nicht gönnen, zum Tanzen zu gehen? Nur, weil die Leute im Dorf sich die Mäuler darüber zerreißen könnten? Ich verstehe dich nicht, Henrike.«

»Dass du dich auf ihre Seite stellst, war ja klar, Tante Alma.« Henrike presste kurz die Lippen zusammen, hatte sich jedoch sofort wieder im Griff. »Ich will nur verhindern, dass sie ihren guten Ruf verlieren. Du weißt, wie schnell so was gehen kann. Irgendein junger Kerl verspricht dir wunders was, und schon bist du mit ihm im Heu. Hinterher will er es nicht gewesen sein, und das Malheur ist groß. Und dann finde mal jemanden, der ein Flittchen heiraten will, das schon ein Bankert ohne Vater hat.«

»Nun mal doch nicht gleich den Teufel an die Wand«, sagte Tanti beschwichtigend. »Sie wollen nur zum Tanztee, und sie sind beide vernünftige Deerns. So fix passiert so was auch wieder nicht. Jedenfalls nicht, wenn sie aufeinander aufpassen.« Tanti hob den Zeigefinger und sah die beiden Schwestern über den Rand ihrer Brille hinweg durchdringend an, wie sie es früher immer getan hatte, wenn sie etwas angestellt hatten. »Das versprecht ihr mir, hört ihr? Ihr passt aufeinander auf, ja?«

»Natürlich, Tanti«, hörte Hanna Gesa neben sich sagen, und auch sie nickte.

»Ich werde Gesa nicht aus den Augen lassen.«

Ihre Schwester im Blick zu behalten war gar nicht so einfach, wie Hanna ein paar Tage später auf dem Tanztee feststellen musste. Der Saal des Gasthauses in Pewsum war nicht besonders groß und konnte die vielen Feierlustigen nicht allesamt aufnehmen, sodass sich immer wieder Grüppchen von jungen Leuten draußen vor dem Gebäude zusammenfanden, wo Flaschen mit Hochprozentigem herumgereicht wurden. Außerdem schien Gesa hier beinahe jeden der Anwesenden zu kennen und wurde von allen so begeistert begrüßt, als sei sie jahrelang verschollen gewesen. Von Hanna hingegen nahmen sie kaum Notiz, gelegentlich wurde ihr jedoch zugenickt.

Während Gesa beinahe zu jedem Tanz aufgefordert wurde, blieb Hanna auf ihrem Stuhl am Tisch sitzen und fühlte sich zunehmend wie das fünfte Rad am Wagen. Trotzdem versuchte sie, so gut es ging, gute Miene zum bösen Spiel zu machen. Sie hörte der Musik zu, wippte zum Takt mit dem Fuß, hielt sich an ihrem Apfelsaft fest und schaute dabei den Paaren zu, die sich auf der Tanzfläche drängten.

Als sich Gesa irgendwann atemlos vom Tanzen wieder auf den Stuhl neben ihr fallen ließ und wissen wollte, wie es ihr gefiele, zuckte Hanna missmutig mit den Schultern.

»Wie soll es mir schon gefallen? Ich habe mit niemandem geredet, und getanzt habe ich auch nicht«, sagte sie mit einem Seufzen. »Ich glaube, ich möchte jetzt gern nach Hause. Es ist noch ein ziemliches Stück zu fahren, und morgen muss ich früh wieder raus.«

»Jetzt schon?« Gesa sah auf ihre Armbanduhr. »Es ist doch gerade mal zehn Uhr. Wir müssen erst in zwei Stunden zurück sein.«

»Ja, aber ich bin müde.«

»Du bist nicht müde, du bist enttäuscht, weil niemand mit dir getanzt hat.« Gesa stieß Hanna mit dem Ellenbogen an. »Stimmt doch, oder?«

»Ja, vielleicht. Mag sein.«

»Dann wollen wir das mal ändern.« Sie stand auf und legte die Hände trichterförmig an ihren Mund. »Jan?«, rief sie aus voller Kehle. »He, Jan, komm doch mal!«

»Was machst du denn da?«, zischte Hanna peinlich berührt. Sie zupfte an Gesas Kleid, aber diese rief noch einmal quer durch den ganzen Saal. »Jan Büsing!«

Ein junger Mann drehte sich um und deutete mit dem Finger auf sich, während er sie fragend ansah.

Gesa nickte, und der junge Mann kam zu ihrem Tisch herübergeschlendert. Er mochte Mitte zwanzig sein, war groß und kräftig gebaut, mit rötlich-blonden Haaren, die an der Stirn schon schütter zu werden begannen. Er hatte den Kragen seines Hemdes geöffnet und die Ärmel hochgekrempelt, sodass man seine muskulösen Unterarme mit den hellblonden Haaren auf der braun gebrannten Haut gut erkennen konnte.

Als er vor Gesa stehen blieb, wäre Hanna am liebsten im Boden versunken.

»Gesa de Fries!«, stellte er fest und grinste. »Dich habe ich ja eine halbe Ewigkeit nicht mehr gesehen. Schön, dass du dich auch mal wieder irgendwo blicken lässt. Wie geht's dir denn?«

»Gut geht's mir. Aber es würde mir noch besser gehen, wenn ich jemanden finden könnte, der meine kleine Schwester Hanna davon überzeugt, dass es noch zu früh ist, um nach Hause zu gehen. Sie sagt, sie ist müde, aber wenn sie mal zum Tanzen aufgefordert wird, vergeht das bestimmt wieder.«

Der junge Mann wandte seine Aufmerksamkeit Hanna zu und musterte sie prüfend von oben bis unten.

Wie ein Viehhändler, der eine junge Kuh kaufen will,

schoss es Hanna durch den Kopf. Sie hatte schon eine schnippische Antwort auf den Lippen, mit der sie ihm eine Abfuhr erteilen wollte, da streckte er die Hand aus und deutete eine Verbeugung an. »Darf ich bitten?« Ohne dass sie wirklich wusste, was sie tat, ergriff Hanna seine Hand und nickte.

Jans Lächeln wurde breiter, und er entblößte dabei eine Reihe perfekt geformter weißer Zähne. Er zog sie auf die Füße und dann hinter sich her auf die Tanzfläche.

Seit Hannas Tanzkurs im Saal des Gasthauses in Rysum im Sommer nach dem Krieg hatte sie nicht mehr getanzt und daher Angst, alles vergessen zu haben, aber mit Jan klappte das Tanzen ganz ausgezeichnet. Die Kapelle spielte einen Walzer, und Jan, der Hanna fest umschlossen hielt, erwies sich als guter Tänzer. Er führte sie geschickt um die anderen Tanzpaare herum und wirbelte sie in die Runde, bis ihr der Kopf zu schwirren begann.

»So, du bist also Hanna de Fries«, sagte Jan. Es klang wie eine Bestätigung.

Hanna sah hoch in seine hellblauen Augen. »Ja. Warum?«

»Man redet über dich, weißt du das?«

»Nein, das wusste ich nicht. Was erzählt man sich denn?«

»Dass du hübsch bist.«

»Ach ja?« Hanna musste lachen. »Das glaube ich nicht.«

»Die Leute haben recht.« Jan zwinkerte ihr zu. »Und tanzen kannst du auch gut.«

»Das sagen die Leute auch?«

»Nein, das sag ich dir.« Er wirbelte sie herum. »Du tanzt besser als deine Schwester.«

»Ehrlich?«

»Glaubst du, ich würde dich anlügen?«

»Keine Ahnung. So gut kenne ich dich nicht.«

»Das können wir ja ändern.« Jan lachte, und ein merkwürdiger Ausdruck trat dabei in seine Augen. »Nächsten Sonnabend ist in Groothusen der Ball der Klootschießer. Da könnten wir wieder tanzen, dann wissen wir es genau, ob du besser tanzen kannst als Gesa.«

»Ich weiß nicht, ob …«

»Na, komm schon, sag Ja!«, unterbrach er sie. »Auf dem Ball sind alle meine Leute da, und ich kann unmöglich allein dort hingehen. Sonst lachen mich alle aus.«

Hanna grinste. »Kann ich mir nicht vorstellen. Dich hat doch bestimmt noch nie jemand ausgelacht.«

Jan machte ein erstauntes Gesicht. »Wenn du wüsstest!«

Er zog sie eng an sich und begann sie linksherum zu drehen. Zu Hannas Überraschung ging auch das ohne Probleme. Schließlich endete die Musik mit einem Tusch, Jan ließ sie los und beide klatschten.

Der Sänger der Kapelle, ein blonder Lockenkopf Ende zwanzig, verbeugte sich. Kurz darauf verließ er mit den anderen die Bühne an der Kopfseite des Saales.

»Die machen jetzt eine halbe Stunde Pause«, erklärte Jan. »Wollen wir an der Theke etwas trinken?«

»Ich weiß nicht recht, eigentlich wollten wir gleich nach Hause, weil ich morgen ganz früh wieder an die Arbeit muss.«

»Wer viel arbeitet, muss auch mal feiern dürfen.« Er bot ihr seinen Arm. »Na los, einen Schluck auf den Weg.«

Hanna zögerte kurz, dann hakte sie sich bei ihm unter. »Also gut, aber wirklich nur einen.«

Ein triumphierendes Lächeln überflog sein Gesicht. »Wusste ich es doch, dass du es verstehst zu feiern. Immerhin bist du eine de Fries.«

»Was soll das denn heißen?«, fragte Hanna stirnrunzelnd.

»Gesa gehörte früher immer zu denen, die ganz am Schluss der Feier den Saal ausfegen.« Er lachte glucksend. »Und von deinem Vater heißt es, dass er in seinen jungen Jahren auch auf jeder Feier bis zum frühen Morgen getanzt hat.«

»Wirklich?« Hanna lächelte. »Das muss aber lange vor meiner Geburt gewesen sein.« Plötzlich fühlte sie sich furchtbar schlecht und kam sich fehl am Platz vor. Die Trauer um Papa kam über sie wie eine Welle, und sie hatte Mühe, die Tränen zurückzuhalten. Er würde nie wieder feiern, nie wieder mit Mama tanzen gehen. Der Schmerz über den Verlust war auf einmal so groß, dass sie es kaum aushielt.

Jan bemerkte ihre Veränderung und sah sie bestürzt an. »Mensch, Hanna, was bin ich für ein Döskopp, es tut mir leid, das war echt blöd von mir, dich an deinen Vater zu erinnern, wo er doch gerade erst ...« Er brach ab, offenbar unsicher, was er sagen sollte.

»Schon gut«, sagte Hanna leise. »Es ist ja schön, dass man ihn noch nicht vergessen hat.«

»Das kannst du aber glauben«, sagte Jan. »Von Onno de Fries wird sicher auch in zehn Jahren noch gesprochen. Na komm, trinken wir auf deinen Vater.«

Vor dem Tresen drängte sich inzwischen eine große Gruppe junger Leute. Alle versuchten, etwas zu trinken zu bestellen, reckten die Arme in die Höhe, um auf sich aufmerksam zu machen, und riefen wild durcheinander. Jan steckte zwei Finger seiner Rechten zwischen die Lippen und stieß einen durchdringenden Pfiff aus. Der Wirt hinter dem Tresen sah auf und nickte, als er Jans erhobene zwei Finger sah. Er füllte zwei hohe Schnapsgläser aus einer Flasche ohne Etikett und schob sie in seine Richtung. Zu Hannas Erstaunen schien Jan nichts bezahlen zu müssen.

Jan nahm die beiden Gläser und reichte eines an Hanna weiter.

»Dann mal Prost!«, sagte er und stieß sein Glas gegen ihres. »Auf deinen Vater.«

Auch wenn Hanna Schnaps nicht ausstehen konnte, es wäre unhöflich gewesen, ihn nicht zu trinken. Also stürzte sie das Glas hinunter und verzog das Gesicht zu einer Grimasse, als sich die scharfe Flüssigkeit durch ihre Eingeweide zu fressen schien.

»Schmeckt es nicht?«, fragte Jan lachend. »Dabei habe ich mir beim Brennen so viel Mühe gegeben. Möchtest du noch einen? Er schmeckt nämlich am besten nach dem dritten Glas.«

»Ganz sicher nicht!« Sie hob abwehrend die Hände und stellte das leere Glas auf den Tresen.

»Dann nächste Woche vielleicht?« Er legte den Kopf ein wenig schräg und schaute sie fragend an. »Ganz ehrlich, ich würde mich sehr freuen, wenn du nach Groothusen zum Ball kommst.«

»Mal sehen, ich kann es dir noch nicht versprechen«, sagte sie zögernd. »Aber jetzt sollte ich wirklich zu unserem Tisch zurückgehen.«

»Also gut, wenn du dich so gar nicht überreden lässt, noch einen mit mir zu trinken ...« Wieder bot Jan ihr den Arm. »Dann bring ich dich zu deiner großen Schwester.«

Dankbar hakte Hanna sich ein, und sie gingen nebeneinander zu Gesa zurück.

»Also dann, bis nächsten Samstag. Ich freue mich schon darauf, wieder mit dir Walzer zu tanzen«, sagte er und gab

Hanna die Hand, ehe er sich Gesa zuwandte und ihr zunickte. »Gesa?«

Gesa strahlte Jan an und nickte ihm zu. »Jan?«

Statt sich wieder neben ihre Schwester zu setzen, blieb Hanna vor Gesa stehen. »Wollen wir los?«, fragte sie ungeduldig.

»Ja, gleich. Nun setz dich doch erst mal wieder hin und erzähl.«

Hanna seufzte und ließ sich auf ihren Stuhl fallen. »Was gibt es da groß zu erzählen? Ich habe Walzer mit ihm getanzt, und das kann er gut.«

»Und er hat dich für nächste Woche eingeladen«, ergänzte Gesa.

»Nach Groothusen zum Klootschießerball. Aber ich hab noch nicht fest zugesagt.«

»Warum nicht?«

»Ich kann doch nicht gleich mit jedem ausgehen, der mir mal einen Schnaps ausgegeben hat.« Hanna verschränkte die Arme vor der Brust. »Außerdem kenne ich ihn doch gar nicht.«

»Du sollst ihn ja auch nicht gleich heiraten.« Gesa grinste. »Aber über ihn kannst du eine Menge nette junge Leute kennenlernen. Bei ihm selbst solltest du besser vorsichtig sein.«

»Wieso?«

»Er hat den Ruf, ein ziemlicher Weiberheld zu sein. Außerdem war er in Schwarzmarkt-Zeiten in krumme Geschäfte verwickelt. Ich hab gehört, er soll sogar mal im Gefängnis gewesen sein.«

»Das waren viele, die auf dem Schwarzmarkt geschnappt worden sind.«

»Über Nacht schon. Aber gleich ein halbes Jahr?«

Gesas Blick erinnerte sehr an den Tantis, wenn sie einen über den Brillenrand hinweg skeptisch musterte. Hanna unterdrückte ein Lächeln und versprach, aufzupassen.

»Glaub bloß nicht, dass ich dich allein mit diesem Schürzenjäger feiern lasse. Ich werde schön die Anstandsdame für dich geben.« Gesa sprang auf und streckte Hanna auffordernd beide Hände entgegen. »Und jetzt lass uns nach Hause fahren, sonst kriegt Mama wieder ihre Kopfschmerzen.«

Als Gesa am nächsten Morgen am Frühstückstisch erzählte, wie schön es beim Tanztee gewesen war und dass die Schwestern am kommenden Sonnabend zum Ball nach Groothusen fahren wollten, war Henrike zuerst nicht von der Idee angetan, ließ sich aber im Laufe der nächsten Tage dazu überreden, ihre Einwilligung zu geben.

Zum einen, weil Hanna und Gesa überpünktlich wieder zu Hause gewesen waren, zum anderen, weil sich ihre Befürchtung, die beiden könnten Thema des allgegenwärtigen Dorfklatsches werden, nicht bewahrheitete.

»Für die Leute ist es viel spannender, dass es nach Mitternacht auf dem Tanztee eine ordentliche Schlägerei gegeben hat«, erzählte Tanti, als sie von ihrem Handarbeitskränzchen zurückkam. Alle zwei Wochen traf sie sich mit ein paar anderen alten Frauen aus dem Dorf in der Pastorei, um bei Tee und den »knüppeltrockenen Keksen der Pastorenfrau« Strümpfe zu stricken und Tratsch auszutauschen. »Über Gesa und Hanna hat keine auch nur ein Wort verloren«, fügte sie hinzu.

»Das mag ja alles sein. Trotzdem habe ich kein gutes Gefühl, wenn die beiden mitten in der Nacht über die dunklen Straßen wieder nach Hause fahren. Was da alles passieren kann«, sagte Henrike kopfschüttelnd und reichte die Kumme mit den Bratkartoffeln an Tanti weiter, die sie an Dierk weitergab, nachdem sie sich einen Löffel davon auf ihren Teller getan hatte.

»Ich kann mitfahren«, meldete sich da eine dunkle Stimme von der anderen Seite des Tisches. »Wenn Dierk sein Fahrrad an mich leiht, fahre ich mit die beiden.«

»Wenn mir Dierk sein Fahrrad leiht ...«, korrigierte Hanna mechanisch.

Tomek nickte ihr zu. »Das meinte ich. Macht mir nichts aus bis nach Groothusen zu fahren.«

»Das ist wirklich nett von dir, Tomek, aber ...« Henrike machte ein zweifelndes Gesicht.

»Ich passe gut auf Hanna und Gesa auf. Dann sie sind sicher.«

»Das meinte ich nicht, Tomek«, sagte Henrike. »Ich weiß, du würdest gut auf die Mädchen aufpassen. Aber da sind keine von deinen Leuten auf dem Ball, nur die Einheimischen. Ich möchte nicht, dass es deinetwegen Ärger gibt.«

Sie lächelte dem jungen Knecht halbherzig zu. Er musterte sie kurz mit schiefgelegtem Kopf, als überlegte er, wie er ihre Bemerkung werten sollte. Auf seinen Wangen erschienen rötliche Flecken.

»Ich mache keinen Ärger«, sagte er. »Nicht, wenn die anderen keinen machen. Ich will nur auf Gesa und Hanna aufpassen.«

»Also gut, Tomek«, erwiderte Henrike. »Dann vielen Dank für dein Angebot. Das ist für mich eine große Beruhigung, wenn du mit ihnen fährst.«

Von jener Woche an machten sie sich immer zu dritt auf den Weg zu den Tanzveranstaltungen, die an jedem Sonnabend in einem anderen Gasthof stattfanden. In den ersten Wochen blieb Tomek draußen bei den Fahrrädern, bis die Schwestern zurückkamen, doch dann gelang es Hanna, ihn dazu zu bewegen, mit ihnen in den Saal zu gehen.

»Wer ist das denn?«, fragte der junge Mann, der den Eintritt kassierte, unfreundlich und musterte Tomek von oben bis unten.

»Ist doch egal, solange er den Eintritt bezahlt, oder?«, fragte Gesa leichthin.

»Solche wollen wir hier nicht.«

»Solche?«, fragte Hanna stirnrunzelnd. »Was soll das denn heißen?«

»Was schon?« Der junge Bursche hinter dem Tisch schnaubte. »Polacken!«

Hanna bemerkte die Anspannung, die durch Tomeks Körper ging, und berührte ihn kurz am Arm, um ihn zurückzuhalten, ehe er etwas Unbedachtes tun konnte. »Er ist mit uns hier. Wir haben ihn mitgebracht.«

»Und?« Der junge Kerl verzog das Gesicht zu einer abschätzigen Grimasse. »Dann könnt ihr auch gleich draußen bleiben.«

»Unsere Freunde sind da drüben am Tisch der Klootschießer«, sagte Gesa und deutete auf Jan und die anderen, die in der Nähe des Einganges zusammensaßen und lachten. »Die warten auf uns.«

»Aber ganz sicher nicht auf ihn.« Wieder deutete er auf Tomek.

»Das kannst du doch gar nicht wissen!« Gesa funkelte ihn wütend an.

»Ich kenne die Jungs«, sagte er grinsend. »Die können Polacken genauso wenig ausstehen wie ich.«

»Hör mal, du Döskopp ...«, begann Hanna, doch sie stockte, als sie Tomeks Hand auf ihrem Arm spürte, und drehte sich zu ihm um.

Er schüttelte den Kopf. »Lass nur, Hanna«, sagte er leise. »Lohnt nicht. Ich gehe zu Fahrräder und warte auf euch.«

»Den Teufel wirst du tun, Tomek. Das wäre ja wohl noch schöner, wenn dieser Döskopp damit durchkommt. Hier hast du den Eintritt für uns drei«, rief Gesa aufgebracht und warf die Münzen auf den Tisch. Dann marschierte sie hocherhobenen Hauptes an ihm vorbei in den Saal. Hanna folgte ihr eilig und zog dabei Tomek am Ärmel seiner Jacke mit sich.

Zielstrebig gingen sie zum Tisch hinüber, an dem die Groothusener Klootschießer saßen und ihnen entgegensahen.

Gesa hängte ihre Handtasche an die Lehne eines leeren Stuhles, beugte sich vor und klopfte mit der Hand auf den Tisch. »Moin, zusammen!«, rief sie.

Die meisten der jungen Männer und Frauen murmelten eine Erwiderung auf ihre Begrüßung, einige wenige sagten auch gar nichts, sondern starrten betreten auf Hanna, die Tomek auf den Stuhl neben ihren zog.

Gesa presste die Lippen zusammen, doch dann flog ein strahlendes Lächeln über ihr Gesicht. »Jetzt ratet mal, wer gerade Gehalt bekommen hat«, sagte sie. »Ich gebe für den Tisch eine Flasche Kööm aus, unter einer Bedingung ...« Sie hob den Zeigefinger und machte eine bedeutungsvolle Pause. »Ihr müsst alle mittrinken.«

Eine Sekunde lang befürchtete Hanna, Gesa habe eine

Grenze überschritten und man würde sie alle drei vor die Tür setzen. Doch dann begannen ein paar der jungen Männer am Tisch zu klatschen, und alle fielen ein. Jan, der am anderen Tischende saß, pfiff auf zwei Fingern und winkte einen der Kellner heran, um eine Flasche Schnaps zu bestellen, die unverzüglich gebracht wurde. Er reichte sie an Gesa weiter, die eilig die Gläser füllte, die ihr hingestreckt wurden.

Hanna organisierte vom Nebentisch Gläser für sich und Tomek, und erst nachdem auch diese gefüllt waren, hob Gesa lachend ihr Glas in die Runde der jungen Leute, die von ihren Plätzen aufgestanden waren.

»Prost, Jungs und Deerns!«, rief sie. »Auf einen unvergesslichen Abend!«

Gläser schlugen klirrend aneinander, und dann war es still, als alle den Inhalt hinunterstürzten. Hanna verzog das Gesicht, der scharfe Alkohol brannte in ihrer Kehle. Aus den Augenwinkeln sah sie, dass Tomek das halb volle Glas auf den Tisch zurückstellte, ehe er sich neben sie setzte.

Die Musik fing an zu spielen, und sofort standen zwei junge Männer vor Hanna und forderten sie zum Tanz auf.

Es wurde ein kurzweiliger Abend, an dem Hanna viel Spaß hatte. Sie tanzte die ganze Zeit und schaffte es zwischendurch kaum an den Tisch zurück. Nur von Ferne bemerkte sie, dass Tomek ganz allein dort saß, die Arme vor der Brust verschränkt, und mit unbeweglicher Mine zu ihr herüberschaute.

Für einen Moment beschlich sie das schlechte Gewissen. Sie tanzte und amüsierte sich, und er saß dort ganz verlassen. Doch dann rief sie sich wieder ins Bewusstsein, dass aus ihnen beiden ohnehin nichts werden konnte, und es war besser, wenn auch er das endlich einsah. Wobei er ihr genau genommen seine Liebe gar nicht gestanden hatte, sie spürte einfach, dass da was war. Was soll's, dachte Hanna, versuchte das schlechte Gewissen abzuschütteln und tanzte weiter.

Als ihr Tanzpartner sie zum Tresen führte, schüttete sie noch einen Doppelkorn hinunter. Wenn man erst einmal ein paar von den Kurzen getrunken hatte, brannte es nicht mehr und schmeckte sogar einigermaßen.

Auf einmal tauchte Jan neben ihr auf. »Ich habe gerade bei der Kapelle einen Walzer für uns bestellt«, sagte er mit einem breiten Grinsen. »Wollen wir?«

»Ich hatte eigentlich Erwin hier versprochen, dass …«, begann Hanna und wollte auf ihren vorigen Tanzpartner deuten, doch der war verschwunden. »Nanu, wo ist der denn hin?«

»Erwin hatte wohl noch was anderes vor. Also, wollen wir?«

Er bot ihr den Arm, sie hakte sich ein, sah sich jedoch trotzdem suchend um. Schließlich entdeckte sie Erwin, der sich gerade an ihrem Tisch niederließ und dabei so viel Abstand wie möglich zwischen sich und Tomek brachte.

Die Musiker begannen den Schneewalzer zu spielen, und Jan summte mit. »… *Den Schnee-, Schnee-, Schneewalzer tanzen wir, ich mit dir, du mit mir …*«, sang er den Refrain mit und zwinkerte Hanna zu. Doch dann wurde er wieder ernster. »Euer Begleiter – was für ein Landsmann ist das eigentlich?«

»Tomek? Er ist Pole.«

»Als Fremdarbeiter hier?«

Hanna nickte. »Er wurde uns nach dem Tod meines Bruders zugeteilt, und er ist hiergeblieben, als der Krieg vorbei war. Mein Vater hat ihn als Knecht eingestellt.«

»Du bringst tatsächlich euren Knecht zum Tanzen mit?«

Etwas in Jans Stimme ließ Hanna stutzen, und sie schaute in sein Gesicht hoch. Eine Mischung aus Verwunderung, Spott und Mitleid lag in seinen Augen.

»Ja, warum nicht?«, fragte sie. »Hier sind doch etliche, die als Knecht arbeiten.«

Er antwortete nicht sofort, sondern schwenkte sie herum, um einem anderen Paar auszuweichen.

»Schon, aber darum geht es nicht«, sagte er dann. »Das sind alles Hiesige, und ich will nicht, dass es böses Blut gibt.«

»Böses Blut?«

»Kannst du dir doch wohl denken, dass hier viele sind, die nicht gerade gut auf Russen und Polacken zu sprechen sind.«

Unwillkürlich wich Hanna einen Schritt zurück und blieb wie angewurzelt stehen. Sie starrte ihn mit offenem Mund an.

»Ich sag ja nicht, dass ich was gegen ihn habe«, beeilte sich Jan zu versichern und nahm sie wieder in den Arm, um weiterzutanzen.

»Tomek kann nichts dafür, dass man ihn hergebracht hat«, sagte Hanna. »Er hat es sich doch nicht ausgesucht, in Gefangenschaft zu geraten.«

»Nein, aber er ist hiergeblieben, als die anderen Zwangsarbeiter nach dem Krieg wieder nach Hause zurückgegangen sind.«

»Er sagt, er hat kein Zuhause mehr. Seine Familie ist tot.«

»Das sind die vielen Kameraden, die in Russland geblieben sind, auch.« Er sah Hanna prüfend ins Gesicht. »Hast du etwa was mit ihm? Du verteidigst ihn so.«

»Ich? Was? Nein, natürlich nicht!«

»Dann deine Schwester vielleicht?«

»Auch nicht. Spinnst du jetzt? Gesa wartet auf ihren Verlobten, der in Russland vermisst wird.« Die Musik endete, und Hanna löste sich aus Jans Griff, damit sie die Hände zum Klatschen freihatte. Als er sie unterhaken wollte, um mit ihr an den Tresen zu gehen, wich sie ihm aus. »Tomek ist mit uns hergefahren, weil meine Mutter Sorge hatte, uns könnte was passieren, wenn wir nachts allein mit dem Rad unterwegs sind. Das ist alles, und ich finde es sehr nett von ihm. Er hat es nicht verdient, dafür schief angesehen zu werden.«

Hanna machte auf dem Absatz kehrt, ging erhobenen Hauptes zu ihrem Tisch zurück und setzte sich demonstrativ auf den Stuhl neben Tomek. Sollten doch alle sehen, dass sie sich mit dem Polacken verbrüderte. Sie presste die Lippen fest aufeinander und verschränkte die Arme.

»Alles in Ordnung?«, fragte Tomek leise, der sich leicht zu ihr herübergebeugt hatte.

»Ja, alles in schönster Ordnung.« Sie straffte den Rücken. »Ich ärgere mich nur.«

»Warum?«

»Weil die Leute hier strohdumm sind und furchtbar verbohrt und vor allem, weil ich geglaubt habe, ich müsste auch so sein, um zu ihnen zu gehören.«

»Du gehörst zu ihnen, aber du bist nicht dumm. Du bist schlau.«

»Nein, schlau bestimmt nicht.« Sie lachte bitter. »Wenn ich schlau wäre, dann wäre ich gleich zu Hause geblieben, wo ich hingehöre. Wenigstens würde ich mich da nicht über diese Armleuchter aufregen.«

Tomek sah sie fragend an, doch sie schüttelte den Kopf

zum Zeichen, dass sie nicht darüber sprechen wollte, was passiert war. So saßen sie schweigend nebeneinander, bis Gesa irgendwann an den Tisch zurückkam und Hanna sie bat, jetzt nach Hause zu fahren. Zu Hannas Überraschung willigte Gesa sofort ein.

»Mir steckt die letzte Woche Arbeit noch in den Knochen«, sagte sie. »Ich bin hundemüde, und von dem Schnaps habe ich Magenschmerzen gekriegt.«

Also brachen sie auf, ohne sich von den Leuten, die am Tisch gesessen hatten, zu verabschieden, und fuhren schweigend durch die laue Sommernacht nach Hause.

»Danke, dass du mit uns gefahren bist«, sagte Hanna zu Tomek, nachdem sie die Fahrräder in der Dreschdiele abgestellt hatten. »Auch wenn es für dich bestimmt kein schöner Abend gewesen ist.«

Tomek lächelte, und im trüben Licht der Glühbirne, die vor der Eingangstür zum Wohnhaus brannte, sah sie seine Augen aufleuchten. »Doch, war schöner Abend«, sagte er. »Besser als Dierks Schnarchen hören.«

»Dann kommst du nächste Woche wieder mit uns?«, fragte Gesa. »Da haben wir es nicht weit. Der nächste Tanztee ist in Campen.«

»Aber du kannst nicht erwarten, dass Tomek uns wieder begleitet. Nicht nach dem, was Jan Büsing gesagt hat.«

»Was hat er denn gesagt?«

Hanna blickte Gesa und Tomek an und seufzte. »Dass es wegen Tomek böses Blut geben könnte, weil er doch aus dem Osten kommt. Unter diesen Umständen hab ich selbst nicht die geringste Lust, mit denen zu feiern. Wir sollten einfach zu Hause bleiben.« Sie wandte sich zum Gehen.

Schnell hielt Gesa sie an der Schulter zurück. »So weit

kommt das noch!«, rief sie aufgebracht. »Wir werden bestimmt nicht zu Kreuze kriechen und uns zu Hause verstecken. Dass jetzt auch Leute in der Krummhörn leben, die nicht hier geboren wurden, daran werden die Menschen hier sich eben gewöhnen müssen. Ob das die Flüchtlinge sind oder jemand wie Tomek, ganz egal, die gehören jetzt auch dazu.«

»Aber …«, setzte Hanna zu einer Erwiderung an, doch Gesa schnitt ihr das Wort ab.

»Ich hab nicht gesagt, dass es einfach wird, aber Kneifen gilt nicht! Wir fahren nach Campen und setzen uns zu ihnen. Sie werden sich damit abfinden müssen. Wenn nicht nächste Woche, dann übernächste oder vielleicht auch erst in drei Monaten. Wir halten länger durch als die Torfköppe. Das wäre doch gelacht.« Gesa drehte sich zu Tomek um. »Stimmt's?«

Er nickte.

Zehn

Gesa öffnete die Tür, an die sie gerade kurz angeklopft hatte. »Herr Kruse, wir wären dann so weit«, sagte sie mit einem höflichen Lächeln. »Der Tee hat gezogen und kann probiert werden.«

Der Seniorchef hob den Kopf von dem Briefordner, den sie ihm vor einer halben Stunde vorgelegt hatte, und nickte. »Ich komme gleich. Sagen Sie doch bitte meinem Sohn, er soll schon mal anfangen. Ich möchte das hier erst fertigmachen.«

»Ja, gern.«

Sie zog die Tür wieder zu und ging eilig zurück in den Verkostungsraum neben der Küche, wo Keno am Tisch wartete, auf dem in langer Reihe die gefüllten Tassen vor den Kännchen mit dem Aufguss und der dazugehörigen Teeprobe standen. Er sah ihr fragend entgegen.

»Er sagt, er kommt gleich. Sie möchten bitte schon mal anfangen«, sagte Gesa.

Keno schüttelte verdrossen den Kopf. »Damit er mir hinterher wieder sagen kann, dass ich mit den Sorten, die ich ausgesucht habe, komplett falschliege?« Er verzog die Lippen. »Nein, danke.«

Das war in den letzten zwei Wochen tatsächlich schon

einige Male vorgekommen. So lange schon verkosteten sie täglich die neu eingetroffenen Proben. Gesa fiel nichts ein, was sie darauf erwidern konnte, darum lächelte sie bloß verlegen und zuckte mit den Schultern.

Einen Moment lang sah er sie an, dann lächelte er zurück. »Wissen Sie was, Fräulein de Fries? Wir erlauben uns mal ein Späßchen mit meinem Vater. Sie werden jetzt den Tee probieren, und wir erzählen meinem Vater, ich hätte die Sorten ausgesucht.« Er winkte sie zu sich. »Kommen Sie, keine Scheu. Sie können das bestimmt besser als ich.«

»Aber ich ...«

»Kein Aber. Sie schaffen das schon!«

Gesa machte ein zweifelndes Gesicht, trat jedoch neben ihn, und als er ihr aufmunternd zunickte, nahm sie die erste Tasse in der langen Reihe auf dem Tisch näher in Augenschein.

»Schöne rot-goldene Färbung«, stellte sie fest und begutachtete auch die Teeblätter, die im umgedrehten Deckel des Kännchens hinter der Tasse zu sehen waren. »Für die ›broken‹-Qualität großes Blatt.« Sie nahm den Deckel hoch und hielt ihn unter ihre Nase, wie sie es beim Senior gesehen hatte. Tief sog sie den Duft ein, versuchte, die verschiedenen Komponenten zu unterscheiden, und lenkte ihre Aufmerksamkeit dann auf die Teeprobe, die in einer runden Dose hinter dem Kännchen zu sehen war. »Viele Tips, daher eine sehr gute Qualität.«

Mit Tips waren die weißlichen Spitzen der Teeknospe gemeint, die in den braun fermentierten Blättern deutlich zu erkennen waren. Zuerst hatte sie gedacht, das seien verschimmelte Blätter, die den Tee verdürben, doch Herr Kruse hatte versichert, genau das Gegenteil sei der Fall. Nur eine Spitzenqualität zeige viele Tips.

Keno nickte. »Und jetzt probieren Sie den Tee«, sagte er. »Und dabei das Schlürfen nicht vergessen, auch wenn es schwerfällt.«

»Gut, dass meine Mutter das nicht hört«, gab sie zurück. Sie nahm einen Esslöffel, füllte ihn in der Tasse und sog den Tee mit einer großen Menge Luft in den Mund. Sie behielt die heiße Flüssigkeit einige Sekunden im Mund und bewegte sie über ihre Zunge, ehe sie sie in das bereitstehende Kupferbecken spuckte. »Sehr würziges Aroma, dabei wenig Bitterstoffe«, sagte sie dann. »Dieser Tee wäre sehr gut für unsere Mischung geeignet.«

»Und der nächste?«, fragte Keno, der jetzt auch einen Schluck aus der ersten Tasse probierte und anerkennend nickte.

»Milder. Nicht so würzig, dafür feiner im Aroma«, sagte Gesa nach dem Verkosten. »Der wäre auch geeignet.«

Sie probierte weiter. Den nächsten Tee sortierte sie aus, weil er zu viele Bitterstoffe enthielt. Der folgende schmeckte säuerlich und wurde ebenfalls von ihr abgelehnt. So schritt sie langsam an den Teetassen und -proben vorbei, probierte weiter und weiter und entschied sich schließlich für noch sechs Tees von den insgesamt zwanzig, die sie aufgebrüht hatte. Diese Auswahl befand sie für würdig, in Kruses Ostfriesentee gemischt zu werden.

Sie war gerade bei der letzten Probe angelangt, als die Tür sich öffnete und der Seniorchef hereinkam.

»Nanu? Was geht hier denn vor?«, fragte er. Es klang nicht unfreundlich, trotzdem stellte Gesa sofort die Tasse, die sie noch in der Hand hielt, zurück und schluckte den

Tee, den sie noch im Mund hatte, hinunter. Dann trat sie hastig vom Tisch zurück.

»Ich habe Fräulein de Fries gebeten, mir bei der Verkostung zu helfen«, erklärte Keno seinem Vater. »Ich wollte wissen, ob sie eine so feine Zunge hat, wie ich vermutete.«

»Und?«

Keno zuckte mit den Achseln, während ein schmales Lächeln seine Züge überflog. »Probiere am besten selbst, dann vergleichen wir die Ergebnisse.« Er hielt einen kleinen Schreibblock in die Höhe, auf dem er die Ergebnisse von Gesas Verkostung notiert hatte.

Sein Vater runzelte die Stirn. »Du weißt doch, dass man viele Jahre Erfahrung braucht, um die ganzen Feinheiten herausschmecken zu können.«

»Sicher. Das sagst du immer. Aber du sagst auch, dass eine Teemischung wie ein gut gestimmtes Orchester ist, in dem es auf das Zusammenspiel ankommt.«

Der alte Kruse nickte.

»Nun, um bei diesem Bild zu bleiben, manche Leute sind unmusikalisch und lernen nie, die verschiedenen Instrumente auseinanderzuhalten, andere brauchen dazu viel Übung, und manchmal trifft man jemanden, der das absolute Gehör hat.« Kenos Lächeln wurde breiter. »Ich selbst zähle mich zu denen, die noch viel üben müssen. Lass uns doch mal sehen, in welche Gruppe Fräulein de Fries gehört.«

Der Senior musterte seinen Sohn mit zusammengekniffenen Augen und seufzte. »Also gut«, sagte er. »Meinetwegen.«

Gesa hatte schon einige Male zugesehen, wie der alte Herr Kruse beim Kosten der Proben vorging, und sein Verhalten kopiert, so gut sie konnte, aber das Tempo, mit dem er seine Entscheidungen traf, war immer wieder erstaunlich.

Es dauerte keine fünf Minuten, bis er mit den Proben durch war. Die Dosen mit den Teesorten, auf die er bieten wollte, hatte er oben auf die Tassen gestellt.

»Also?«, fragte er Keno und streckte die Hand nach dem Block aus. »Dann lass mal sehen.«

Wortlos reichte Keno ihm den Block, drehte sich um und zwinkerte Gesa zu, während sein Vater die Ergebnisse verglich.

»Das ist nicht schlecht …«, hörte Gesa den alten Herrn murmeln. »Wirklich nicht schlecht …«

»Warum haben Sie diesen hier ausgeschlossen?«, fragte er und hob eine Dose gegen Ende der Reihe hoch.

»Ich fand ihn etwas zu mild … Zu schwach auf der Brust, sozusagen«, stammelte Gesa. Sie fühlte, dass sie bis zu den Haarspitzen rot geworden war.

»Ja, das war auch mein erster Gedanke«, sagte Kenos Vater mit einem Nicken. Er rieb sich mit Daumen und Zeigefinger die Nase. Gesa wusste, das tat er immer, wenn er konzentriert nachdachte. »Aber auf den wird sicher nicht so viel geboten, und darum können wir ihn preiswert bekommen. Und da er eine gewisse Grundsüße mitbringt, können wir ihn gut als Basis für unsere Mischung gebrauchen.« Er zwinkerte Gesa zu und lächelte. »Das sind Dinge, die man erst durch Erfahrung lernt. Aber sonst …« Er tippte mit dem Finger auf den Block. »Ich bin beeindruckt, Fräulein de Fries. Sie haben wirklich eine feine Zunge und ein Gespür für Tee, da hat mein Sohn ganz recht.«

»Mehr als ich in jedem Fall«, sagte Keno. Die Bitterkeit, die in seiner Stimme mitschwang, war nicht zu überhören.

»Das würde ich so nicht behaupten wollen, Keno«, erwiderte sein Vater. »Früher, vor dem Krieg, als du deine Ausbildung hier im Kontor gemacht hast, hattest du dieses Gespür auch. Das kommt schon zurück, wenn du dich erst wieder ganz ins Geschäft eingearbeitet hast. Du bist eben lange raus gewesen, da verliert sich vieles. Vor allem musst du die Finger von Zigaretten und starkem Alkohol lassen, sonst verdirbst du dir den Geschmackssinn noch endgültig.«

Keno antwortete nicht, aber Gesa entging nicht, dass sich an seinem Hals rote Flecken bildeten und in seiner Wange ein Muskel zuckte.

Keno und Alkohol und Zigaretten? Gut, er rauchte gelegentlich, aber wirklich nicht sehr oft, und sie hatte noch nie gerochen, dass er bei der Arbeit eine Fahne gehabt hätte. Sie fragte sich, was es mit dieser Bemerkung auf sich hatte, die Keno offenbar verletzt hatte, doch da weder er noch sein Vater ein weiteres Wort darüber verloren, wagte sie es nicht, nachzufragen.

»Dann sind wir für heute ja schon mit den Proben durch, nicht wahr? Das ging ja schneller als erwartet«, sagte Gustav Kruse zufrieden. »Wenn Sie jetzt hier klar Schiff machen würden, Fräulein de Fries, dann gehe ich mit Keno unsere Gebote für den Tee durch, und Sie können nachher noch die Telegramme zur Post bringen.«

»Gern, Herr Kruse«, sagte Gesa.

Sie sah den beiden Männern hinterher, und wieder einmal fiel ihr auf, wie sehr Keno seinem Vater glich. Er war ein Stück größer, aber die Statur, die Gangart und die Haltung waren beinahe identisch.

Väter und Söhne, dachte sie und musste unwillkürlich an ihren Vater und ihren Bruder Renke denken. Je ähnlicher sie sich sind, desto schlechter kommen sie miteinander aus.

Mit einem Seufzen riss sie sich vom Anblick der Tür los, die sich hinter den beiden geschlossen hatte, holte das große Tablett aus der Teeküche und fing an, die benutzten Tassen und Kännchen nach nebenan zum Spülbecken zu tragen.

Solange in den folgenden Wochen die Teeproben der Plantagen und Teegärten eintrafen, wiederholte sich immer der gleiche Ablauf. Gesa setzte zwei Kessel mit Wasser auf den Gasherd, ließ es eine Minute lang sprudelnd kochen und goss zwanzig exakt abgewogene Proben in kleinen Kännchen auf. Nach genau fünf Minuten wurde der Tee durch das Sieb im Kannendeckel abgegossen, der anschließend umgedreht wurde, damit die feuchten Blätter genau in Augenschein genommen werden konnten. Erst dann holte sie Keno und seinen Vater hinzu.

Immer ließ der Seniorchef zuerst Gesa und danach Keno probieren, ehe er sich selbst mit dem Löffel in der Hand über die Tassen beugte. Erst wenn er fertig war, bat er Gesa in allen Details um ihre Einschätzung. Keno hingegen fragte er nur selten nach seiner Meinung.

Überhaupt war die Distanz, die sich allmählich zwischen Vater und Sohn aufbaute, nicht mehr zu übersehen. Die beiden schienen nur noch das Nötigste miteinander zu reden, und Keno ging seinem Vater aus dem Weg, so gut es im Geschäftsbetrieb möglich war.

Gesa fragte sich, ob zwischen ihnen etwas vorgefallen war, aber ihr fehlten die Gelegenheit und vor allem der Mut, Keno darauf anzusprechen.

Ich bin hier nur angestellt, sagte sie sich. Ob ich Keno nun gern mag oder nicht, spielt keine Rolle. Er ist mein Chef, und sein Privatleben geht mich nichts an. Ich sollte mir endlich abgewöhnen, mir ständig den Kopf anderer Leute zu zerbrechen. Es gibt so schon genug, worum ich mich kümmern muss.

Jedes Wochenende ging sie zusammen mit Hanna zum Tanzen, und langsam schien es zwar, als fühlte sich Hanna unter den jungen Leuten ganz wohl, doch so etwas wie einen Verehrer hatte sie noch immer nicht. Der Einzige, der Interesse an ihr zu haben schien, war Jan Büsing, aber wenn nur die Hälfte von dem stimmte, was man sich über ihn erzählte, kam er als zukünftiger Ehemann für die kleine Schwester wirklich nicht infrage. Vielleicht war sein Herumscharwenzeln um Hanna auch der Grund, warum sich keiner der anderen jungen Männer an sie herantraute. Jan war so etwas wie der Anführer der Jungs, und Gesa vermutete, dass er jedem Prügel angedroht hatte, der ihm bei Hanna in die Quere kam.

Nur gut, dass Jan noch nie mit Tomek aneinandergeraten war, der noch immer jedes Mal mitfuhr, wenn Hanna und sie ausgingen, jedoch entweder draußen bei den Fahrrädern wartete, bis sie zurückkamen, oder allein für sich ein Stück abseits der Leute, mit denen Gesa und Hanna den Abend verbrachten, am Tisch saß und seinen Apfelsaft trank. Bei den ersten Tanzveranstaltungen hatten alle über Hannas »stummen Aufpasser« gelästert, aber inzwischen schienen sie sich an seine Anwesenheit gewöhnt zu haben. Gesa jedenfalls war ganz froh über seine Anwesenheit, denn der Rückweg über die unbeleuchteten engen Straßen mitten in der Nacht war ziemlich unheimlich.

Was Gesa allerdings viel mehr beschäftigte, als einen passenden Ehemann für Hanna zu finden, war die bevorstehende Auseinandersetzung über das Erbteil, das Helga zustand. Sie hatte ihre Mutter zu einem Rechtsanwalt und Notar begleitet, der einen Vertrag aufsetzen sollte. Zuerst hatte Henrike das nicht für nötig befunden, sondern gemeint, man werde sich sicher auch so einigen können, aber sowohl Gesa als auch Tanti hatten ihr gut zugeredet.

»Du weißt doch nie, auf welche Ideen manche Leute kommen, wenn es ans Erben geht«, hatte die alte Frau gesagt. »Reich dem den kleinen Finger, und schon ist der ganze Arm weg.«

Also waren der Hof mit lebendigem und totem Inventar geschätzt sowie das Vermögen und die Verpflichtungen bei der Bank berechnet worden, und von dieser Summe sollte Helga ein Sechstel bekommen.

Ein Sechstel, das klang so wenig. Doch nach dem, was der Notar in Emden ausgerechnet hatte, standen Helga ungefähr elftausend Mark zu, und Hannas Mutter hatte sich in den Kopf gesetzt, die Summe auf fünfzehntausend aufzurunden, damit Günther endlich damit aufhören würde, ihr wegen der Mitgift in den Ohren zu liegen.

Fünfzehntausend Mark …

Ebenso gut hätte Henrike den beiden eine Million versprechen können! Selbst wenn sie die Jungbullen im Herbst zu einem Spitzenpreis verkaufen konnten, würde der Erlös für die Tiere nicht annähernd reichen, um Helga auszuzahlen. Auch das Geld, das Gesa bei *Kruse & Sohn* verdiente und das sie jeden Monat auf ihr Sparbuch einzahlte, wäre nicht mehr als ein Tropfen auf den heißen Stein. Hanna war ebenso wie Gesa der Meinung, dass Henrike durch ihre Vorgehensweise im Begriff war, die Existenz des Hofes zu gefährden, aber im Gegensatz zur älteren Schwester protestierte sie nicht gegen die Pläne der Mutter, sondern fügte sich, so wie es eben ihre Art war. Vielleicht würden sie doch noch die beiden Weiden verkaufen müssen, um den Rest des Hofes halten zu können.

Einmal war Gesa sogar der Gedanke gekommen, den Seniorchef um ein Darlehen zu bitten, aber sie hatte ihn sofort wieder verworfen. Auch wenn sie inzwischen gut eingearbeitet war, und er ihr schon mehrmals ein Lob für ihre Arbeit ausgesprochen hatte, so war sie doch erst seit Kurzem im Teekontor angestellt, und es würde bestimmt einen denkbar schlechten Eindruck hinterlassen, ihn um Geld zu bitten.

Und Keno? Der schien selbst nicht über viel eigenes Geld zu verfügen. Jedenfalls hatte er einmal so etwas angedeutet. »Alles, was ich besitze, gehört entweder meinem Vater oder meiner Frau«, war seine Antwort gewesen, als sie sich erkundigt hatte, warum er nach der Arbeit immer mit dem Firmenlaster nach Hause fuhr. »Merken Sie sich eins, Fräulein de Fries, es besteht ein deutlicher Unterschied zwischen Besitz und Eigentum.«

Kenos Frau Lisa hatte Gesa noch nicht kennengelernt, wohl aber die zwei Kinder, die der stolze Großvater ab und zu am Nachmittag mit ins Kontor brachte, wenn er vom Mittagessen in der Familienvilla zurückkam.

Eva war jetzt neun Jahre alt und offenbar Opas Liebling. Wenn sie da war, lief sie um den Schreibtisch herum, holte sich aus einer der Schubladen ein Mäppchen mit Buntstiften und einen Stenoblock heraus und begann bunte Bilder zu malen, die sie freigiebig unter den Mitarbeitern verschenkte. Sie trug stets helle Blusen und dunkle Faltenröcke mit dazu passenden Lackschuhen, ihre rotblonden Haare, die denen ihres Vaters glichen, waren zu Zöpfen geflochten und zu Affenschaukeln hochgebunden, und sie streckte beim Malen immer die Zungenspitze zwischen die Lippen. Eva war ein selbstbewusstes Mädchen und wusste, dass sie die Enkeltochter des Chefs war, aber sie wirkte überhaupt nicht so, als bilde sie sich etwas darauf ein. Gesa mochte sie sehr gern und hatte das Bild, das Eva ihr geschenkt hatte, neben ihrem Schreibtisch aufgehängt.

Der siebenjährige Walter war ein schmächtiger, dunkelhaariger Junge, den bereits jetzt die Last seines zukünftigen Erbes niederzudrücken schien. Immer lag etwas Erschrecktes in seinem Blick, und wenn er angesprochen wurde, antwortete er nur einsilbig. Im Gegensatz zu seiner Schwester, die Keno wie aus dem Gesicht geschnitten war, kam er, vermutete Gesa, nach seiner Mutter, mit einem herzförmigen Gesicht und grauen Augen, die von langen dunklen Wimpern beschattet waren. Während Eva sich im Kontor sichtlich wohlfühlte, saß Walter nur still auf seinem Stuhl, als könne er es kaum erwarten, schnell wieder nach Hause zu seiner Mutti fahren zu dürfen.

Keno gegenüber verhielten sich die beiden Kinder sehr zurückhaltend, ja, beinahe scheu. Sobald er den Raum betrat, verstummten sie und warfen ihm nur gelegentlich befangene Blicke zu. Viel eher hätte man Gustav Kruse für ihren Vater halten können.

»Ja, es ist wirklich ein Jammer«, sagte Frau Becker, als Gesa sich danach erkundigte. »Aber so ist es bei ganz vielen Familien, wenn der Vater so lange in Kriegsgefangenschaft war. Für die Lütten ist der Junior doch wie ein Fremder im Haus. Und mal unter uns, ich glaube ja nicht, dass seine Frau viel dafür tut, dass die Kinder Zutrauen zu ihrem Vater fassen. Die schien sich doch schon ganz gut damit abgefunden zu haben, dass ihr Ehemann nicht wieder zurückkommt.«

Gesa schaute überrascht vom Kassenbuch hoch, in dem sie gerade die Eintragungen vom Vortag vornahm, und sah zu, wie Frau Becker einen Briefbogen in ihre Schreibmaschine einspannte.

»Inwiefern denn das?«, fragte sie so beiläufig wie möglich. Sie wollte nicht allzu neugierig wirken. Aber Frau Becker schien äußerst angetan, sich endlich mit jemandem über dieses Thema austauschen zu können.

Sie beugte sich ein bisschen vor und senkte die Stimme zu einem Flüstern. »Sie hatte sich mit den Umständen gut arrangiert. Sie war mit dem Senior und den beiden Kindern allein in dem großen Haus, hatte Köchin und Dienstmädchen und musste keinen Finger krumm machen. Der junge Herr Kruse und sie haben nie richtig zusammengewohnt, weil er sofort nach der Hochzeit an die Front musste und immer nur für ein paar Tage auf Urlaub da war. Es gingen sogar Gerüchte, sie hätte …«

Jetzt schien sich Frau Becker bewusst zu werden, dass sie mit ihrem Tratsch zu weit gegangen war. »Na, ist ja auch egal«, sagte sie. »Die Hauptsache ist, dass der junge Herr Kruse jetzt wieder da ist und sich von seinen Verletzungen so gut erholt hat, dass er wieder in der Firma mithelfen kann. Arbeit ist die beste Medizin, sag ich immer.«

»Hatte er schlimme Verletzungen?«, fragte Gesa, froh darüber, das Thema Lisa Kruse verlassen zu können.

»Ja, sehr schlimme sogar. Einmal hatte er zahlreiche Wunden durch mehrere Granatsplitter, und dann hat er in Ostpreußen eine Kugel in die Schulter bekommen. Bei der Operation wäre er beinahe verblutet, und die Verletzung ist nie richtig verheilt. Ist Ihnen nie aufgefallen, dass er den linken Arm nicht richtig heben kann?«

Gesa verneinte überrascht.

»Er bemüht sich sehr, niemandem damit zur Last zu fallen, und jetzt, wo er einen guten Arzt gefunden hat, ist es auch schon besser geworden. Aber ich fürchte, richtig gesund wird er nie wieder werden.« Frau Becker schüttelte traurig den Kopf. »Es ist wirklich ein Jammer um all die vielen jungen Männer, die als Krüppel vom Schlachtfeld zurückgekommen sind, finden Sie nicht?«

Wenigstens sind sie überhaupt zurückgekommen, nicht so wie mein Verlobter, lag es Gesa auf der Zunge, doch sie hielt die Antwort zurück, die in Frau Beckers Ohren vielleicht allzu schnippisch geklungen hätte.

Gesa wusste inzwischen, dass auch Frau Becker vom Schicksal gebeutelt war, sie hatte Sohn und Schwiegersohn im Krieg verloren. Ihre Tochter war mit den vier kleinen Kindern zu ihr in das winzige Haus am Stadtrand gezogen, in dem es jetzt viel zu eng war, um darin umzufallen, wie sie immer sagte. Die Wohnung der Tochter in Bremen war ausgebombt worden, und sie waren dem Tod nur mit knapper Not entkommen.

Gesa wandte sich wieder dem Kassenbuch zu und nahm sich gerade den nächsten Beleg vor, um ihn einzutragen, als sie wieder die Stimme der Sekretärin vernahm.

»Sie haben Herrn Kruses Frau noch gar nicht kennengelernt, oder?«

Gesa hob den Kopf, doch Frau Becker richtete ihre Aufmerksamkeit wieder auf die Schreibmaschine und legte eine neue Seite Papier ein.

»Nein. Sie war noch nicht hier, seit ich hier arbeite.«

Frau Becker nickte. »Früher kam sie oft her, aber nachdem der Junior zurückgekommen war, hat sie sich kaum mehr im Kontor blicken lassen. Man könnte fast den Eindruck haben, sie will ihm aus dem Weg gehen.« Jetzt sah sie hoch und lächelte Gesa freundlich zu. »Na ja, ich denke, sie wird sicher bald mal wieder vorbeikommen, spätestens wenn der Neubau fertig ist. Dann können Sie sich selbst ein Urteil über sie bilden, Kindchen.« Sie begann zu tippen. Damit war das vertrauliche Gespräch beendet.

Der Neubau des Kontors war zwar schon seit Kriegsende beschlossene Sache, aber wegen der vielen Baustellen in der stark zerstörten Stadt und dem Mangel an Facharbeitern konnte erst in diesem Frühling so richtig mit den Arbeiten begonnen werden. Herr Kruse senior war erst kürzlich mit dem Architekten über das Gelände gegangen und hatte den Bürodamen, wie er Frau Becker und Gesa nannte, voller Stolz die Pläne präsentiert, die nun allmählich Gestalt annahmen. Die Neuerrichtung des Gebäudes, für das die Trümmer des alten Kontors abgerissen werden mussten, war zurzeit *das* Gesprächsthema unter den Mitarbeitern.

Der Firmenchef hätte zwar gern die alte Fassade erhalten, aber der Architekt hatte ihn davon überzeugt, dass ein Erhalt den finanziellen Rahmen bei Weitem sprengen würde. So hatte Gustav Kruse schweren Herzens, wie er selbst sagte, dem schlichten vierstöckigen Neubau mit den großen Glasfenstern zugestimmt, den der Architekt vorgeschlagen hatte. Auch Keno war nicht recht glücklich mit dem Entwurf, dem seiner Meinung nach der Charme des ehemaligen Gebäudes fehlte.

»Diese zugige, düstere Bude?«, hatte Frau Becker ungläubig gesagt und mit den Augen gerollt. »Der weine ich keine

Träne nach: lauter winzige Räume, alle in sich verschachtelt und verwinkelt. Die Decken so niedrig, dass man Platzangst bekam, alle Fußböden schief und dann überall diese steilen, engen Treppen, die man den ganzen Tag rauf- und runterlaufen musste. Weg mit Schaden, sag ich. Jetzt wird alles hell und neu und schick. Eine moderne Firma mit einem modernen Kontor. So kann man ordentlich arbeiten.«

Als ein paar Tage später die Bauarbeiter anrückten und die Fassade des alten Kontors einrissen, stand Frau Becker am Fenster und klatschte vor Begeisterung in die Hände. »Ich brüh uns mal schnell eine Tasse Tee auf, Kindchen«, rief sie aufgeregt. »Dann machen wir unsere Pause heute vor dem Fenster, was meinen Sie? Wir können uns das doch nicht entgehen lassen.«

Gesa nickte. Nachdenklich blieb sie am Fenster stehen und schaute auf den Hof hinunter.

»Wieder ein Stück Geschichte der alten Stadt, das dem Erdboden gleichgemacht wird«, hörte sie plötzlich neben sich Kenos Stimme sagen. Sie hatte gar nicht bemerkt, dass er hereingekommen war. »Es ist so, als würde man sein früheres Leben beerdigen.«

Gesa drehte den Kopf und sah ihn an, doch er hielt den Blick starr nach unten gerichtet.

»Aber manchmal muss man Altes loslassen, damit etwas Neues Platz bekommt«, sagte sie leise. »Und das Neue kann wachsen und groß und wunderschön werden.«

Jetzt drehte er sich zu ihr um, und ein warmer Glanz lag in seinen blaugrauen Augen. Sie erinnerten sie an die Farbe des Meeres an einem bedeckten Tag. »Glauben Sie daran?«, fragte er.

»Ganz fest«, sagte sie und musste schlucken, um den

Kloß, den sie plötzlich in ihrer Kehle fühlte, loszuwerden. »Ich bin voller Hoffnung und Vorfreude.«

»Dann werden Sie Hoffnung für uns beide haben müssen.«

Sein Lächeln reichte nicht bis zu seinen Augen hinauf. Als er sich zum Gehen wandte, berührten seine Finger wie zufällig ihre Hand, und es traf Gesa wie ein elektrischer Schlag. Doch ehe sie etwas erwidern konnte, war er schon durch die Tür und hatte das Büro verlassen.

Einige Tage später machte Gesa sich schon am frühen Nachmittag auf den Heimweg. Sie hatte sich ein paar Stunden freigenommen, um sich zusammen mit Hanna und ihrer Mutter beim Notar mit Helga und Günther zu treffen. Dort sollten die Modalitäten der Erbauseinandersetzung besprochen werden – ein Termin, dem Gesa mit großem Unbehagen entgegensah.

Helga und Günther waren seit ihrem Besuch kurz nach der Beerdigung ihres Vaters nicht mehr auf dem Friesenhof gewesen, selbst zu Mamas Geburtstag hatte Helga nur eine Karte geschickt, auf der sie sich dafür entschuldigte, nicht kommen zu können, da beide Kinder an Mumps erkrankt seien und mit Fieber im Bett lägen. Ob Henrike das geglaubt hatte, vermochte Gesa nicht zu sagen, sie war aber ebenso wie Hanna der Meinung, dass die Krankheit der Kinder nur vorgeschoben war, um weiteren Reibereien in der Familie aus dem Weg zu gehen.

Diesmal würde es wohl nicht zu Streitigkeiten kommen, immerhin war der Notar dabei, und da würde Günther sich bestimmt benehmen, jedenfalls hoffte Gesa das, als sie ihr Fahrrad vor dem Backsteingebäude abstellte, in dem sich die Kanzlei befand. Eine junge Bürokraft öffnete auf ihr Klingeln hin und führte sie gleich in das Zimmer des Notars, wo die anderen Mitglieder der Familie bereits um einen großen dunklen Konferenztisch herumsaßen.

»Entschuldigung, dass ich ein bisschen spät bin, aber ich konnte leider nicht früher aus dem Kontor weg«, sagte sie beim Eintreten ein wenig atemlos.

Notar Hinrichs, ein hagerer Mann um die fünfzig mit einer dicken Hornbrille auf der Hakennase, nickte ihr freundlich zu. »Das macht nichts, Fräulein de Fries. Wir haben gerade erst angefangen. Bitte nehmen Sie doch Platz.«

Er deutete auf den leeren Stuhl neben Günther, doch statt sich dorthin zu setzen, ging Gesa um den Tisch herum und ließ sich neben ihrer Mutter und Hanna nieder.

So haben wir gleich mal die Frontlinien geklärt, dachte sie grimmig.

»Also, wie ich gerade schon sagte, haben wir mithilfe der Bank eine Bewertung des Hofes, der Ländereien und des dazugehörigen Inventars vorgenommen und die entsprechenden Belastungen gegengerechnet. Dabei …«

»Belastungen?«, unterbrach Günther ihn mit gerunzelter Stirn. »Was denn für Belastungen?«

»Da sind noch einige Hypotheken, die zum Teil noch vom Vater des Verstorbenen stammen. Der Hof hat in der großen Wirtschaftskrise kurz vor dem Bankrott gestanden.«

»Aber die Landwirtschaft hat sich doch vor dem Krieg durch die Unterstützung des Staates wieder erholt. Keiner der Bauern hatte noch Schulden.« Günther schnaubte durch die Nase. »Und nach dem Krieg schon gar nicht.«

»Onno de Fries schon«, erwiderte Herr Hinrichs. Er

drehte das Papier, das vor ihm lag, und schob es zu Günther hinüber. »Da können Sie sich selbst überzeugen.« Er lehnte sich in seinem Stuhl zurück und musterte Günther. »Und was meinen Sie mit ›nach dem Krieg schon gar nicht‹?«

Gesa entging nicht, dass sich hektische Flecken auf Günthers Hals bildeten. »Die großen Höfe haben doch ein Vermögen mit den Hamsterfahrern gemacht. Ich kenne Bauern, die haben die Perserteppiche in der guten Stube gestapelt.«

»Aber euer Vater nicht«, sagte Henrike mit versteinerter Miene. »Er wollte nichts damit zu tun haben und hat die Hamsterfahrer immer sofort vom Hof gejagt. Mit ihnen zu handeln war ja streng verboten, und er wollte nicht, dass wir deswegen in Schwierigkeiten geraten.«

»Pah!«, machte Günther. »Er hat wahrscheinlich die Leute, die mit den Hamsterern Geschäfte gemacht haben, bei den Tommys verpfiffen!«

»Günther, bitte!«, zischte Helga ihm zu.

»Wieso, ist doch wahr«, gab Günther ebenso leise zurück. »Immer schön auf lieb Kind machen, so war er, dein feiner Herr Vater.«

Henrike war kreidebleich geworden. »Onno hat nie jemanden angeschwärzt, weder bei den Engländern noch vorher bei der Polizei oder der Gestapo. Egal, was die Leute auch getan hatten, das hätte er nie gemacht. Das waren doch unsere Nachbarn, mit denen mussten wir zusammenhalten. Nur hat Onno sich eben nicht an ihren krummen Geschäften beteiligt.«

»Ich weiß, Mama, das ist Günther nur so rausgerutscht«, sagte Helga beschwichtigend. »Er hat es sicher nicht so gemeint, nicht wahr, Günther?«

Günthers Mund war nicht mehr als ein schmaler Strich, und er starrte sichtlich verärgert auf seine Hände hinunter.

»Günther?«, wiederholte seine Frau. »Nun sag schon, dass es dir leidtut.«

»Tut mir leid«, stieß Günther mürrisch hervor. »Ich bin nicht immer gut mit ihm klargekommen. Darum …« Er brach ab.

Helga lächelte ihrer Mutter und den Schwestern erleichtert zu. »Siehst du, Mama, er hat sich entschuldigt.«

Henrike nickte, sagte aber nichts. Gesa fiel auf, dass Hanna Günther wütende Blicke zuwarf. Sie glaubte Günther seine halbherzige Entschuldigung genauso wenig wie Gesa.

»Wie dem auch sei«, meldete Notar Hinrichs sich wieder zu Wort. »Auf dem Hof liegen einige Hypotheken, was den Wert des Erbes natürlich erheblich mindert. Laut Gutachten beläuft er sich derzeit auf fünfundsechzigtausend Mark. Weil kein Testament vorliegt, gilt folglich die gesetzliche Erbfolge. Danach fällt eine Hälfte an die Ehefrau die andere Hälfte zu gleichen Teilen an die Kinder beziehungsweise an deren Nachkommen. Da der Sohn Renke bereits ohne Nachkommen verstorben ist, fällt an jede der Töchter ein Sechstel des Erbes.« Der Notar sah in die Runde.

Gesa nickte zum Zeichen, verstanden zu haben, und stellte fest, dass ihre Mutter und die Schwestern ihrem Beispiel folgten, während Günther weiter auf seine Hände hinunterstarrte.

»Also entfällt auf jede von Ihnen ein Betrag von knapp elftausend Mark«, fuhr Herr Hinrichs fort. Günthers Kopf schnellte hoch, er schien etwas sagen zu wollen, hielt sich dann aber doch zurück.

»Frau de Fries hat mir mitgeteilt, dass die beiden jüngeren Töchter, die noch auf dem Hof leben, derzeit auf eine Auszahlung verzichten, um den Bestand des Hofes nicht zu gefährden.« Der Notar blickte zu Helga hinüber. »Wie sieht es bei Ihnen aus, Frau Warns?«

Helga setzte zu einer Antwort an, aber Günther kam ihr zuvor. »Wir bestehen auf die Zahlung des Geldes«, sagte er. »Und zwar jetzt gleich. Das steht uns schließlich zu.«

Herr Hinrichs beugte sich vor und faltete die Hände auf dem Tisch. »Ganz so rasch geht das nicht, Herr Warns. Sie sind doch selbst Bauer und sollten wissen, dass man nicht so einfach und schnell größere Summen aus dem Betrieb ziehen kann. Darum schlägt ihre Schwiegermutter vor, dass ihre Frau ihr Erbe über einen Zeitraum von drei Jahren ausgezahlt bekommt, das heißt in Raten zu je fünftausend Mark. Mit der höheren Summe wären dann auch ihre Ansprüche wegen der damals offenbar zu geringen Mitgift abgegolten.«

Günther lachte kurz auf. Es klang bitter. »Das hättest du wohl gern. Kommt gar nicht infrage!« Er schlug mit der flachen Hand auf den Tisch. »Wir wollen das Geld, das uns zusteht, und wir werden sicher nicht fünf Jahre darauf warten.«

»Herr Warns! Ich darf doch sehr bitten«, sagte Herr Hinrichs kopfschüttelnd. »Nicht in diesem Ton.«

»Aber Günther …«, rief Helga erschrocken.

»Begreifst du denn nicht, was hier vor sich geht?« Günthers Stimme blieb unverändert bissig. »Deine feine Familie will uns über den Tisch ziehen. Schon wieder! ›Man kann nicht so einfach Geld aus dem Betrieb ziehen‹ – was für ein Unsinn! Natürlich könnten sie das.« Er fegte den Papierbogen voller Zahlen, der noch immer vor ihm auf dem Tisch lag, mit einem verächtlichen »Pah!« zur Seite. »Ich glaube kein Wort davon, dass nicht genug Geld da ist, um uns auszuzahlen. Diese Zahlen sind doch von vorn bis hinten erstunken und erlogen. Der Hof ist mindestens dreihunderttausend wert, und uns will man hier mit dreitausend Mark abspeisen.«

»Günther, ich bitte dich …« In Helgas Augen standen Tränen.

»Ich bitte dich, ich bitte dich!«, äffte er sie höhnisch nach. »Du dumme Kuh merkst noch nicht mal, dass man uns betrügt.«

»Jetzt reicht es aber!« Gesa sprang auf, die vor Wut zitternden Hände zu Fäusten geballt. »Was bildest du dir eigentlich ein? Glaubst du, Hanna und ich wollen auf unseren Erbteil verzichten, weil wir in Geld schwimmen? Warum gehe ich wohl arbeiten und spare jeden Pfennig, den ich verdiene, hm? Warum hat Mama sogar vorgeschlagen, zwei unserer besten Weiden zu verkaufen? Einzig und allein aus dem Grund, damit wir genügend Geld zusammengekratzt bekommen, um Helga ihr Erbteil auszuzahlen. Und was redest du eigentlich immer von ›uns‹? Hier geht es nicht um *dein* Geld, sondern um Helgas Erbteil, und darüber hast du überhaupt nicht zu bestimmen.«

»Sie ist meine Frau!« Günthers eisblaue Augen waren nur noch schmale Schlitze und seine Stimme auf einmal gefährlich leise.

»Aber sie ist *unsere* Schwester, und es geht um den Nachlass *unseres* Vaters.« Auch Hanna war aufgestanden. »Das geht dich gar nichts an.«

»Ach wirklich?«, höhnte Günther. »Das werden wir ja sehen.«

Auf einmal fühlte Gesa die Hand ihrer Mutter, die nach ihrer linken griff. »Setzt euch wieder hin, Deerns«, sagte Henrike mit fester Stimme.

Gesa sah zu ihr hinunter. Eine deutliche Veränderung war auf einmal mit ihrer Mutter vor sich gegangen. Sie saß sehr aufrecht und wirkte größer, als sie in Wahrheit war. Ihr Blick war ruhig, sie war nicht mehr blass und machte einen sehr gefassten Eindruck.

Jetzt läuft sie nicht mehr weg, schoss es Gesa durch den Kopf. Sie ist an einem Punkt angekommen, wo es keine Fluchtmöglichkeit mehr gibt, und sie dreht sich um und beginnt für das zu kämpfen, was ihr wichtig ist.

Ein warmes Gefühl von Stolz und Bewunderung durchströmte Gesa, und sie ließ sich wieder auf ihrem Stuhl nieder.

»Gesa und Hanna haben ganz recht, Günther. Hier geht es um Helgas Erbteil, und ich würde vorschlagen, dass du lieber draußen im Wartezimmer Platz nimmst«, sagte Henrike zu ihrem Schwiegersohn. »Was wir hier besprechen, sind Familienangelegenheiten.«

»Nichts da, ich gehöre auch zur Familie«, sagte Günther. »Ich werde bei meiner Frau bleiben.«

Henrike hielt seinem Blick einen Moment lang schweigend stand. Dann holte sie tief Luft. »Wenn das so ist, sehe ich nicht, warum wir an dieser Stelle noch weiterreden sollten. Wir werden uns also vor Gericht wiedersehen.« Sie drehte den Kopf und sah ihre älteste Tochter an. »Ist es wirklich das, was du willst, Helga?«

Helga blinzelte ein paarmal, ehe sie hastig den Kopf schüttelte. Sie drehte sich zu Günther um und legte ihre Hand auf seinen Arm. »Geh du nur vor, ich mach das hier schon«, hörte Gesa sie flüstern. »Es ist besser, wenn wir uns so einigen, statt vor Gericht gezerrt zu werden, glaubst du nicht?«

Eine Weile hatte es den Anschein, als wollte Günther noch etwas sagen, doch dann stand er abrupt auf und verließ ohne ein weiteres Wort das Büro des Notars.

Herr Hinrichs seufzte vernehmlich, als sich die Tür hinter Günther geschlossen hatte. »Danke«, sagte er an Henrike gerichtet. »Vielleicht können wir ja nun zu einer Einigung kommen.«

Henrike antwortete, ohne den Blick von Helga abzuwenden. »Das hoffe ich«, sagte sie ruhig. »Was meinst du, Helga?«

Gesa sah, dass Helga mehrmals schluckte, dann schien sie sich wieder im Griff zu haben. Sie richtete sich kerzengerade auf und schaute ihrer Mutter trotzig ins Gesicht. »Natürlich, Mutter.«

Ein schmales Lächeln zeigte sich auf Henrikes Gesicht. »Ich wusste doch, dass man mit dir reden kann. Du warst immer das vernünftigste meiner Kinder.«

Nur eine halbe Stunde später waren die Frauen der Familie de Fries handelseinig, und der Notar konnte beauftragt werden, das Besprochene in einen Vertrag zu bringen. Es lief auf einen Kompromiss hinaus, bei dem es bei der Gesamtsumme von fünfzehntausend Mark blieb, die aber in drei größeren Raten ausbezahlt werden sollte, wobei ein Teil der Schuld mit Zuchtvieh beglichen werden sollte.

Sie vereinbarten einen Termin für die Beurkundung des Vertrags, verabschiedeten sich und verließen das Besprechungszimmer des Notars. Im Flur der Kanzlei saß Günther auf einem Stuhl und stand auf, als sie herauskamen.

»Und?«, fragte er seine Frau scharf, doch Helga schüttelte den Kopf.

»Ich erzähl dir später alles«, sagte sie.

Helga verabschiedete sich mit Handschlag von ihrer Mutter und den Schwestern, während Günther ihnen lediglich zunickte. Beide schienen es anschließend eilig zu haben, das Gebäude zu verlassen. Nachdem sich die Tür hinter ihnen geschlossen hatte, stieß Henrike erleichtert den Atem aus.

»Gott sei Dank, dass das hinter uns liegt«, sagte sie. »Es wäre schrecklich gewesen, hätten wir vor Gericht ziehen müssen.«

»Hättest du das tatsächlich getan?«, fragte Gesa.

Henrike nahm ihren schwarzen Mantel von der Garderobe und zog ihn über. Dann warf sie Gesa einen erstaunten Blick zu. »Natürlich, Gesa«, sagte sie. »Merk dir eines für dein späteres Leben, Kind. Drohe niemals jemandem etwas an, was du nicht auch bis zum bitteren Ende durchführen würdest, sonst wirst du nicht ernst genommen.« Sie schloss die Knöpfe an ihrem Mantel so entschlossen, als wäre es eine Uniformjacke. »Besser, wir warten vor dem Haus auf Jens Kröger. Er wollte gegen vier Uhr hier sein, um uns abzuholen.« Hocherhobenen Hauptes ging sie durch die Tür voran nach draußen.

»Weißt du, was merkwürdig ist?«, fragte Hanna Gesa leise, während sie ihrer Mutter folgten. »Auf einmal war überhaupt nicht mehr die Rede davon, dass Günther und Helga nach Rysum ziehen und er den Friesenhof als Bauer übernimmt. Jetzt ging es nur noch darum, dass die beiden so schnell wie möglich an viel Geld kommen. Ist dir das auch aufgefallen?«

Gesa nickte.

»Glaubst du, sie haben sich damit abgefunden, dass ich jetzt den Hof führe?« In Hannas Augen lag Zweifel. »Ich kann mir das nicht vorstellen. Du kennst doch Günther. Da muss etwas anderes dahinterstecken, darauf möchte ich wetten.«

Elf

Der Sommer ging langsam zu Ende, und hohe Wolken-
türme zogen über den strahlend blauen Septemberhimmel.
Von See her blies ein frischer Wind, der die Gerüche von
Tang und Wasser mit sich führte und in den Blättern der
Bäume um den Hof rauschte. Im Garten blühten die spä-
ten Dahlien mit den Astern um die Wette, und es wurde
Zeit, die Kartoffeln zu ernten, deren Laub sich gelb zu fär-
ben begann.

Tanti saß auf der Bank unter dem Apfelbaum, einen
Korb voll Zwetschen auf der einen Seite und einen Topf für
die entkernten Früchte auf der anderen Seite neben sich,
während sie in regelmäßigen Abständen die Kerne in die ab-
gestoßene Emailleschüssel auf dem Schoß fallen ließ, was
ein rhythmisches, metallisches Klacken erzeugte.

Hanna stand ein Stückchen entfernt mitten auf dem
Kartoffelacker, stach die Grabegabel neben der Kartoffel-
pflanze in die Erde und trat sie mit dem Stiefel ganz in den
festen Boden, ehe sie den Stiel nach unten drückte und vorsichtig die gelockerte Scholle anhob, von der Kleibrocken
und Kartoffeln herunterrieselten.

Die beiden waren allein im Garten. Es war kurz nach eins,
und die anderen Erwachsenen hatten sich zu einer Mittags-

stunde hingelegt. Die Kinder spielten fröhlich auf dem Hof Fangen, jedenfalls dem Lachen und Jauchzen nach, das von Zeit zu Zeit an Hannas Ohr drang.

Tanti machte selten ein Mittagsschläfchen. Sie würde sonst nachts wach liegen, sagte sie, aber Hanna hatte den Verdacht, die alte Frau genoss die Ruhe und vielleicht auch die Unterhaltung mit Hanna, die sich nach dem Essen auch nicht hinzulegen pflegte. Sie hatten sonst nicht viel Gelegenheit, ungestört miteinander zu klönen.

»Und das hat sich Günther einfach so gefallen lassen?«, fragte Tanti. Sie schnitt ein faules Stück von der Pflaume ab und warf den Rest in den Topf. »Hat er wirklich nichts dazu gesagt, dass Helga den Vertrag so mir nichts dir nichts unterschrieben hat? Das kann ich gar nicht glauben.«

Hanna zuckte mit den Schultern. »Jedenfalls hat er zu uns nichts gesagt«, erwiderte sie. »Mama hat ihm ja bereits bei unserem ersten Notartermin deutlich gemacht, dass Helga nicht mehr bekommen wird. Das bedeutet, wenn sie mehr wollen, müssen sie klagen.«

Sie bückte sich, klaubte die Kartoffeln zusammen, die sie ausgegraben hatte, und warf sie in den Erntekorb aus Draht, der neben ihr stand.

»Ja, hast du erzählt, Deern. Das hätte ich Henrike gar nicht zugetraut, dass sie mal so auf den Tisch haut. Sonst sagt sie doch nie offen, was sie denkt.«

»Gesa war auch überrascht, aber mich hat es eigentlich nicht gewundert. Nur weil sie nicht mit dem Kopf durch die Wand geht, heißt das nicht, dass sie sich nicht durchsetzen kann.«

Tanti zwinkerte ihr zu. »Du meinst, ihr seid euch ziemlich ähnlich?«

Hanna lachte. »Ganz genau.« Sie steckte die Forke in die Erde, wischte sich die Hände an der Schürze ab und ging zu Tanti hinüber. »Ich habe mich mehr darüber gewundert, dass Günther jetzt gar nicht mehr so viel Wert darauf zu legen scheint, der Bauer auf dem Friesenhof zu werden. Jetzt ging es auf einmal nur noch ums Geld. Ob es den beiden so schlecht geht?«

»Möglich. Ich habe schon versucht, die Fraunsleute vom Teekränzchen auszuhorchen, aber von denen wusste niemand etwas über Günther oder seine Eltern zu erzählen.« Tanti zuckte mit den Schultern, während sie eine weitere Pflaume entkernte. »Oder vielleicht wollten sie mir auch nichts sagen, weil sie natürlich wissen, dass wir mit ihnen verwandt sind.«

Sie nahm eine neue Pflaume aus dem Korb, zerschnitt sie und steckte eine Hälfte in den Mund. »War ein gutes Jahr für Pflaumen«, sagte sie kauend und streckte Hanna die andere Hälfte entgegen. »Probier mal.«

Hanna zerdrückte das Fruchtfleisch genüsslich mit der Zunge. »Wirklich, die sind zuckersüß.« Sie ließ sich ebenfalls auf der Bank nieder. »Soll ich dir beim Entkernen helfen?«

»Nee, krieg du mal lieber die Kartoffeln aus der Erde. Dabei kann ich dir nämlich nicht helfen, das macht mein Rücken nicht mehr mit.« Tanti lachte glucksend. »Und so viele Pflaumen sind es ja nicht mehr. Für ein Blech Kuchen reicht es schon.« Sie warf einen zufriedenen Blick in den Topf mit den entkernten Früchten. »Und heute Abend geht ihr wieder zum Tanzen, was?«, fragte sie, während sie weiterarbeitete. »Wohin geht es diesmal?«

»Nach Upleward, da findet ein Polterabend statt.«

Tanti zog die Augenbrauen hoch. »Kennst du das Brautpaar?«

Hanna nahm sich noch eine Pflaume aus dem Topf, dann schüttelte sie den Kopf. »Ich nicht, aber ein paar von den anderen, mit denen wir immer ausgehen.«

»Rechnen die denn mit euch?«

»Glaub nicht«, sagte Hanna kauend. »Aber zu Polterabenden wird ja nicht eingeladen. Da kommt, wer möchte.«

»Das schon, aber wenn auf einmal über zwanzig wildfremde junge Leute auftauchen und über den Schnaps herfallen? Ich denke nur an die armen Brauteltern.«

»So schlimm sind wir auch wieder nicht«, erwiderte Hanna.

»Na? Ich habe da beim Teekränzchen was anderes gehört.« Tanti wiegte den Kopf hin und her. »Über diesen Jan Büsing erzählt man sich ja so einiges … und nicht viel Gutes.«

»Ach ja?«, sagte Hanna leichthin. »Zu mir ist er eigentlich immer sehr nett.«

»Ist er dein Liebster?« Tanti warf Hanna über den Rand ihrer Brille einen scharfen Blick zu.

»Ach was, Blödsinn«, beeilte sich Hanna zu versichern und ärgerte sich, dass ihre Wangen zu brennen begannen. »Was heißt denn schon Liebster? Wir sind nur befreundet, mehr ist da nicht.«

Tanti musterte sie einen Augenblick. »Dann ist es ja gut. Aber pass bitte auf dich auf.«

»Gesa hat auch mal gesagt, dass Jan als Weiberheld gilt. Aber zu mir ist er nie …«

»Aufdringlich geworden?«, fragte Tanti. »Besser für ihn. Denn wehe, ich komme dahinter.« Sie hielt das Küchenmesser drohend in die Höhe. »Glaub mir, ich hab schon andere Ferkel kastriert.«

»Tanti, also wirklich!«, rief Hanna entrüstet.

»War doch nur Spaß!«

Tanti grinste, aber Hanna entging nicht der wachsame Ausdruck in ihren Augen. »Und nun sieh zu, dass du die Kartoffeln aus der Erde holst.«

Eine Hochzeit war immer etwas ganz Besonderes in der Krummhörn und wurde mindestens drei Tage lang gefeiert. Da gab es zunächst die große Feier mit Verwandten und den engsten Nachbarn in einem Saal, aber das konnte eine steife Angelegenheit sein. Viel ungezwungener ging es auf dem Polterabend zu, wenn das Haus der Braut von Freunden und der Nachbarschaft festlich geschmückt wurde, und auch das Entfernen der Dekoration, ein paar Tage nach der Hochzeit, nahm man gern zum Anlass, ausgiebig zu feiern. Zum Polterabend lud man nicht ein – wer mit angeschlagenen Tassen oder Tellern zum Werfen vorbeikam, der wurde freundlich begrüßt. Meist wurde nur Butterkuchen aufgetischt, manchmal auch Schnittchen, in jedem Fall gab es reichlich zu trinken. Sogar im Krieg war das so gewesen, und auch danach, als die Briten Alkohol verboten und das Schnapsbrennen unter Strafe gestellt hatten, hatte sich immer jemand gefunden, der von irgendwo Selbstgebrannten besorgen konnte.

Diese Zeiten lagen inzwischen hinter den Bewohnern Ostfrieslands, und bei den Polterabenden standen immer etliche Schnapsflaschen parat, denen tüchtig zugesprochen wurde.

Als Hanna und Gesa zusammen mit Jan Büsing und

dem Rest der Gruppe auf dem Hof eintrafen, war das Poltern schon in vollem Gange. An diesem Abend begleitete Tomek die Schwestern nicht mit dem Fahrrad. Die Strecke bis zum Hof, auf dem gefeiert wurde, war nicht weit, und Hanna hatte ihm gesagt, er müsse sich nicht die Mühe machen, mitzukommen, ihnen werde schon nichts passieren. Das war aber nur die halbe Wahrheit. Insgeheim fürchtete sie, Jan und seine Freunde würden sich wieder über ihn lustig machen, und das wollte sie unbedingt verhindern. Sie konnte es nicht ertragen, wie gerade Jan und seine engsten Freunde Tomek wegen seines schlechten Deutschs auslachten, wie sie ihn nachäfften und hinter seinem Rücken Grimassen schnitten. Je betrunkener sie waren, desto schlimmer wurde es. Dann malten sie sich aus, was sie mit ihm anstellen würden, wenn sie ihn allein erwischten, diesen Polacken, und sie nahmen auch keine Rücksicht darauf, ob Hanna in der Nähe war und hören konnte, wie sie sich gegenseitig anstachelten und sich zu übertrumpfen suchten. Noch war nichts passiert, außer dass Tomek manchmal von einem von Jans Freunden angerempelt wurde. Aber es war noch nicht lange her, dass in Greetsiel ein junger Russe zusammengeschlagen worden war. Von wem, kam nie heraus, aber Hanna hatte die Vermutung, dass es Jan und seine Freunde gewesen waren. Auf Polterabenden wurde immer viel getrunken, und es kam oft zu Streitereien, die nicht selten in Prügel endeten. Besser, wenn Jan und seine Freunde nicht mit Tomek zusammentrafen.

Eine Traube junger Leute drängte sich vor einer ausgehängten Stalltür, gegen die unter lautem Gejohle Teller, Kannen und Vasen geworfen wurden. Das strahlende Brautpaar stand daneben, gut zu erkennen daran, dass die junge Frau ein Tablett mit Gläsern in Händen hielt, die der Bräutigam aus einer Schnapsflasche immer wieder befüllte. Alle, die Porzellan zerschlagen hatten, tranken auf das Wohl des jungen Brautpaares.

Hanna, Gesa und der Rest der Gruppe um Jan lehnten ihre Fahrräder an der Auffahrt zum Hof gegen mehrere Bäume und stellten sich dann zum Poltern an, doch noch während sie warteten, löste sich ein junger Mann aus der Menge um das Brautpaar und kam auf sie zu. Hanna kannte ihn vom Sehen, wusste aber nur, dass sein Name Klaus war und er aus Greetsiel stammte.

Er baute sich mit verschränkten Armen vor Jan auf und musterte ihn herausfordernd. »Was willst du denn hier, Büsing?«, fragte er.

Mit Unschuldsmiene legte Jan beide Hände an seine Brust. »Ich? Was soll ich schon wollen? Meine Freunde und ich möchten nur mit dem Brautpaar anstoßen und ein paar alte Teller kaputtschmeißen, sonst nichts.«

»Ach ja?« Klaus zog skeptisch einen Mundwinkel hoch. »Du kannst dir doch wohl vorstellen, dass du hier nach dem letzten Polterabend nicht gern gesehen bist. Wir wollen heute in Ruhe feiern.«

»Das will ich auch. Wir alle wollen das.« Grinsend deutete Jan auf seine Begleiter. »Außerdem habe ich keine Ahnung, von welchem Polterabend du da redest.«

»Stell dich nicht dumm, Jan Büsing.« Klaus' Augen wurden schmal. »Von dem bei Wiechmanns in Greetsiel natürlich. Du erinnerst dich doch an die Schlägerei, oder?«

»Nicht so genau.« Jan zuckte mit den Schultern. »Ich muss wohl betrunken gewesen sein.«

»Nicht zu betrunken, um meinen Bruder halbtot zu schlagen.«

»Der Idiot war dein Bruder? Das erklärt manches.« Jan lachte und schaute sich Beifall heischend um. Hanna sah, dass Klaus für einen Moment die Fäuste ballte, ehe er sich wieder im Griff hatte.

»So was passiert heute nicht, hörst du?«, sagte er bedrohlich leise. »Ich behalte dich im Auge, Jan Büsing, darauf kannst du wetten. Beim ersten Anzeichen, dass du Ärger machst, fliegst du raus und deine Leute ebenso.« Er deutete mit dem ausgestreckten Zeigefinger auf die gesamte Gruppe um Jan.

»Wir sind doch ganz friedlich«, sagte Gesa entrüstet.

Klaus warf ihr einen erstaunten Blick zu. Offenbar hatte er nicht damit gerechnet, dass eine der jungen Frauen sich zu Wort melden würde.

»Wenn ihr Deerns nicht dabei wärt, würde ich euch gar nicht auf den Hof lassen«, sagte er. »Passt auf, dass die Jungs keinen Streit anfangen, hört ihr?« Er sah Gesa und Hanna ernst an.

Die beiden nickten.

»Dann kommt rein und habt einen schönen Abend.« Klaus machte eine einladende Handbewegung in Richtung des Hofes.

Hanna lächelte ihm zu. »Den werden wir bestimmt haben.«

Zu ihrer Überraschung griff Jan nach ihrem Arm und zog sie eilig weiter. »Eingebildeter Döskopp!«, brummte er vor sich hin, während er mit großen Schritten auf den Hof zulief. »Na, warte, wenn ich dich …«

Hanna hielt ihn auf und blieb stehen. »Was ist los, Jan? Was hast du vor?«

»Was ich vorhabe? Ich will mich ordentlich amüsieren, was denn sonst?« Er warf ihr einen spöttischen Blick zu. »Bei einem gelungenen Polterabend darf eine ordentliche Schlägerei nicht fehlen.«

»Nichts da!« Hanna verpasste ihm mit der Faust einen Knuff gegen den Oberarm. »Du hast doch gehört, was Klaus gesagt hat. Wer Streit sucht, fliegt raus.«

»Autsch!« Jan lachte und hielt ihre Hand fest. »Dann musst du eben nach Hause gehen, Hanna de Fries.« Zu ihrer Verblüffung zog er sie auf einmal an sich und küsste sie auf den Mund.

Hannas erster Impuls war, sich loszureißen, aber dann gab sie nach und erwiderte den Kuss sogar zögernd. Als sie seine Lippen nicht mehr auf ihren fühlte, öffnete sie die Augen wieder und sah seine hellen Augen dicht vor ihren. In den Winkeln bildete sein Lächeln kleine Fältchen.

»Was war das denn?«, fragte sie.

»Etwas, das ich schon viel früher mal hätte probieren sollen«, erwiderte er. »Aber sonst ist ja immer dein Aufpasser in der Nähe.«

»Mein Aufpasser?«

»Der junge Polacke.«

»Er hat auch einen Namen. Er heißt Tomek.«

Jan zuckte mit den Achseln, und sein selbstsicheres Lächeln sagte: »Mir doch egal, wie er heißt.«

»Na komm, die anderen sind anscheinend schon vorgegangen«, sagte er. Er legte den Arm um Hannas Schultern, zog sie eng an sich und zusammen gingen sie dem Rest ihrer Gruppe hinterher durch das Tor in die Dreschdiele, wo die Feier stattfand.

Der besitzergreifende Druck um ihre Schulter war das,

was Hanna später am deutlichsten von diesem Abend in Erinnerung bleiben sollte – als Vorzeichen seines unheilvollen Ausgangs. Jan blieb ständig an ihrer Seite, redete, lachte und trank mit ihr – vor allem Letzteres. Immer wieder füllte er ihr Glas aus der Flasche auf dem Tisch nach, prostete ihr zu und stürzte dann zusammen mit ihr den scharfen Korn hinunter. Irgendwann bemerkte Hanna den warnenden Blick, den Gesa ihr zuwarf, aber sie tat, als hätte sie ihn nicht gesehen.

Gesa nun wieder! Dass sie aber auch immer die große Schwester herauskehren musste, so, als könne sie nicht selbst auf sich aufpassen. Das lag nur daran, dass Gesa keinen Verehrer an ihrer Seite hatte. Sie würde noch zu einer richtigen alten Jungfer werden, für die sich in ein paar Jahren niemand mehr interessierte.

Als Jan vom provisorischen Tresen eine neue Flasche für ihren Tisch holte und Hanna für einen Augenblick nicht von ihm in Beschlag genommen war, setzte sich Gesa neben sie und zog sie am Ärmel so dicht zu sich, dass Hanna sie trotz des Lärms verstehen konnte.

»Lass uns besser nach Hause fahren«, meinte sie. »Es ist schon ziemlich spät, und wir haben versprochen, pünktlich zu sein.«

»Jetzt schon? Aber die Feier ist doch noch längst nicht vorbei.«

»Ich glaube, du hast genug für heute. Du kannst ja gar nicht mehr richtig sprechen.«

»Natürlich kann ich das«, behauptete Hanna entrüstet, doch ihre Zunge wollte ihr nicht richtig gehorchen und fühlte sich merkwürdig taub in ihrem Mund an. Sie blinzelte, um das verschwommene Bild des Gesichtes vor ihr wieder scharf zu bekommen.

Gesa seufzte. »Na, komm schon, Hanna. Wir müssen jetzt los.«

»Blödsinn, wir haben noch jede Menge Zeit. Du gönnst mir bloß nicht, dass ich auch mal richtig Spaß habe.«

»Das ist doch Quatsch, das weißt du.«

»Nein, du bist eine furchtbare Spielverderberin, und das warst du schon immer. Immer!«, wiederholte Hanna und stieß Gesa ein Stück von sich zurück. »Schon früher warst du so. So vernünftig!« Hanna spuckte das Wort voller Ekel aus. »›Nimm dir ein Beispiel an Gesa, die macht so was nicht!‹, sagte Papa stets zu mir, wenn ich was angestellt hatte.«

»Das ist doch Blödsinn, Hanna. Du warst immer Papas Deern. Sein Muschen, dem er nie böse sein konnte. Das weißt du ganz genau.«

»Und wenn schon«, sagte Hanna. »Aber dich hat er immer für klüger gehalten als mich. In seinen Augen hast du nie was falsch gemacht. Auch als du dich mit diesem Habenichts Gerold verloben wolltest, war Papa damit einverstanden. Und jetzt willst du auf ihn warten, obwohl du genau weißt, dass er nicht zurückkommt. Er ist gefallen, hörst du? Er ist längst tot und begraben. Und du, du wirst als alte Jungfer enden, wenn du das nicht begreifst.«

Gesa wich zurück, als habe man sie geschlagen, und Hanna erkannte trotz ihres Rausches, dass ihre Schwester blass geworden war.

»Sieh dich doch an, Gesa. Hat dich in den letzten Monaten auch nur einer der jungen Männer verliebt angeguckt? Ich glaube nicht. Und bald sitzt du zu Hause wie Tanti und wirst für andere die Kinder großziehen, statt eigene zu haben.« Hanna holte tief Luft. »Weil dich nämlich niemand mehr heiraten will!«

»Was ist hier denn los?«, hörte Hanna die tiefe Stimme von Jan fragen und wandte sich um. Er stellte die neue Schnapsflasche auf den Tisch und nahm neben Hanna Platz. »Worüber habt ihr euch denn so in die Haare gekriegt?«

»Gesa will, dass ich mit nach Hause komme«, sagte Hanna. »Aber ich will noch nicht. Ich will noch mit dir weiterfeiern.« Sie lehnte sich gegen Jans Brust, und wieder fühlte sie seinen Arm um ihre Schultern, der sie hielt und stützte.

»Du hast es gehört, Gesa«, sagte Jan mit einem breiten Grinsen. »Deine kleine Schwester möchte noch bleiben.«

Gesa schüttelte den Kopf. »Das ist keine gute Idee. Hanna hat schon viel zu viel getrunken.«

»Ich pass schon auf sie auf.« Er holte mit der Linken eine Zigarette aus der Schachtel, die vor ihm auf dem Tisch lag, und zündete sie an. »Und ich bring sie nachher auch nach Hause, das verspreche ich dir.«

»Siehst du?«, sagte Hanna mit schwerer Zunge. »Jan bringt mich nach Hause. Also hast du gar keinen Grund mehr, noch länger hierzubleiben. Ich brauche dich nicht als Aufpasser.« Sie machte eine Handbewegung, als wolle sie eine lästige Fliege verscheuchen. »Fahr du mal schön vor.«

Gesas Mund war nur noch ein schmaler Strich. »Also schön«, sagte sie zu Jan und deutete mit dem Zeigefinger drohend auf ihn. »Aber wehe, du lässt dir irgendwelche Dummheiten einfallen.«

»Dummheiten? Ich?« Jan machte ein unschuldiges Gesicht. »Als würde ich so etwas je tun! Fahr du mal ganz beruhigt nach Hause, Gesa, ich gebe dir mein Wort, dass ich dein Schwesterchen keine Sekunde aus den Augen lasse.« Er grinste frech.

Hanna sah Gesas flehenden Blick, der sich nun auf sie richtete, drehte sich zu Jan um und küsste ihn forsch auf den Mund. Als sie sich wieder umwandte, war ihre Schwester verschwunden.

»Endlich sind wir die los«, murmelte sie und ließ sich von Jan ein weiteres Glas Schnaps reichen. »Darauf trinken wir.«

Je später es wurde, desto mehr begann Hannas Umgebung zu verschwimmen, wurde zu einer Wolke aus lachenden Gesichtern, die immer schwerer zu erkennen waren. In ihrem Kopf drehte es sich, die Stimmen um sie herum verbanden sich zu einem undeutlichen Rauschen. Das einzig Stabile schien der Arm zu sein, der ihre Schultern umklammert hielt und gegen den sie sich lehnte. Irgendwann wurde ihr Kopf zu schwer für die Nackenmuskeln, und sie legte ihn auf Jans Schulter.

»… Moment hinlegen«, hörte sie eine Männerstimme sagen.

»Hm?« Ihre Augenlider waren auf einmal bleischwer und ließen sich nicht öffnen.

»Ich habe gesagt, du solltest dich besser einen Moment hinlegen«, sagte Jan. Er erhob sich von der Bank, auf der er gesessen hatte, und zog sie mit hoch.

»Was? Aber ich weiß nicht …« Hannas Zunge gehorchte ihr kaum noch.

»Ich habe genau den richtigen Platz, wo du dich ein bisschen ausruhen kannst, glaub mir.« Er fasste sie um die Taille und hielt sie aufrecht, während er sie von der feiernden Gesellschaft wegführte. Der Lärm wurde leiser und leiser, und plötzlich standen sie vor einer Treppe.

»Ich glaub, ich kann das nicht«, murmelte sie und deutete schwach auf die Stufen. »Oh, ist mir schlecht!«

»Dann eben so«, sagte Jan, griff unter ihre Knie und hob sie ohne Mühe hoch. Er stieg mit ihr auf den Armen die Stufen hinauf. Hanna legte müde die Stirn gegen seine Schulter und stöhnte leise. Sie hielt die Augen fest geschlossen, im Bemühen, den Schwindel in den Griff zu bekommen, aber es half nicht viel.

Auf einmal roch es nach frischem Heu, die Luft um sie herum wurde staubig und kitzelte Hanna in der Nase. Jan legte sie ab, und sie kam auf etwas Weichem zu liegen. Der Geruch nach Heu umgab sie wie eine Wolke und nahm ihr für einige Sekunden die Luft zum Atmen. Hanna hustete und öffnete die Augen. Sie lag auf einem Heubulten nah neben Jan, dessen Gesicht sie im Halbdunkel nur undeutlich erkennen konnte.

»Hier ist es besser«, sagte er heiser. »Was meinst du, wie viel Spaß wir haben werden.«

Seine Lippen pressten sich auf ihre, und seine Zunge zwang ihren Mund auf, während seine Hand ihr Kleid vorn öffnete und über ihre nackte Haut strich.

Im ersten Moment war Hanna zu verblüfft, um zu reagieren, doch als sein Mund langsam zu ihrem Hals wanderte und dann weiter hinunter zu ihren Brüsten, begann sie, sich zur Wehr zu setzen.

»Nicht!«, sagte sie und versuchte, seine Hände wegzuschieben. »Ich will das nicht!«

»Was denn? Vorhin schienst du doch noch ganz versessen auf mich zu sein.«

»Ich will nicht …«

Weiter kam sie nicht, er küsste sie wieder, und diesmal presste er das Gesicht so fest auf ihres, dass sie kaum Luft bekam. Sie versuchte, ihn von sich zu stoßen, aber kam nicht gegen sein auf ihr lastendes Gewicht an. Seine Rechte strich an ihrer Seite entlang und zog ihren Rock hoch, dann zwang er mit seinen Hüften ihre Beine auseinander.

Schlagartig wurde Hanna wieder nüchtern. Der Schwindel war verschwunden, und ihr Herzschlag trommelte bis zum Hals.

»Nein!«, keuchte sie. »Nein, das nicht! Lass mich!« Mit aller Kraft bäumte sie sich auf, doch es gelang ihr nicht, ihn von sich abzuschütteln. Jans Rechte umklammerten ihre Handgelenke über ihrem Kopf wie Schraubstöcke.

»Nun hab dich mal nicht so, Deern«, hörte sie ihn dicht neben ihrem Ohr sagen. »Das ist es doch, was ihr alle wollt. Einmal ordentlich rangenommen werden, von einem richtigen Kerl, der sich darauf versteht.«

Für eine Sekunde nestelte er mit einer Hand an sich herum, dann durchfuhr Hanna ein scharfer Schmerz. Etwas Hartes war in sie eingedrungen. Bewegte sich in ihr. Stieß immer und immer wieder zu. Hanna schrie auf.

»Pst, nicht so laut!«, zischte er. Er legte seine Hand auf ihren Mund und stöhnte auf. »Ja, das gefällt dir, nicht wahr? Es so richtig besorgt zu bekommen.«

Hanna schrie weiter, doch nur erstickte Laute lösten sich aus ihrer Kehle. Jedes Mal, wenn er zustieß, war es, als würde etwas in ihr zerreißen, und blutrote Schmerzwellen schossen durch ihren ganzen Körper.

In ihren Ohren rauschte und pochte es, doch dann hörte sie Jan stöhnen.

»Ja, das ist gut, was?«, keuchte er über ihr. »Richtig gut. Bestimmt was anderes, als wenn dein Polacke es dir besorgt, oder?«

Selbst wenn sie gewollt hätte, Hanna hätte nicht antworten können, seine Hand lag noch immer fest über ihren Lippen.

Sein Stöhnen wurde schneller, und ein kehliger Laut kam aus seinem geöffneten Mund, während sein Gesicht sich verzerrte und er sich anspannte, ehe er auf Hanna in sich zusammensank. Seine Hand rutschte von ihrem Mund. Endlich bekam sie wieder Luft.

Schwer atmend blieb sie liegen. Noch immer schossen Schmerzwellen durch ihren Leib, die von ihrer Körpermitte bis in die Fingerspitzen ausstrahlten. Von unten hörte sie wie von Ferne das Johlen und Gelächter der Feiergesellschaft heraufdringen.

Plötzlich fiel ein Schatten auf Hannas Gesicht. Etwas Dunkles verdeckte die schwache Glühbirne, die an einem der Dachbalken über ihr angebracht war. Und dann ging auf einmal alles sehr schnell.

Jan wurde von ihr weg auf die Füße gerissen. Eine tiefe Stimme knurrte etwas, das Hanna nicht verstand. Sie hörte Klatschen und dann das Geräusch von Schlägen.

Die zwei Männer kämpften engumschlungen. Immer wieder versetzte der Größere dem anderen Fausthiebe in die Nieren, dann schob er den Kleineren ein Stück von sich weg und schlug ihm die geballte Faust mit aller Kraft ins Gesicht und in den Bauch, woraufhin dieser zusammenklappte wie ein Taschenmesser.

»Arschloch! Sich an Frau vergreifen ist armselig. *Tchórz!*«, hörte sie den Größeren zischen. »Feigling!«

Jetzt erst erkannte sie, wer sich da über Jan beugte, der zusammengekrümmt im Heu lag und wimmerte.

»*Tchórz!*«, wiederholte Tomek und spuckte dem anderen ins Gesicht. »Hau ab, sonst ich schlage dir tot.«

Ächzend kam Jan wieder auf die Füße und stolperte durch das Heu davon, eine Hand auf den Bauch gepresst. Erst kurz bevor er die Treppe erreichte, blieb er stehen, wandte sich noch einmal um und drohte mit der Faust. Im Licht der dort hängenden Stalllampe konnte Hanna sehen, dass seine Nase heftig blutete.

»Das zahl ich dir heim, du dreckiger Polacke!«

»Versuch ruhig!«, antwortete Tomek mit geballten Fäusten. »Dann ich breche dir Nase noch mal.« Damit wandte er sich um und ging neben Hanna in die Knie.

Mit zittrigen Fingern nestelte sie an ihrem Kleid, von dem Jan in seiner Gier ein paar Knöpfe abgerissen hatte, doch es gelang ihr nicht, es zu schließen. Also beließ sie es dabei, die Ränder des Oberteils übereinanderzuziehen, während sie sich vorsichtig zum Sitzen aufrichtete.

Tomeks Hand berührte sie an der Schulter, und sie widerstand nur mit Mühe dem ersten Impuls, zurückzuzucken.

»Geht es dir gut?«, fragte er leise.

Hanna bekam vor lauter Zittern kein Wort heraus, darum nickte sie nur.

»Hat er … Ich meine, hat er dich … Ich kenne deutsche Wort nicht.«

Einen Augenblick lang starrte sie ihn nur an. Dann schlug sie die Hände vors Gesicht und fing an zu schluchzen. Ihr Körper bebte unkontrolliert, der Schock war so gewaltig, dass sie das Gefühl hatte, ins Bodenlose zu fallen. Sie nahm ihre Umgebung nur noch wie durch einen Nebel wahr. Tomeks Hand, die ihr sanft aufhalf. Sein vertrauter Geruch, der ihr Sicherheit gab.

Was hatte sie bloß getan? Wie hatte sie Jan auf dem Polterabend küssen können? Sie war ja selbst schuld, dass er sie anschließend im Heu … Ihr Verhalten war für ihn wahrscheinlich eine Einladung gewesen, sie zu … Sie konnte das Wort nicht denken, geschweige denn es aussprechen. Doch als sie nun das ganze Ausmaß des Geschehenen begriff, stürzten ihr die Tränen nur so aus den Augen. Tomek stand hilflos vor ihr, er schien nicht zu wissen, was er tun sollte, doch sie schlang die Arme um seinen Hals und hielt sich an ihm fest wie eine Ertrinkende.

»Ach, Tomek!«, schluchzte sie. »Ich war so dumm. So fürchterlich dumm …«

Sie fühlte seine Arme um sich und spürte die rauen Bartstoppeln an ihrer Stirn, während sie weinte und weinte. Mit der Hand strich er langsam immer wieder über ihr Haar und murmelte dabei Worte in Polnisch, deren Bedeutung Hanna unbekannt war, die aber ihre beruhigende Wirkung trotzdem taten.

Ihre Hände hörten auf zu zittern, und die Schluchzer ebbten allmählich ab. Stattdessen machte sich eine Leere in ihr breit, die nicht allein vom vielen Weinen herrührte. Sie lockerte den Griff um seinen Hals ein wenig, um ihn ansehen zu können. Im trüben Licht der Stalllampe wirkten seine dunklen Augen beinahe schwarz.

»Wo kommst du her, Tomek?«, fragte sie heiser. »Ich meine, wieso bist du hergekommen?«

Noch immer strich er zärtlich über ihr Haar. Ganz langsam und behutsam. Dann legte er eine Hand an ihre Wange und wischte ihr mit dem Daumen die Tränen weg.

»Gesa kam ohne dich zurück. Hatte große Sorge, dass du viel Schnaps hast und nicht weißt, was tust du. Da ich bin schnell mit Rad gefahren hierhin, wollte sehen, ob alles in Ordnung mit dir. Unten auf Feier ich konnte dich nicht finden. Da sagt ein Freund von Jan, diese Piet aus Campen, Jan dich mit ins Heu genommen. Dir beibringen, dass deutsches Mädchen braucht deutschen Mann, nicht dreckigen Polacken. Er gelacht. Am liebsten ich hätte ihm auch Nase gebrochen.«

Er lächelte schief, aber Hanna war nicht in der Lage, sein Lächeln zu erwidern.

»Gut, dass du es nicht getan hast«, sagte sie. »Vielleicht wärst du dann nicht hier heraufgekommen und Jan hätte …« Sie stockte kurz und schluckte die Schluchzer wieder hinunter, die sich sofort wieder in ihrer Kehle bildeten. »Er hätte damit weitergemacht«, fuhr sie mit rauer Stimme fort. »Wer weiß, was er mir noch alles angetan hätte.«

Tomeks Gesicht verschwamm, doch sie wandte den Blick nicht ab, sondern versank in seinen dunklen Augen, die ihren nicht auswichen.

»Ach, Hanna«, sagte er. »*Kochanie!*« Wieder streichelte er ihre Wange. »Ich hätte sollen früher hier sein.«

»*Kochanie?* Was heißt das?«, fragte Hanna.

»Das heißt meine Liebeling.«

»Mein Liebling«, korrigierte Hanna automatisch.

»Genau, mein Liebling.«

»Bin ich das denn überhaupt noch? Jetzt, wo ich … Ich hätte besser aufpassen sollen. Wenn ich nicht …«

»Nein«, unterbrach er sie mit fester Stimme. »Nicht deine Schuld. Das du darfst nicht denken. Niemals. Dieser Kerl, er hat dich betrunken gemacht und ausgenutzt. Mein

Liebling. Das du wirst immer sein, Hanna.« Er beugte sich ein wenig vor und küsste sie sehr zart auf die Wange, ehe er sie prüfend musterte. »Kannst du laufen?«

»Ich glaube schon. Aber so kann ich doch unmöglich zu den anderen hinunter.«

»Wir gehen über Viehdiele. Niemand uns wird sehen. Die alle sind betrunken.«

»Aber mein Kleid …«

Tomek zog seine dunkle Wolljacke aus und hängte sie Hanna über die Schultern. »So wird gehen«, sagte er und zog sie mit sich.

Hanna schwankte, ihr war schlecht, und der Schwindel war zurück. Sie hielt sich krampfhaft an Tomeks Hand fest. »Mir ist gar nicht gut.«

»Warte, ich helfe dir.«

Er legte seinen Arm um ihre Taille und stützte sie bis zur Treppe. Dann hob er sie hoch und trug sie hinunter.

Tomek hatte recht. Die Feiergesellschaft war beträchtlich zusammengeschmolzen. Alle schienen sturzbetrunken zu sein, und niemand achtete darauf, dass die beiden durch die Tür zum Viehstall schlichen. Der Kuhstall war menschenleer, und sie traten ohne Schwierigkeiten nach draußen auf den Hof, der durch den Lichtstrahl, der durch das Dreschdielentor fiel, schwach beleuchtet war.

Schweigend gingen sie nebeneinanderher die Auffahrt entlang zu den Fahrrädern, die am Straßenrand an den Bäumen lehnten. Die Luft war frisch und kühl, und über ihnen breitete die Nacht ihren sterngeschmückten Samtmantel aus.

»Kannst du fahren?«, fragte Tomek, als Hanna ihr Rad am Lenker griff und auf die Straße zog.

»Es wird schon gehen«, antwortete sie. »Die frische Luft tut mir gut.«

Sie stieg auf, doch als sie sich auf dem Sattel niederließ, durchfuhr sie ein so stechender Schmerz, dass sie laut aufstöhnte. Es fühlte sich an, als sei zwischen ihren Beinen eine klaffende Wunde. Keuchend sprang sie ab, ließ das Fahrrad fallen und lief taumelnd in Richtung des Grabens, wo sie sich vornüberbeugte und sich in hohem Bogen ins Gras erbrach. Die Übelkeit brandete in Wellen über sie hinweg, schüttelte sie und nahm ihr die Luft. Ihr Magen krampfte sich schmerzhaft zusammen, als versuchte er, auch noch den letzten Tropfen Alkohol hinauszubefördern, der erst ermöglicht hatte, was ihr auf dem Heuboden zugestoßen war. Hanna hustete und würgte, ihre Beine zitterten so sehr, dass sie sie nicht mehr tragen konnten und sie auf die Knie ging, bevor eine neue Welle von Übelkeit in ihr aufstieg.

Eine kühlende Hand legte sich auf ihre Stirn und strich ihr die Haare zurück. Erst jetzt wurde sie sich bewusst, dass Tomek neben ihr kniete und ihr den Kopf hielt. Im schwachen Licht der Hofbeleuchtung konnte sie das Mitgefühl in seinen Augen sehen.

»Ach, Tomek …«, schluchzte sie auf. »Ich … ich …«

»Schon gut«, flüsterte er. »Ich weiß.« Er zog ein gefaltetes Taschentuch aus seiner Hosentasche und reichte es ihr. Während sie sich den Mund abwischte, strich seine Hand über ihr Haar. »Aber alles wird wieder gut. Bald. Ganz bald wird alles wieder gut.« Behutsam zog er sie in seine Arme.

Er wiederholte die Worte immer und immer wieder, während er beruhigend über ihr Haar strich.

Langsam ließ Hannas Übelkeit nach und machte einer bleiernen Müdigkeit Platz. Erst jetzt spürte sie die feuchte Kühle der Nacht, und sie schauderte.

»Wir müssen nach Hause fahren. Zu kalt hier für dich.«

Hanna sah hoch in Tomeks Gesicht und nickte. Sie griff nach seiner Hand, zog sich hoch und ging auf seinen Arm gestützt zu den Fahrrädern zurück.

Als sie den Sattel zwischen den Beinen spürte, biss sie sich auf die Lippen. Selbst schuld, dachte sie. Reiß dich zusammen, dann wird es schon gehen.

Im flackernden Licht der Fahrradscheinwerfer radelten sie die Straße hinunter, ohne ein Wort miteinander zu wechseln. Über ihnen wölbte sich der Sternenhimmel, und eine schmale Mondsichel hing so dicht über dem Horizont, dass sie durch den aufsteigenden Dunst golden schimmerte.

Es hätte eine so schöne Nacht sein können, dachte Hanna. Aber jetzt?

Wie Schlaglichter tauchten die Erinnerungen auf, die fordernde Zunge, die sich zwischen ihre Lippen zwang, die Hand, die sich über ihren Mund legte, der stechende Schmerz, den sie auch jetzt noch spüren konnte, das Gewicht, das sie niederdrückte und ihr den Atem nahm.

Sie trat kräftig in die Pedale, wie um den quälenden Bildern davonzufahren, und der Fahrtwind kühlte ihr brennendes Gesicht und trocknete die Tränen in ihren Augen.

Nur nicht daran denken, sondern lieber so tun, als sei das alles nicht geschehen. Ein Albtraum, nichts als ein Albtraum, der wieder verschwunden wäre, wenn sie aufwachte.

Hanna umklammerte die Griffe des Lenkers so fest, dass sich die Fingernägel in die Handflächen bohrten. Wenn es ihr nur irgendwann gelänge, aus dem Albtraum aufwachen zu können …

Endlich erreichten sie den Friesenhof, hielten auf dem Hof an und stiegen von den Rädern ab. Als Tomek die Dielentür für sie öffnete, zögerte Hanna, ihr Rad hineinzuschieben.

»Davon wollen wir nichts erzählen, Tomek«, sagte sie. »Kein Wort zu niemandem, versprich mir das bitte.«

»Aber …«

»Kein Wort!«, sagte sie. »Bitte nicht. Niemand darf wissen, was passiert ist, hörst du? Nicht Dierk, nicht Gesa, nicht meine Mutter. Vor allem nicht meine Mutter …«, fügte sie leiser hinzu.

»Hanna … Das ist nicht gut«, sagte er beschwörend. »Du musst erzählen, sonst es frisst dich auf. Ich hab gesehen, wie das ist.«

Seine Hand lag auf ihrem Arm, und er blickte sie im Schein der Glühbirne über dem Dielentor mit solcher Wärme an, dass sie die Augen senkte.

»Nein, Tomek, es ist besser, nicht zu erzählen, was passiert ist. Verstehst du das nicht? Ich bin selbst daran schuld, ich hätte besser aufpassen müssen, mit wem ich mich abgebe. Vor allem hätte ich ihn niemals küssen dürfen. Das hat ihn erst auf die Idee gebracht, mit mir auf den Heuboden zu gehen.« Sie hob den Blick wieder und sah in Tomeks teilnahmsvolle Augen. »Aber dass Jan mir so etwas antut, hätte ich nie gedacht«, fügte sie bitter hinzu. »Er schien mir ein netter Kerl zu sein.«

»Netter Kerl?« Tomek schnaubte. »Er prahlt vor Freunden, wie viele er ins Heu gezogen und dann sitzengelassen hat. Ist wie, wie sagt man … Rennen. Schließen untereinander Wetten ab, wer schafft die meisten.« Er knurrte ein Wort auf Polnisch, das unzweifelhaft ein Schimpfwort war. »Versprich mir, nicht mehr mit denen zum Tanzen.«

»Das muss ich nicht versprechen. Mit denen werde ich nie wieder ein Wort reden, das kannst du glauben.«

»Gut.« Tomek nickte, als wollte er hinter all das einen Schlusspunkt setzen. »Dann jetzt geh ins Bett und versuch zu schlafen, Kochanie.«

Er hob die Hand und legte sie wie vorhin an ihre Wange. Für einen Moment schmiegte Hanna ihr Gesicht hinein. Dann hob sie ihre Hand und legte sie auf seine.

»Danke, Tomek«, sagte sie. »Danke für alles. Wenn du nicht gekommen wärst ...« Der Kloß in ihrem Hals hinderte sie daran, weiterzusprechen.

Ohne ihm die Gelegenheit zu einer Antwort zu geben, löste sie sich von ihm und schob ihr Fahrrad eilig in die Dreschdiele. Sie schlüpfte ins stille dunkle Wohnhaus und schlich die Treppe hinauf, wobei sie sich an Wand und Geländer entlangtastete, weil sie kein Licht machen wollte.

Als sie vorsichtig die Klinke ihrer Schlafzimmertür hinunterdrückte, hörte sie Gesa im stockdunklen Raum ihren Namen flüstern.

»Ich bin hier«, flüsterte sie zurück.

»Geht es dir gut?«

»Ja, alles in Ordnung«, log Hanna. »Tomek hat mich nach Hause gebracht. Jetzt will ich nur noch ins Bett.«

Ein leises Klicken war zu hören, als Gesas Nachttischlampe aufflammte. Hanna erstarrte mitten in der Bewegung.

»Wie siehst du denn aus?«, rief Gesa erschrocken.

»Ich … ich …«, stammelte Hanna.

Gesa sprang aus dem Bett und war mit wenigen Schritten bei ihr. »Was ist passiert?«

»Ich sag doch, alles ist in Ordnung«, beeilte sich Hanna zu versichern, aber an Gesas Gesichtsausdruck sah sie, dass ihre Schwester ihr kein Wort glaubte.

»Blödsinn«, sagte Gesa. »Du bist total zerzaust, dein Kleid ist zerrissen und du hast ganz verheulte Augen. Also raus mit der Sprache, was ist geschehen?«

Es hatte keinen Zweck mehr zu leugnen, also gab Hanna den Tränen nach, die ihr wieder die Kehle zuschnürten. Sie schluchzte auf und verbarg ihr Gesicht in den Händen.

»Es war Jan …«, stieß sie hervor. »Ich bin so dumm gewesen. Ich … Er …« Sie brach ab.

Sie spürte, wie sich Gesas Arme um sie schlossen und sie sanft mit sich zogen. »Setz dich erst mal hin, und beruhige dich ein bisschen.«

Gehorsam ließ Hanna sich zu ihrem Bett führen, sank dort nieder und ließ ihren Tränen erneut freien Lauf, während Gesa sie fest in den Armen hielt und ihr Kraft und Halt gab.

Endlich machten die Verzweiflung und die Scham, die sie empfand, einer tauben Schwere Platz. Hanna holte tief und zitternd Luft und löste sich aus Gesas Umarmung.

»Wir dürfen das keinem erzählen«, sagte sie. »Niemand darf davon wissen.«

»Was darf niemand wissen?«, fragte Gesa.

»Dass ich mit Jan im Heu war.«

»Was?« Gesa schüttelte ungläubig den Kopf. »Mit Jan? Das glaub ich einfach nicht.«

»Es ist aber so.« Entschlossen wischte Hanna sich die

Tränen vom Gesicht. »Ich hatte viel zu viel getrunken und dann …«

»Dann hat er ausgenutzt, dass du dich nicht wehren konntest«, flüsterte Gesa entsetzt. »Er hat dich vergewaltigt.«

»Er hat mich festgehalten und dann …« Hanna schluckte. »Es hat so furchtbar wehgetan.«

»Dieser Schweinehund!« Hanna sah, wie sich Gesas Hände zu Fäusten ballten. »Dem werde ich was erzählen, wenn wir ihn das nächste Mal sehen.«

»Ich will ihn nie wiedersehen. Ich werde nie mehr mit zum Tanzen gehen.«

»Aber Hanna … Glaubst du, du bist die Erste, der das passiert ist?«

»Ganz sicher nicht. Tomek hat mir erzählt, die Jungs, mit denen wir tanzen gehen, haben so was wie eine Wette laufen, wer die meisten Deerns ins Heu bekommt.« Sie warf Gesa einen müden Blick zu. »Und jetzt bin ich ein Strich auf dieser Liste. Glaubst du, ich will irgendeinem von diesen Kerlen je wieder unter die Augen treten?«

»Nein, das verstehe ich.« Gesa holte tief Luft. »Aber das würde bedeuten, dass sie gewonnen hätten. Sie würden dann denken, sie könnten mit uns machen, was sie wollen.«

»Können sie das denn nicht?«, fragte Hanna bitter.

»Nein. Nur dann, wenn wir es zulassen. Wenn Jan dir Gewalt angetan hat, dann müssen wir ihn anzeigen.«

»Er würde behaupten, ich hätte es auch gewollt«, sagte Hanna. »Nein, Gesa, dabei würde ich nur den Kürzeren ziehen. Niemand würde mir glauben, weil sie …«

»Ich weiß, was du sagen willst«, unterbrach Gesa sie.

»Weil sie gesehen haben, dass du ihn auf dem Polterabend geküsst hast. Ich habe es ja auch gesehen.«

Hanna senkte beschämt den Kopf.

»Sieh mich an, Hanna«, sagte Gesa so streng, dass Hanna zusammenzuckte und hochschaute. »Dich trifft keine Schuld. Selbst wenn du dich vorher beim Tanzen mit Jan amüsiert hast, selbst wenn du ihn geküsst hast, gibt ihm das nicht das Recht, etwas zu tun, was du nicht willst.«

»Aber …«, begann Hanna. In ihren Augen schwammen Tränen.

»Nichts aber«, unterbrach Gesa sie entschieden. »Du hast ihn geküsst, na und? Das ist doch keine Einladung an ihn, im Heu über dich herzufallen. Schlag dir das mal ganz schnell aus dem Kopf. Du bist nicht schuld!« Gesa blickte ihre Schwester eindringlich an, und schließlich nickte Hanna.

»Ich bin nicht schuld«, wiederholte sie und atmete tief durch. »Trotzdem werde ich ihn nicht anzeigen. Ich will das alles einfach nur vergessen.«

»Aber …«, protestierte Gesa und hielt dann inne. »Willst du ihn wirklich so leicht davonkommen lassen? Und was ist mit dir? Willst du dich wegen so einem Kerl zu Hause ver-kriechen? Nicht mehr tanzen gehen und keinen Spaß mehr haben? So findest du nie jemanden, den du heiraten kannst. Am Ende wirst noch du die alte Jungfer.«

Hanna griff nach der Hand ihrer Schwester, die auf der Bettdecke lag. »Oh Gott, Gesa, es tut mir so furchtbar leid, was ich dir an den Kopf geworfen habe. Der viele Schnaps war schuld. Du weißt doch, dass ich dir nicht wehtun will.«

»Natürlich weiß ich das.« Gesa drückte Hannas Hand. »Aber du hast es so gemeint, und ich glaube, es war gut, dass mir mal jemand die Wahrheit ins Gesicht sagt. Viel zu lange hab ich mir was vorgemacht, und keiner hat sich getraut, mich mit der Nase auf die Tatsachen zu stoßen. Wenn es von Gerold bis jetzt kein Lebenszeichen gibt, dann wird er tot und irgendwo in Russland begraben sein. Ich muss mich endlich damit abfinden und werde für mich selbst sorgen. Keine Bange, ich komme schon klar und lebe bestimmt nicht irgendwann als unverheiratete Tante in deinem Haushalt und hüte deine Kinder.« Sie schenkte ihrer Schwester ein halbherziges Lächeln und zwinkerte ihr zu.

Hanna ließ Gesas Hand los und schaute sie voll Entsetzen an.

»Kinder …«, stieß sie hervor. »Oh, Gesa, was ist, wenn ich jetzt ein Kind kriege?«

»Mach dich nicht gleich verrückt, Hanna«, sagte Gesa beruhigend. »Ich hab mal gehört, beim ersten Mal passiert normalerweise noch nichts.«

Hanna sah ihr zweifelnd ins Gesicht. »Und wenn doch? Ich kann doch Jan nicht heiraten. Nicht, nachdem …«

Gesa seufzte und schenkte Hanna ein schiefes Lächeln. »Dann werden wir Mama und den anderen wohl oder übel die Wahrheit sagen müssen.«

»Die werden mich vom Hof jagen, weil ich ihnen Schande gemacht habe.« Die Angst davor drehte Hanna fast den Magen um, und sie warf Gesa einen hilflosen Blick zu. »Mit einem unehelichen Blag auf dem Hof, das geht doch nicht!«

»Unfug«, erwiderte Gesa entschieden. »Niemand wird dich fortjagen, nicht, solange ich hier auf dem Hof bin und es verhindern kann. Aber darum machen wir uns erst Gedanken, wenn es wirklich dazu kommen sollte, dass du ein

Kind erwartest. Und in der Zwischenzeit tun wir so, als sei rein gar nichts passiert.« Sie nickte ihrer Schwester zu und lächelte aufmunternd. »Du wäscht dir jetzt den Schmutz aus dem Gesicht und den Haaren, und ich werde dein Kleid flicken und die Knöpfe wieder annähen. Alles wird wieder genau so sein wie vor diesem Abend.«

Zwölf

Aber es war nichts mehr so wie vor diesem Abend, an dem Hanna mit zerzausten Haaren voller Heuhalme, zerrissenen Kleidern und verquollenem Gesicht in ihrem Schlafzimmer aufgetaucht war, das stellte Gesa in den folgenden Tagen und Wochen fest.

Haare konnte man waschen und kämmen, die Schwellungen um die Augen waren schnell wieder verschwunden, doch obwohl sich Gesa viel Mühe mit dem Kleid gab, sie konnte die Risse im Stoff nicht ungeschehen machen, sondern nur versuchen, sie so wieder zusammenzunähen, dass man sie nicht sofort sah.

So ähnlich war es wohl auch bei Hanna. Die Verletzungen lagen tiefer, als man auf den ersten Blick erkennen konnte. Sie war in sich gekehrt und ernst, der Glanz in ihren Augen fehlte, sie antwortete auf Fragen nur einsilbig, und ihr Lachen war nicht mehr laut und fröhlich wie früher, sondern sie lächelte höchstens mal zaghaft. Doch dieses Lächeln reichte nicht mehr bis zu ihren Augen hinauf.

Irgendwann fiel diese Veränderung auch Tanti auf, die von Gesa wissen wollte, was Hanna denn für eine Laus über die Leber gelaufen wäre.

»Keine Ahnung.« Gesa wich dem forschenden Blick aus,

den Tanti ihr über den Rand der Brille zuwarf. Sie saßen in der Küche und schälten die Boskopäpfel, die eingemacht werden sollten.

»Na komm schon, Deern. Irgendwas muss sie doch haben«, hakte die alte Frau nach. »Wenn sie mit mir schon nicht darüber redet, dann bestimmt mit dir. Schließlich tuschelt ihr doch sonst den ganzen Tag miteinander. Raus mit der Sprache. Ist sie vielleicht krank?«

Tanti schnitt ein paar braune Stellen von dem geschälten Apfel in ihrer Hand, teilte das Fruchtfleisch in vier Stücke und entfernte das Kerngehäuse, ehe sie die Viertel in feine Blätter zerschnitt.

»Ich sag doch, ich weiß nichts.« Gesa nahm einen weiteren Apfel aus dem Korb neben sich und begann zu schälen, wobei sie darauf achtete, dass die Schale nicht abriss, sondern sich in einer Spirale in die Schüssel auf ihrem Schoß legte.

»Gestern seid ihr beide wieder nicht zum Tanzen gegangen, oder?«, fragte Tanti.

»Nein.«

»Warum eigentlich nicht?« Tantis Stimme klang beiläufig, aber Gesa kannte sie gut genug, um zu wissen, worauf Großmutters Schwester hinauswollte.

»Ach, ich hatte einfach keine Lust«, sagte Gesa leichthin. »Die Woche im Büro war anstrengend, und die nächste wird wahrscheinlich nicht besser. Da ist ja jetzt die große Baustelle, wo vorher das alte Kontor stand, und die ganzen alten Akten, die vorher dort im Keller aufbewahrt wurden, müssen noch zwischengelagert werden. Und dazu kommen etliche Teelieferungen aus Hamburg an, die kontrolliert und abgerechnet werden müssen. Frau Becker klagt ständig, dass sie vor lauter Arbeit gar nicht weiß, wo ihr der Kopf steht.«

Tanti steckte sich das letzte Stück des Apfels in den Mund. »Die Arbeit hat dich doch sonst nicht davon abgehalten, auszugehen, Deern«, sagte sie kauend und warf ihr über die Brille hinweg einen scharfen Blick zu. »Und erzähl mir nicht, dass du die Steine selbst zum Bau schleppen musst.«

»Nein, das zum Glück nicht.« Gesa lachte. »Aber wenn ich montags frisch und ausgeruht sein will, kann ich nicht samstags bis in die Puppen unterwegs sein und feiern.«

»Und warum fährt Hanna nicht allein zum Tanzen? Sie könnte doch den Polenjung mitnehmen. Die beiden hängen ja sowieso den ganzen Tag zusammen wie die Kletten.«

Erschrocken sah Gesa hoch und traf den neugierigen Blick der alten Frau. Tanti entging aber auch gar nichts, dachte sie.

Trotzdem sagte sie wieder bloß »Keine Ahnung« und zuckte dann zusammen. »Autsch!«, rief sie aus. »So ein Mist, jetzt hab ich mich geschnitten.« Schnell steckte sie den linken Ringfinger zwischen die Lippen.

»Die Wunde zusammendrücken und über den Kopf halten, dann hört es auf zu bluten. Du bist nicht bei der Sache«, meinte Tanti. »Musst besser aufpassen, sonst ist der Finger irgendwann ganz ab.« Sie schüttelte den Kopf und griff nach einem weiteren Apfel.

Gehorsam presste Gesa den Daumen auf die Wunde und hob die Hand wie früher in der Schule, wenn sie sich gemeldet hatte. Eine Weile blieb sie so sitzen, dann löste sie langsam den Druck und stellte fest, dass die Blutung aufgehört hatte. Sie griff wieder nach dem halb geschälten Apfel und fuhr mit der Arbeit fort.

»Mach dir besser ein Pflaster auf den Finger, nicht dass es sich noch entzündet«, sagte Tanti.

Gesa zog die Schublade im Küchentisch auf, wo Mutter die Pflaster aufbewahrte, und schnitt sich ein Stück von der Rolle. Während sie es um den Finger wickelte, fragte Tanti unvermittelt: »Denkst du, Hanna und Tomek haben was miteinander?«

Überrascht sah Gesa sie an. »Wie kommst du denn darauf? Sie mögen sich, das stimmt schon, aber …«

»Na komm schon, das sieht doch ein Blinder mit einem Krückstock, dass der Junge ein Auge auf unsere Hanna geworfen hat. Und sag nicht, dass ich mir das einbilde. Ich habe etliche Jahre auf dem Buckel und in der Zeit schon eine Menge gesehen.«

Leugnen würde bei Tanti nichts helfen, das wusste Gesa genau. Mama könnte man vielleicht etwas vormachen, aber es war genau so, wie Papa immer gesagt hatte: Tanti hörte die Flöhe husten.

»Ja, mag sein, aber dass Hanna auch so fühlt, glaube ich nicht. Ausgeschlossen.«

»Na!« Tanti wiegte den Kopf hin und her und machte ein skeptisches Gesicht. »Sie hat so ein Leuchten in den Augen, wenn sie von ihm spricht. Für mich sieht es ganz danach aus.« Die alte Frau seufzte. »Wenn sie wirklich zusammenkommen, werden sie es nicht gerade leicht haben. Die jungen Frauen, die sich mit den Fremdarbeitern eingelassen hatten, kamen im Krieg an den Schandpfahl. Ihnen wurden die Haare abgeschnitten. Und Schlimmeres.«

»Aber der Krieg ist vorbei, und wir leben jetzt in einer neuen Zeit.«

»Schon, aber in den Köpfen der meisten Leute in Rysum sind das immer noch Polenhuren.«

»Tanti! Also wirklich!«

»Ich sag ja nicht, dass ich das so sehe. Alles, was ich meine, ist, dass die beiden es schwer haben werden. Hanna braucht dann ein dickes Fell, damit sie sich die Anfeindungen nicht so zu Herzen nimmt. Ob sie das schafft?«

Tanti warf die Apfelscheiben zu den anderen in die Schüssel. Vom Flur her war das Klappen einer Tür zu hören.

»Ah, da kommt deine Mutter mit den Einmachgläsern aus dem Keller«, sagte Tanti. »Vielleicht sollten wir erst mal für uns behalten, worüber wir gesprochen haben. Henrike hat schon genug Sorgen.«

Gesa stimmte Tanti zu, dann stand sie auf, um ihrer Mutter die Tür zu öffnen, die ein großes Tablett voller Einmachgläser in Händen hielt, das sie auf dem Leckbrett neben der Spüle abstellte.

»So, das sind die letzten Gläser«, sagte sie, dann drehte sie sich mit einem Lächeln auf den Lippen zu Gesa und Tanti um. »Seid ihr mit den Äpfeln immer noch nicht fertig? Was habt ihr denn die ganze Zeit über gemacht?«

»Klönschnack über andere Leute gehalten«, sagte Tanti, ehe Gesa etwas erwidern konnte. »Was glaubst du denn wohl?«

Zwei Stunden später waren die Frauen mit den Äpfeln so gut wie fertig. Henrike brachte gerade einen Korb Apfelmusgläser in den Keller, als Gesa verkündete, sie werde heute zur Abwechslung mal wieder beim Melken helfen.

»Ach ja? Davor drückst du dich doch sonst am liebsten.« Tanti zog die Augenbrauen in die Höhe.

Gesa zuckte mit den Schultern. »Stimmt, aber es ist so schönes Wetter heute, und ich war lange nicht mit den anderen auf der Weide.«

Die alte Frau musterte sie einen Moment lang, dann nickte sie. »Wenn erst wieder die Stürme von der See her

kommen, dann ist es kein Vergnügen, draußen zu melken.«
Sie zwinkerte Gesa zu. »Dann zwitschere mal ab, Deern. Ich
hole die Einmachgläser gleich allein aus dem Topf.«

»Du bist die Allerbeste, Tanti.« Gesa drückte der alten
Frau einen Kuss auf die Wange. Sie zog ihre Schürze ab und
hängte sie an den Haken am Handtuchhalter neben die
dunkle Schürze ihrer Mutter, die diese immer beim Putzen
trug, und lief nach oben in ihr Schlafzimmer, um sich umzuziehen.

Die Melker hatten bereits mit der Arbeit begonnen, als
sie bei der Kuhweide eintraf. Am Gatter blieb sie einen Moment stehen, legte die verschränkten Arme auf das raue
Holz und sah Hanna, Tomek und den Flüchtlingsfrauen zu.

Es war wirklich ein herrlicher Herbsttag. Ein sanfter Windhauch streichelte Gesas Haut und spielte mit den
Haarsträhnen, die sich aus ihrem Kopftuch gelöst hatten.
Ein paar Schönwetterwolken zogen träge über den tief-
blauen Himmel, und auch wenn die Sonne schon viel von
ihrer Kraft verloren hatte, wärmte sie doch noch immer und
tauchte das Laub der Kastanien, die den Nachbarhof um-
standen, in goldenes Licht.

Gesa sog die klare, salzige Luft tief in die Lungen und
musste lächeln. Eine tiefe Liebe zu ihrer Heimat durchflutete sie.

Dies war der Ort, an dem sie zu Hause war. Hier, wo der
Himmel so weit und hoch war wie sonst nirgends auf der
Welt. Hier, wo glückliche Augenblicke sich zu Ewigkeiten
zu dehnen vermochten, in die keine schlechte Erinnerung,
keine Sorge um die Gegenwart und keine Angst vor der Zukunft eindringen konnten. Hier, wo sie ganz bei sich war,
auch wenn ihre Liebsten ganz nah bei ihr waren.

Sie beobachtete Anneliese, die den Milcheimer in die Kanne leerte, ehe sie sich der nächsten Kuh zuwandte, und sie hörte Hertas Stimme, deren Lachen der Wind zu ihr trug.

Die beiden hatten im Krieg alles verloren, was ihnen früher mal wichtig erschienen war: das Haus, die Möbel, alle Kleider bis auf die, die sie am Leibe getragen hatten. Ihre Ehemänner würden nicht zu ihnen und den Kindern zurückkommen, mit denen sie sich durch Eis und Schnee gekämpft und deren Leben sie mit ihrem geschützt hatten.

Aber dennoch verzweifelten sie nicht, und nie jammerten sie oder beklagten sich. Die Frauen hatten sich unterwegs in einem Flüchtlingstreck getroffen und sich gegenseitig geholfen, getröstet und wieder aufgerichtet, wenn eine von ihnen hatte aufgeben wollen. Zusammen hatten sie überlebt, hatten es bis auf den Friesenhof geschafft und hier ein, wenn auch bescheidenes, neues Zuhause gefunden.

Gesa sah, wie Anneliese sich von ihrem Melkschemel erhob und ihren Eimer in den großen Filter ausgoss, der auf der Milchkanne steckte. Jetzt hatte sie Gesa entdeckt, winkte ihr zu und schien dann etwas zu den anderen Melkern zu sagen, das Gesa nicht verstand.

Wenn die Kühe gemolken wurden, musste es ruhig sein. Kein Herumgerenne, kein Geschrei oder Gelächter, das hatte Papa ihnen schon als Kindern eingebläut. Erschreckten sich die Kühe, hielten sie die Milch zurück, davon konnten sie sogar krank werden. Gesa erinnerte sich noch gut an Papas erhobenen Zeigefinger und Hannas gehorsames Nicken.

Hanna schien auch gerade mit ihrer Kuh fertig zu sein. Sie stand auf, nahm den Eimer und stellte ihn neben dem geöffneten Verschlag mit den Kannen ab, dann kam sie auf Gesa zu.

»Was machst du denn hier?«, fragte sie ihre Schwester, als sie das Heck erreichte, an das sich Gesa noch immer lehnte.

»Ich guck euch zu.« Gesa zwinkerte Hanna zu. »Einer muss doch kontrollieren, ob ihr auch ordentlich arbeitet.«

Hanna grinste. »So weit kommt es noch!« Sie öffnete das Gatter ein Stück und ließ Gesa auf die Weide treten. »Du kannst uns helfen und so wie früher die Eimer leer machen.«

Gesa nickte. »Klar. Aber deshalb bin ich nicht hergekommen.«

Hanna warf ihr einen fragenden Blick zu, während sie langsam gemeinsam zum Melkwagen zurückgingen.

»Ich glaube, Tanti weiß Bescheid über Tomek und dich. Zumindest ahnt sie etwas.«

»Hast du dich etwa verplappert?«

»Natürlich nicht. Aber sie hat Andeutungen gemacht. Ihr ist aufgefallen, dass ihr zwei jetzt immer zusammensteckt und dass wir seit Wochen samstags nicht mehr zum Tanzen gehen.«

Hanna blieb abrupt stehen. »Mist.« Sie warf Gesa einen besorgten Blick zu. »Denkst du, sie wird es Mama erzählen?«

»Nein, das glaube ich nicht. Tanti sagte sogar, sie sollte es besser nicht erfahren, weil sie schon genug Sorgen hätte.«

»Sorgen … Also ist Tanti auch nicht mit Tomek einverstanden«, stellte Hanna leise fest.

»Nein, so darfst du das nicht sehen. Aber sie ist sich sicher, dass ihr zwei es schwer haben würdet. Es gibt im Dorf und der Nachbarschaft viele Leute, die es nicht gutheißen, wenn eine Deern von hier sich mit einem Fremdarbeiter einlässt. Und wenn ihr Pech habt, bekämt ihr deren Hass zu spüren.«

»Ich bin kein Polenflittchen, das sich mit jedem Kerl einlässt. Und dass ich mit Jan im Heu war …« Hanna brach ab, und Gesa sah, dass sie schlucken musste.

»Das weiß ich doch.« Beruhigend strich Gesa der jüngeren Schwester über den Arm. »Aber du weißt auch, wie viel getratscht wird.«

Für einige Wochen war der Polterabend, an dem Hanna de Fries mit Jan Büsing auf dem Heuboden gewesen war, *das* Gesprächsthema der Gegend gewesen. Obwohl außer Tomek keiner die beiden dabei gesehen hatte, gab es allerlei Gerüchte, und die meisten hielten sich hartnäckig. Es war sogar so weit gegangen, dass eine der alten Frauen, mit denen Tanti ihren Teekreis in der Pastorei hielt, Gesa beim Einkaufen im kleinen Lebensmittelgeschäft in Rysum angesprochen und sie ganz offen gefragt hatte, ob etwas dran sei, dass Hanna jetzt den jungen Büsing aus Groothusen heiraten würde. Jemand habe ihr erzählt, da sei was Kleines unterwegs, Gesa wisse schon.

Gesa hatte ihre Wut mühsam heruntergeschluckt, die alte Frau angelächelt und den Kopf geschüttelt. »Du musst nicht alles glauben, was die Leute schnacken, Tante Gerken«, hatte sie geantwortet. »An dem Gerücht ist überhaupt nichts dran. Die beiden haben auf dem Polterabend zusammen gefeiert, dabei hat Hanna etwas zu viel Schnaps gehabt, ihr ist schlecht geworden, und sie ist nach Hause gefahren. Mehr ist an der Geschichte nicht dran.«

»Wenn du das sagst, Deern«, hatte Tante Gerken erwidert, aber ihr spöttischer Blick hatte Bände gesprochen. Sie glaubte ihr kein Wort.

»Sonst musst du Tanti fragen, ob Hanna in anderen Umständen ist. Die wird dir schon erzählen, was sie von Leuten hält, die solche Gerüchte in die Welt setzen.«

»Den Teufel werd ich tun«, hatte die alte Frau gemurmelt und fluchtartig den Laden verlassen, während Gesa ihr befriedigt hinterhergeschaut hatte. Tantis Standpauken waren über den Kreis der Familie hinaus bekannt – und gefürchtet.

Es hatte sich schon ein paar Tage nach dem Polterabend herausgestellt, dass das, was Hanna im Heu zugestoßen war, keine Schwangerschaft zur Folge hatte. Mit vor Erleichterung tränenerstickter Stimme hatte Hanna Gesa erzählt, sie habe »Besuch von Tante Rosa« bekommen, wie sie es unter sich immer nannten, wenn sie ihre Periode kriegten. Gesa hatte ihre Schwester nur wortlos in den Arm genommen und ganz fest gehalten.

»Wenigstens bleibt es mir jetzt erspart, Jan heiraten zu müssen«, hatte Hanna geschluchzt. »Eher wäre ich ins Wasser gegangen, als das zu tun.«

»So ein Blödsinn! So etwas darfst du nicht mal denken.«

»Aber du weißt doch, wie das ist. Wenn ein Kind unterwegs ist, muss man heiraten.« Hannas feuchte blaugraue Augen waren auf Gesa gerichtet gewesen. »Da wird nicht mehr gefragt, ob man zusammenpasst oder ob man sich liebt oder sich wenigstens ausstehen kann. Es heißt dann einfach, das hättet ihr euch vorher überlegen müssen. Aber ich konnte nichts überlegen. Jan hat meine Dummheit ausgenutzt, und dann hat er mich gezwungen.«

»Ja, ich weiß.«

»Wie soll ich denn jemanden heiraten, der so etwas macht? Mit Jan würde ich kreuzunglücklich werden. Besser man ist tot, als solch eine Ehe führen zu müssen.«

»Aber, Hanna …«

»Das ist mein Ernst, Gesa«, hatte Hanna sie unterbrochen. »Du müsstest das doch verstehen können. Du hast jahrelang auf Gerold gewartet, weil du ihn geliebt hast. Deshalb wolltest du ihn heiraten und hast seither keinen anderen angesehen, stimmt doch, oder? Und wenn ich dir jetzt sage, dass auch ich jemanden liebe und mir nichts so sehr wünsche, als mit ihm mein Leben lang zusammen zu sein, dann müsstest du das doch am besten nachvollziehen können.«

Verwirrt hatte Gesa den Kopf geschüttelt. »Ich verstehe dich nicht, du hast doch gerade gesagt ...«

»Tomek!«, hatte Hanna hervorgestoßen. »Ich liebe Tomek. So, jetzt ist es heraus.« Mit weit aufgerissenen Augen hatte sie ihre Schwester ängstlich angesehen, als erwarte sie Gesas Zustimmung.

»Tomek?«

Hanna hatte genickt. »Er liebt mich schon seit Langem, das hab ich immer gespürt, aber dann, nach dem Polterabend, als er Jan auf dem Heuboden von mir weggezogen und ihm die Nase gebrochen hat, da ist mir klargeworden, dass ich ihn auch liebe.«

»Aber kann es nicht vielleicht sein, dass du Dankbarkeit mit Liebe verwechselst?«

»Nein.« Hanna hatte entschieden den Kopf geschüttelt. »Ganz sicher nicht. Das, was ich für Tomek empfinde, ist viel mehr als Dankbarkeit. Wir verstehen uns ohne Worte, er ist mein bester Freund, und ich kann mir nicht vorstellen, auch nur einen einzigen Tag ohne ihn zu sein. Ich könnte das nicht aushalten. Darum muss es auch geheim bleiben, dass wir zusammen sind, verstehst du? Wenn Mama davon erfährt, würde sie verlangen, dass Tomek sofort den Hof verlässt. Sie würde sagen, ich werfe mich an einen Knecht weg. Sie würde es nicht verstehen, dass Tomek viel mehr als das für mich ist. Bitte Gesa, versprich mir, dass du ihr nichts davon erzählst. Auch Tanti darf nichts wissen. Sie würde nur mit Mama darüber reden, und die hat immer noch das letzte Wort, was den Hof angeht. Bitte, Gesa, hilfst du uns?« Der Ausdruck in Hannas Augen war eine Mischung aus Panik und Verzweiflung gewesen.

Gesa hatte an ihre Zeit mit Gerold denken müssen. Damals hatte sie auch diese Zusammengehörigkeit gespürt, dieses Verlangen, immer an seiner Seite zu sein, und das Gefühl des Verlustes war auf einmal so überwältigend geworden, dass ihr die Kehle eng geworden war. Wie sonst wäre es zu erklären gewesen, dass sie der Schwester versichert hatte, Hannas Geheimnis zu hüten. Sie nahm ihr nur das Versprechen ab, mit Tomek nicht zu weit zu gehen, um sich nicht in Schwierigkeiten zu bringen.

»Einmal hast du Glück gehabt und bist nicht schwanger geworden«, hatte Gesa ihrer Schwester eingeschärft. »Beim nächsten Mal könnte es anders ausgehen.«

Hanna hatte abgewinkt und gemeint, das Erlebnis mit Jan habe so weh getan, dass ihr nach so etwas nun so gar nicht der Sinn stünde.

Gesa hatte sich damit zufriedengegeben und nicht weiter nachgebohrt. In den nächsten Wochen hatte sie manchmal zaghafte Versuche unternommen, Hanna zu überreden, ihrer Mutter schonend die Wahrheit beizubringen, aber ihre Schwester hatte nichts davon wissen wollen.

»Lass uns noch abwarten«, sagte sie. »Wenn wir erst mal die Jungbullen verkauft haben und Günther und Helga den ersten Teil ihres Geldes bekommen haben, dann vielleicht ...«

Damit hatte sie das Thema gewechselt.

So war es seither immer gewesen, wenn Gesa sie auf Tomek angesprochen hatte. Aber so war Hanna nun einmal: Immer darauf bedacht, Konfrontationen aus dem Weg zu gehen, um den Familienfrieden zu wahren.

Gesa war da anders. Ihr war es lieber, mit offenen Karten zu spielen. So wie damals, als sie ihren Eltern erzählt hatte, dass Gerold und sie heiraten wollten. Das war kurz nach seiner Einberufung gewesen, und Gerold hatte keine Gelegenheit mehr gehabt, bei Onno de Fries um Gesas Hand anzuhalten, wie sich das eigentlich gehörte. Gesa erinnerte sich noch genau an die hitzige Auseinandersetzung mit ihrer Mutter, nachdem sie von ihrem Plan erzählt hatte, mit Gerold nach Emden zu ziehen, wo er in der Werft arbeiten würde. Sie hatte rundheraus gesagt, dass sie mehr vom Leben wollte, als einem Bauern den Haushalt zu führen und seine Kinder auf die Welt zu bringen. Ihre Mutter war richtig beleidigt gewesen, so herabgewürdigt zu werden. Eine ganze Woche lang hatte sie kein Wort mit Gesa gesprochen, aber dann hatte Onno sie überzeugt, nachzugeben und ihr Einverständnis zu Gesas Verlobung zu geben.

Natürlich fand Gesa es besser, mit allen Menschen in Frieden und Einverständnis zu leben, aber das war nun einmal nicht möglich. Manchmal war es nötig, für das, was man wirklich wollte, einzustehen und mit erhobenem Kopf für seine Ziele zu kämpfen. Das Gefühl, dabei zu gewinnen, war mit nichts anderem zu vergleichen, und selbst wenn man verlor, hatte man doch die tröstende Gewissheit, sich nichts vorwerfen zu müssen, weil man alles Menschenmögliche versucht hatte.

Jetzt, wo die Schwestern nebeneinander über die Kuhweide auf den Melkwagen zugingen, versuchte Gesa noch einmal, Hanna zu überzeugen.

»Vielleicht solltest du dir endlich ein Herz nehmen und Mama die Wahrheit sagen, Hanna«, sagte sie in beschwichtigendem Ton. »Diese ewige Geheimnistuerei ist doch fürchterlich.«

Hanna schüttelte den Kopf. »Noch nicht«, sagte sie entschieden. »Vielleicht, wenn die Bullen verkauft sind und wir einen guten Preis dafür bekommen haben. Dann haben wir bewiesen, dass ich den Hof leiten kann. Erst dann werde ich nicht mehr die lüttje Deern sein, die nichts mitzubestimmen hat.«

Gesa seufzte. »Aber …«

Der scharfe Blick, den Hanna ihr zuwarf, brachte Gesa zum Schweigen. Es war zwecklos, Hanna überreden zu wollen. Und vielleicht hatte sie wirklich recht. Vielleicht wäre Henrike eher bereit, Tomek als Schwiegersohn zu akzeptieren, wenn Hanna mit seiner Hilfe einen Erfolg für den Hof vorweisen konnte.

Tomeks dunkler Schopf tauchte zwischen zwei Kühen auf, und Gesa bemerkte, wie seine Augen aufleuchteten, als er die Schwestern auf sich zukommen sah.

»Gesa will beim Melken helfen«, sagte Hanna mit erhobener Stimme.

Tomek nickte und lächelte. »Gut. Dann wir werden schneller fertig.«

Er kraulte die Kuh, die er gerade gemolken hatte, an der Schwanzwurzel, worauf die wohlig das Kreuz durchdrückte und ein zufriedenes Muhen ausstieß.

Gesa entging nicht der Blick, mit dem Tomek zu Hanna hinüberschaute, und auch nicht das Lächeln, das seinen Mund umspielte – beides gab ihr einen Stich. Es war lange her, dass sie von jemandem mit so viel Liebe angesehen worden war, und sie spürte Bitterkeit, ja, beinahe so etwas wie Neid in sich aufsteigen.

Nicht dass sie Hanna ihr Glück nicht gönnte, aber der Anblick der beiden erinnerte sie an das Gefühl, wie es war, jemanden an ihrer Seite zu haben, der zu ihr gehörte. Seit Gerold an die Front einberufen worden war, hatte sie sich wie ein Bruchstück eines Ganzen gefühlt, und wenn sie es auch meist schaffte, nicht an die klaffende Lücke in ihrem Inneren zu denken, die sein Fehlen hinterlassen hatte, in Momenten wie diesen wurde ihr bewusst, was sie vermisste, und es tat einfach nur weh.

Dennoch setzte Gesa jetzt ihr fröhlichstes Gesicht auf. Niemandem war damit geholfen, dass sie sich in Selbstmitleid suhlte und den anderen etwas vorjammerte. Die Dinge waren nun einmal, wie sie waren, und daran war nichts zu ändern. Sie musste allein damit zurechtkommen und durfte niemandem zur Last fallen.

»Dann mal an die Arbeit, Leute«, sagte sie. »Wir wollen ja alle schnell wieder nach Hause.«

In den folgenden Wochen wartete Gesa gespannt, ob Tanti nicht doch mit Henrike über Hanna und Tomek sprechen würde, aber am Verhalten der Mutter zu ihrer Jüngsten änderte sich nichts. Sie war höflich zu Tomek und liebevoll zu Hanna. Ihr schien nicht einmal aufgefallen zu sein, dass die Schwestern samstags nicht mehr zum Tanzen gingen.

Alles, worüber sie redete, war die Arbeit im Haushalt, die Ernte im Garten und natürlich, ob Hanna wirklich mit dem Verkauf der Bullen an den mit allen Wassern gewaschenen Viehhändler Piet Mertens zurechtkommen würde. Sie könne doch auch das Angebot von Jens Kröger annehmen, das Feilschen mit Mertens für sie zu übernehmen.

Doch Hanna lehnte das Angebot freundlich, aber bestimmt ab, und Gesa konnte sie gut verstehen. Sie wollte es selbst schaffen, einen guten Preis für die Jungbullen herauszuschlagen, wie sollten die Nachbarn sie sonst je für voll nehmen?

Gesa wäre liebend gern dabei gewesen, als die Tiere abgeholt wurden, um dann zur Viehwaage nach Pewsum gebracht zu werden, aber dafür hätte sie sich einen ganzen Tag freinehmen müssen, und daran war im Moment bei der vielen Arbeit im Kontor gar nicht zu denken.

Jeden Tag kamen bei *Kruse & Sohn* ganze Ladungen von Teekisten an, die kontrolliert werden mussten, ehe sie ins Lager verfrachtet wurden, wo man sie zu Ostfriesentee mischte, der dann neu verpackt in die Auslieferung kam. Gesa sortierte die Lieferscheine, die die Fahrer bei ihr abgaben, schrieb unzählige Rechnungen, kontrollierte die Zahlungseingänge und erstellte für die Säumigen Mahnungen. Hinzu kam, dass Frau Becker in den nächsten Wochen nur vormittags im Kontor sein konnte, weil ihre Tochter nach einer Operation im Krankenhaus lag und sie ihre Enkel nicht den ganzen Tag allein zu Haus lassen wollte.

»Was für ein Glück, dass wir Sie haben, Fräulein de Fries«, sagte der alte Herr Kruse immer wieder, wenn er ihr einen neuen prall gefüllten Aktendeckel auf den Tisch legte. »Sonst wären wir jetzt mit Mann und Maus untergegangen.«

Gesa lachte dann verlegen und behauptete, so schlimm sei der Sturm doch nun wirklich nicht, dass das Kruse-Schiff in Seenot geraten könne.

Insgeheim gab sie ihm aber recht.

Das Büro war der Anlaufpunkt für alle Mitarbeiter und somit das Herz des Kontors. Hier bei ihr liefen alle Fäden zusammen. Jeder kam mit seinen Fragen und Problemen vorbei, und Frau Becker und Gesa kümmerten sich um alles und jeden. Hinzu kam, dass der Neubau in vollem Gange war und sich den ganzen Tag über die Handwerker die Klinke in die Hand gaben – und alle hatten sie stets etwas Hochwichtiges mit dem Chef zu besprechen.

»Man kriegt wirklich den Eindruck, als könnten die gar nichts selbst entscheiden«, sagte Gesa eines Vormittags kopfschüttelnd zu Frau Becker. »Als hätten wir hier nicht auch noch andere Dinge zu tun.«

»Aber Sie kennen doch den Chef«, erwiderte die Sekretärin. »Der will wegen jeder Kleinigkeit gefragt werden.« Mit besorgtem Blick beugte sie sich zu Gesa, um zu flüstern: »Der Senior kann einfach nichts abgeben. Das wird noch mal böse enden, glauben Sie mir.«

Was sie damit genau meinte, erläuterte Frau Becker nicht, aber Gesa wusste auch so, worauf sie hinauswollte. Während Gesa in den ersten Monaten im Kontor das Gefühl gehabt hatte, der alte Herr Kruse sei froh, wenn sein Sohn sich für das Geschäft interessierte und Anstalten machte, sich einzubringen, hatte sich sein Verhalten in den letzten Wochen merklich geändert.

Je mehr Arbeit anfiel, desto schwerer schien sich Herr Kruse senior damit zu tun, Keno irgendwelche Aufgaben zu übertragen. Offenbar genügte nichts, was er machte, seinen Anforderungen, jeden noch so kleinen Fehler kreidete er an, und es war sogar schon zu einem Streit zwischen den beiden gekommen, den man bis ins Büro der Sekretärinnen hatte hören können.

Um was genau es dabei gegangen war, wusste Gesa nicht, und sie hütete sich, jemanden danach zu fragen. Wen auch? Den Senior hätte sie unmöglich darauf ansprechen können, Keno war ebenfalls ihr Vorgesetzter, und Frau Becker auszuhorchen schied völlig aus. Da hätte sie ebenso gut einen Zettel ans Schwarze Brett auf dem Flur kleben können.

In jedem Fall stand fest, dass das Verhältnis der Herren Kruse sich deutlich verschlechtert hatte und sich immer weiter verschlimmerte.

Eigentlich ging Gesa das zunehmende Zerwürfnis von Vater und Sohn ja nichts an, und sie sollte keine Partei ergreifen, weil sie nur eine kleine Angestellte war, aber wenn sie Kenos zusammengepresste Lippen und die Schatten unter seinen Augen sah, dann schlug ihr das Herz wegen der Ungerechtigkeit, die ihm widerfuhr, bis zum Hals.

Er war immer freundlich zu ihr gewesen, und sie empfand beinahe so etwas wie Freundschaft für ihn, seit sie zusammen im Laster über Land gefahren waren, um Verkaufsgespräche zu führen und Waren auszuliefern. Damals hatte er viel freier gewirkt, nicht so bedrückt wie jetzt. Sie hatten viel miteinander geredet, häufig sogar gelacht, und ihr war es vorgekommen, als hätte auch er diese Zeit sehr genossen.

Jetzt wirkte er in sich gekehrt und schweigsam, besonders wenn sein Vater in der Nähe war. Ging der alte Herr Kruse mit den Handwerkern zur Baustelle hinüber, kam Keno jedoch oft auf einen Tee ins Büro der Sekretärinnen, verdrückte sich allerdings schnell wieder, sobald der Senior in Sicht war.

Zuerst schien Gesa nichts Ungewöhnliches daran, doch dann fiel ihr auf, dass er immer öfter am Nachmittag vorbeischaute, wenn Frau Becker schon nach Hause gegangen war. So auch an diesem Donnerstag, an dem Gesa nur mit halbem Herzen bei der Sache war, weil ihre Gedanken immer wieder zu Hanna wanderten, die heute die Jungbullen des Friesenhofes an den Viehhändler Piet Mertens verkaufen wollte.

Keno betrat das Büro mit einem Stapel der blauen Schreibmappen in der Hand, in der die Vertreter die Auftragsdurchschriften sammelten, und legte sie neben Gesas Schreibmaschine auf den Tisch.

»Ich habe Ihnen Arbeit mitgebracht, Fräulein de Fries.« Ein schmales Lächeln umspielte seine Mundwinkel, als er ihr zuzwinkerte. »Ich hoffe, Sie haben im Gegenzug noch eine Tasse Tee für mich.«

Gesa verzog das Gesicht. »Muss das alles heute noch fertig werden?«

»Sie kennen doch meinen Vater. Wenn es nach ihm geht, besser schon gestern.«

»Oder noch besser letzte Woche«, ergänzte Gesa mit einem Lachen.

Heute schien es Keno richtig gut zu gehen. Seine Wangen wirkten rosig, und seine Augen glänzten, während er in ihr Lachen einfiel und sich einen Stuhl neben ihren Schreibtisch zog. Als er sich setzte, verzog er für den Bruchteil einer Sekunde das Gesicht. Offenbar hatte er Schmerzen, doch bei Gesas fragendem Blick winkte er ab. Er griff in die Tasche seiner Anzugjacke und zog ein Pillenfläschchen hervor.

»Hätten Sie vielleicht einen Schluck Wasser für mich?«, fragte er.

»Natürlich, Herr Kruse.«

Gesa sprang auf und holte aus der Vitrine, in der auch das Teegeschirr für das Chefbüro stand, eines der Kristallgläser und füllte es aus der bereitstehenden Karaffe. Als sie das Glas vor Keno abstellte, sah er sie dankbar an. Er nahm zwei Tabletten aus dem Fläschchen und steckte sie zwischen die Lippen. Mit einer ruckartigen Bewegung schluckte er sie hinunter und spülte mit einem Schluck Wasser nach.

»Dieser verflixte Wetterwechsel macht mir zu schaffen«, sagte er. »Immer wenn es Regen gibt, melden sich meine Granatsplitter.«

War es ein Scherz oder meinte er es ernst? Und dann, als Gesa ihm prüfend in die Augen sah, geschah es: Für eine endlose Sekunde versank sie in der blauen Tiefe. Ihr war, als läge seine Seele in diesem Blick, der ganze Schmerz und all seine Sehnsucht.

Aber Sehnsucht wonach? In Gesas Kehle bildete sich plötzlich ein Kloß. Was war es nur, das ihn so furchtbar quälte?

Sie war versucht, ihn danach zu fragen, doch dann war der Moment vorbei, als Keno die Augen abwandte und sich räusperte. »Wenn Sie jetzt noch eine Tasse Tee für mich hätten, Fräulein de Fries?«

»Wie?«, fragte sie verwirrt. »Oh, natürlich. Der Tee.«

Eilig holte sie eine Tasse für ihn aus der Vitrine und schenkte aus Frau Beckers Kanne, die auf dem Stövchen auf ihrem Schreibtisch stand, Tee für ihn ein.

»Es tut mir leid, aber der ist nicht mehr ganz frisch«, sagte sie entschuldigend. »Soll ich rasch neuen machen?«

»Unsinn. Der reicht für mich.« Die Bitterkeit in seiner Stimme war nicht zu überhören. »Es sei denn, Sie möchten auch noch welchen«, fügte er hinzu.

Gesa schüttelte den Kopf und griff nach den Mappen auf dem Tisch. »Ach, herrje«, entfuhr es ihr. »Wenn ich die heute alle noch bearbeiten soll, dann sitze ich bis acht Uhr hier. Ausgerechnet heute …«

Keno setzte die Tasse, aus der er gerade getrunken hatte, auf der Untertasse ab. »Haben Sie etwa noch eine Verabredung?«

»Ich?«, gab sie zurück. »Nein. Aber unsere Jungbullen gehen heute an den Viehhändler, und ich hätte gern gewusst, ob …« Sie winkte ab. »Ist ja auch egal. Das interessiert Sie bestimmt nicht.«

»Natürlich interessiert es mich. Was ist so wichtig an den Jungbullen?«

Sie öffnete die oberste der Mappen und nahm das Sammelsurium an Aufträgen heraus, die der Vertreter dort hineingestopft hatte, legte sie vor sich auf den Tisch und glättete das zerknitterte Papier.

»Es geht darum, ob wir genug Geld für die Bullen bekommen«, erklärte Gesa. »Meine älteste Schwester und ihr Mann wollen das Erbteil, das ihr von meinem Vater zusteht, so schnell wie möglich ausgezahlt bekommen, und wenn der Erlös nicht ausreicht, müssen wir vielleicht noch Land verkaufen, auf das wir aber dringend angewiesen sind.«

Sie begann, die Zettel zu sortieren und sah erst auf, als ihr auffiel, dass Keno keine Antwort gab. Er musterte sie neugierig und voller Sympathie.

»Ist das der Grund, warum Sie so dringend eine Arbeit gesucht haben?«, fragte er.

Gesa spürte, wie ihr das Blut in die Wangen stieg. Sie nickte nur.

»Also sparen Sie Ihr ganzes Gehalt, damit Sie Ihrer Schwester das Geld geben können und der Hof für die Familie erhalten bleibt.« Es klang wie eine Feststellung, nicht wie eine Frage.

»Es ist mein Zuhause und meine Familie«, erwiderte sie. »Sie würden bestimmt dasselbe für Ihre Familie tun.«

Auf einmal wirkte sein Gesicht wie versteinert. »Ja, wer würde das nicht«, sagte er rau und streckte seine Hand nach den Mappen aus. »Geben Sie her, ich helfe Ihnen beim Sortieren. Und wenn wir damit fertig sind, bringe ich Sie nach Hause. Mit dem Fahrrad sind sie ja eine halbe Ewigkeit unterwegs.«

»Aber ...«

»Keine Widerrede, Fräulein de Fries«, sagte er. »So viel Einsatz für Familie und Firma muss belohnt werden. Sie wollen doch schließlich wissen, wie viel die Bullen eingebracht haben, oder?«

Gesa warf ihm einen dankbaren Blick zu und reichte ihm eine der Mappen, aus der er ebenfalls einen Stapel ungeordneter Auftragszettel holte. »An diesem System sollten wir wirklich mal etwas verbessern«, sagte er mit einem Seufzen. »So ist das viel zu umständlich. Wir bräuchten viel mehr Struktur.«

Während sie die Zettel sortierten, unterhielten sie sich über verschiedene Möglichkeiten, wie man die Aufträge rationeller organisieren könnte, und Gesa stellte fest, dass Keno in Bezug auf die Optimierung der Abläufe viele gute Ideen hatte.

»Haben Sie das schon mal Ihrem Vater vorgeschlagen?«, fragte sie schließlich. »Das würde eine Menge Zeit sparen und außerdem verhindern, dass in der Packerei Fehler passieren.«

»Er will nichts davon hören«, sagte Keno seufzend. »»Das

haben wir schon immer so gemacht und es hat bisher auch immer gut geklappt.‹ Das ist alles, was er zu Verbesserungsvorschlägen zu sagen hat. Aber vielleicht könnten Sie es ja bei Gelegenheit mal vorschlagen. Auf Sie hält er große Stücke. Größere als auf mich jedenfalls.«

Sie wollte gerade protestieren, da klingelte das Telefon. Entschuldigend lächelnd hob sie den Hörer ab. »*Kruse & Sohn*, hier spricht Gesa de Fries«, meldete sie sich.

»Ist mein Mann noch bei Ihnen?«, fragte eine Frauenstimme ohne Umschweife.

»Entschuldigung, ich habe Ihren Namen nicht verstanden«, sagte Gesa höflich, auch wenn die Frau am anderen Ende ihn gar nicht genannt hatte.

»Hier spricht Frau Kruse«, kam es ungeduldig zurück. »Und jetzt geben Sie mir meinen Mann.«

»Oh, Frau Kruse, einen kleinen Moment bitte«, sagte Gesa. Sie legte die Hand auf den Hörer und sah Keno fragend an, dessen Miene sich verdüstert hatte.

Er streckte den Arm aus und nahm ihr den Hörer ab. »Ja, Lisa?«

Was Kenos Frau zu ihm sagte, war nicht zu verstehen, aber der Ton war alles andere als freundlich, das war nicht zu überhören.

Keno antwortete zunächst nur einsilbig mit Ja und Nein.

»Dann komme ich später nach«, sagte er dann. »Nein, ich kann hier nicht einfach alles stehen und liegen lassen … Nein … Sicher weiß ich das, aber … Nein, ich habe keine Ahnung, wann ich hier wegkomme. Aber es könnte spät werden, keinesfalls vor acht oder halb neun.« Wieder folgte eine Pause, in der Gesa nur die zunehmend lautere Stimme von Lisa Kruse aus dem Hörer vernehmen konnte. »Dann gehst du eben allein oder besser noch, geh zusammen mit meinem Vater ... Doch, das ist mein voller Ernst. Ich habe sowieso keine Lust auf deine sogenannten gesellschaftlichen Verpflichtungen. Wie gesagt, habe ich noch im Kontor zu tun ... Ja, ja, sehr wichtig sogar ... Bestimmt bin ich dann schon im Bett. Wir können das genauso gut morgen früh besprechen. Tut mir leid, ich muss jetzt auflegen, da möchte jemand aus der Verpackungsabteilung etwas von mir. Auf Wiederhören, Lisa.«

Er erhob sich halb vom Stuhl und legte den Hörer wieder auf die Gabel zurück.

Gesa schaute ihn verblüfft an. Dass Keno mit solcher Selbstverständlichkeit seine Frau belog, wäre ihr niemals in den Sinn gekommen.

Das Lächeln, mit dem er sie nun ansah, wirkte sarkastisch. »Tut mir leid, dass Sie das mitanhören mussten, Fräulein de Fries. Also abgemacht, ich bringe Sie mit dem Auto nach Hause, wenn wir mit der Arbeit fertig sind.« Damit griff er wieder nach den Auftragsscheinen und sortierte weiter. »Ich habe mir sozusagen den Abend freigenommen.«

Dreizehn

Hanna hatte kaum die Küche betreten, als sich alle, die am Abendbrottisch saßen, zu ihr umdrehten. Eigentlich hatte sie vorgehabt, die Familie ein bisschen auf die Folter zu spannen, aber als sie in die gespannten Gesichter blickte, ließ sie ihren Plan sofort wieder fallen.

»Und?«, fragte ihre Mutter. »Wie ist es gelaufen?«

»Gut«, sagte sie strahlend. »Sogar sehr gut.« Sie sah sich zu Tomek und Dierk um, die hinter ihr in die Küche gekommen waren. »Oder was meint ihr?«

Der alte Dierk nahm seine unvermeidliche kurze Pfeife aus dem Mund und nickte. »Doch, das war ordentlich.«

»Nu spann uns doch nicht auf die Folter, Deern«, rief Tanti. »Wie viel haben die Bullen eingebracht?«

»Fünftausenddreihundertfünfzig Mark!«, platzte es aus Hanna heraus. »Stellt euch vor, jeder Bulle hat im Schnitt zweihundertachtzig Mark gebracht. Mertens hat sich zwar zuerst angestellt, hat gemeint, die Zeiten seien für alle schlecht, und er würde mir einen Gefallen tun, wenn er mir zweihundert Mark pro Tier anbietet, aber darauf habe ich mich gar nicht erst eingelassen und ihm gesagt, dass ich genau wüsste, was Jens Kröger für seine Bullen bekommen hat. Da war er dann bereit, mit mir zu feilschen.« Sie lachte.

»Hinterher meinte er noch, er sei der Deern nur deshalb so weit entgegengekommen, weil er der Familie de Fries helfen wollte«, fügte Dierk hinzu. »Weil er mit Onno früher immer so gute Geschäfte gemacht hat. Pustekuchen!« Er schnaubte. »Die Deern hat sich wacker geschlagen und gehandelt, als hätte sie nie was anderes gemacht.« Er nickte wichtig in Hannas Richtung. »Dein Vater wäre stolz auf dich.«

»Glaubst du?«

»Er hätte es selbst nicht besser machen können.« Hanna merkte, wie sie rot vor Stolz wurde, und lächelte dem alten Knecht zu.

Ihre Mutter kam auf sie zu und umarmte sie herzlich. »Das hast du gut gemacht, Hanna«, sagte sie warm. »Jetzt haben wir das Geld, um die erste Rate an Helga und Günther zu zahlen.«

»Vor allem können wir die beiden Weiden behalten, um auch im nächsten Jahr Bullen fett zu machen. Als Einjährige bringen die nicht viel«, sagte Hanna. Sie fühlte sich so leicht und glücklich, dass sie am liebsten getanzt hätte. »Vielleicht sollten wir den Erfolg feiern. Papa hat nach so einem guten Geschäft immer einen Schnaps für alle ausgegeben, wisst ihr noch? Diese Tradition sollten wir beibehalten.«

Ihre Mutter nickte. »Gute Idee. Hol du schon mal die Gläser.«

Eilig lief Hanna in die Stube hinüber und holte einen Stapel Schnapsgläser, die sie gegen ihre Brust gelehnt vorsichtig zurück in die Küche balancierte.

Tanti schnalzte kopfschüttelnd mit der Zunge. »Deern, nimm doch ein Tablett. Wenn die nun runtergefallen wären …«

»Sind sie aber nicht«, erwiderte Hanna lachend, stellte die Gläser auf den Tisch und verteilte sie, während Henrike mit der Schnapsflasche die Runde machte, die sie danach zwischen Brot und Wurst auf die Holzplatte stellte.

»Dann sag mal Prost, Deern«, sagte Mama mit Tränen des Stolzes in den Augen. »Das hast du dir verdient.«

Hanna griff nach ihrem Glas und hob es hoch. Ihr Blick glitt über all die Gesichter, die sich ihr zuwandten, und blieb zum Schluss an Tomek hängen. »Auf die Zukunft des Friesenhofes«, sagte sie mit fester Stimme. »Mögen all seine Bewohner gesund bleiben und so glücklich werden, wie ich es gerade bin.«

»Auf den Friesenhof ...«, hörte sie die anderen murmeln und sah, wie Tomeks dunkle Augen glänzten. Dann stürzte sie den Inhalt ihres Glases hinunter und spürte den Alkohol durch ihre Kehle brennen.

»Auf einem Bein soll man nicht stehen«, sagte Henrike und begann damit, allen nachzuschenken, als Hanna hinter sich eine vertraute Stimme hörte.

»Was ist denn hier los?«, rief Gesa. »Wartet ihr mit dem Feiern nicht mal, bis ich von der Arbeit heimkomme?«

Hanna drehte sich um, und zu ihrem Erstaunen stellte sie fest, dass Gesa nicht allein war. Neben ihr stand ein hochgewachsener Mann um die dreißig. Er trug einen dunklen Anzug mit Schlips und Kragen unter einem Kamelhaarmantel, der dem Schnitt nach Vorkriegsware war, und schaute freundlich in die Runde. Dann nahm er seinen Hut ab und nickte den Anwesenden zu.

»Guten Abend!«, sagte er mit einer erstaunlich tiefen Stimme.

»Herr Kruse war so nett, mich nach Hause zu fahren,

und da er noch etwas Zeit hat, habe ich ihn gebeten, einen Moment mit hereinzukommen«, sagte Gesa. »Ich konnte ja nicht wissen, dass er gleich den richtigen Eindruck von meiner Familie bekommt.« Sie lachte und sah sich zu Herrn Kruse um, der höflich lächelte.

Das musste der Juniorchef von *Kruse & Sohn* sein, dachte Hanna. Gesa hatte oft von ihm erzählt, aber mit keinem Wort erwähnt, wie gut er aussah. Eigentlich erinnerte er eher an einen Filmschauspieler, statt an einen Teehändler. Rötlichblondes, welliges Haar umrahmte sein kantiges Gesicht mit blaugrauen, ernsten Augen und einer geraden Nase über den geschwungenen Lippen.

»Dass ihr Schnaps trinkt, heißt wohl, dass die Bullen verkauft worden sind«, sagte Gesa mit einem fragenden Blick zu ihrer Schwester.

»Ja, für fünftausenddreihundertfünfzig Mark«, sagte Hanna. »Das ist viel mehr, als ich gehofft hatte. Deshalb haben wir auf den Erfolg angestoßen. Wollt ihr auch einen Korn?«

Sie wandte sich um und wollte nach den Gläsern greifen, die noch unbenutzt auf dem Tisch standen, doch ihre Mutter kam ihr zuvor.

»Wir sollten wohl besser schnell einen Tee für Gesas Gast machen.« Henrike warf Hanna einen missbilligenden Blick zu. Sie schüttelte den Kopf. »Man kann doch einem feinen Herrn keinen Selbstgebrannten anbieten. Also wirklich.« Mit schnellen Schritten war sie am Herd und schob den Teekessel auf die Flamme. »Führt ihr schon mal unseren Gast in die Stube und deckt dort den Tisch. Ich komme gleich mit dem Tee.«

Hanna entging nicht, dass Herr Kruse mit sich zu kämpfen schien, ob er das Angebot ablehnen sollte. Er hob kurz die Hand, als wolle er etwas einwenden, doch dann nahm er sie wieder herunter, ohne ein Wort gesagt zu haben.

»Gern«, sagte Gesa und deutete auf die Küchentür. »Dort entlang, Herr Kruse.«

Hanna folgte den beiden hinaus. Während Gesa und Hanna in der Stube schnell eine frische Tischdecke auflegten und das gute Teegeschirr holten, blieb Herr Kruse, der seinen Mantel an der Garderobe im Flur aufgehängt hatte, vor den Familienfotos stehen, die neben der Standuhr an der Wand aufgereiht hingen. Interessiert betrachtete er nacheinander die Bilder von Onno und Renke de Fries, an deren Rahmen jeweils ein Trauerflor aus schwarzem Seidenband befestigt war.

»Ihr Bruder war bei der Marine?«, fragte er.

»Ja«, sagte Gesa. »Er war bei den U-Boot-Fahrern. Er ist auf dem Atlantik geblieben.«

»Von denen sind nur wenige zurückgekommen.«

»Das ist wahr«, hörte Hanna ihre Schwester sagen. Sie war neben Herrn Kruse getreten.

»Und das ist ihr Vater?«, wollte Herr Kruse wissen und deutete auf Papas Bild.

»Ja, er ist im Frühjahr an einer Blutvergiftung gestorben.«

»Das hatten Sie schon mal erzählt, wenn ich mich recht erinnere. Sie sehen ihm ähnlich.«

»Das sagen viele«, sagte Gesa leiser.

Hanna stellte die letzten Tassen auf die Untertassen und drehte sich zu den beiden um. Sie standen dicht nebeneinander, und es war nicht zu übersehen, dass sie große Sympathie füreinander empfanden. In Hannas Augen sprach die Art Bände, wie Gesa unbewusst Kenos Gesten nachahmte und seine Nähe geradezu zu suchen schien. Sie blieb beim Tisch stehen und beobachtete die beiden aus der Entfernung.

»Und da ist die ganze Familie versammelt, oder?«, fragte Herr Kruse. »Eine ganz schön große Truppe.«

»Das war bei der Hochzeit meiner älteren Schwester Helga. Sie und ihr Mann wohnen in Moordorf. Wissen Sie noch, wir sind in der Gegend gewesen, als wir in Aurich und Marienhafe die Kaufmannsläden besucht haben.«

»Ich erinnere mich.« Er nickte. »Kleine Höfe und nur wenige Läden.« Plötzlich stockte er und ging so nah an das Foto heran, dass seine Nase fast das Glas berührte. »Der junge Mann …« Er deutete mit dem Finger auf das Bild. »Der in der SS-Uniform … Das ist der Mann Ihrer Schwester?«

»Ja, das ist Günther. Günther Warns. Natürlich musste er in seiner Uniform heiraten.« Gesa schnaubte durch die Nase. »Vermutlich hätte er aber auch keinen vernünftigen anderen Anzug gehabt.«

»Günther Warns …« Herr Kruse holte tief Luft und ließ sie langsam wieder entweichen. »Sturmscharführer Warns …« Er schüttelte langsam den Kopf. »Nicht zu fassen!«

»Was ist denn, Herr Kruse?«, fragte Gesa erschrocken. »Sie sind ja so blass geworden.«

»Ich bin mal einem Sturmscharführer Warns begegnet. Das war in Russland, kurz bevor ich nach Ostpreußen versetzt wurde. Er hat damals …«

Herr Kruse brach ab. In Gedanken schien er auf einmal weit weg zu sein.

»Was hat er damals?«, fragte Gesa nach einer Weile, in der er stumm auf das Foto gestarrt hatte.

»Hm?«, machte er und wandte sich Gesa zu. »Lassen Sie mich erst sicherstellen, dass es sich wirklich um denselben Mann handelt«, sagte er dann. »Ich will niemanden zu Unrecht beschuldigen.«

»Beschuldigen?«, entfuhr es Hanna. Sie runzelte die Stirn. »Was hat denn dieser SS-Mann angestellt, den sie gekannt haben?«

Kruse fuhr herum und schaute Hanna an. Er antwortete nicht, aber an seinem Gesichtsausdruck erkannte sie, dass es etwas Entsetzliches gewesen sein musste.

»So, da kommt der Tee!«, ertönte Henrikes Stimme aus Richtung der Tür, die Tanti für sie geöffnet hatte. Natürlich würde es sich die alte Frau nicht nehmen lassen, sich zum Rest der Familie zu gesellen, wenn so hoher Besuch da war.

Während Henrike den größten Teil der Unterhaltung bestritt, schwieg Tanti meist, doch sie beobachtete alle am Tisch genau, wie es ihre Art war.

Henrike erzählte vom Friesenhof, wie groß er sei und wie viele Tiere die Familie besaß, von den Flüchtlingen, die einquartiert waren, aber vor allem von ihren Kindern. Von Zeit zu Zeit stellte Herr Kruse eine Frage, aber meist ließ er Henrike sprechen, und immer wieder schaffte er es, das Gespräch auf Helga und Günther zu lenken, das fiel nicht nur Hanna auf. Sie sah, dass Tanti die Augenbrauen zusammenzog und ihn scharf musterte, aber da die alte Frau nichts dazu sagte, schwieg auch Hanna.

»Es waren für uns alle schwere Zeiten nach dem Krieg, und für unsere Familie war dieses Jahr besonders schwierig«, sagte Henrike schließlich mit einem Seufzen. »Aber langsam scheint sich alles zum Guten zu wenden. Gesa erzählte mir, dass sie auf ihrer Arbeitsstelle zufrieden ist, und wenn unsere Hanna bald noch einen geeigneten jungen Mann findet, der sie heiraten will, dann hat der Hof auch wieder einen Bauern.«

»Wozu braucht sie denn einen Mann?«, fragte Tanti trocken. »Sie hat doch bewiesen, dass sie das alles auch gut allein schafft, wenn Tomek und Dierk ihr nur ein bisschen unter die Arme greifen.«

»Das ist aber doch nicht dasselbe, Tante Alma«, sagte Henrike vorwurfsvoll. »So wie jetzt kann es auf Dauer nicht gehen.«

»Warum nicht?«, fragte Tanti sofort. »Hanna hat bewiesen, dass sie mit allem zurechtkommt, sogar mit Viehhändler Mertens.«

»Das schon, aber …«

»Nichts aber!«, unterbrach Tanti ihre Nichte. »Und erzähl mir nicht, dass Frauen keinen Hof führen können. Was ist denn mit all den Witwen, deren Männer nicht aus dem Krieg zurückgekommen sind? Die kommen auch klar. Ihnen bleibt ja gar nichts anderes übrig.«

»Wenn sie eine Wahl hätten, hätten sie aber sicher lieber einen Mann auf dem Hof.«

»Den hat Hanna doch. Mit Tomeks Hilfe kommt sie gut zurande, und vor allem arbeiten die beiden Hand in Hand.«

Hanna fühlte auf einmal, wie eine kalte Hand nach ihrem Magen griff und ihn zusammendrückte. Sie wollte etwas sagen, um Tanti zu unterbrechen, aber sie brachte kein Wort heraus. Mit weit aufgerissenen Augen sah sie ihre Mutter an, die verdutzt die Stirn runzelte.

»Tomek? Was meinst du denn damit?«, fragte diese.

»Was werde ich wohl meinen, Henrike?«, fragte Tanti.

»Dass die zwei sich gut verstehen und so zusammenarbeiten, wie Bauer und Bäuerin das tun sollten.«

»Aber Tomek ist doch ein …« Henrike brach ab. Unwillkürlich warf sie Herrn Kruse einen schnellen Blick zu.

»Ja? Was ist er?«, fragte Tanti ungerührt. »Er ist ein Knecht auf unserem Hof. Ja, und? Es hat schon öfter Knechte gegeben, die die Tochter des Bauern geheiratet haben, das weißt du so gut wie ich. Woher er kommt, kann doch egal sein. Tomek ist freundlich, hilfsbereit und arbeitet gut. Was willst du denn mehr?«

»Dass er von hier kommt«, brach es aus Henrike heraus. »Aus der Krummhörn oder wenigstens aus Ostfriesland. Ein Fremdarbeiter käme mir niemals als Schwiegersohn ins Haus.«

Hannas Hände ballten sich unter dem Tisch zur Faust, und sie biss sich auf die Lippen, um ihre Gefühle im Zaum zu halten und nicht laut zu protestieren.

Genau das hatte sie immer befürchtet: Mama war strikt dagegen, dass sie und Tomek zusammenkamen. Deshalb hatte sie ihre Liebe zu ihm ja auch geheim gehalten, und nun platzte Tanti einfach so damit heraus, ausgerechnet jetzt, wo Gesas Chef mit am Tisch saß.

Hilfe suchend sah sie zu Gesa und Herrn Kruse hinüber, doch beide schienen ihre Verzweiflung gar nicht zu bemerken. Herr Kruse schaute verlegen nach unten auf seine Hände, während Gesa mit offenem Mund ihre Mutter anstarrte. Dann veränderte sich der Ausdruck auf ihrem Gesicht von Verblüffung zu Entrüstung.

»Fremdarbeiter?«, fragte sie. »Tomek hat es sich nicht ausgesucht, hergebracht zu werden. Er ist nach dem Krieg geblieben, weil er Ostfriesland als seine neue Heimat ansieht.

Warum sollte er schlechter sein als jemand, dessen Familie schon seit einer Ewigkeit in der Gegend wohnt?« Ihre Augen wurden schmal. »Und vor allem, warum wart ihr dann damals so dagegen, dass Helga Günther Warns heiratet? Der kommt schließlich von hier.«

»Das eine hat doch mit dem anderen nichts zu tun.« Henrike verschränkte die Arme vor der Brust. »Günther ist … oder vielmehr, er war …« Sie schien nach den richtigen Worten zu suchen.

»Ja, was ist er?«, fragte Gesa ihre Mutter.

Hanna bemerkte, dass Herr Kruse auf einmal aufmerksam zuhörte.

»Euer Vater war mit seinen Ansichten nicht einverstanden«, erklärte Henrike steif. »Wir waren beide der Meinung … Wir glaubten …«

»Helga hätte etwas Besseres verdient als einen glühenden Nazi«, ergänzte Tanti. »Nenn das Kind ruhig beim Namen, Henrike. Onno konnte Günthers Gerede von ›Blut und Boden‹ und den ›Untermenschen im Osten, die man ausrotten sollte‹ nie ausstehen, aber er hat sich nicht getraut, was dagegen zu sagen. Wer konnte denn wissen, ob Günther ihn nicht bei den Behörden angeschwärzt hätte?« Sie schnaubte verächtlich. »Man hätte ihn wegen Wehrzersetzung an die Wand stellen können. Da wurde ja nicht lange gefackelt.«

»Helga hatte es sich in den Kopf gesetzt, Günther zu heiraten, und war durch nichts davon abzubringen. Wir wollten immer nur ihr Bestes.« Henrike seufzte und rieb sich mit Zeigefinger und Daumen ihrer Rechten die Stirn. »Wenn sie nur auf uns gehört hätte, wäre ihr vieles erspart geblieben.« Sie nahm die Hand herunter und warf Gesa einen traurigen Blick zu. »Glücklich ist sie nicht mit ihrem Leben,

277

das glaub mal. Wenn wir beide allein sind, jammert sie mir die Ohren voll, wie schwer sie es dort hat. Die Schwiegermutter nörgelt den ganzen Tag an ihr herum, und Günthers Vater redet kein Wort mit ihr, seit sie es mal gewagt hat, ihm zu widersprechen. Drei Jahre geht das schon so.« Henrike seufzte. »Und Günther ist ihr gar keine Hilfe. Er hält nie zu seiner Frau, für ihn zählt nur das, was der Alte sagt. Wie gesagt, Helga hätte damals besser auf uns gehört, als wir ihr die Hochzeit verboten haben.«

»Wenigstens durfte sie selbst entscheiden, wen sie heiratet«, platzte es auf einmal aus Hanna heraus. Ohne zu wissen, was sie tat, sprang sie auf die Füße. »Helga wurde nicht vorgeschrieben, was sie zu tun und wen sie zu lieben hat. Auch wenn sie die falsche Wahl getroffen hat, es war immerhin ihre eigene Entscheidung.«

Ihre Stimme versagte, als ihr die Tränen in die Augen schossen. Sie schluchzte auf, schlug die Hand vor den Mund und lief an Gesa und Herrn Kruse vorbei aus der Stube. Auf dem Flur hörte sie noch Gesas Stimme, die ihren Namen rief, aber sie blieb nicht stehen, sondern rannte weiter zur Tür, die zum Stall hinausführte. Erst auf der Dreschdiele blieb sie schwer atmend stehen.

Mit einer schnellen Bewegung wischte sie sich die Tränen aus dem Gesicht und holte tief Luft, um die Fassung zurückzugewinnen.

Was war nur passiert? Noch vor einer Stunde war sie so stolz und so glücklich über ihren Erfolg gewesen. Jetzt schien ihr das eine Ewigkeit her zu sein, und alle Freude war vergangen. Und das alles nur, weil Tanti sich verplappert hatte.

Hinter ihr klappte eine Tür, doch nicht Gesa war ihr gefolgt, wie sie erwartet hatte. In der Tür, die zum Wohnhaus führte, stand Tomek und schaute sie fragend an.

»Hanna?« Seine dunkle Stimme klang besorgt.

»Ach, Tomek …«

Sie warf sich in seine Arme und hielt sich an ihm fest, während ihr wieder die Tränen über die Wangen strömten. Sie vergrub ihr Gesicht in seinem Arbeitskittel und spürte, wie er ihr langsam über die Haare strich.

»Kochanie«, hörte sie ihn leise sagen. »Was ist los, Hanna?«

Aber sie konnte nicht antworten, sondern klammerte sich noch fester an ihn, während er ihr polnische Koseworte ins Ohr flüsterte.

Schließlich holte Hanna tief Luft und schob ihn entschlossen ein Stück von sich fort, um ihn ansehen zu können. Er blickte sie aus sorgenvollen Augen an.

»Liebst du mich, Tomek?«, fragte sie.

Er hatte diese Frage schon oft beantwortet, und auch diesmal war die Antwort dieselbe wie immer.

»Ja, ich liebe dich, Liebling.«

»Und ich liebe dich, Tomek. Ich möchte für immer mit dir zusammenbleiben.«

»Ich weiß. Das will ich auch.«

Sie zog ihn an sich und küsste ihn mit wachsender Leidenschaft. Er erwiderte ihren Kuss, und es war Hanna ganz egal, ob jetzt jemand käme, der sie zusammen sehen könnte.

Sie gehörten zusammen, Tomek und sie, das wusste Hanna ganz sicher. Nichts würde sie trennen, dafür wollte sie sorgen. Und sie wusste auch, wie sie das anstellen musste.

»Vertraust du mir?«, fragte sie, ihre Lippen noch an seinen. Mit geschlossenen Augen spürte sie, wie er nickte.

»Dann komm mit mir«, flüsterte sie. Sie löste sich aus seiner Umarmung und griff nach seiner Hand.

»Wohin?«, fragte er.

Hanna machte eine Kopfbewegung in Richtung der Leiter, die ein Stück weiter die Dreschdiele hinunter zum Heuboden hinaufführte. Sie wandte sich um und wollte ihn mit sich ziehen, doch er hielt sie an der Hand fest.

»Du bist sicher?«, fragte er zögernd.

»So sicher, wie ich noch nie wegen etwas war«, sagte sie fest. »Komm mit mir nach oben ins Heu.«

Er sah sie zweifelnd an, doch als sie ihm zunickte, erwiderte er ihr Lächeln und folgte ihr.

Als sie Stunden später ins Schlafzimmer schlich, flammte die Nachttischlampe auf, und für den Bruchteil einer Sekunde musste Hanna an die Nacht nach dem Polterabend denken, so sehr glich die Situation der damaligen. Und doch war es so ganz anders heute.

Heute fühlte sie sich geliebt und war glücklich. Eine angenehme Wärme durchströmte sie bis in die Fingerspitzen, wenn sie an Tomek dachte. Er war so sanft gewesen, immer darauf bedacht, ihr um Gottes willen nicht weh zu tun. Sie waren bis in die hinterste Ecke des Heubodens geklettert, dort, wo das Heu dieses Sommers lag, dessen Duft sie umgab wie eine Wolke. Hanna wollte ganz sicher sein, dass niemand sie finden würde. Sie musste bei dem Gedanken lächeln, dass sie Tomek hatte helfen müssen, sein Hemd aufzuknöpfen, weil seine Finger so gezittert hatten. Doch dann, als sie nackt nebeneinander auf ihrem Kleid lagen, war das Zittern verschwunden. Seine Hände hatten sie so zart berührt wie Schmetterlingsflügel. Immer wieder hatte er innegehalten, gefragt, ob es ihr recht sei, wenn er das tue, und sie hatte es bejaht. Im Halbdunkel des Heubodens hatte sie seine Augen nur erahnen können, als er sie in die Arme nahm und sie schließlich ihre Beine um seinen Körper schlang, um ihn in sich aufzunehmen. Diesmal hatte es nicht wehgetan, das hatte sie ihm versichert, ganz im Gegenteil, es war wunderschön gewesen, ihn in sich zu fühlen, über seinen nackten Rücken zu streichen, um dann zu spüren, wie er zu zittern begann. Ein leichter Schwindel hatte sie erfasst, und sie hatte für einen Moment das Gefühl gehabt, durch einen samtenen Tunnel zu fallen. Sie hatte tief, ganz tief Luft holen müssen, weil ihre Brust viel zu eng für ihr wild schlagendes Herz zu werden drohte. Die Erinnerung an diese Empfindung verursachte ein wohliges Schauern.

»Wo hast du denn gesteckt?«, fragte Gesa vorwurfsvoll. »Mama war ganz besorgt und hat nach dir suchen lassen, als Herr Kruse gefahren ist. Ich habe ihr erzählt, du seist im Bett und würdest schlafen.«

»Danke, Gesa, das war sehr nett von dir, für mich zu lügen.«

»Aber nun sag, was hast du gemacht? Hast du dich irgendwo verkrochen und dir die Augen aus dem Kopf geweint?«

»Nein, diesmal nicht.«

»Diesmal?« Gesa zog skeptisch die Augenbrauen zusammen.

Hanna fuhr sich mit der Hand durchs Haar und zog einen langen Halm aus ihren blonden Locken, den sie Gesa vors Gesicht hielt.

»Was …«

Gesas verblüffte Miene brachte Hanna zum Lachen.

»Ich habe dafür gesorgt, dass Tomek und ich heiraten werden«, sagte sie, und ein triumphierendes Lächeln flog über ihr Gesicht. »Wenn ich ein Kind bekomme, wird selbst Mama nichts mehr dagegen sagen können.«

Vierzehn

Gesa zog ihren Mantel enger um sich. Es war in den letzten Tagen empfindlich kühl geworden, und jetzt, kurz vor Sonnenaufgang, lag ein Hauch von Frost in der Luft.

Über den Gräben, die die Weiden umgaben, sammelte sich Nebel und waberte in dichten Schwaden über die Straße. Die Wolken im Osten bekamen goldene Ränder, als Gesa, die die Straße nach Rysum im Blick hatte, zwei Lichtkegel entdeckte, die rasch näher kamen. Aus dem Nebelschleier löste sich die dunkle Limousine, mit der Keno sie gestern Abend nach Hause gebracht hatte. Als er schließlich zurück nach Emden aufgebrochen war, hatte er darauf bestanden, sie am Folgemorgen abzuholen, und sie hatte zögernd eingewilligt. Davon, dass sie bis Pewsum zu Fuß gehen und dann mit der Bahn fahren könne, hatte er nichts wissen wollen.

»Da wären Sie ja Stunden unterwegs«, hatte er gesagt und abgewunken. »Ich hole sie ab, keine Widerrede.«

»Aber …«

»Das macht mir nichts aus, Fräulein de Fries. Im Gegenteil, ich freue mich schon, morgens in ein freundliches Gesicht zu blicken.«

Sie stutzte bei seinen Worten, aber da ihre Mutter neben

ihr stand, um den Gast zu verabschieden, fragte sie Keno nicht, was er mit diesem Satz gemeint hatte.

Vielleicht ergab sich ja jetzt die Gelegenheit, dachte sie, als der Wagen neben ihr hielt und Keno über den Beifahrersitz griff, um die Tür für sie zu öffnen.

»Guten Morgen!«, rief er und lächelte. »Ich hoffe, Sie haben gut geschlafen und sind jetzt voller Tatendrang für den neuen Arbeitstag.«

»Gut geschlafen habe ich, vielen Dank, aber für Tatendrang ist es mir einfach zu kalt. Guten Morgen, Herr Kruse.«

Er lachte und schien wirklich gut gelaunt zu sein.

Nachdem sie eingestiegen war und die Tür geschlossen hatte, wendete er den Wagen auf der Auffahrt und fuhr los.

»Wissen Sie, solange wir unter uns sind, sollten Sie Keno zu mir sagen, Fräulein de Fries«, sagte er, ohne den Blick von der Straße zu nehmen.

Verblüfft starrte sie ihn an. Er schien es wirklich ernst zu meinen. »Ich ... äh ...«, begann sie zögernd.

»Nur, wenn Sie es möchten, natürlich«, fügte er hastig hinzu. »Es sollte nur so eine Art Zeichen meiner Wertschätzung und Freundschaft sein. Ich möchte Sie damit auf keinen Fall unter Druck setzen.«

»Wenn Sie mich dann auch Gesa nennen, gern«, erwiderte sie.

Er warf ihr einen schnellen Blick zu und lächelte abermals. »Gern, Gesa. Ich freue mich.« Er nahm die Rechte vom Lenkrad und reichte sie ihr.

»Ich freue mich auch«, sagte sie und ergriff seine Hand. »Vielen Dank für das Angebot, Keno.«

»Auf gute Freundschaft, Gesa.«

»Ist Ihre Schwester denn gestern noch wieder aufgetaucht?«

»Ja, das ist sie, es war allerdings schon fast Mitternacht,
als sie zurückkam. Meine Mutter hat sich schon Sorgen gemacht, dass was passiert sein könnte. Aber ...« Gesa zögerte
kurz – sollte sie Keno die Wahrheit erzählen? »Hanna ist gesund und munter nach Hause gekommen. Allerdings mit
Heu im Haar.«

»Hatte sie sich auf dem Heuboden verkrochen?«

»So könnte man es auch ausdrücken«, sagte Gesa trocken.

»Sie war aber offenbar nicht allein dort oben.«

»Oh!«

»Allerdings, oh.« Gesa schüttelte den Kopf, sah dabei
jedoch weiter geradeaus. »Ich denke, sie legt es darauf an,
heiraten zu *müssen*.« Das letzte Wort betonte sie deutlich.
»Wenn ein Kind unterwegs ist, wird meine Mutter nichts
gegen die Hochzeit mit Tomek sagen können.«

»Das klingt sehr nach einem abgekarteten Spiel. Ist das
eine gute Grundlage für eine Ehe?«

»Nein, das ist pure Verzweiflung. Sie liebt Tomek schon
lange, und er liebt sie auch, aber ...« Gesa zuckte hilflos mit
den Schultern. »Danach geht es nun mal nicht immer.«

Komisch, dachte sie. Wie leicht ich ihm mein Herz aus-
schütten kann. Die Worte kommen einfach so, ohne dass
ich das Gefühl habe, aufpassen zu müssen, was ich ihm er-
zähle.

»Nein, danach geht es nicht immer«, sagte er leise und
mehr zu sich selbst als zu ihr. Sie schaute zu ihm hinüber.
Sein schmales Gesicht wirkte nachdenklich, in den Augen
lag eine Mischung aus Trauer und Enttäuschung.

»Keno?«, fragte sie vorsichtig. »Darf ich Sie etwas fragen?«

»Natürlich.«

»Sie sagten gestern, Sie würden morgens gern in ein freundliches Gesicht sehen. Was meinten Sie damit? Sind Sie morgens allein, oder lächelt niemand Sie an?«

Er holte tief Luft und ließ sie langsam durch die Nase wieder entweichen, ehe er antwortete. »Ich hätte nicht gedacht, dass Sie das so beschäftigt, Gesa. Sonst hätte ich es bestimmt nicht erwähnt.«

»Was von beidem ist es?«

»Meistens sehe ich niemanden. Manchmal ist mein Vater noch da, doch der vergräbt sich immer hinter seiner Zeitung. Und meine Frau ...« Wieder holte er tief Luft. »Zu behaupten, Lisa ist kein Morgenmensch, wäre noch geschmeichelt.« Kenos Versuch zu lächeln misslang. »Und es wäre gelogen. Wir ...« Er ließ das Wort in der Luft hängen und schwieg.

»Bitte entschuldigen Sie, wenn ich Ihnen zu nahe getreten bin«, sagte Gesa nach einer Weile, als sie sein Schweigen nicht mehr ertrug.

»Nein, das ist es nicht, Gesa. Sie waren so offen zu mir, da schulde ich Ihnen auch eine ehrliche Antwort. Und ich gebe zu, die habe ich mir bisher selbst nicht mal eingestanden.« Wieder warf er ihr einen raschen Seitenblick zu, bevor er wieder auf die Straße blickte. Seine Hände umklammerten das Lenkrad so fest, dass die Knöchel weiß hervortraten.

»Lisa und ich haben zu Beginn des Krieges geheiratet. Wir kannten uns schon lange, weil unsere Eltern befreundet waren. Lisa war, wie man so schön sagt, eine gute Partie: die einzige Tochter einer alten Emder Kaufmannsfamilie, mit großer Mitgift und einem noch reicheren Erbe in Aussicht. Also hat mein Vater alles eingefädelt, damit wir noch schnell heiraten konnten, bevor ich an die Front eingerückt bin. Lisa brachte die Villa mit in die Ehe, in der wir seither alle wohnen, und mein Vater freute sich über das zusätzliche Kapital für das Kontor. Und ich? Ich spielte den Ehemann, wie jeder ihn von mir erwartete, und Lisa spielte mit. Es gab den tränenreichen Abschied am Bahnhof, sie winkte mit dem Taschentuch hinter mir her und fiel fast in Ohnmacht, als der Zug den Bahnhof verließ, wie mein Vater mir an die Front schrieb. ›Sie muss dich sehr lieben!‹, fügte er hinzu.« Keno schnaubte durch die Nase. Es klang fast wie ein Lachen.

»Tat sie das denn nicht?«, fragte Gesa.

»Ich weiß nicht, ob Lisa jemals jemanden wirklich geliebt hat außer sich selbst.«

»Und was ist mit den Kindern?«

»Eva und Walter?«, fragte er. »Die haben ein Kindermädchen, das sich um sie kümmert. Lisa hat kaum Zeit für sie. Sie ist damit beschäftigt, ihren gesellschaftlichen Verpflichtungen nachzukommen und wohltätig zu sein.« Wieder stieß er dieses bittere Lachen aus. »Jedenfalls dann, wenn sie genug Publikum hat.«

Gesa schwieg. Ihr fiel einfach nichts ein, was sie darauf erwidern konnte.

»Eigentlich war so was zu erwarten«, fuhr Keno fort. »Lisa war noch ein halbes Kind, als wir heirateten, und hatte eine hochfliegende, unrealistische Vorstellung davon, wie ihr Eheleben sein sollte. Vielleicht kommt es vor, dass sich ein Paar bei einer arrangierten Ehe ineinander verliebt, doch das ist wohl eher die Ausnahme. Bei uns traf das auf jeden Fall nicht zu«, sagte er trocken. »Nicht, dass wir uns nicht bemüht hätten, aber wir haben ja so gut wie keine Zeit miteinander verbracht. Ich war immer nur für ein paar Tage, höchstens zwei Wochen auf Fronturlaub, ehe ich wieder fortmusste. Wie soll man da zu einem Paar oder gar zu einer Familie zusammenwachsen?«

»Aber jetzt ist der Krieg vorbei, und Sie sind wieder zu Hause.«

»Ja, jetzt bin ich wieder hier …« Er schwieg einen Moment. »Aber das heißt nicht, dass ich zu Hause bin.«

»Was meinen Sie damit, Keno?«, fragte Gesa.

»Dass ich mich hier fremd fühle. Das liegt nicht am Land, es liegt an mir. Ich bin nicht mehr der, der neunzehnhundertneununddreißig von hier aufgebrochen ist. Der Krieg hat einen anderen Menschen aus mir gemacht, und es hat lange gedauert, bis ich das begriffen habe. Ich habe in diesen fast sechs Jahren einfach zu viel gesehen und erlebt und in den zwei Jahren danach, in denen ich in Gefangenschaft war, vielleicht noch mehr. Zu viele Dinge, die ich niemandem erzählen kann.«

»Warum können Sie nicht darüber sprechen?«

Er warf ihr einen kurzen Seitenblick zu.

»Wenn ich darüber rede, wird die Erinnerung wieder lebendig«, sagte er nach einer kurzen Pause. »Meine Albträume sind schon so schlimm genug. Besser nicht zu viel an der Vergangenheit rühren.« Er zuckte die Schultern. »Außerdem will niemand etwas darüber hören, was ich erlebt habe.«

»Ich schon!«, sagte Gesa und ärgerte sich im gleichen Moment über sich selbst, so voreilig gewesen zu sein, diesen Gedanken laut ausgesprochen zu haben.

Erstaunt blickte er sie an und lächelte schmal. »Dann wären Sie mutiger als alle anderen, Lisa eingeschlossen. Die will davon nichts wissen. Und mein Vater ist der Meinung, ich soll mir meinen Kummer einmal von der Seele reden und danach am besten alles vergessen, was damals passiert ist. So habe er es nach dem Ersten Weltkrieg auch gehalten. Als ob sich das, was ich erlebt habe, je vergessen ließe ...«

Inzwischen hatten sie Emden erreicht und fuhren durch die immer belebteren Straßen in Richtung Innenstadt. Nachdenklich sah Gesa aus dem Seitenfenster. Überall wurde fieberhaft gebaut, um die vielen Lücken, die durch die zahlreichen Bombenangriffe entstanden waren, zu schließen.

Nur noch wenige Tage, dann war auch der Rohbau des neuen Kontors der Firma *Kruse & Sohn* so weit, dass das Richtfest gefeiert werden konnte. Alle Mitarbeiter aus Lager und Verpackung und die Außendienstler sollten zur Feier erscheinen, zum Dank für ihre treuen Dienste ein halbes Pfund Tee erhalten und dafür die Firma und den Chef hochleben lassen, während der Bürgermeister und der halbe Rat zu einem kleinen Empfang geladen worden waren. Gesa hatte die Einladungen schon zur Post gebracht.

Jetzt kam der Neubau in Sicht. Besonders schön fand Gesa das schlichte Gebäude nicht, für ihren Geschmack viel zu nüchtern und gerade, aber dafür modern und praktisch. Sogar einen Aufzug würde es geben, sodass man die schweren Akten nicht mehr die Treppen hinauf- und hinunterschleppen musste.

Keno setzte den Blinker und bog auf das Firmengelände ab. Als er den Wagen auf dem Parkplatz abgestellt hatte, an dem das Schild »Geschäftsleitung – Bitte freihalten« angebracht war, drehte er den Zündschlüssel, und der Motor verstummte.

»Da wären wir und das sogar überpünktlich.« Keno öffnete die Fahrertür und wandte sich noch einmal zu ihr um, bevor er ausstieg. »Wissen Sie, Gesa, ich sollte Sie künftig jeden Tag kutschieren.«

»Aber …«

»Wenigstens während des Winters, bitte«, unterbrach er ihren Protest und hob beschwichtigend die Hand. »Wenn Sie im Dunklen mit dem Fahrrad über Land unterwegs wären, hätte ich keine ruhige Minute. Und wenn dann erst Eis und Schnee liegen und Sie möglicherweise wieder mit ihrem Rad stürzen? Sie könnten sich diesmal den Hals brechen, dann verlöre ich meine Assistentin und mein Vater seine beste Teetesterin. Das kann ich unmöglich verantworten.«

Gesa musste widerwillig lachen. »Das ist ein sehr verlockendes Angebot«, sagte sie. »Es ist jetzt morgens schon ziemlich kalt auf dem Rad in den dünnen Strümpfen.«

»Also abgemacht, Hand darauf.« Er streckte ihr die Rechte entgegen. »Heute fahren Sie noch einmal Ihr Rad nach Hause, ab morgen fahre ich Sie.«

»Na gut. Aber nur in den Wintermonaten. Oder bis ich selbst einen Führerschein habe. Ich überlege ernsthaft, das Autofahren zu lernen.«

»Eine moderne Frau. Das gefällt mir.«

»Nein, eine praktische Frau. Niemand auf dem Hof kann mehr fahren, seit mein Vater gestorben ist. Und jetzt, wo Hanna so viel Geld mit den Bullen gemacht hat, könnten wir vielleicht sogar einen Teil davon für ein Auto zur Seite legen.«

Keno zwinkerte ihr zu. »Dann holen Sie mich künftig ab.«

Jetzt lachten beide. »Einverstanden«, sagte Gesa.

Sie wollte nach dem Türöffner greifen, doch Keno hielt sie zurück.

»Es hat gutgetan, mit Ihnen zu reden, Gesa«, sagte er. »Sehr gut sogar.« Er sah ihr in die Augen, und sein Blick war so intensiv, dass ihr ein warmer Schauer über den Rücken lief. Sie schwieg, aus Angst, diesen besonderen Moment kaputtzumachen, und so schauten sie einander eine ganze Weile wortlos an.

Nach einem unendlich scheinenden Augenblick holte Keno tief Luft und senkte den Kopf. Gesa hatte bemerkt, dass ein merkwürdig trauriger Ausdruck in seine Augen getreten war, den sie nicht zu deuten wusste.

Keno nickte ihr zu. »Also dann, auf in den Kampf, Fräulein de Fries.« Damit öffnete er die Fahrertür und stieg aus dem Wagen.

Zu Gesas Erleichterung fand niemand etwas dabei, als sie auf dem Friesenhof erzählte, dass Herr Kruse sich erboten hatte, sie während der kalten Jahreszeit morgens abzuholen und abends wieder nach Hause zu bringen, jedenfalls nicht, nachdem sie hinzusetzte, er wolle sicherstellen, dass sie heil daheim ankäme, jetzt, wo es immer früher dunkel werde.

»Das ist wirklich sehr zuvorkommend von ihm«, sagte Henrike nur. »So ein netter junger Herr.«

»Der scheint aber eine Menge von dir zu halten«, meinte Tanti mit geschürzten Lippen. »Der nette junge Herr.«

Gesa entging nicht, dass sie Hanna zugezwinkert hatte, die sich daraufhin ein Lächeln verbiss.

Das war aber auch das einzige Mal, dass jemand aus der Familie Kenos Fahrdienst kommentierte. Oder vielleicht sprachen sie auch darüber, wenn Gesa nicht da war, aber das konnte ihr egal sein, sie genoss nicht nur den neuen Luxus in vollen Zügen, sondern auch jede Minute, die sie mit Keno verbrachte.

Nach wenigen Tagen gehörte es schon zum Alltag, dass morgens und abends die dunkle Limousine auf den Hof fuhr.

Wenn Keno sie nach der Arbeit heimbrachte, sprachen sie meist über das Tagesgeschäft im Kontor, aber am Morgen, während der Wagen durch die Dämmerung über die einsamen Straßen der Krummhörn auf Emden zurollte, ging es in der Regel um persönlichere Themen.

Gesa erzählte Keno von ihrem Leben auf dem Hof, von ihrer Familie und davon, wie sie sich früher ihr Leben als junge Frau an Gerolds Seite vorgestellt hatte.

»Ich habe allmählich das Gefühl, alle Ihre Verwandten genau zu kennen«, sagte Keno eines Tages. »Alle, bis auf Ihren Schwager, diesen Warns. Was ist er für ein Mensch?«

»Günther?« Gesa blickte Keno erstaunt an, dann verzog sie das Gesicht. »Ich mag ihn nicht besonders. In meinen Augen ist er ein Aufschneider, der mehr sein will, als er ist. Meine Eltern waren dagegen, dass Helga und er heiraten, und es gab damals ziemlichen Streit, aber mein Vater hat am Ende nachgegeben. Zum Glück muss ich nicht mit ihm auskommen, sondern meine Schwester.«

»Wissen Sie, was er im Krieg gemacht hat? Hat er mal darüber gesprochen?«

»Nein, nicht wirklich. Er war wohl bei der Waffen-SS im Osten, mehr weiß ich nicht.«

Gesa sah ihn nicken. Er schwieg eine Weile, ehe er fortfuhr.

»Können Sie sich vorstellen, dass er in Kriegsverbrechen verwickelt war?«

»Kriegsverbrechen?«, fragte sie stirnrunzelnd.

Er nickte erneut.

»Wie meinen Sie das?«

»Ich glaube, Ihren Schwager auf dem Hochzeitsfoto in der Stube bei Ihnen zu Hause wiedererkannt zu haben. Wenn er wirklich der ist, für den ich ihn halte, dann hat er ein Erschießungskommando angeführt, das in Russland ein Massaker unter Zivilisten angerichtet hat. Es hat über zweihundert Tote gegeben. Würden Sie Ihrem Schwager so etwas zutrauen?«

»Ich …« Gesa atmete scharf aus. »Keine Ahnung«, sagte sie. »Er mag kein angenehmer Zeitgenosse sein, aber ich habe nie mitbekommen, dass er jemanden auch nur geschlagen hat. Klar, er kann sehr laut und aggressiv werden, besonders wenn er wütend ist. Aber wie soll ich beurteilen, wozu Menschen im Krieg fähig sind? Ich meine …« Sie brach ab.

»Sie haben recht«, sagte Keno. »Was Menschen im Krieg tun, ist etwas, das man sich in Friedenszeiten nie vorstellen könnte. Ich habe in der Wehrmacht auch Dinge getan, auf die ich nicht stolz bin und die mich bis in meine Träume verfolgen, aber meine Gegner waren immerhin Soldaten, keine wehrlosen alten Männer, Frauen und Kinder. Doch das in Russland … Das waren unschuldige Menschen, die …« Unvermittelt hörte er auf zu reden und schwieg eine Weile. Dann seufzte er. »Ich kann nicht jemanden bei der Polizei anzeigen auf den bloßen Verdacht hin, dass er vielleicht derjenige sein könnte, der diese Menschen ihr eigenes Grab hat schaufeln lassen und anschließend den Befehl gab, sie zu erschießen.«

Gesa warf ihm einen entsetzten Blick zu. »Das ist ja

fürchterlich«, flüsterte sie. »Und da waren wirklich Kinder dabei?«

Sie sah, wie die Muskeln in seiner Wange hervortraten, als er die Lippen zusammenpresste und nicht mehr als ein Nicken zustande brachte.

»Es tut mir leid«, sagte sie leise.

»Was tut Ihnen leid?«

»Niemand sollte so etwas mitansehen müssen.«

Er drehte ihr sein Gesicht zu, und sie erkannte das Grauen in seinen Augen. »Ich höre noch immer die Kinder nach ihren toten Müttern schreien, kurz bevor sie selbst … Und dann stelle ich mir wieder und wieder die Frage, ob ich denn nichts hätte tun können, um das Morden zu verhindern. Etwas hätte tun *müssen*!« Wieder wandte er den Blick zur Frontscheibe und holte tief Luft. »Aber dann wäre ich wohl heute nicht hier. Man hätte mich sehr wahrscheinlich ebenfalls erschossen. Der SS kam man besser nicht ins Gehege.«

Gesa wusste nichts zu sagen und schwieg. Erst als Keno den Wagen auf dem Parkplatz im Hof abgestellt hatte, räusperte sie sich.

»Wenn Sie sich sicher sind, dass Günther dieser Mann ist, dann sorgen Sie bitte dafür, dass er seine Strafe erhält«, sagte sie fest. »Nehmen Sie keine falsche Rücksicht auf meine Familie.«

Ehe er etwas erwidern konnte, öffnete sie die Beifahrertür und stieg eilig aus dem Auto.

Fünfzehn

Keno kam nicht wieder auf das Thema Günther Warns zurück, und Gesa war es ganz recht, denn die Geschichte hatte dafür gesorgt, dass sie einige Nächte lang schreckliche Albträume gehabt hatte, die sie nur schlecht wieder abschütteln konnte. Sie hatte zu Hause niemandem von Kenos Verdacht erzählt – wozu auch? Es war ja wirklich nicht mehr als ein Verdacht, und sie hielt es nicht für sinnvoll, die Pferde scheu zu machen.

In den nächsten Tagen war Gesa vollauf damit beschäftigt, zusammen mit Frau Becker das Richtfest des Neubaus zu planen. Nur am Rande bekam sie mit, dass Keno einige Male allein außer Haus war.

Wo er gewesen war, erfuhr sie erst einige Tage später. Frau Becker war bereits gegangen, als das Telefon klingelte und ein der Stimme nach junger Mann Herrn Keno Kruse sprechen wollte.

»Der Chef ist gerade nicht im Haus«, sagte sie. »Kann ich Ihnen vielleicht weiterhelfen?«

»Nein, ich fürchte nicht«, sagte der Mann. »Höchstens, dass Sie ihm ausrichten, er möge sich noch mal bei mir im Kommissariat melden. Mein Name ist Winter, und ich hätte noch ein paar Fragen zu seiner Aussage.«

»Kommissariat?«, fragte Gesa verblüfft.

»Ja, er weiß dann schon Bescheid. Er muss nicht extra noch mal vorbeikommen, es reicht, wenn er mich kurz anruft. Die Nummer hat er. Würden Sie ihm das sagen?«

»Ja, natürlich. Ich richte es aus, sobald er wieder da ist.«

»Vielen Dank.« Herr Winter verabschiedete sich und legte auf.

Gesa starrte den Hörer eine Sekunde an, ehe sie ihn auf die Gabel zurücklegte. Dann griff sie nach einem Bleistift und machte eine Notiz: »Bitte Herrn Winter im Kommissariat anrufen.« Sie fügte noch Datum und Uhrzeit hinzu und ging mit dem Zettel in der Hand zu Kenos winzigem Büro hinüber. Zu ihrer Überraschung war er da. Er saß hinter seinem Schreibtisch und sah hoch, als sie eintrat.

»Jemand von der Polizei hat für Sie angerufen«, sagte sie. »Ein Herr Winter bittet um Rückruf.« Sie reichte ihm die Notiz. »Er meinte, Sie haben seine Nummer.«

»Ja, die habe ich. Hat er sonst noch etwas gesagt?« Gesa bemerkte die Anspannung in seinem Blick.

»Nur, dass er noch ein paar Fragen zu Ihrer Aussage hat.«

Keno nickte. Dann räusperte er sich. »Und jetzt wüssten Sie vermutlich gern, was ich mit der Polizei zu schaffen habe, nicht wahr?«

»Das geht mich doch gar nichts an, Herr Kruse«, erwiderte sie hastig.

»Doch, das tut es.« Keno holte tief Luft, bevor er weitersprach. »Weil es Ihre Familie betrifft.« Er blickte direkt in Gesas Augen. »Ich habe Günther Warns angezeigt und ausgesagt, was ich in Russland gesehen habe. Jetzt muss die Polizei in seinem Fall ermitteln und die Justiz entscheiden, was mit ihm passieren soll. Es liegt nicht mehr in meiner Hand.«

Gesa schaute ihn ernst an. »Ich hatte Ihnen ja schon gesagt, wie ich die Sache sehe. Wenn er ein Verbrechen begangen hat, muss er dafür geradestehen.«

»Mit allen Konsequenzen?«

»Ja, natürlich!«

Keno hielt sie lange in seinem Blick, dann nickte er langsam. »Also gut. Jetzt wäre es sowieso zu spät, noch etwas daran ändern zu wollen.« Er hielt inne, um tief durchzuatmen. »Danke, Gesa.«

Für Gesa war das Thema damit erledigt, und da Keno sie nicht mehr darauf ansprach, dachte sie auch nicht mehr darüber nach. Es gab einfach zu viel anderes zu tun. Das Richtfest für das neue Gebäude rückte näher – ein Ereignis, das groß gefeiert werden sollte. Hinterher würde ein Empfang stattfinden, zu dem die Honoratioren der Stadt geladen werden mussten. Gesa war vollauf mit den Planungen beschäftigt, die für einen reibungslosen Ablauf der Feier sorgen sollten. Jeden Abend blieb sie länger im Büro, und sie fieberte schon dem Tag entgegen, an dem das Fest endlich vorbei war und sie wieder geregelte Arbeitszeiten haben würde.

Drei Tage vor dem Richtfest wurde es besonders spät. Es hatte den ganzen Tag über wie aus Kübeln geschüttet, und Keno stellte das Auto direkt vor der Dielentür ab, damit sie nicht völlig durchnässt würde, bis sie das Haus betrat.

»Hoffentlich haben wir beim Richtfest nicht auch so ein Wetter.« Er deutete auf die Windschutzscheibe, auf die der Regen trommelte. »Sonst fällt Ihre ganze Mühe ins Wasser.«

»Der Empfang ist zum Glück im *Goldenen Adler*, und der Zimmermann wird seine Ansprache kürzer halten, wenn es regnet, das habe ich schon mit ihm besprochen. Sie sehen, wir sind auf alle Eventualitäten vorbereitet.« Sie öffnete die Beifahrertür und nickte Keno zu. »Bis morgen, Keno. Fahren Sie vorsichtig, das nasse Laub auf den Straßen ist rutschig.«

»Ich fahre immer vorsichtig.« Er hob die Hand zum Abschied. »Bis morgen früh.«

Gesa stieg aus und lief eilig zur Dielentür. Dort blieb sie stehen und hob ebenfalls die Hand zum Gruß, während Keno wendete und vom Hof fuhr. Zu ihrer Überraschung brannte auf der Dreschdiele Licht, als sie eintrat.

Dierk wird wohl langsam alt und vergesslich, dachte sie, ging die Diele entlang und schaltete es am Schalter neben der Eingangstür zum Vorflur aus. Durch die Glasscheibe zum Wohnflur fiel ein breiter Lichtschein in den Vorflur. Gesa runzelte die Stirn. Die Flurlampe war so gut wie nie in Gebrauch, außer die de Fries hatten Besuch von den Nachbarn, und das war seit Papas Tod nicht mehr vorgekommen.

»Was ist denn heute nur los?«, murmelte sie.

Sie öffnete die Tür und wäre fast über ein paar Koffer gestolpert, die kreuz und quer auf dem Fliesenboden standen. Aus der Küche war Stimmengewirr zu hören.

Irgendetwas stimmte hier ganz und gar nicht, das war Gesa sofort klar. Ein flaues Gefühl der Angst überkam sie, und ihr Herzschlag begann in ihren Ohren zu dröhnen. Ohne ihren Mantel auszuziehen, lief sie eilig zur Küchentür, öffnete sie und blieb wie angewurzelt stehen.

Auf dem Küchensofa saß Helga auf ihrem alten Platz. Sie war völlig durchnässt, und ihre Augen waren rotgerändert vom Weinen. Tanti saß neben ihr und hatte Heini auf dem

Schoß, den sie mit Zuckerzwieback fütterte. Karin hielt sich an Henrike fest und schluchzte herzzerreißend. »Was machst du denn hier, Helga?«, fragte Gesa. »Ist was passiert?«

»Da ist sie ja!«, rief Helga und zeigte mit dem Finger auf sie. »Gesa ist an allem schuld.«

»Nun hör aber mal auf, Kind«, rief Tanti entrüstet. »Was kann Gesa denn dafür, dass sich dein Mann aus dem Staub gemacht hat?«

Helga schluchzte laut auf und schlug die Hände vors Gesicht.

»*Was* ist passiert?«, fragte Gesa ungläubig.

»Günther ist weg«, sagte Henrike, die der noch immer weinenden Karin tröstend über Kopf und Rücken streichelte. »Gestern bei Nacht und Nebel. Und heute haben Helgas Schwiegereltern dann sie und die Kinder vom Hof gejagt.«

Gesa fühlte ihren Mund taub werden. Sie ging zum Tisch und ließ sich neben Hanna nieder, die Helga gegenüber am Tisch saß und ihr mit verstörter Miene entgegenschaute.

»Aber …«, stammelte Gesa. »Warum? Und was soll ich damit zu tun haben?«

»Dein feiner Herr Chef! Dieser Kruse!« Helgas Stimme überschlug sich fast. »Hat Günther angezeigt, wegen irgendwelcher alten Kriegsgeschichten.« Sie griff nach dem Taschentuch, dass Tanti ihr hinhielt, und putzte sich geräuschvoll die Nase. »Das ist doch schon eine halbe Ewigkeit her, und es war wie gesagt im Krieg. Da gelten andere Gesetze.«

»Weißt du denn, was er im Krieg gemacht hat?«, fragte Gesa kalt.

Helga sah zu ihr hoch und schüttelte den Kopf. »Er war

mit der SS in Russland. Gegen den Feind wird er gekämpft haben, was sonst? Günther hat mir nichts von der Front erzählt.«

»Herr Kruse hat ihn auf eurem Hochzeitsfoto wiedererkannt. Günther hat für die SS Zivilisten umgebracht. Er war bei einem Massaker in Russland dabei, bei dem über zweihundert Männer, Frauen und Kinder erschossen wurden. Dein Mann hat etliche unschuldige Kinder umgebracht, Helga!«

»So was soll sie nicht sagen!« Karin heulte laut auf und klammerte sich fester an ihre Großmutter.

Henrike warf Gesa einen scharfen Blick zu und schüttelte entrüstet den Kopf. »Gesa, bitte nicht.«

»Vielleicht sollten wir zuerst die Kinder ins Bett bringen, ehe wir weiterreden«, sagte Tanti. Sie hob Heini von ihrem Schoß und stellte ihn vor sich auf den Boden. Dann stand sie auf und griff nach seiner und nach Karins Hand. »Na, kommt mal mit, ihr beiden. Ihr dürft heute in der Stube auf dem Sofa unter der Wolldecke schlafen, die ich gestrickt habe. Das darf längst nicht jeder.«

Gesa wartete, bis sie hinausgegangen waren. Das war es wohl, was Keno gemeint hatte, als er sagte, es würde ihre Familie betreffen. Eine solche Anschuldigung blieb nicht auf nur eine Person beschränkt, sondern belastete auch die ihr Nahestehenden. Ein Stein, der ins Wasser fiel, zog immer weitere Kreise und störte die Wellen im Fluss, die sonst ganz anders verlaufen wären. Sie seufzte und drehte sich dann zu Hanna um.

»Kannst du uns eine Kanne Tee machen?«, fragte sie. »Ich glaube, ein schönes Koppje können wir jetzt alle vertragen.«

»Gute Idee.« Hanna nickte ihr zu, stand auf und ging

zum Herd hinüber, um den Kessel mit Wasser weiter auf die Flamme zuzuschieben.

»Und nun noch mal ganz langsam und von Anfang an, Helga«, fuhr Gesa an ihre ältere Schwester gewandt fort. »Was ist passiert?«

Es dauerte lange und brauchte drei Kannen Tee, bis Helga mit ihrer Erzählung zu Ende war. Inzwischen war Tanti längst zurück in der Küche. Sie hatte den Kindern eine Gute-Nacht-Geschichte vorgelesen und war bei ihnen geblieben, bis sie eingeschlafen waren.

Helgas Bericht war etwas wirr, denn er wanderte zwischen Vergangenheit und Gegenwart hin und her wie ein Fluss, der bei Hochwasser sein Bett verlassen hatte.

Sie sprach davon, wie sie sich damals in den gut aussehenden Günther verliebt hatte, der ihr beim Tanzen schöne Augen gemacht und ihr das Blaue vom Himmel versprochen hatte. Wie habe sie denn auch wissen sollen, dass er nur auf eine reiche Mitgift und eine große Erbschaft aus gewesen war, um auf diese Weise den heruntergewirtschafteten Moorhof seiner Eltern zu retten? Nachdem Renke gefallen sei, habe Günthers Gerede angefangen, dass sie eines Tages den Friesenhof als Bauer und Bäuerin übernehmen würden. Das sei doch nur gerecht, weil Helga schließlich die Älteste der Schwestern sei und es ihr eigentlich zustünde. Aber um sie, Helga, sei es nie gegangen, sondern immer nur darum, dass er auf einem Marschhof der Bauer werden könnte. Dann hätte er es endlich geschafft, aus Moordorf herauszukommen. Irgendwann hatte Günthers Vater von den Plänen seines Sohnes Wind bekommen, und es hatte gewaltigen Streit gegeben. Der alte Warns hatte getobt, Günther solle sich bloß nicht einfallen lassen, sein Elternhaus zu verkaufen, wenn er Bauer auf dem Friesenhof würde. Ihn bekäme man nur im Sarg aus diesem Haus heraus, das habe er auch der Bank gesagt, der der größte Teil des Hofes gehörte. Und wie immer, wenn sein Vater etwas verlangte, war Günther eingeknickt und hatte nachgegeben. Sein Vater entschied, dass sie in Moordorf bleiben würden, und Günther widersprach nicht, doch seine Wut über die Niederlage hatte er noch am selben Abend an Helga ausgelassen und sie so verprügelt, dass sie sich eine Woche lang nicht unter Leute getraut hatte.

An dieser Stelle der Geschichte stießen alle am Tisch entrüstete Ausrufe aus, und Tanti schwor, dass Günther sein Lebtag nicht mehr froh würde, wenn sie ihn in die Finger bekäme.

Helga erzählte weiter, dass sie nichts davon gewusst hatte, dass der Hof in Moordorf bis zum Hals in Schulden steckte und sie dringend Geld brauchten, um auch nur über den nächsten Winter zu kommen. Eines Tages sei die Goldkette verschwunden, die Helga von ihrer Großmutter geerbt hatte, und als sie Günther danach fragte, hatte der gemeint, das alte Ding hätte sie doch sowieso nie getragen, daher habe er es zu Geld gemacht. Alles, was ihr gehöre, sei automatisch auch sein Eigentum. Da bräuchte er sie ja wohl kaum um Erlaubnis zu fragen.

Als es um die Erbschaft ging, sei er nur deshalb auf die Bezahlung in Raten eingegangen, damit sie nicht vor Gericht ziehen mussten. Das habe er auf keinen Fall gewollt, obwohl er doch sonst keinen Streit ausließ. Erst viel später habe sie begriffen, warum er mit den Behörden nichts zu schaffen haben wollte.

Hier hielt Helga inne und drehte ihre leere Teetasse am Henkel hin und her.

»Es schien fast, als hätte er Angst davor, dass ihn jemand nach seinem Ausweis oder dem Führerschein fragen könnte«, erklärte sie. »Und dann haben sie kurz darauf in Aurich einen ehemaligen SS-Mann festgenommen, der Aufseher in einem Konzentrationslager gewesen war. Ab diesem Zeitpunkt hat Günther das Haus nicht mehr verlassen und sich jedes Mal, wenn ein Wagen vor dem Hof hielt, auf dem Heuboden versteckt. Ich hab mich nicht getraut, ihn zu fragen, warum er das tat. Drei Wochen lang ging das so, ehe er sich wieder ins Dorf traute. Und dann kam vor zwei Tagen dieser Brief von der Polizei ...«

Helga stockte kurz und rieb sich die Stirn, genau wie ihre Mutter es immer tat, wenn sie Kopfschmerzen bekam. »Ich hatte ihn aufgemacht und gerade angefangen, ihn zu lesen, da stürmte er rein und riss ihn mir aus der Hand. Er hat ihn gelesen und anschließend im Ofenfeuer verbrannt. Natürlich wollte ich von ihm wissen, was drinstand, doch er hat mich nur angeschnauzt, das ginge mich nichts an, ich solle gefälligst den Mund halten. Doch dann rückte er damit raus, dass es eine Vorladung gewesen sei. ›Ich soll nach Emden kommen, um bei der Polizei eine Aussage zu machen. Man beschuldigt mich, Kriegsverbrechen begangen zu haben, und als Zeuge wird ein gewisser Keno Kruse genannt. Arbeitet deine Schwester nicht bei Kruse-Tee?‹ Das waren Günthers Worte.« Helga sah Gesa fragend ins Gesicht. »Keno Kruse, das ist doch dein Chef, nicht wahr?«

»Ja«, antwortete Gesa schlicht.

»Hast du ihn dazu angestiftet, gegen Günther auszusagen?«

»Angestiftet? Wohl kaum«, erwiderte Gesa. »Bis vor ein paar Tagen wusste ich gar nichts davon, dass er zur Polizei gegangen ist.«

»Aber warum hast du uns denn nicht gewarnt? Ich bin doch deine Schwester!« Helgas Gesicht verzerrte sich. »Die Kinder und ich können doch nichts dafür!«

»Nein, natürlich nicht«, beeilte sich Gesa zu versichern.

»Und jetzt ist Günther weg. Er hat mich gestern in aller Herrgottsfrühe geweckt und gesagt, dass er verschwinden muss, weil die Polizei hinter ihm her ist. Er hat mein Sparbuch mitgenommen, wo das ganze Geld drauf ist, das wir als Erbe bislang gekriegt haben. Das braucht er jetzt für eine Schiffspassage. Sobald er in Südamerika Fuß gefasst hat, will er uns nachholen und mir das Geld zurückgeben.« Wieder schwammen Tränen in Helgas Augen.

»Du wirst doch nicht so dumm sein, ihm das zu glauben, oder?«, fragte Tanti trocken.

Helga schüttelte den Kopf. »Nein, das Geld ist ebenso weg wie Günther«, sagte sie heiser. »Als der alte Warns gehört hat, dass sein Sohn abgehauen ist, hat er einen Tobsuchtsanfall bekommen und rumgebrüllt, dass sei alles nur meine Schuld. Sein Sohn hätte sich nie mit so einer eingebildeten Pute aus der Marsch einlassen sollen, dann wäre nichts von alledem passiert. Zum Schluss stand er mit der erhobenen Mistforke vor mir und schrie, ich solle machen, dass ich von seinem Hof runterkomme und meine Bälger gleich mitnehme. Die seien wahrscheinlich gar nicht von Günther, weil ich bestimmt genauso ein Polenflittchen sei wie meine Schwester.« Sie warf Hanna einen kurzen Blick zu, doch die schwieg. Helga seufzte, ehe sie weitersprach. »Ich habe also schnell ein paar Sachen für die Kinder eingepackt und zugesehen, dass ich so schnell wie möglich mit Karin und Heini wegkomme.«

Sie schlug die Hände vors Gesicht. »Aber wo soll ich denn jetzt bloß hin?«, schluchzte sie. »Wie soll es jetzt mit uns weitergehen?«

Helgas Hilflosigkeit und Verzweiflung schienen auf alle Frauen überzuspringen. Als Gesa in die Runde sah, erblickte sie lauter betretene Gesichter. Sie erhob sich, setzte sich neben Helga und legte den Arm um ihre Schultern.

»Wie es weitergehen soll, liegt doch wohl auf der Hand«, hörte sie Tanti sagen, die ihr unvermeidliches Strickzeug klappern ließ. »Du lässt dich von Günther scheiden. Sei froh, dass der Oospans weg ist! Wenn der mir irgendwann unterkommt, dann gnade ihm Gott …«

»Scheiden lassen?«, fragte Helga entgeistert. »Das geht nicht. Er ist doch mein Mann.«

Trotz ihres Mitgefühls für ihre große Schwester musste Gesa ein Lächeln unterdrücken.

»Hat Günther dich etwa behandelt, wie ein Mann seine Frau behandeln sollte?«, fragte Henrike in einem so scharfen Ton, wie Gesa ihn kaum je von ihrer Mutter gehört hatte. »Er hat dein Geld gestohlen und dich verlassen. Das allein ist ein Scheidungsgrund, von der Prügel mal ganz abgesehen.«

Gesa schaute verblüfft zu ihrer Mutter hinüber. Sie konnte sich gut daran erinnern, dass Henrike sich schon des Öfteren über Leute mokiert hatte, die ihr Ehegelübte allzu leicht aufgelöst hatten. Dass ausgerechnet sie sich für eine Scheidung aussprach, kam für Gesa völlig unerwartet.

Auch Hanna machte ein überraschtes Gesicht, sagte aber nichts.

»Aber das ist natürlich eine schwerwiegende Entscheidung, die du nicht übers Knie brechen darfst«, fuhr Henrike fort. »Zuerst musst du ein bisschen zur Ruhe kommen, damit du nachdenken kannst, wie es für dich und die Kinder weitergehen soll.« Sie nickte Helga zu. »Und was deine Frage angeht, wo du hinsollst: Selbstverständlich kannst du mit deinen Lütten hierbleiben, solange du möchtest, das ist doch wohl klar. Für unsere Familie ist auf dem Hof immer Platz.« Sie lächelte in die Runde. »Das gilt für euch alle. Solange ich lebe, habt ihr hier euer Zuhause, das verspreche ich euch.«

Henrike erhob sich von ihrem Platz. »Jetzt sollten wir aber ins Bett gehen. Morgen ist auch noch ein Tag, und bei Licht betrachtet sehen die Sorgen gleich viel kleiner aus. Na komm, Helga, zieh dir endlich trockene Sachen an, bevor du dir noch den Tod holst. Du schläfst heute in Papas altem Bett, und morgen schauen wir dann, wo wir dich und die Kinder unterbringen.«

Sechzehn

»Was haben wir doch für ein Glück!«, sagte Frau Becker am Tag des Richtfestes und deutete aus dem Fenster. »Stellen Sie sich nur mal vor, heute wäre so ein Schietwetter wie in den letzten Tagen. Da hätten wir schön dumm dagestanden.«

Gesa nickte, zog die Rechnung, die sie gerade fertiggestellt hatte, aus der Schreibmaschine und legte sie in die Unterschriftenmappe, damit der Senior sie morgen abzeichnen konnte, ehe sie verschickt wurde. »So, das war die letzte für heute«, sagte sie zufrieden. »Jetzt sollten wir zu den anderen hinuntergehen, damit wir die Ansprache nicht verpassen.«

Frau Becker erhob sich und ging zu dem kleinen Spiegel hinüber, der neben der Tür an der Wand hing. Sie unterzog ihr Äußeres eines prüfenden Blickes und zupfte an ihrer frischen Wasserwelle herum.

Gesa unterdrückte ein Lächeln. Sie hatte nicht gewusst, dass Frau Becker in ihrem Alter noch so eitel war. Sie erhob sich und stellte sich neben die ältere Sekretärin, deren Gesicht ihr aus dem Spiegel entgegenschaute. »Sie sehen wunderbar aus, Frau Becker«, sagte sie lächelnd. »Wirklich sehr hübsch.«

»Danke, Kindchen«, erwiderte Frau Becker. »Auch wenn

ich genau weiß, dass es gelogen ist.« Sie drehte sich um und strich Gesa über den Arm. »Und nun lassen Sie uns hinuntergehen und uns ein bisschen amüsieren.«

Gesa nickte. Sie hakte sich bei Frau Becker unter, und gemeinsam schritten sie fröhlich zur Tür. Gerade als Gesa nach der Klinke griff, klopfte jemand und öffnete sie, ohne auf ein Herein zu warten.

Vor Gesa stand eine junge Frau in einem eleganten, schmal geschnittenen Kostüm aus hellgrauer Wolle. Die hellblonden Haare waren nach hinten frisiert und verschwanden unter einem zum Kostüm passenden Hütchen aus demselben Stoff. Große eisblaue Augen musterten Gesa von oben bis unten.

»Oh, Frau Kruse!«, rief Frau Becker. »Wie schön, dass Sie schon da sind. Ich hatte vermutet, Sie würden erst zum Empfang herkommen. Die Herren Kruse werden sich bestimmt freuen.«

Die kühlen blauen Augen wanderten zu Frau Becker hinüber, und der Anflug eines Lächelns umspielte die geschminkten Lippen von Lisa Kruse. »Guten Tag, Frau Becker«, sagte sie steif. »Würden Sie uns kurz entschuldigen? Ich hätte noch etwas mit Fräulein …« Sie deutete auf Gesa.

»De Fries«, ergänzte Gesa automatisch.

»Richtig. Fräulein de Fries … Ich hätte noch etwas mit Fräulein de Fries zu besprechen.«

»Natürlich, Frau Kruse.« Frau Becker nickte Kenos Frau höflich zu, dann ging sie hinaus und schloss die Tür hinter sich, nicht ohne Gesa vorher warnend anzusehen.

Unter dem abschätzigen Blick, mit dem Frau Kruse Gesa musterte, begann diese sich unwohl zu fühlen.

»Soso, Sie sind also das Fräulein Gesa de Fries.« Es klang

alles andere als freundlich. »Ich habe schon eine Menge von Ihnen gehört, und immer nur Gutes. Aber ich hätte Sie mir nicht so … so … schlicht vorgestellt.« Lisa umrundete Gesa wie ein Viehhändler, der eine Kuh inspiziert, die er zu kaufen gedenkt.

»Wenn man meinen Mann und meinen Schwiegervater hört, dann müssten Sie eigentlich eine blendende Schönheit sein, dazu gewitzt, gebildet und talentiert, aber jetzt, wo ich Sie endlich einmal zu Gesicht bekomme, muss ich feststellen, dass die beiden maßlos übertrieben haben.«

Gesa spürte, wie bei Lisas herablassendem Ton Ärger in ihr hochstieg. Sie ballte die Fäuste in den Falten ihres Rockes so fest, dass sich die Nägel in die Handflächen bohrten. Sie straffte die Schultern und wich dem eisblauen Blick nicht aus.

»Es tut mir leid, wenn Sie von mir enttäuscht sind, doch die Hauptsache ist ja, dass die Herren Kruse mit meiner Arbeit zufrieden sind.«

Lisas Augen blitzten amüsiert auf. »Wenigstens sind Sie nicht dumm oder auf den Mund gefallen«, sagte sie. Dann wurde ihr Blick wieder kühl. »Das macht es mir leichter.«

»Das macht Ihnen was leichter?«, fragte Gesa.

»Ihnen zu sagen, dass Sie sich künftig aus den Angelegenheiten meines Mannes herauszuhalten haben.« Lisa machte einen Schritt auf Gesa zu. Ihre Augen wurden schmal. »Die Leute fangen schon an zu reden. Es gibt Gerüchte. Und es geht nicht an, dass Keno Sie durch die Gegend kutschiert und Sie beide irgendwelche Vertraulichkeiten miteinander haben.«

»Vertraulichkeiten?«, fragte Gesa verblüfft. »Was denn für Vertraulichkeiten?«

Lisa zog die Augenbrauen hoch. »Seien Sie doch nicht so naiv, meine Liebe. Ich habe schnell gemerkt, was er an Ihnen für einen Narren gefressen hat. Aber Keno ist immer noch mein Mann, und durch das Geld, das ich in die Firma gesteckt habe, habe ich durchaus ein Wörtchen bei allen wichtigen Entscheidungen mitzureden – auch in Personalfragen.« Ein triumphierendes Lächeln überflog ihr Gesicht. »Also, wenn Sie Ihre Stelle behalten möchten, sollten Sie in Ihrem eigenen Interesse darauf verzichten, sich von ihm zur Arbeit chauffieren zu lassen oder anderweitig Zeit mit ihm zu verbringen. Am besten wäre es, Sie arbeiten nur noch für meinen Schwiegervater und halten sich von meinem Mann ganz fern.«

Gesa merkte, wie ihre Hände zu zittern begannen. Sie kochte vor Wut und hätte Lisa Kruse am liebsten eine Ohrfeige in ihr selbstgefälliges Gesicht gegeben.

»Das sollten doch wohl die Herren Kruse entscheiden. Und was Ihren Mann angeht, es war sein Vorschlag, mich von zu Hause abzuholen, damit er, wie er sagte, morgens wenigstens *ein* freundliches Gesicht sieht.«

»Das ist doch …« Lisa wich einen halben Schritt zurück. Ihr hübsches Gesicht war zornesrot und wutverzerrt. »Was für eine Unverfrorenheit, so mit mir zu sprechen. Das werden Sie noch bitter bereuen, glauben Sie mir!«

Lisa machte auf dem Absatz kehrt und stürmte hinaus. Mit einem Knall fiel die Tür ins Schloss. Gesa zuckte zusammen.

Ob es eine gute Idee gewesen war, sich mit Kenos Frau anzulegen? Vermutlich nicht. Sie seufzte. Ihre Impulsivität war mal wieder mit ihr durchgegangen, sie hatte nicht nachgedacht, was sie da sagte. Aber nun war es nicht mehr zu ändern. Und was bildete die dumme Pute sich überhaupt ein, hier einfach so hereinzuschneien und ihr Vorwürfe zu machen? Hatte sie es nötig, sich beleidigen zu lassen? Ganz sicher nicht. Gesa wartete einen Moment ab, bis sich ihre Wut wieder etwas gelegt hatte, dann atmete sie tief durch und verließ das Büro. Erhobenen Hauptes ging sie hinaus auf den Hof, wo sich die Angestellten bereits versammelt hatten und gespannt nach oben blickten.

Hoch auf dem Dach stand ein Zimmermann mit breitkrempigem Hut und schwarzer Weste, der gerade ein langes Gedicht vortrug. Gesa sah Frau Becker in einer Ecke bei den Packerinnen stehen und gesellte sich zu ihnen.

»Was wollte Frau Kruse denn von Ihnen?«, wisperte die Sekretärin neugierig.

Gesa legte den Finger an die Lippen und deutete hinauf zu dem Zimmermann, der jetzt sein Glas aus einer Schnapsflasche füllte, trank und dann das Glas in den Bau schleuderte. Um sie herum brandete Jubel auf.

Gesa stimmte in das Klatschen ein, während sie sich unauffällig nach Keno umsah. Schließlich entdeckte sie ihn ein Stück entfernt bei seinem Vater und seiner Frau stehen. Lisa hatte sich bei ihm untergehakt und unterhielt sich mit einem älteren Herrn, der auf ihrer Linken stand.

Kenos Augen schweiften suchend umher, und ein Lächeln erhellte sein Gesicht, als ihre Blicke sich trafen. Hastig schaute sie nach unten, aus Furcht, Lisa könne etwas bemerkt haben, doch dann richtete sie sich auf und lächelte zurück.

Wozu sich verstecken? Zwischen Keno und ihr war doch nichts geschehen. Sie taten nichts Verwerfliches oder gar Verbotenes. Er holte sie nur deshalb mit dem Auto ab, weil ihr Arbeitsweg so weit und im Winter so dunkel war, und sie unterhielten sich miteinander, weil sie sich mochten. Was sie füreinander empfanden, war Freundschaft, nichts weiter. Mehr konnte daraus auch ohnehin nicht werden, denn Keno war schließlich verheiratet und sie selbst verlobt.

Gesa sah ihn wie zur Bestätigung nicken. Sie spürte, wie eine heiße Welle durch ihren Körper lief und ihre Wangen zum Glühen brachte. In diesem Moment wusste sie plötzlich, dass sie sich selbst belog.

Das, was sie für Keno fühlte, war viel mehr, als sie je für Gerold empfunden hatte, und diese Erkenntnis traf sie wie ein Schlag. Sie hatte das Gefühl, den Boden unter den Füßen zu verlieren.

»Was ist denn los, Kindchen?«, hörte sie Frau Becker wie aus weiter Ferne sagen. »Geht es Ihnen nicht gut?«

»Nur ein bisschen schwindelig. Ich gehe besser wieder hinein und setze mich einen Moment, das wird bestimmt helfen.«

Sie mühte sich ein Lächeln ab, machte kehrt und schritt so aufrecht, wie ihre weichen Knie es zuließen, zu dem alten Gebäude zurück.

»Ach, hier sind Sie, Gesa. Ich habe Sie schon gesucht.«

Die Lampen an der Decke flammten auf und brachten Gesa dazu, die Augen vor dem grellen Licht abzuschirmen.

»Schalten Sie das Licht wieder aus, bitte«, sagte sie.

Sie hatte der Dämmerung zugesehen, die durch die Fensterscheiben in das Büro gekrochen war, bis sie alle Farben verschlungen hatte, und währenddessen ihre Gedanken schweifen lassen.

Das Licht erlosch wieder, und sie öffnete die Augen in die Dunkelheit, die sie umgab.

»Ist alles in Ordnung, Gesa?«, fragte Kenos dunkle Stimme. Sie hörte Schritte näher kommen, dann zog er einen Stuhl heran und setzte sich neben sie.

»Ich habe ein wenig Kopfschmerzen«, log sie. »Es wird sicher gleich besser werden.«

»Nanu? Das kennt man ja gar nicht von Ihnen.« Sie konnte die Sorge in seiner Stimme deutlich hören. »Soll ich Sie lieber nach Hause fahren?«

»Nein, das wird nicht nötig sein. Außerdem fängt der Empfang bald an, da müssen Sie doch hin. Lassen Sie mich einfach einen Moment hier im Dunkeln sitzen, dann komme ich gleich nach.«

»Niemand wird mich dort vermissen«, sagte er.

Keno war jetzt so nah, dass sie den Duft seines Rasierwassers wahrnahm, und sie spürte die Wärme, die von seiner Hand auf ihrem Arm ausging.

»Ihre Frau schon.«

Es hatte viel bitterer geklungen, als sie gewollt hatte.

»Lisa?« Er lachte leise. »Die wird mich am wenigsten von allen vermissen. Der Bürgermeister ist eben eingetroffen, da sind einfache Leute wie ich abgemeldet.«

»Ich weiß nicht, ob das stimmt. Vorhin, als sie hier im Büro war, klang es so, als läge ihr viel daran, dass Sie anwesend sind.«

»Sie war hier?« Jetzt klang seine Stimme sehr ernst. »Was wollte sie?«

Zu lügen wäre so leicht. Einfach zu sagen: »Nichts Bestimmtes. Nur guten Tag sagen …«, war verlockend. Aber eine Lüge zog immer eine zweite und eine dritte hinter sich her, und plötzlich bestünde die ganze Welt nur noch aus einem einzigen großen Lügengebilde.

»Sie hat mir zu verstehen gegeben, dass ich mich von Ihnen fernhalten soll. Die Leute würden schon anfangen zu reden. Ich soll mir mit Ihnen keine Vertraulichkeiten erlauben, sonst würde sie dafür sorgen, dass ich meine Arbeit verliere.«

Keno schwieg.

»Sie habe durch ihr Geld Einfluss in der Firma und in Personalfragen mitzureden.«

»Das ist doch …« Gesa hörte Keno schnauben. »Jetzt ist sie völlig verrückt geworden.«

»Vielleicht hat sie ja recht. Vielleicht sollten wir jetzt und hier einen Schlussstrich ziehen, bevor …«

Gesa brach ab. Allein der Gedanke, nicht mehr mit Keno in aller Vertrautheit reden zu können, schnürte ihr die Kehle zu. Sie senkte den Kopf und spürte, wie eine Träne ihre Wange hinunterrollte. Hastig hob sie die Hand und wischte sie weg.

»Bevor?«, hakte er nach einem Moment der Stille nach.

»Bevor etwas geschieht, das wir beide bereuen würden«, sagte sie rau.

»Weinen Sie etwa?«

»Nein«, beeilte sie sich zu versichern. »Natürlich nicht.«

Er löste seine Hand von ihrem Arm, und sie fühlte seine Finger sanft über ihre Wange bis zu ihrem Kinn streichen. Er hob ihr Kinn an, und im schwachen Dämmerlicht, das von der Straßenlaterne draußen hereinschien, konnte sie seine Augen vor sich erahnen.

»Sie lügen mich an«, sagte er, und die Wärme in seiner Stimme gab ihr einen Stich ins Herz. »Wir reden doch nur miteinander. Was ist daran falsch?«

»Nichts, eigentlich. Aber die Leute werden es nicht so sehen.«

»Was gehen uns die anderen Leute an, Gesa?« Sein Daumen strich über ihre Wange. »Ich möchte um nichts auf der Welt auf unsere Gespräche verzichten. Schon gar nicht, damit meine Frau ihre mühsam aufgebaute Fassade einer glücklichen Ehe aufrechterhalten kann, die es nie gegeben hat. Unsere Freundschaft bedeutet mir dafür viel zu viel.«

»Freundschaft?«, fragte sie leise.

»Ja, natürlich.«

»Glauben Sie wirklich, wir könnten einfach nur befreundet sein?«

»Sicher, warum nicht?«

»Weil …« Sie holte tief Luft.

In diesem Moment spürte sie seine Lippen auf ihren. Der Kuss war weich und zart, und er schmeckte ein wenig nach dem Alkohol, mit dem er den Zimmerleuten zugeprostet hatte.

»Nein, tun Sie das nicht, Keno«, flüsterte sie, ihre Lippen noch an seinen.

»Ich wollte es schon eine halbe Ewigkeit tun.«

»Aber das wird alles ändern.«

»Zum Besseren oder Schlechteren?«, fragte er.

»Ich habe keine Ahnung«, sagte sie, schlang ihre Arme um seinen Hals und erwiderte den Kuss.

Jetzt, da die Grenze überschritten war, schien auf einmal alles ganz leicht zu sein, und sie ließ sich einfach in ihr Gefühl fallen und davontragen.

Sie lag in seinem Arm, küsste ihn und wurde von ihm geküsst, genoss, wie seine Hände sie festhielten, und strich langsam über seinen Rücken. Alles fügte sich zusammen und schien von jeher unvermeidlich gewesen zu sein. Kleine Hitzewellen durchfuhren ihren Körper, als sie sich dichter an ihn drängte und ihr Kopf zu schwirren begann. Ihr Herz schlug bis zum Hals, und alles, was sie für einen Moment empfand, war das Verlangen, ihm näher und noch näher zu kommen.

Doch dann meldete sich eine Stimme in ihrem Kopf, die sie zur Vernunft rief.

»Nicht!«, keuchte sie. »Wo soll das enden, Keno?«

Er hielt inne, und sie sah im Dämmerlicht seine Augen vor sich glänzen.

»Ich liebe dich, Gesa«, flüsterte er.

»Ja, ich weiß«, antwortete sie. »Und ich liebe dich. Viel zu sehr, um eine Büroliebschaft sein zu können.«

»Das will ich auch nicht. Das wollte ich nie.«

Sie strich über seine Wange. »Auch das weiß ich. Aber genau darauf würde es hinauslaufen, wenn wir jetzt nicht aufhören.«

Er rückte ein wenig von ihr ab, ohne seine Umarmung ganz zu lösen. »Und was sollen wir tun?«

»Gib uns Zeit«, sagte sie. »Wir dürfen uns nicht kopfüber in eine Affäre stürzen, bei der wir nur unglücklich werden können. So, wie es jetzt ist, wäre das unvermeidbar. Wir müssen einen Weg in ein neues Leben finden, in dem wir zusammen sein können.«

»Und wie soll das aussehen?«

»Ich weiß es nicht. Noch nicht«, meinte Gesa. »Du sagst, du fühlst dich fremd in deinem Leben, so wie es jetzt ist. Dann wirst du es ändern müssen, um glücklich zu werden.«

Keno ließ sie los und trat einen Schritt zurück. »Aber wie? Wie soll ich das anstellen? Ich kann nichts außer Soldat sein und ein bisschen Tee verkaufen. Ich habe nie etwas anderes gemacht und tauge sonst zu nichts.«

Es klang so hilflos, dass Gesa das Herz blutete.

»Das glaube ich nicht«, sagte sie. »Und selbst wenn es so wäre, dass du außer Tee verkaufen nichts kannst, ist das doch schon eine ganze Menge. Es gibt so viele, die gerade mit nichts in Händen eine Firma aufbauen, warum nicht auch wir?«

»Eine Teefirma aufbauen? Du stellst dir das viel zu einfach vor. Ich weiß nicht ...« Seine Worte waren voller Zweifel.

»Warum denn nicht?«, fragte sie, als die Begeisterung für diese Idee sie durchdrang. »Dein Vater hat oft genug gesagt, dass ich Tee komponieren kann. Dass ich das Talent dazu habe. Und Tee verkaufen kann ich auch, das weißt du. Erinnere dich mal daran, wie wir bei der alten Frau Janssen waren. Eigentlich wollte sie gar nichts kaufen, dann haben wir ihr Regal umgeräumt, und seither hat sie bei jedem Vertreterbesuch einen guten Auftrag schreiben lassen.«

Keno schmunzelte. »Oder als du in Uttum den Ladenbesitzer, diesen Müller oder Meier, überredet hast, gleich alle Sorten von *Kruse & Sohn* zu nehmen, obwohl der sonst nur die Tees der Konkurrenz im Sortiment führte. Und all das nur, weil du so eine nette junge Deern bist, wie er meinte.«

»Mir macht das Verkaufen Spaß – viel mehr, als ich mir je vorstellen konnte. Ich bin furchtbar gern mit dir über die Dörfer gefahren und habe mit den Krämern vor Ort Geschäfte gemacht. Stell dir vor, wir würden das wieder tun! Aber diesmal nicht mit dem Tee deines Vaters, sondern mit unserem eigenen. Wir können es schaffen, unser eigenes Kontor aufzumachen, ich bin mir ganz sicher! Wenn wir selbst daran glauben, können wir alles schaffen! Wir können zusammen ein neues Leben anfangen, du und ich.« Gesa griff nach seiner Hand und hielt sie fest. »Ich wäre bereit, für dich alles aufzugeben. Könntest du das auch?«

Siebzehn

Es war schon kurz vor Mitternacht, als Kenos Wagen endlich auf den Friesenhof rollte. Langsam fuhr er auf die Mauer zwischen den beiden Dielentüren zu, und das Licht der Scheinwerfer wurde von der roten Backsteinmauer durch die Windschutzscheibe zurück in ihre Gesichter geworfen.

Gesa sah zu Keno hinüber.

»Du siehst müde aus«, sagte sie.

»Du auch«, erwiderte er.

Es war ein langes Gespräch geworden, das die beiden im Büro der Sekretärinnen gehalten hatten. All ihre Ideen, wie sie den Traum von einer gemeinsamen Zukunft in die Tat umsetzen könnten, hatten sich schnell als unrealistisch oder als zu schwierig herausgestellt.

Sie würden viel Geld brauchen, um eine Firma zu gründen – Geld, über das weder Gesa noch Keno verfügten. Sie mussten außerdem einen Platz finden, wo sie den Tee, den sie zu Ostfriesentee mischen wollten, lagern und verpacken konnten. Und dann brauchten sie natürlich Kunden, die ihnen den Tee abkaufen würden, was ein weiteres Problem darstellte, schließlich würden sie sich gegen den Konkurrenten *Kruse & Sohn* durchsetzen müssen, bei dem die Menschen in der Gegend seit jeher ihren Tee kauften. Das würde alles andere als leicht werden.

Zuerst aber musste Keno mit seiner Frau und mit seinem Vater sprechen, um sie darum zu bitten, ihn gehen zu lassen. Auch wenn Keno zuversichtlich war, beide überzeugen zu können, dass es das Richtige war, was er tat, so ging Gesa davon aus, dass es heftigen Streit geben würde.

Lisa war ganz sicher nicht bereit, einer Scheidung zuzustimmen, selbst wenn Keno die Schuld auf sich nehmen würde. Sie würde vor Gericht ziehen und um ihre Ehe kämpfen. Eine verheiratete Frau genoss ein völlig anderes Ansehen als eine geschiedene. Auf diesen Status würde sie auf keinen Fall verzichten.

Und auch Kenos Vater würde kaum begeistert sein, wenn ihm von einer neuen Teefirma Konkurrenz erwachsen würde, auch wenn der eigene Sohn der Inhaber war und man die Verkaufsgebiete aufteilen könne, wie Keno ihm vorschlagen wollte. Hinzu kam, dass Gustav Kruse nicht viel Verständnis für Kenos Wunsch haben würde, wenn dadurch die Tradition von beinahe hundert Jahren stetiger Nachfolge von Vater auf Sohn gebrochen wurde.

»Wann wirst du mit Lisa und deinem Vater sprechen?«, fragte Gesa leise.

Keno holte tief Luft. »Je eher, desto besser, denke ich. Es wird nicht leichter, wenn ich es vor mir herschiebe.« Er wandte ihr sein schmales Gesicht zu und lächelte. »Nicht, dass mich noch der Mut verlässt.«

»Davor habe ich keine Sorge«, sagte Gesa. »Feige bist du ganz gewiss nicht, sonst würdest du nicht hier neben mir sitzen.«

Er zwinkerte ihr zu, dann legte er zärtlich die Rechte an ihre Wange. »Sollte ich denn Angst vor dir haben?«

Sie schmiegte für eine Sekunde ihr Gesicht in seine Hand und küsste ihn in die Handfläche. »Nein, aber du hast viel mehr zu verlieren als ich, wenn du dich auf mich einlässt.«

»Das ist nicht wahr«, sagte er. »Mit dir an meiner Seite kann ich nur gewinnen.« Er beugte sich vor und küsste sie lange auf den Mund. »Ich liebe dich«, flüsterte er dann. »Vergiss das nicht.«

»Wie könnte ich das?«, flüsterte auch Gesa und zog ihn an sich. »Wir sehen uns morgen früh, und dann sprechen wir weiter.«

Sie hauchte ihm einen Kuss auf die Lippen und öffnete dann die Tür.

Keno nickte ihr zu. »Ich kann es kaum erwarten. Schlaf gut, Liebes.«

»Du auch! Gute Nacht, Keno!«

Sie stieg aus, zog ihren Mantel dichter um sich herum und blieb stehen, um zuzusehen, wie der Wagen langsam die Auffahrt hinunterfuhr. Sie hob die Hand und winkte, und sie hoffte, er habe es trotz der Dunkelheit auf dem Hof gesehen.

Tief sog sie noch einmal die kühle Abendluft in ihre Lungen und blickte nach oben in die sternklare Nacht.

»Lieber Gott, bitte lass alles gut gehen«, murmelte sie in die blinkenden Lichtpunkte hinauf, obwohl sie nie besonders fest an einen Schöpfer geglaubt hatte, der das Schicksal lenkte und für alle nur das Beste im Sinn hatte. »Beschütz ihn, und lass uns glücklich miteinander werden.«

Wie zur Antwort auf ihr leises Gebet löste sich aus dem

Zenit eine Sternschnuppe und schoss Funken stiebend über den Himmel, bis sie knapp über dem Horizont erlosch.

Ob das ein gutes Zeichen ist, fragte sie sich. Ich hatte gar keine Zeit, mir etwas zu wünschen. Sie lachte leise und schüttelte über sich selbst den Kopf.

»Sternschnuppe ist gutes Zeichen«, hörte sie eine tiefe Stimme hinter sich. In der halb offenen Dielentür, aus der jetzt ein schwacher Lichtschimmer drang, sah sie eine hochgewachsene Silhouette stehen.

»Tomek?«, fragte sie. »Was machst du denn hier draußen?«

»Hab ich Auto gehört und wollte nachsehen, wer kommt«, sagte der Knecht. »Wollte nicht lauschen.«

»Das war nur mein Chef, der mich nach Hause gebracht hat«, sagte Gesa wahrheitsgemäß.

»Ich weiß.« Tomek hielt die Tür für sie auf und schloss sie wieder, als sie auf der Dreschdiele waren. »Er ist aber mehr als bloß Chef, oder?«

Sie sah verwundert in sein Gesicht. »Was meinst du?«

»›Schlaf gut, Liebes‹?«, zitierte Tomek und legte dabei den Kopf ein wenig schräg, wie er es oft tat, wenn er etwas wissen wollte. »Klang nicht, wie Chef spricht.«

Gesa war versucht, ihm eine Lüge zu erzählen, doch dann entschied sie sich anders. »Nein, du hast recht, da ist mehr.« Sie seufzte. »Du wirst es ja doch von Hanna erfahren. Ich liebe ihn, und er liebt mich.«

Tomek nickte. »Gut.« Er ging weiter neben ihr her über den gestampften Lehmboden auf die Tür zum Wohnhaus zu.

»Gut?«

»Ja. Gut, dass du einen Mann gefunden hast zum Lieben. Gut für dich, gut für ihn. Du warst nicht glücklich. So ist es besser.« Unvermittelt blieb er stehen. »Gesa? Hat Hanna schon erzählt?«

»Was soll sie erzählt haben?«

»Wir werden heiraten. Hanna bekommt ein Kind.«

Gesa sah erschrocken zu ihm hoch, doch er lächelte.

»Sie wollte es so«, sagte er. »Weil eure Mutter sonst nicht einverstanden, dass wir heiraten.«

»Seit wann weiß Hanna es?«, fragte Gesa.

»Bin nicht sicher. Drei Tage vielleicht. Vielleicht eine Woche. Mehr nicht. Hat noch nicht mit Henrike geredet.«

»Vielleicht wollte sie abwarten, bis ich dabei bin, damit das Donnerwetter nicht so groß ist.«

»Du wirst uns helfen?«, fragte er. Die Anspannung stand ihm deutlich ins Gesicht geschrieben.

Gesa lächelte ihm zu. »Natürlich werde ich das. Was wäre ich denn sonst für eine Schwester?«

»Ich weiß, du bist gute Schwester. Und bald du wirst meine Schwester sein.«

»Schön, dass du das so siehst.« Sie verzog das Gesicht zu einer Grimasse. »Hoffentlich sieht meine Mutter das auch so.«

Gesa verabschiedete sich vor der Tür zum Wohnhaus von Tomek und sah ihm nach, wie er in Richtung der Knechtekammer in der Viehdiele verschwand, ehe sie hineinging. Im Flur blieb sie kurz stehen und lauschte. Alles war still und dunkel.

Ohne Licht zu machen tastete sie sich bis zur Treppe vor und stieg so leise sie konnte nach oben. Auch hier war kein Geräusch zu hören. Offenbar schliefen bereits alle. Doch als sie die Schlafkammer betrat, die sie sich mit Hanna teilte, hörte sie die Stimme der Schwester leise ihren Namen sagen.

»Hab ich dich geweckt?«

»Nein, ich habe auf dich gewartet.« Hanna schaltete ihre Nachttischlampe an und richtete sich zum Sitzen auf. »Du kommst aber spät!«

»Heute war doch das Richtfest für den Neubau, wusstest du das nicht?«

»Schon, aber ich wollte dir etwas Wichtiges sagen, darum habe ich auf dich gewartet.«

Gesa setzte sich auf Hannas Bettkante. »Wenn es das ist, was Tomek mir gerade erzählt hat, dann weiß ich es schon. Du bekommst ein Kind von ihm.«

Hanna nickte. »Endlich hat es geklappt.« Etwas ängstlich musterte sie die Schwester. »Und was sagst du?«

»Das, was ich ihm auch schon gesagt habe: Dass ich euch helfen werde, mit Mama darüber zu sprechen.«

Hannas Augen begannen zu schwimmen. »Ach, Gesa!«, schluchzte sie auf und schlang ihre Arme um die Schwester.

»Ist doch kein Grund zu weinen«, sagte Gesa und hielt sie ganz fest, so wie früher, wenn sie Hanna als Kind getröstet hatte. »Natürlich werde ich euch beistehen. Aber Mama wird nicht sehr glücklich darüber sein, das kannst du dir doch vorstellen.«

»Nein, natürlich nicht, aber wenn du an meiner Seite bist, dann habe ich vor nichts und niemandem Angst.«

Gesa strich mit der Hand über Hannas blonde Locken und hielt ihre kleine Schwester, bis die Schluchzer seltener wurden. Schließlich löste Hanna sich aus ihrer Umarmung und schaute zu ihr hoch. Trotz ihrer rotgeränderten Augen machte sie einen glücklichen Eindruck.

»Du bist dir sicher, dass er der Richtige ist?«

»Ganz sicher.« Hanna nickte. »Du müsstest das doch am

besten verstehen, Gesa. Bei dir und Gerold wird es doch genauso gewesen sein, sonst hättest du dich nicht mit ihm verlobt, oder?«

Gesa zögerte kurz.

Ihre Verlobung mit Gerold war so lange her, dass die Erinnerung daran langsam zu verblassen begann. Vor allem die Liebe, die sie für ihn empfunden haben musste, konnte sie sich kaum noch in Erinnerung rufen. Wenn sie es recht bedachte, war das schon vor diesem letzten Abend so gewesen, doch jetzt, da sie Keno geküsst hatte, schien alles, was sie für Gerold gefühlt hatte, ganz verschwunden zu sein.

War es so einfach, eine Liebe für eine andere zu vergessen? Ob es dann überhaupt so etwas geben konnte wie eine Liebe, die für ein ganzes Leben reichte? Was, wenn ihre Gefühle für Keno auch nur ein Strohfeuer waren?

Sofort drängte sie den Gedanken wieder zurück und zwang sich zu einem Lächeln.

»Ja«, versicherte sie, so entschlossen sie nur konnte. »Ja, natürlich. Du hast recht. Für dich ist Tomek der Richtige, und er wird immer zu dir und eurem Kind stehen, egal, was alle anderen auch dagegen haben mögen, dass ihr heiratet.«

Wieder schwammen in Hannas blauen Augen Tränen, die über ihre Wangen liefen und auf ihr Nachthemd tropften, als sie nickte. »Das hat er mir versprochen.«

»Solange ihr euch einig seid, ist es ganz egal, was Mama oder sonst jemand dazu sagen wird. Wahrscheinlich wird Mama sich zwei Tage lang mit Kopfschmerzen ins Bett legen. Und danach ist alles wieder, wie es war.«

Hanna lächelte unter Tränen. »Meinst du?«

»Bestimmt. Und wenn nicht, wird Tanti sie schon wieder auf den Boden zurückholen. Weiß sie es schon?«

»Nein, aber es könnte sein, dass sie schon etwas ahnt. Du kennst sie doch. Aber ich wollte es ihnen allen zusammen sagen.«

»Das wird das Beste sein.« Gesa nickte zustimmend. »Und jetzt sollten wir schlafen. Morgen wird für uns ein anstrengender Tag werden, an dem eine Menge Geständnisse und vielleicht auch Auseinandersetzungen auf uns warten.« Sie nahm das Gesicht ihrer Schwester in beide Hände und küsste sie auf die Stirn. »Schlaf gut, Lütte.«

Das hatte sie immer gesagt, wenn Hanna als Kind aus einem Albtraum aufgeschreckt und zu Gesa ins Bett gekrochen war, und auch jetzt nickte Hanna gehorsam, legte sich wieder hin und ließ sich von ihrer großen Schwester zudecken. »Schlaf du auch gut, Gesa«, sagte sie und löschte ihre Lampe.

Gesa blieb auf ihrer Bettkante sitzen, bis ihr die langsamen, gleichmäßigen Atemzüge zeigten, dass Hanna eingeschlafen war, dann stand sie vorsichtig auf, ging zu ihrem eigenen Bett hinüber und zog sich aus.

So müde sie auch war, es gelang ihr nicht, in einen erholsamen Schlaf zu finden. Immer wieder wälzte sie sich herum, und als ihr Wecker klingelte, hatte sie das Gefühl, gerade erst eingeschlafen zu sein. Hanna war schon aufgestanden und vermutlich längst zum Melken auf die Weide draußen.

Wie gerädert quälte Gesa sich aus dem Bett und machte sich für die Arbeit fertig. Zum Frühstücken blieb ihr keine Zeit, und so lief sie, ohne noch einmal in die Küche zu schauen, durch die Dreschdiele nach draußen auf den Hof, wo Kenos Limousine schon auf sie wartete. Er langte über den Beifahrersitz und öffnete die Tür für sie.

»Guten Morgen«, sagte er, als sie einstieg. »Hast du gut geschlafen?«

»Nein, nicht wirklich«, sagte sie. »Eigentlich so gut wie gar nicht.«

Keno lächelte dünn, und im schwachen Morgenlicht des Herbsttages waren unter seinen Augen dunkle Ringe zu erkennen. »Dann geht es dir wie mir. Es war eine lange, unerfreuliche Nacht.«

Gesa fühlte eine kalte Hand nach ihrem Herzen greifen. »Was war denn?«, fragte sie heiser.

Er öffnete den Mund, um zu antworten, doch in diesem Moment war von draußen ein lautes Hilferufen zu hören. Gesa drehte sich um und sah durch das Rückfenster, wie Hanna schreiend und winkend auf den Wagen zurannte.

»Hilfe! Gesa! Hilfe! Oh Gott, ihr müsst mir helfen!!«

Mit einem Satz war Gesa aus dem Auto gesprungen und lief auf ihre Schwester zu. Als sie sie erreicht hatte, klammerte sich Hanna an sie.

»Um Himmels willen, Hanna, was ist denn passiert?«

»Wir brauchen den Arzt … Sofort …«, keuchte Hanna. »Tomek liegt auf der Weide. Jan und seine Freunde, sie haben ihn erwischt …« In Hannas blauen Augen stand blanke Panik. »Sie haben ihn halb totgeschlagen …« Hanna hob ihre blutbefleckten Hände. »Oh Gott, all das Blut.« Sie schluchzte auf. »Was, wenn er stirbt?«

»Wo ist er?«, fragte eine dunkle Stimme. Keno war zu den jungen Frauen getreten und griff nach Hannas Schultern. Sie deutete vage nach hinten. »Er wollte die Milchkannen holen und zur Straße bringen. Da haben sie ihm aufgelauert. Vier gegen einen … Ich hab sie noch wegrennen sehen.« Sie schluchzte wieder. »Bitte, Herr Kruse …«

»Komme ich mit dem Wagen dorthin?«

Hanna schüttelte den Kopf. »Der ganze Weg ist vom Regen total aufgeweicht und nur noch Schlamm.«

Keno nickte. »Dann werden wir ihn hertragen. Kommen Sie!«

Hanna lief voraus, während Gesa und Keno ihr folgten. Hanna hatte nicht übertrieben. Auf dem Kleiweg versank man bis zu den Knöcheln im grauen Marschboden, der die Füße nicht mehr freigeben wollte. Nach ein paar Schritten hatte Gesa ihren linken Schuh verloren. Sie fluchte kurz, dann schleuderte sie auch den rechten Halbschuh, der inzwischen vor Schmutz starrte, vom Fuß und lief barfuß weiter. So ging es besser.

»Dort drüben!«, rief Hanna. Sie rannte zu der reglosen Gestalt, die zusammengekrümmt auf dem Boden neben zwei umgestürzten Milchkannen lag, und kniete sich neben seinen Kopf. »Tomek!«, schluchzte sie. »Sag doch was, Tomek! Bitte!«

Röchelnd holte der junge Mann Luft und versuchte die Augen zu öffnen. »Hanna«, keuchte er. Dann hustete er und schloss stöhnend wieder die Augen. Er blutete aus etlichen Wunden an Kinn und Lippe und hatte eine große Platzwunde an der Stirn, in der man weißlich den Schädelknochen erahnen konnte.

»Was für Schweinehunde«, knurrte Keno. »Vier gegen einen.« Er ging neben Tomek in die Hocke und griff nach seiner Hand. »Können Sie mich hören?«

Tomek nickte, ohne die Augen zu öffnen.

»Gut. Glauben Sie, dass Sie laufen können, wenn wir Sie an beiden Seiten stützen?«

»Wird gehen …«, murmelte Tomek undeutlich. »Aber kann nicht aufstehen.«

»Wir helfen Ihnen.« Keno zog Tomek am Arm vorsichtig zum Sitzen hoch, worauf der wieder stöhnte. »Krieg keine Luft!«

»Das wird besser, sobald Sie erst mal auf den Beinen stehen. Einmal die Zähne zusammenbeißen, dann haken wir Sie unter.« Er schob seine Hand unter Tomeks rechter Schulter durch und half ihm hoch. Hanna wollte ihn an der linken Seite stützen, aber Gesa hielt sie zurück. »Lass mich nur machen. Lauf du schnell zum Hof und sag Mama und den anderen Bescheid. Sie sollen schon mal ein Bett für ihn zurechtmachen.«

»Sobald wir mit ihm beim Hof sind, hole ich einen Arzt«, fügte Keno hinzu.

Hanna nickte nur, dann rannte sie los.

Der Weg, für den sie vorher nur ein paar Minuten gebraucht hatten, schien Gesa auf einmal endlos zu sein. Auch wenn sie zunächst gedacht hatte, Tomek sei für einen Mann seiner Größe erstaunlich leicht, so wurde er doch zunehmend bleischwer. Immer wieder drohte er ohnmächtig zu werden. Sein Kopf sackte dann auf seine Brust hinunter, und sein Gewicht wurde unerträglich. Obwohl es ein kühler Morgen war, war Gesa bald schweißgebadet.

»Geht es noch?«, fragte Keno schließlich, als der Hof langsam in Sichtweite kam.

»Natürlich. Kein Problem.« Gesa biss die Zähne zusammen und kämpfte sich Schritt für Schritt weiter. »Es ist ja nur noch um die Kurve herum, dann sind wir da.«

Wieder sackte Tomeks Körper ab, und Gesa keuchte bei dem Versuch, ihn festzuhalten.

»Moment«, sagte Keno. Er beugte sich ein Stück nach

unten, griff nach Tomeks Bein und warf sich den erschlafften Körper des jungen Polen über die Schulter. »Für die paar Meter wird das gehen«, sagte er und stapfte durch den Matsch auf den Hof zu.

Verwundert blieb Gesa stehen und sah ihm nach, ehe sie ihm eilig folgte. Keno ging mit festen, gleichmäßigen Schritten vor ihr her. Die Last auf seinen Schultern schien ihn ebenso wenig zu behindern wie der Schlamm, durch den er watete.

Das muss er im Krieg viele Male gemacht haben, schoss es ihr durch den Kopf. Das ist nicht der erste Verwundete, den er so aus der Gefahrenzone trägt.

Ein warmes Gefühl stieg in ihr auf, als sie ihm zusah – eine Mischung aus Liebe und Bewunderung. Wie ruhig und besonnen er reagiert hatte! Keno wusste genau, was zu tun war, und behielt dabei einen klaren Kopf und die nötige Übersicht. Hatte sein Vater nicht gesagt, er sei Offizier der Wehrmacht gewesen? Seine Leute waren ihm bestimmt überallhin gefolgt, voll Vertrauen, dass er die richtigen Entscheidungen für sie traf und sie heil aus der Schlacht zurückkehren würden.

Aus der geöffneten Dreschdielentür kamen ihnen mehrere Frauen und der alte Dierk entgegen, doch Keno trug Tomek bis in die Knechtekammer, wo er ihn mit Dierks Hilfe vorsichtig auf sein Bett lagerte. Der junge Pole war noch immer bewusstlos, atmete aber regelmäßig. Henrike setzte sich auf den Bettrand und begann, Tomeks Wunden mit einem nassen Tuch zu säubern, während Hanna eine Schüssel mit Wasser hielt und sich offenbar Mühe gab, die Tränen zurückzuhalten.

»Ich werde dann jetzt den Arzt holen«, sagte Keno.

»Könnten Sie mich begleiten?«, setzte er an Gesa gewandt hinzu. »Ich will nicht erst herumfragen müssen, wo der nächste Arzt wohnt.«

»Wollen Sie sich nicht zuerst ein wenig saubermachen?«, fragte Henrike.

Keno winkte ab. »Das hat Zeit. Der Arzt hat bestimmt schon Schlimmeres gesehen.« Er sah an sich hinunter. Sein Mantel und die Hose waren voller Kleierde und Blut, und die Schuhe starrten vor Dreck.

»Dann nehmen Sie wenigstens eine Decke mit, damit Ihr schönes Auto nicht schmutzig wird.« Tanti griff nach einer der groben Wolldecken, die zusammengefaltet am Fußende von Dierks Bett lagen, und reichte sie ihm. Keno nickte ihr dankbar zu.

»Wartet, wenn ich die Burschen erwische, die das waren«, knurrte die alte Frau mit finsterer Miene.

»Ich glaube, eine Anzeige bei der Polizei wird es auch tun«, gab Keno zurück, ehe er sich wieder an Gesa wandte. »Kommen Sie, Gesa? Wir sollten jetzt wirklich den Arzt holen.«

Gesa nickte und folgte ihm zum Auto, wo sie vor dem Einsteigen die Decke über die Vordersitze ausbreiteten. »Unser Arzt ist Dr. Haase in Pewsum«, sagte Gesa. »Er wohnt ganz in der Nähe der Manningaburg. Weißt du, wie man dorthin kommt?«

»Die Burg kenne ich, aber zur Praxis wirst du mich lotsen müssen.«

»Das ist kein Problem«, sagte Gesa, lehnte sich mit einem Seufzen zurück in den Sitz und schaute kopfschüttelnd aus dem Fenster auf die windschiefen Straßenbäume, die in langer Reihe an ihnen vorbeizogen. »Dass es hier mal so weit kommt, hätte ich nie gedacht«, sagte sie nachdenklich. »Dass die Kerle zu viert auf den Hof kommen und den armen Tomek halb totschlagen. Was sind das nur für Menschen?«

»Junge Männer, denen man eingebläut hat, dass sie was Besseres sind als alle anderen und dass es Untermenschen gibt, die man einfach so totschlagen darf, wenn einem der Sinn danach steht.« Keno schnaubte bitter. »Glaub mir, mit diesen Leuten werden wir noch lange zu kämpfen haben.«

»Sind denn alle so, die im Krieg waren?«, fragte Gesa mit rauer Stimme.

Er zögerte, ehe er antwortete. »Nein, ich will nicht glauben, dass alle so verroht sind. Aber keiner, der zurückkommt, ist noch derselbe, der er vorher war.«

Gesa schwieg. Sie wusste keine Antwort darauf, und Keno erwartete wohl auch keine. Noch immer sah sie aus dem Seitenfenster auf die Bäume, die sich dem Wind beugten, der die verfärbten Blätter mit sich trug.

Als Keno sich räusperte, schrak sie zusammen und schaute zu ihm hinüber. Sein Blick war starr nach vorn auf die Straße gerichtet.

»Ich muss dir etwas sagen«, begann er steif. »Ich hatte gestern Abend noch Streit mit Lisa. Sie hat mir erzählt, dass ihr auf dem Richtfest miteinander gesprochen habt. Sie sagte, wie beschämend es für sie sei, von einer Angestellten so angegangen zu werden und dass sie so ein Verhalten auf keinen Fall dulden werde.«

»Wollte sie, dass du mich entlässt?«

»So etwas in der Art hatte sie wohl erwartet. Du kannst dir vorstellen, wie überrascht sie war, als ich dich verteidigt habe. Nun ja, ein Wort gab das andere, und dann kam es zu einem heftigen Streit.«

Er zuckte mit den Schultern. »Weißt du, Gesa, ich hatte mir vorgenommen, dass ich die Idee mit dem eigenen Teekontor noch eine Weile für mich behalte, erst einmal Pläne mache und Kontakte zu den Teehändlern in Hamburg und vielleicht sogar nach Ceylon und Indien knüpfe. Ich wollte taktisch vorgehen. Schon etwas in der Hand haben, und meinen Vater und vor allem Lisa vor vollendete Tatsachen stellen, bevor ich verrate, was ich vorhabe. Aber dann ist mir gestern im Streit alles herausgerutscht. Ich habe Lisa auf den Kopf zugesagt, dass ich sie nicht liebe, sie nie geliebt habe, und mich von ihr scheiden lassen will.«

Gesa fühlte, wie eine kalte Hand nach ihrem Herzen griff.

»Und? Wie hat sie reagiert?« Ihre Stimme klang fremd in ihren Ohren.

»Sie hat gesagt, dass unsere Ehe nie etwas mit Liebe zu tun hatte. Und darum gibt es in ihren Augen auch keinen Grund für eine Scheidung. Unsere Ehe war nie mehr als eine geschäftliche Abmachung unserer Väter. Ein Geschäft auf Gegenseitigkeit, nichts weiter. Wenn ich wolle, dass mein Vater das Kontor verliert, bitte sehr, dann solle ich mich von ihr scheiden lassen. Dann würde all das Geld, das ihr Vater ins Kontor gesteckt hätte, wieder an Lisa fallen. Das ganze Geld gehört nämlich noch immer ihr und ist nie ins Firmenkapital eingegangen.«

»Aber wieso?«, fragte Gesa.

»Diese Regelung hat man vor der Hochzeit getroffen, um Lisa abzusichern, für den Fall, dass mir im Krieg etwas zustößt.« Erneut schnaubte er. »Lisa ist es offenbar ganz recht, wenn ich die Scheidung einreiche. Sie ist es sowieso schon lange leid, mit Vater und mir unter einem Dach zu leben, schließlich ist es ihre Villa, wie sie mir zum wiederholten Mal klargemacht hat. Als ob ich das nicht selbst wüsste!«

»Also hat Lisa alle Trümpfe in der Hand und erpresst dich«, sagte Gesa tonlos. »Jetzt wird sie dir alle erdenklichen Steine in den Weg legen.«

Keno warf Gesa einen traurigen Blick zu. »Es tut mir leid, Gesa …«

»Willst du einfach kampflos aufgeben?«, fragte Gesa. Ihr Herz schlug bis zum Hals.

»Was heißt wollen?«, fragte er. »Mir wird nichts anderes übrigbleiben, als zu Kreuze zu kriechen. Die Welt besteht nicht nur aus uns beiden, Gesa. Was ist mit Vater, mit all den Angestellten, die sich darauf verlassen, dass jeden Monat etwas in der Lohntüte ist? Sie alle sind auf die Firma *Kruse & Sohn* angewiesen.«

Gesa schwieg. Was hätte sie auch sagen sollen? Eine Weile sah sie blind nach vorn auf die Straße. Sie liebte Keno, das wusste sie genau. Und er liebte sie, da war sie sich sicher. Trotzdem konnten sie nicht zusammen sein, weil einfach zu viel gegen ihre Liebe sprach.

Was hatte Keno gesagt? *Die Welt besteht nicht nur aus uns beiden.* Damit hatte er natürlich recht. Aber die Welt drehte sich weiter und wandelte sich.

Statt wie blind mit dem Kopf durch die Mauer zu wollen, war es klüger, sich geduldig an ihr entlangzutasten, bis man einen Ausweg gefunden hatte, auch wenn der vielleicht ganz anders geartet war, als man zuvor erwartet hatte.

Die Zeit würde es richten, Zeit heilte alles.

Sie hatte schon einmal über vier Jahre gewartet und gehofft, ihre Liebe in Gerold zu finden. Doch der war nicht wiedergekommen. Gesa könnte diese Geduld wieder aufbringen. Für Keno würde sie eine halbe Ewigkeit warten.

Die ersten Häuser des Dorfes Pewsum zogen an den Fenstern vorbei, und Gesa deutete auf die Straße in der Nähe der Manningaburg, in die Keno abbiegen musste, um zum Arzt der Familie de Fries, dem alten Doktor Haase, zu gelangen.

»Bist du mir böse?«, fragte Keno leise, als er den Wagen vor der Praxis abgestellt hatte.

Sie blickte in seine blauen Augen und lächelte. »Nein«, sagte sie fest. »Ich bin dir nicht böse, Keno. Wie könnte ich?«

»Da hat der Junge noch mal Glück gehabt«, sagte Dr. Haase und schloss die schwarze lederne Arzttasche, die auf dem Küchentisch stand. »Er hat zwar ordentlich Blut verloren und eine heftige Gehirnerschütterung, aber außer einem Schmiss auf der Stirn, wo ich ihn genäht habe, wird wohl nichts nachbleiben.«

Hanna stürzten die Tränen aus den Augen, und Gesa, die neben ihrer Schwester saß, legte tröstend den Arm um sie und tätschelte ihre Schulter.

»Er sollte ein paar Tage im Bett bleiben. So eine Rippenprellung ist schmerzhaft, und es wird nicht besser, wenn man sich nicht schont.«

Dr. Haase blickte über seine Brille hinweg zu Hanna. »Aber seine kleine Freundin hier wird sicher gut darauf achten, dass der Jung sich nicht übernimmt.« Der alte Arzt lachte glucksend und schob seine geleerte Teetasse ein Stück weiter auf den Tisch. »Nun muss ich aber wieder los, meine Praxis sitzt bestimmt voller Patienten.« Er wandte sich an Keno, der ihm gegenübersaß. »Der junge Herr hatte mir ja versprochen, mich wieder nach Hause zu fahren.«

Keno nickte und erhob sich.

Er hatte sich inzwischen gewaschen und saubere Kleidung angezogen. Zum Glück passten ihm die Hosen und das Hemd von Gesas Vater einigermaßen, dennoch sah er darin fremd aus, fand Gesa.

Als sie den Arzt abgeholt hatten, hatte er von der Praxis aus im Kontor angerufen, um ihre Verspätung zu erklären, und seinem Vater mitgeteilt, dass er Fräulein de Fries heute freigegeben hatte.

»Natürlich, Doktor. Ihre Patienten sollten Sie nicht warten lassen.« Er lächelte Henrike, Tanti und den Schwestern zu. »Ich werde mich morgen nach dem jungen Mann erkundigen, wenn ich Fräulein Gesa abhole.«

»Sie sind uns immer willkommen, Herr Kruse. Vielen Dank noch mal für Ihre Hilfe.« Henrike gab Keno die Hand und schenkte ihm ein dankbares Lächeln. »Bringst du die Herren noch hinaus, Gesa?«

Gesa ließ Hanna los und stand ebenfalls auf.

»Das wird nicht nötig sein, wir kennen ja den Weg«, erwiderte Dr. Haase und ging zur Tür. Keno folgte ihm.

Tanti stieß erleichtert die Luft aus den Lungen, als sich die Tür hinter den Männern geschlossen hatte.

»Nur eine Gehirnerschütterung, eine Narbe und blaue Flecken«, sagte sie. »Der Jung hat mehr Glück als Verstand gehabt!« Sie griff nach der Teekanne und verteilte den Rest auf die Tassen, die vor den Frauen auf dem Tisch standen. »Setz mal schnell neuen Tee auf, Gesa. Du stehst ja gerade.«

Gesa griff nach der Kanne und ging zum Herd hinüber, wo der Kessel leise summte.

»Ganz schon unverschämt von Dr. Haase, dass er Hanna die kleine Freundin des Polenjungen nannte«, sagte Helga mit gerunzelter Stirn. »Da hat er doch wohl was in den falschen Hals bekommen. Na ja, Hauptsache, er setzt jetzt keine Gerüchte in die Welt.«

»Gerüchte?«, fragte Tanti trocken. »Seit wann können denn aus Tatsachen Gerüchte werden?«

Gesa beobachtete von ihrem Platz beim Herd aus, wie Hanna puterrot wurde.

»Hanna?«, fragte Helga entgeistert. »Was meint Tanti denn damit?«

»Was werde ich wohl meinen?« Tanti nickte in Hannas Richtung. »Nun mal raus mit der Sprache, Deern. Butter bei die Fische.«

»Ich ...«, stammelte Hanna, noch immer hochrot im Gesicht. »Ich meine, wir ...« Sie brach ab und schluckte trocken. Ihr ängstlicher Blick wanderte zwischen ihrer Mutter und ihrer ältesten Schwester hin und her und blieb schließlich Hilfe suchend an Gesa hängen.

»Die beiden sind ein Paar. Schon seit dem Sommer«, sagte Gesa. »Hanna hat es die ganze Zeit geheim gehalten, weil sie wusste, dass Mama dagegen ist.«

Henrike schwieg, doch ihre Augen sprühten Funken.

»Aber jetzt müssen wir heiraten«, stieß Hanna hervor. »Weil ... weil ...« Jetzt war sie auf einmal leichenblass geworden. Sie sprang auf und stürzte hinaus, die Hand vor den Mund gepresst.

»Weil was Kleines unterwegs ist«, ergänzte Tanti mit geschürzten Lippen.

Henrike seufzte. »Als hätte ich es nicht geahnt«, sagte sie kopfschüttelnd.

»Aber Mama, Hanna kann doch unmöglich diesen Polenjungen heiraten«, rief Helga aufgebracht.

»Und warum nicht?«

Gesa starrte ihre Mutter mit offenem Mund an. Diese Reaktion von ihr hätte sie nun wirklich als Letztes erwartet.

Henrikes Hände lagen auf der Tischplatte, und sie beugte sich ein Stück vor, um ihre Älteste mit ernstem Blick zu mustern. »Wenn Hanna ein Kind kriegt, dann wird sie den Vater heiraten, ob er nun von hier ist oder aus Polen stammt. Das ist schon immer so gewesen. Dass sie es darauf angelegt hat, steht auf einem anderen Blatt, aber was das angeht, solltest du lieber ganz still sein. Du hast es schließlich genauso gemacht, als wir mit deinem Bräutigam nicht einverstanden waren.«

»Und du warst auch nicht die Erste, die das so gemacht hat«, ergänzte Tanti mit einem bekräftigenden Nicken.

Gesa bemerkte den schnellen Seitenblick, mit dem Henrike sie bedachte, doch Tanti fuhr unbeirrt fort. »Eure Mutter hatte damals dieselbe glorreiche Idee.«

»Was?«, riefen Gesa und Helga gleichzeitig.

»Aber Tante Alma!«, kam es vorwurfsvoll von Henrike. »Das tut doch hier nichts zur Sache.«

Tanti verschränkte mit einem zufriedenen Lächeln auf den Lippen die Arme. »Sollen die Deerns doch ruhig die Wahrheit erfahren. Eure Großeltern waren gegen euren Vater, weil er als Schürzenjäger verschrien war. Und was soll ich sagen, kaum warst du unterwegs, Helga, da hatte niemand mehr was gegen Onno de Fries als Schwiegersohn.« Tantis Schultern zuckten vor unterdrücktem Lachen. »Ich sag's ja: Man kriegt immer die Kinder, die man verdient hat, was, Henrike? Der Apfel fällt nun mal nicht weit vom Stamm.«

Henrike verdrehte die Augen. »Trotzdem hättest du die alte Geschichte nicht so hinausposaunen müssen.«

»Alte Geschichte?«, fragte Tanti unschuldig. »Für dich vielleicht, aber für deine Töchter ist sie neu. Und sie zeigt, dass früher nicht alles besser war und dass ihre Eltern in ihrer Jugend keinen Deut besser waren als sie.«

»Als hätte ich das je behauptet!«, sagte Henrike.

»Na?« Tanti wiegte den Kopf hin und her und machte ein skeptisches Gesicht. »Ob das wirklich so ist? Du hast immer gepredigt, dass sie bloß nicht über die Stränge schlagen sollen und dann mit einem Kind im Bauch nach Hause kommen.«

»Als Mutter muss man doch verhindern, dass die Töchter die eigenen Fehler wiederholen.«

Das Lächeln der alten Frau wurde breiter. »Das ist dir ja prächtig gelungen, wie man sieht. Und was heißt hier Fehler? Bei Onno und dir ist es doch gut ausgegangen. Warum sollte es nicht auch bei Hanna und Tomek so sein? Er ist ein guter Kerl, das weißt du auch. Anders als …« Sie nickte in Helgas Richtung, ohne den Satz zu vollenden. »Aber daran, dass Hanna und Tomek keinen leichten Stand hier in Rysum haben werden, wenn sie heiraten, daran hab ich trotzdem keine Zweifel.«

Henrike seufzte. »Nein, ich auch nicht. Die Jungs, die ihn zusammengeschlagen haben, sind doch nur die Spitze des Eisbergs. Wenn die Nachbarn uns schneiden, weil Hanna einen Fremdarbeiter heiratet, dann wüsste ich nicht, wie wir den Hof halten können. Ohne Nachbarschaft können wir weder Heu noch Mist fahren, das Vieh nicht aufstallen und nicht wieder auf die Weide bringen. Wir sind nun mal auf ihre Hilfe angewiesen. Vernünftiger wäre, wenn Tomek den Hof verlässt und Hanna das Kind woanders bekommt und nach der Geburt weggibt, auch wenn …« Sie brach ab und starrte auf ihre Hände hinunter.

Gesa sah die Angst in Hannas Blick, die verzweifelt in die Runde blickte.

»Aber das kannst du doch nicht ernst meinen, Mama!«, rief sie entrüstet. »Du kannst doch nicht Hanna ins Unglück stürzen, nur weil du Angst vor der Meinung der Nachbarn hast. Die werden sich schon an den Gedanken gewöhnen, dass Tomek Hanna heiratet. Wichtig ist nur, dass wir alle zusammenhalten und ihnen damit zeigen, dass er jetzt genauso zur Familie de Fries gehört wie wir.« Sie warf ihrer älteren Schwester einen durchdringenden Blick zu. »Das gilt auch für dich, Helga. Egal, welche Vorbehalte du gegen Hanna und Tomek haben magst, behalt sie am besten einfach für dich.« Sie betrachtete das verhärmte Gesicht ihrer großen Schwester, holte tief Luft und ließ sie langsam wieder entweichen. »Oder besser, frag dich mal, wer dir diese Ideen in den Kopf gesetzt hat. Willst du weiter so reden wie Günther? Wirklich? Nach allem, was er getan hat?«

Helga starrte sie einen Moment lang mit offenem Mund an, dann wandte sie sich Hilfe suchend an Henrike, doch die ignorierte die entrüsteten Blicke ihrer Ältesten. Sie erhob sich und sammelte die Teetassen ein, stellte sie ineinander, um sie abzuräumen.

Tanti ließ ihr Strickzeug sinken und schob ihre Tasse in Henrikes Richtung.

»Also dann ist es beschlossene Sache, nicht wahr?«, sagte die alte Frau mit einem bekräftigenden Nicken. »Hanna und Tomek werden so schnell wie möglich heiraten.«

Epilog

»Können wir dort langfahren?«, fragte Gesa und deutete auf den Weg, der ein Stück entfernt von der Ringstraße abzweigte.

»Wo willst du denn hin?«, fragte Helga verwundert. »Das ist doch ein Umweg von mindestens einer halben Stunde.«

Die drei Schwestern waren mit dem Rad auf dem Nachhauseweg von Pewsum, wo sie die letzten Zutaten für den Weihnachtsstuten und Geschenke gekauft hatten. Es war ein trüber Spätherbstnachmittag Anfang Dezember, und ein steifer Wind trieb tiefhängende Wolken übers flache Land, aus denen sich von Zeit zu Zeit dicke Tropfen oder nasse Schneeflocken lösten.

»Da geht es zum Deich. Ich würde furchtbar gern wieder einmal über das Wasser sehen.« Sie wandte sich an Hanna, die links neben ihr radelte. »Weißt du noch, wann wir zuletzt zusammen auf dem Deich gestanden haben?«

Hanna schob den Schal nach unten, den sie zum Schutz vor dem kalten Wind bis zur Nase hochgezogen hatte. »Ja, sicher. Das war kurz vor Papas Beerdigung. Ich war zum Deich gefahren, um nachzudenken, und du hast dir Sorgen um mich gemacht.« Sie lächelte Gesa zu. »Das scheint eine halbe Ewigkeit her zu sein.«

»Aber man muss doch nicht bei so einem Schietweer einen solchen Umweg fahren«, schimpfte Helga, die sich auf Mamas Fahrrad abmühte, mit den beiden anderen Schritt zu halten. »Um uns an Papa zu erinnern, müssen wir doch wahrhaftig nicht bis zum Deich fahren. Mal ganz davon abgesehen, dass man bei dem Wetter sowieso nicht bis ans andere Ufer sehen kann.«

»Darum geht es doch gar nicht«, sagte Gesa. »Es geht darum, sich den Wind um die Nase wehen zu lassen, um auf neue Ideen zu kommen.«

»Was denn für neue Ideen?«, fragte Helga kopfschüttelnd. »Tühnkram!«

Gesa schaute zu Hanna hinüber und bemerkte, dass die ein Grinsen unterdrückte.

»Na, Ideen, wie es im nächsten Jahr weitergehen soll«, sagte Gesa. »Bis Weihnachten sind es noch drei Wochen, bis Silvester vier, dann beginnt ein neues Jahrzehnt. Wir leben in einem neuen Staat mit ganz neuen Möglichkeiten. Warum also sollten wir nicht darüber nachdenken, was diese Fünfzigerjahre uns bringen sollen? Wenn ich auf dem Deich stehe und übers Wasser schaue, kommen mir oft die besten Ideen. Bisher hat es noch immer geholfen, und ich wusste hinterher genau, was ich zu tun habe.«

»Mir wäre es lieber, wenn wir gleich nach Hause fahren«, murrte Helga. »Wir kriegen da keine Ideen, sondern höchstens eine Lungenentzündung.«

Hanna lachte, löste eine Hand vom Lenker und richtete sich ein wenig auf. »Stell dich nicht so an, Helga. So schnell bekommt man keine Lungenentzündung.«

Ihr Gesicht war durch die Schwangerschaft etwas fülliger geworden und ihre Wangen von der Kälte rosig angehaucht.

Sie sah aus wie das blühende Leben, und ihre Augen strahlten vor Glück.

Tomek und sie hatten sich verlobt, gleich nachdem er sich halbwegs von den Verletzungen erholt hatte, die er bei dem Überfall von Jan und seinen Freunden davongetragen hatte. Vor ein paar Wochen hatten sie im kleinsten Familienkreis geheiratet. Henrike hatte es unter den gegebenen Umständen für besser gehalten, keine große Hochzeit zu feiern. Es war sowieso schon in allen Dörfern der Krummhörn getratscht worden, dass die jüngste Tochter von Onno de Fries einen der Knechte und ausgerechnet den Fremdarbeiter aus Polen heiraten musste. Dann zum Trotz noch eine große Hochzeit auf dem Saal zu feiern hätte bedeutet, zusätzlich Öl ins Feuer zu gießen. Also waren nur die engsten Verwandten und die nächsten Nachbarn eingeladen worden, und man hatte in der großen Stube Kaffee getrunken. Eine Hochzeitsfeier ohne Polterabend und ohne Tanz – das war nicht das, was sich Gesa für ihre kleine Schwester gewünscht hatte, aber Hanna hatte über das ganze Gesicht gestrahlt, als sie neben ihrem Tomek, dem Henrike zu diesem Anlass einen Anzug gekauft hatte, auf dem Ehrenplatz gesessen hatte.

Die Nachbarn waren vielleicht nicht unbedingt mit Hannas Bräutigam einverstanden, aber bisher hatte das wider Erwarten zu keinen Zerwürfnissen geführt. Gerade Krögers, die Nachbarn von gegenüber, taten so, als sei alles wie immer, und das rechnete Gesa Jens, dem Bauer des Hofes, hoch an.

Außer der Narbe an Tomeks Stirn, die erst langsam verblasste, erinnerte nichts mehr an den Überfall. Hanna hatte Jan und seine Freunde anzeigen wollen, aber Henrike hatte sie überredet, besser einfach Gras über die Sache wachsen zu lassen. Wenn er verhaftet würde, würde es nur noch mehr böses Blut geben. Dafür hatte Tanti den anderen Damen ihres Teekränzchens die Geschichte brühwarm erzählt und in allen Einzelheiten geschildert, sodass jetzt die ganze Krummhörn wusste, wer den arglosen Polenjungen fast totgeprügelt hatte. Jan und seine Kumpel sollten sich bloß hüten, so was noch mal zu versuchen, dann würde am nächsten Morgen die Polizei vor ihrer Tür stehen, darauf könnten sie sich verlassen.

»Glaubt mir, wenn die Großmütter so was weitertratschen, wirkt das Wunder!«, hatte Tanti zufrieden gemeint. »Da kommt jetzt nichts mehr nach, weil der Büsing genau weiß, was ihm blüht, wenn Tomek auch nur ein Haar gekrümmt wird.«

»Na, komm schon, Helga, sei kein Spielverderber. Einmal über den Deich gucken, so wie früher immer«, rief Hanna gut gelaunt. »Wer zuerst oben ist …«

Damit trat sie in die Pedale und bog in die kleine Seitenstraße ein, die in Richtung des Deiches führte. Die anderen folgten ihr.

»Weit wird man aber nicht sehen können«, nörgelte Helga weiter, als sie den Fuß des künstlichen Damms erreicht hatten.

»Darauf kommt es nicht an«, sagte Gesa. Sie stellte ihr Fahrrad am Zaun der Schafweide ab und wandte sich der steilen Böschung zu.

Der Dunst verhüllte das andere Ufer der Ems und ließ nur die Sicht auf einen Bogen von ein paar hundert Metern zu, in dem sich hinter dem grasbedeckten Ufer graues, schnell strömendes Wasser kräuselte, das dahinter mit dem Nebel verschmolz.

Gesa holte tief Luft. Es roch nach Salz, Schlick und Herbst. Das war der Duft ihrer Heimat, und sie musste lächeln.

Da standen sie nun in selten gewordener Eintracht und blickten aufs Wasser hinaus.

»Ich wusste gar nicht mehr, wie schön es hier ist«, hörte Gesa Helga leise neben sich sagen. Ihre Stimme hatte alle Schärfe verloren und klang beinahe so weich wie früher, als sie noch ein Mädchen gewesen war.

Jede von ihnen hatte sich einmal eine andere Zukunft ausgemalt, und keine von ihnen würde es in dem Leben, das vor ihnen lag, leicht haben. Hanna nicht mit dem polnischen Mann an ihrer Seite, der sie zwar von Herzen liebte, sich aber unter den Einheimischen erst behaupten musste. Gesa nicht, weil sie in Keno einen Mann liebte, der an eine andere gebunden war, und sie nicht wusste, ob sie ihn je für sich gewinnen konnte. Und Helga nicht, weil sie erst wieder lernen musste, für sich selbst zu denken, für sich und ihre Kinder zu sorgen und vielleicht irgendwann ein neues Glück zu finden. Sie würden es mit der ganzen Welt aufnehmen müssen, die dagegen war, dass sie ihr Leben als Frauen selbst in die Hand nehmen wollten. Aber Gesa war auf einmal davon überzeugt, dass sie alle drei es schaffen könnten, wenn sie als Schwestern zueinander hielten und sich nicht auseinanderbringen lassen würden.

Sie sah dem ziehenden Wasser hinterher, bis es sich im Dunstkreis aufzulösen schien. Aber hinter dem Nebelkreis ging die Welt weiter. Dort waren Menschen, die sich auf sie verließen und von ihnen abhängig waren. Da war der Friesenhof mit all seinen Bewohnern, der Familie, den Flüchtlingen, den Knechten und bald auch mit Hannas Kind als jüngstem Bewohner. Ohne Hanna, die alles leitete und dafür sorgte, dass die Arbeit getan wurde und der Hof Ertrag abwarf, würden sie sich in alle Winde zerstreuen.

Da waren Karin und Heini, die sich auf ihre Mutter verließen und für deren Zukunft Helga sorgen musste.

Und es gab das Teekontor *Kruse & Sohn* mit den Mitarbeitern und Frau Becker und mit Keno, den Gesa liebte und mit dem sie ein neues, besseres Leben beginnen wollte. Er konnte sich nicht aus seinem Kreis befreien, aber sie könnte ihm einen neuen Kreis bieten, in den er nur eintreten müsste. Ganz plötzlich keimte eine Idee in ihrem Kopf.

»Wie wäre es, wenn ich eine eigene Teefirma eröffne?«, fragte sie unvermittelt. »*Friesenhof-Tee*. Klingt das nicht gut?«

Helga beugte sich ein wenig vor und starrte an Gesa vorbei Hanna stirnrunzelnd an. »Jetzt ist sie völlig durchgedreht«, sagte sie. »Ist dir die Seeluft zu Kopf gestiegen?«, fragte sie Gesa. »Wer soll das Gebräu denn trinken?«

»Ich meine es ganz ernst«, erwiderte Gesa. »Ich kann Tee mischen. Der alte Kruse hat es mir beigebracht, und er sagte, ich habe Talent dazu. Wir könnten Tee ankaufen, in der Remise lagern und dann abpacken und an die Kaufmannsläden in der Krummhörn verkaufen.«

Helga runzelte die Stirn. »Und das soll klappen?«

»Warum nicht?« Gesa zuckte die Achseln. »Es gibt im Moment viele, die sich mit einer Firma selbstständig machen.«

»Und noch mehr gehen mit ihren komischen Ideen wieder pleite«, sagte Helga.

»Das ist aber keine komische Idee, sondern eine gute.«

Hanna nickte Gesa zu. »Dann hätten wir mehr als nur ein Standbein, und auf vielen Beinen kann man sicher stehen.«

»Oder man stolpert und fällt damit auf die Nase. Und nun lasst uns weiterfahren, mir ist kalt hier im Wind.« Helga schauderte sichtlich.

»Nicht, wenn wir zusammenhalten und gemeinsam dafür arbeiten«, sagte Gesa fest. »Erinnert euch daran, wie wir es früher gemacht haben. Wenn wir zusammengehalten haben, kam niemand gegen uns drei an.«

»Das ist eine Ewigkeit her«, sagte Helga. »Seitdem ist so viel passiert.«

»Natürlich ist das lange her, aber ich glaube, es würde immer noch funktionieren.« Von ihrer eigenen Idee begeistert, sah sie ihre Schwestern an und griff nach ihren Händen. »Lasst uns einen Eid schwören, so wie früher, wenn wir uns versprochen haben, uns nicht zu verpetzen, wenn wir etwas ausgefressen hatten. Lasst uns schwören, dass wir zusammenhalten und füreinander da sind, ganz egal, was auch kommen mag.«

Hanna blickte sie mit leuchtenden Augen an. »Einen Eid?«

Gesa nickte.

»Aber das ist doch Kinderkram«, sagte Helga. Doch sie ließ Gesas Hand nicht los, sondern griff mit ihrer Linken nach Hannas freier Hand. Sie seufzte. »Also gut. So wie früher.«

Sie sah von Gesa zu Hanna. »Schwören wir, dass wir zusammenhalten, gegen jeden und alle und dass wir füreinander da sind durch dick und dünn.«

»Ich schwöre!«, sagte Hanna sofort.

»Ich schwöre«, wiederholte Gesa.

»Und ich schwöre auch«, sagte Helga zuletzt. Die drei beugten den Kopf so weit vor, dass sich ihre Stirnen berührten.

Ein leichter Wind kam auf, der den Nebel für einen Moment auseinandertrieb und ein paar zarten Sonnenstrahlen erlaubte, bis zu ihnen durchzudringen. Er spielte mit ihrem Haar und wirbelte es durcheinander – fahlgraues mischte sich mit glattem dunklen und blonden Locken. Dann war der lichte Moment auch schon vorbei, und die Sonne verschwand wieder hinter den Wolken.

Hannas Augen glänzten verdächtig, als sie ihren Schwestern ins Gesicht schaute.

»Wisst ihr noch, was Papa immer gesagt hat? ›Das Meer kommt und geht, und wenn du den Wellen lange genug zusiehst, nimmt es deine krausen Gedanken mit hinaus auf See und du kannst wieder gerade denken.‹ Ich glaube, er wäre gerade sehr stolz auf uns.«

Ostfriesisches Platt

Dat treckt sich allens na'n Liev.	»Das zieht sich alles zurecht.« Frei übersetzt: Das wird mit der Zeit schon werden.
Döntjes	Witze oder heitere Anekdoten, müssen nicht unbedingt der Wahrheit entsprechen
Döskopp	Dummkopf, Dussel
Fühnsch	wütend, böse
Gropengang	Gang, der hinter den nebeneinander angebundenen Kühen entlangführt. Von hier aus wurde gemolken und auch ausgemistet.
Klönschnack	angenehmes Gespräch, ein Pläuschen unter Freunden
Klootschießer	Eine von zwei norddeutschen Traditionssportarten – die andere ist Boßeln (Straßenkegeln). Beim Klootschießen wird eine etwa golfballgroße mit Blei gefüllte Kugel mit Anlauf möglichst weit geschleudert. Mannschaftssport und Einzelwettbewerbe werden bis heute ausgetragen.

Kluntjes	haselnuss- bis walnussgroßer Zucker-kristall, über den der heiße Tee gegossen wird und der sich dann allmählich knisternd auflöst
Kofen	Kleiner Stall, Koben, Verschlag
Kööm	Korn, Schnaps
Koppje	kleine Tasse, Teetasse
Köterhof	kleiner Hof, der zu einem größeren Anwesen gehört und verpachtet wird. Entspricht dem weiter im Süden gebräuchlichen Kätnerhof
Krittkopp	Querkopf
Kumme	Schüssel
Lütte Deerns	kleine Mädchen
Lütte	die Kleine
Muschen	Mäuschen, auch ein Kosename
Oospans	Schimpfwort, wohl am besten mit Arschloch übersetzt
Pütschern	plätschern, regnen
Schietweer	Mistwetter
Schnacken	Reden
Torfkopp	Dummkopf
Tüddelig	verwirrt, durcheinander
Tühnkram	Unfug, Blödsinn
Wulkje	Wölkchen, gemeint ist hier der kleine Schuss Sahne, der in den heißen Tee gegeben wird und darin eine Wolke bildet